HEYNE

Das Buch
Edie hat genug von einem kriminellen Leben. Acht lange Jahre hat sier auf einem eiskalten Gefängnisplaneten verbracht, bevor sier vorzeitig entlassen wurde. Nun wünscht Edie sich nichts mehr, als nach Hause zu sierer Familie zurückzukehren. Siere Familie, das sind siere hochschwangere Schwester, siere chronisch kranke Nichte und sier kleiner Neffe, der noch nicht einmal geboren war, als Edie eingesperrt wurde. Edie möchte sierer Schwester helfen, doch siere alte Nemesis, der Milliardär Joyce Atlas, hat dafür gesorgt, dass niemand auf der Raumstation Edie noch einen Job gibt. Siere Möglichkeiten, auf legalem Wege Geld zu verdienen, sind also äußerst begrenzt. Bis eines Tages Edies frühere Freundin Angel mit einem verlockenden Angebot auftaucht: ein letzter großer Coup. Die Beute: 125 Milliarden Credits. Mit dem Geld hätte Edies Familie ausgesorgt. Doch die Sache hat einen Haken: Angel hat Edie einst ins Gefängnis gebracht ...

Autor*in
Makana Yamamoto wurde auf Maui geboren und verbrachte siere Kindheit und Jugend sowohl auf Hawaii als auch auf dem Festland. Sier begeisterte sich schon von Kindesbeinen an für Geschichten und die Naturwissenschaften. Wenn sier nicht gerade schreibt, sammelt Makana Yamamoto Würfel für *Dungeons & Dragons*, experimentiert in der Küche und liebt Reality Shows. Makana Yamamoto lebt mit sierer Frau und zwei Katzen an der Ostküste.

MAKANA YAMAMOTO

HAMMAJANG LUCK

ROMAN

Aus dem Englischen übersetzt
von Stefanie Adam

WILHELM HEYNE VERLAG
MÜNCHEN

Die Originalausgabe ist unter dem Titel
HAMMAJANG LUCK bei Gollancz, einem Imprint der
Orion Publishing Group, London, erschienen.

Der Verlag behält sich die Verwertung der urheberrechtlich
geschützten Inhalte dieses Werkes für Zwecke des Text- und
Data-Minings nach § 44b UrhG ausdrücklich vor.
Jegliche unbefugte Nutzung ist hiermit ausgeschlossen.

Penguin Random House Verlagsgruppe FSC® N001967

Deutsche Erstausgabe 06/2025
Copyright © 2024 by Makana Yamamoto
Published by Gollancz, einem Imprint der
Orion Publishing Group, London
Copyright © 2025 der deutschsprachigen Ausgabe
by Wilhelm Heyne Verlag, München,
in der Penguin Random House Verlagsgruppe GmbH,
Neumarkter Straße 28, 81673 München
produktsicherheit@penguinrandomhouse.de
(Vorstehende Angaben sind zugleich
Pflichtinformationen nach GPSR)

Alle Rechte vorbehalten.
Redaktion: Thilo Corzilius
Umschlaggestaltung: DAS ILLUSTRAT GbR, München
Satz: satz-bau Leingärtner, Nabburg
Druck und Bindung: Nørhaven A/S, Viborg
Printed in the EU

ISBN 978-3-453-32329-2

www.heyne.de

Für Johnny. Aloha 'oe.

»*Ich wohne voller Stolz in meinem
selbst erschaffenen Körper.
Und ich bestehe auf mein Recht, komplex zu sein.*«

LESLIE FEINBERG,
TRANS LIBERATION: BEYOND PINK OR BLUE

»ABER ICH HAB DOCH FRÜHESTENS IN EINEM HALBEN JAHR WIEDER EINE Chance auf Bewährung.«

Das war dem mürrischen Gefängniswärter, der gerade in meine Zelle blickte, egal. Ich konnte sein Gesicht nicht erkennen, weil das Licht aus dem Flur hereinfiel und der Strahl seiner Taschenlampe meine Augen blendete, trotzdem konnte ich mir seine Miene ganz genau vorstellen, da alle Wärter hier immer denselben Gesichtsausdruck hatten: irgendwo zwischen »jemand hat mir in meinen Sojaersatz gespuckt« und »Mama hat mir gerade Stubenarrest verpasst«. Das war aber immer noch besser als der andere Blick aus ihrem damit schon erschöpften Repertoire. Denn der wiederum hieß, dass Mama den Stubenarrest gerade aufgehoben hatte und es obendrein gleich so viele Geschenke wie an Geburtstag und Weihnachten zusammen geben sollte. Dieser Blick verhieß nie etwas Gutes.

»Dann ist heute wohl dein Glückstag«, grunzte der Wärter.

Im Knast gab es keine Glückstage, für niemanden. Und am allerwenigsten für mich.

Ich verkniff mir eine Antwort. Bewährung war weder jetzt noch später für mich drin. So hatte es der Gefängnisdirektor höchstpersönlich formuliert, als man mich das letzte Mal in sein Büro gezerrt hatte. Dennoch war mein Interesse geweckt – wenn auch nur, um der Monotonie des Gefängnislebens für einen Augenblick zu entkommen. Es war 0100 Uhr nachts – normalerweise tat ich um diese Zeit nichts anderes, als die vor sich hin modernde Belüftungsanlage anzustarren.

Also schwang ich die Beine aus dem Stockbett und sprang leichtfüßig herunter. Ich hatte zwar keinen Zellengenossen, schlief aber trotzdem lieber oben. Ich mochte die Höhe, schon immer. Vielleicht war ich eigentlich dazu bestimmt, in den Upper Wards zu leben – *sie* hatte immer davon geträumt. Aber – wie gesagt – hier im Knast hatte man einfach kein Glück. Und ich am allerwenigsten.

Der Wärter hielt den Strahl seiner Taschenlampe weiterhin auf mich gerichtet, während ich in meine Stiefel schlüpfte. Ich ging zur Zellentür und hielt ihm meine Handgelenke hin. Er legte mir Handschellen an und befestigte diese dann mit einer langen Kette an meinen Fußfesseln. Die Kette rasselte bei jedem Schritt, den ich tat. Selbst wenn ich tatsächlich drauf und dran war, auf Bewährung rauszukommen – innerhalb der Gefängnismauern ließ man mich nicht frei herumlaufen.

Der Weg über die kreuz und quer verlaufenden schmalen Stege zum Eingangsbereich war nicht lang, kam mir aber dennoch wie eine Ewigkeit vor. Die meisten Häftlinge schliefen. Aber selbst die, die wach waren, interessierten sich nicht dafür, wohin ich gebracht wurde. Hier würde mich sowieso kaum jemand vermissen. Da ich nicht gerade wenige von ihnen um ihre Taschengeldzuteilung gebracht hatte, war ich nicht besonders beliebt.

Im Eingangsbereich wurde ich einem noch mürrischer dreinblickenden Wärter übergeben.

»Kommt der Direktor nicht?«

»Es ist mitten in der Nacht, warum sollte er?«, sagte Mürrischer Wärter #2.

»Will er sich denn nicht von mir verabschieden? Wo wir doch so gute Freunde geworden sind?«

Mürrischer Wärter #1 bedachte mich mit einem finsteren Blick.

Ich hatte noch immer keinen blassen Schimmer, warum man mich nun plötzlich vorzeitig entlassen wollte. Ich war so misstrauisch, als hätte einfach plötzlich meine Zellentür offen gestanden. Das Ganze musste eine Falle sein. Der Direktor wartete bestimmt nur darauf, dass ich den Köder schluckte und einfach davonspazierte – und dabei irgendein Gesetz brach, von dem ich noch nie gehört hatte. Dieser Gedanke machte mir Angst. Nachdem *sie* mich in die Scheiße geritten hatte, hatte Joyce Atlas dafür gesorgt, dass ich so hart wie irgend nur möglich bestraft wurde, und es war durchaus möglich, dass er mir nun noch eins reinwürgen wollte. Ich blickte von einem Wärter zum anderen und richtete meine nächste Frage dann an Mürrischer Wärter #2. »Sie wissen nicht zufälligerweise, wer für meine Entlassung verantwortlich ist, oder?«

Nun blickte mich auch Wärter #2 finster an. »Morikawa, einem geschenkten Gaul schaut man lieber nicht ins Maul.«

Andere wären sicher darauf reingefallen, aber ich wusste ganz genau, dass es auf Kepler weder Geschenke noch Gnade gab. Alles hatte seinen Preis. Und das galt ganz bestimmt auch für meine plötzliche Entlassung.

Als Mürrischer Wärter #2 meine Fesseln löste, ließ die wiedergewonnene Bewegungsfreiheit die ständige Beklemmung der letzten acht Jahre verschwinden.

Ich hatte so gut wie keinen persönlichen Besitz. Ein schrottiges Handy, einen Binder, der mir nicht mehr passte, ein paar längst aus der Mode gekommene Klamotten und Scherzspielkarten, die ich für *sie* gekauft hatte. Am liebsten hätte ich sie dem Aufseher ins Gesicht gepfeffert. Stattdessen murmelte ich »Danke« und nahm die Tüte mit meinen Habseligkeiten entgegen.

Ich zog die Klamotten an – bis auf den Binder, auch wenn die Versuchung groß war. Die Jeans war mir zu kurz, das T-Shirt spannte über der Brust und an den Oberarmen. Ich blickte in den Spiegel und verzog das Gesicht. In den zu kurzen Hosen und dem zu kleinen Shirt sah ich aus wie eine tätowierte Wurst mit aufgeplatzter Pelle.

Nachdem ich mich angezogen hatte, kehrte ich in den Eingangsbereich zurück. Mürrischer Wärter #1 hatte nun etwas in der Hand, was aussah wie ein Tacker.

Das gefiel mir nicht.

Er deutete auf meine rechte Hand, die ich ihm vorsichtig entgegenstreckte. Daraufhin packte er sie und zog sie zu sich hin. Mit einem scharfen Geräusch durchstach das Gerät die Haut zwischen Daumen und Zeigefinger.

Ich zuckte zusammen.

Er ließ meine Hand los. »Ab jetzt stehst du immer unter Beobachtung, also benimm dich.«

Das gefiel mir ganz und gar nicht.

Mürrischer Wärter #2 führte mich zum Ausgang. »Alles Gute, Morikawa«, sagte er mit einem höhnischen Unterton.

Ich sah ihn an. »Und wie zum Teufel soll ich jetzt nach Hause kommen?«

»Nicht mein Problem«, erwiderte er und schob mich ohne ein weiteres Wort aus der Tür.

Dann war ich auf einmal draußen.

Auf dem Felsenplaneten, den die Kepler-Raumstation umkreiste, war es immer kalt. Ein wertloser Brocken, auf dem es nur das Gefängnis und ein bisschen Tagebau gab. Der Landeplatz war mit Schlaglöchern übersät, hier und da lagen schmutzige Schneehaufen, die vom ewigen Hin und Her aus Tauwetter und winterlicher Kälte schon völlig vereist waren. Überraschenderweise hingen an den heimischen Bäumen noch ein paar Blätter. Am Nachthimmel zogen Wolken dahin und der eisige Wind biss mir in die nackten Arme.

Mit einem Mal holte mich die Wirklichkeit ein.

Bis eben wäre ich nicht erstaunt gewesen, wenn der Gefängnisdirektor plötzlich aus dem Gebüsch gesprungen wäre und über mein erschrockenes Gesicht gelacht hätte, während die Wärter mich wieder zurück in meine Zelle geschleift hätten. Doch jetzt verschwand mein Misstrauen und ich entspannte mich. Vielleicht war das einem verzweifelten Optimismus geschuldet – vielleicht blendete mich aber auch nur die Sehnsucht danach, die Leere in meinem Leben zu füllen. Doch fürs Erste genoss ich meine neu gewonnene Freiheit.

Ich atmete tief durch. Die Wärter hatten mich immer durch die Schächte der uralten, modrigen Belüftungsanlage kriechen lassen, damit ich sie reparierte. Und wenn ich im Gefängnis Wände und Böden schrubbte, war mir jedes Mal vom chemischen Geruch der starken Reinigungsmittel schlecht geworden. Hier draußen atmete ich dagegen die kalte, nicht recycelte Luft des Felsenplaneten, die nur leicht nach öligem Rauch und Benzin roch.

Ich war draußen. Nach acht langen, beschissenen Jahren. Und ich wusste sofort, wen ich zuallererst anrufen musste. Ich holte mein Telefon aus der Tasche. Das letzte Mal hatte ich vor zwei Wochen mit meiner Schwester gesprochen – per Gefängnis-Comm, das wir zu festgelegten Zeiten benutzen durften. Da hatte sie mir erzählt, dass ihr der Vermieter im Nacken saß, weil sie mit der Miete im Rückstand war. Wenn also jemand gute Nachrichten gebrauchen konnte, dann sie. Während ich darüber nachdachte, wurde mir immer leichter ums Herz. Ich würde ihr im Haushalt helfen. Ich würde die Kinder zur Schule bringen. Und ich würde mir einen Job suchen – eine richtige, ehrliche Arbeit – und meinen Teil dazu beisteuern, die Rechnungen zu bezahlen. Mit einer vorzeitigen Haftentlassung hätte ich nie gerechnet. Doch jetzt war ich draußen, und die Möglichkeiten erschienen mir endlos.

Aber als ich mein Handy einschalten wollte, blieb es tot. Und all meine Leichtigkeit verschwand mit einem Schlag.

Was nun?

Ich starrte mein Telefon an, versuchte, es mit bloßer Willenskraft wieder zum Leben zu erwecken. Dann hörte ich vom Landeplatz aus einen scharfen Pfiff.

Ich hob den Kopf.

Und sah *sie*.

Sie war größer, als ich sie in Erinnerung hatte. Vielleicht lag es an den High Heels, die sie zu den schmal geschnittenen schwarzen Chinos trug. Eine weiße Bluse, ein offener Wollmantel, dazu stilvoller Silberschmuck und ein strenger platinfarbener Bob vervollständigten die Erscheinung. Ihre Augen lagen im Schatten, aber ich wusste auch so, welche Farbe sie hatten: das tiefste, dunkelste Braun, das ich je gesehen hatte, fast schwarz.

»Edie«, sagte sie. »Lang nicht gesehen.«

Ich musste eine Menge Willenskraft aufbringen, um nicht gleich wieder rückwärts in Richtung Gefängnis zu marschieren.

Was ihr anscheinend nicht entging. »Die lassen dich nicht wieder rein. Dafür habe ich gesorgt«, sagte sie, noch bevor ich dieser würdelosen Versuchung nachgeben konnte. Dann machte sie noch einen Schritt auf mich zu und im fluoreszierenden Licht des Landeplatzes konnte ich nun ihre tiefbraunen Augen erkennen. »Wenn du dein Leben noch mal ruinieren willst, wirst du es wohl auf die gute alte Art tun müssen.«

»Da muss ich eigentlich gar nichts tun, weil du das schon für mich erledigen wirst«, erwiderte ich mit zusammengebissenen Zähnen.

»Ich denke, du hast längst bewiesen, dass du das ganz allein schaffst«, sagte sie kühl.

Ich bemühte mich, meine Wut unter Kontrolle zu halten. »Angel, was willst du von mir?«

»Ich hol dich ab.« Sie deutete mit dem Kinn auf das tote Handy in meiner Faust. »Ohne mich wirst du nicht weit kommen.«

Ich sah mich auf dem Landeplatz um. Ein paar Schritte hinter Angel stand ein schicker schwarzer Copter. Das einzige andere Gefährt war ein heruntergekommenes altes Shuttle, mit dem die Wärter zum Felsenplaneten und wieder zurück transportiert wurden. Die Besetzung wechselte einmal wöchentlich, da der Flug zur Kepler-Raumstation zu aufwendig zum Pendeln war. Es konnte also eine Woche dauern, bis mich *vielleicht* jemand mitnahm, je nachdem, wie wohlgesonnen mir die Wärter dann waren – und mir wohlgesonnene

Menschen traf man auf Kepler eher selten, erst recht nicht hier im Gefängnis.

Ich überlegte, mir stattdessen in einer Schneewehe einen Unterschlupf zu graben und mich heimlich auf das nächste Shuttle zu schmuggeln, doch Angel unterbrach meinen Gedankengang.

»Was immer du da gerade für einen Plan aussheckst: Er ist garantiert bescheuert.«

»Wie alle meine Pläne. Mehr oder weniger.«

»Das habe ich ganz bestimmt nicht vergessen.«

Ich warf einen Blick auf mein Handy. Es gab weiterhin kein Lebenszeichen von sich.

Angel seufzte. »Der Flug dauert etwa eine Stunde. Wenn du mich danach nie wieder sehen willst ...«

»Eigentlich kann ich dich jetzt schon nicht mehr sehen.«

»... werde ich dich in Ruhe lassen. Versprochen.«

»Deine Versprechen kenne ich.«

»Ich schwöre es beim Grab meines Vaters.« Sie bedachte mich mit einem Blick, der mir durch Mark und Bein ging.

Ich war so überrascht, dass mein Ärger verflog. Dass er nicht mehr am Leben war, hatte ich nicht gewusst. Er hatte geistig immer stärker nachgelassen und irgendwann in den letzten acht Jahren war er dann anscheinend gestorben.

Ich trat von einem Fuß auf den anderen. »Mein Beileid«, sagte ich. Das schien mir die richtige Reaktion – egal, was zwischen uns vorgefallen war.

»Das muss es nicht«, erwiderte sie kalt.

Eine eisige Böe pfiff über den Landeplatz, ließ die Blätter an den Bäumen rascheln und ihr Haar flattern. Als der Wind sich legte, saß ihre Frisur wieder makellos. Ich zitterte.

Angel deutete auf den Copter hinter ihr. »Es ist doch nur ein kurzer Flug.«

Ich blickte ein letztes Mal auf mein Handy, wollte es mit aller Kraft zum Leben zu erwecken. Doch es blieb tot.

Früher einmal wäre ich, ohne nachzudenken, mit Angel mitgegangen. Wie oft waren wir zusammen unterwegs gewesen: in der überfüllten Monorail auf dem Weg zur Schule, zusammengedrängt auf dem Rücksitz des Copters eines Freundes, auf dem Weg zu einem Job, oder betrunken in einem viel zu schnellen Taxi auf dem Heimweg von einer Party. Damals waren wir unzertrennlich gewesen, egal, wohin es ging.

Aber das war lange vor meinem Aufenthalt in der Justizvollzugsanstalt von Kepler gewesen. Lange bevor alles in die Brüche gegangen war.

Ich war mir nicht sicher, wie die Dinge jetzt zwischen uns lagen.

Ich sah zu Angel, die mich erwartungsvoll anblickte. Ungeduldig.

»Okay, aber nur dieser eine Flug.«

Sie strahlte über das ganze Gesicht, was mein Herz höherschlagen und meine Hände feucht werden ließ. Mit ihrem Lächeln hatte sie andere schon immer dazu gebracht, alles Mögliche für sie zu tun. Berge zu versetzen oder Drachen zu erschlagen. Oder sich für sie ins eigene Schwert zu stürzen.

»Ausgezeichnet«, sagte sie. »Ich muss dich nämlich etwas fragen.«

»Hast du sie nicht mehr alle?«

Angel trank einen Schluck von ihrem Tee, ohne meine Bemerkung zu beachten.

»Joyce Atlas ist der reichste Mann in diesem Quadranten, vielleicht sogar der reichste der gesamten Galaxis.« Obwohl wir allein im Copter waren, senkte ich meine Stimme zu einem Zischen. »Und *den* willst du bestehlen?«

»Sehr schön. Da hast du die Grundzüge des Plans schon mal begriffen.«

»Du hast sie nicht mehr alle.«

»Das sagtest du schon.«

»Dieser Mann wird besser bewacht als ein Senator. Sicherheitsleute, Kameras, Zugangscodes. Sogar seine Lunchbox hat einen biometrischen Scanner.«

»Hätte deine auch, wenn du so viel Geld für echtes Obst ausgeben würdest.«

»Und trotzdem glaubst du, dass du an seine Lunchbox rankommen kannst? Und nicht nur das, sondern auch an seine wertvollsten Schätze? Warum?«

Angel erwiderte ungerührt meinen Blick. »Weil ich seine Sicherheitschefin bin.«

Ich starrte sie mit offenem Mund an. Sie trank einen weiteren Schluck Tee, und ihre Lippen hinterließen einen leuchtend roten Fleck am Tassenrand.

Ich schloss den Mund wieder. »Wie hast du das denn geschafft?«

»Acht Jahre sind eine lange Zeit. Genug, um sich eine legale Existenz aufzubauen und Karriere zu machen.« Angel lächelte, ihr Lippenstift war immer noch makellos. »Ich bin jetzt eine unbescholtene und angesehene Bürgerin.«

»Das wirst du dann aber nicht mehr sein.«

»Wozu braucht man Ansehen, wenn man reich ist?«

Ich zeigte auf die teuren Ledersitze und die Holzpaneele ihres Copters. »Ist dir das nicht reich genug?«

»Joyce Atlas ist Multibillionär.« Angel stellte ihre Teetasse ab, faltete die Hände im Schoß und schlug die Beine übereinander. »Das hier ist nichts im Vergleich zu dem, was man sich mit so viel Geld kaufen kann.« Sie lächelte wieder. »Du könntest einen eigenen Mond besitzen.«

»Angel, was soll ich denn mit einem Mond?«

»Angeblich ist das der perfekte Ort, um Kinder großzuziehen.«

»Wirke ich etwa häuslich auf dich?«, erwiderte ich spöttisch.

»Muss ja nicht für dich sein.«

Meine weitverzweigte Familie – die Morikawas mit allen Tanten, Onkeln, Cousins und Cousinen samt Nachwuchs – lebte seit vielen Generationen in den Lower Wards. Sie war immer um mich gewesen. Und obwohl sich unser Viertel veränderte, blieben wir. Seit das steigende Wasser uns aus unserer eigentlichen Heimat – der Alten Erde – vertrieben hatte, war dies unser Zuhause. Hier hatten wir Wurzeln geschlagen. Wenn wir Morikawas auch sonst nicht viel hatten: Wir hatten uns und wir hatten die Erinnerung an unsere Kultur.

»Wir werden ganz bestimmt nicht umziehen«, erwiderte ich kategorisch.

Angel griff in ihre Tasche und zog einen glänzenden grünen Apfel hervor. Dann holte sie ein Butterflymesser aus ihrem Ärmel – sie war schneller geworden seit damals –, klappte es auf und schälte ihn.

»Das Ganze läuft sowieso schon längst.« Die Apfelschale schlang sich in einer langen Spirale um ihre Hand. »Es geht nur darum, ob du dabei mitmachen willst oder nicht.«

Ich beugte mich vor. »Muss ich dich wirklich daran erinnern, was passiert ist, als wir das letzte Mal versucht haben, Atlas zu bestehlen?«

Sie rutschte mit dem Messer ab und die Schale fiel auf den Boden. Einen Moment lang verzerrte nackte Wut ihr Gesicht – warum, konnte ich mir nicht erklären. Schließlich hatte ich und nicht sie gerade acht Jahre hinter Gittern verbracht.

Doch bevor ich etwas erwidern konnte, glätteten sich ihre Züge und der eiskalte, ruhige Ausdruck kehrte zurück. »Wenn hier jemand an etwas erinnert werden muss, dann du, Edie: Inzwischen weißt du ja wohl, wozu ich fähig bin. Wenn du mich verrätst, mache ich dir das Leben zur Hölle.«

»Das hast du bereits getan«, erwiderte ich durch zusammengebissene Zähne.

»Und ich werde nicht zögern, es noch mal zu tun.«

Die Luft war vor Anspannung so dick, dass sie ihre Initialen mit dem Messer darin hätte einritzen können. Ich hatte keine Ahnung, was gerade in ihr vorging. Einerseits versprach sie mir einen eigenen Mond, andererseits drohte sie mir damit, mein Leben zu ruinieren. Ich hatte keine Ahnung, warum sie ausgerechnet mich anheuern wollte. Nach allem, was zwischen uns vorgefallen war.

»Warum ausgerechnet ich?«

»Warum?«, wiederholte Angel. »Weil du die Katakomben besser als irgendjemand sonst kennst. Weil kein anderer Kundschafter dir das Wasser reichen kann. Und weil du und ich ...« Sie brach ab. Dachte nach. Dann sah sie mich wieder an, und ihr Blick war hart und entschlossen. »Und weil ich dich kenne, und zwar besser als jeden anderen.«

»Das war vielleicht mal so, aber acht Jahre sind eine lange Zeit.«

Darauf folgte erneut angespanntes Schweigen. Wir starrten uns an. Um ihre Iris bemerkte ich einen Ring aus kaltem, leuchtendem Blau. Ein Mod. Intelligente Implantate wie diese waren auf Kepler gerade erst in Mode gekommen, als man mich eingesperrt hatte. Sie waren vor allem den Reichen und Mächtigen vorbehalten. Mir waren sie unheimlich, denn sie machten einen zu etwas Unmenschlichem, Unnatürlichem, Maschinenartigem. Die Mods waren außerdem ein nur allzu sichtbares Zeichen des Unterschieds zwischen mir und meinesgleichen – und den anderen.

Nach einem Moment des Schweigens lehnte sich Angel in ihrem Sitz zurück und schnitt den Apfel in Stücke. »Du hast drei Tage. Wenn ich am vierten nichts von dir höre, ist mein Angebot vom Tisch.«

»Und dann?«

»Dann kannst du deine Freiheit genießen. Betrachte sie als Geschenk, um der alten Zeiten willen.« Ich schnaubte verächtlich. »Aber immer schön ehrlich bleiben, damit du nicht wieder ins Gefängnis wanderst.«

»Soll das eine Drohung sein?«, knurrte ich.

»Ich glaube nicht, dass du mich brauchst, um wieder auf dem Felsen dort unten zu landen.« Angels Messer schnitt durch den Apfel wie durch Butter. »Eins muss dir klar sein: Ich kann jeden haben, den ich will. Wirklich jeden. Ich brauche lediglich einen halbwegs guten Kundschafter. Aber ich will nun mal nur die Besten. Also dich.«

Das zumindest hatte sich in den acht Jahren nicht geändert. Sie wollte immer alles perfekt haben.

Ich erwiderte trotzig ihren Blick. »In drei Tagen wirst du deine Meinung geändert haben.«

»Glaubst du das wirklich?«

»Oh ja.«
Ich warf ihr einen feindseligen Blick zu. »Warum das?«
Angel leckte den Apfelsaft von ihrem Zeigefinger und ich erstarrte. Sie lächelte mich mit ihren perfekt geschminkten Lippen vielsagend an. »So sehr hast du dich nun auch wieder nicht verändert.«

Angel setzte mich an der Monorailstation bei den Docks von Kepler ab. Weiter brachte mich ihr guter Wille nicht. Aber das war in Ordnung, denn die Luft im Copter war schließlich so dick geworden, dass ich das Gefühl gehabt hatte, gleich zu ersticken. Ich hielt es in Gegenwart dieser neuen Version von Angel nicht mehr länger aus.

»Edie, denk drüber nach«, rief sie mir noch nach. »Ich warte auf deinen Anruf.«

Meine Antwort war kaum mehr als ein Grunzen. Ich drehte mich von ihr weg und ging in Richtung Monorailstation. Ein scharfer Pfiff ließ mich mitten im Schritt erstarren, und ich drehte mich langsam wieder um. Angel hatte mein Handy in der Hand. »Du hast da was vergessen.«

Misstrauisch ging ich zu ihr zurück und streckte die Hand nach dem Telefon aus. Sie drückte es an sich und sah mir in die Augen. »Vergiss nicht«, sagte sie und sah mich durchdringend an. »Ich kann das auch ohne dich durchziehen. Aber kommst du hier draußen auch ohne mich klar?«

Dann hielt sie mir das Handy hin und ich hätte es ihr am liebsten aus den manikürten Händen gerissen.

Ich steckte das Telefon ein, drehte mich auf dem Absatz um und ging wieder in Richtung Monorailstation. Halb rechnete ich damit, dass sie mir noch einmal etwas hinterherrufen würde. Erst als ich in der Menge verschwand – die

Monorailstation war immer voller Menschen, sogar mitten in der Nacht –, wagte ich es, noch einmal einen Blick über die Schulter zu werfen.

Angel war weg.

Ich atmete auf. Hier in der Menschenmenge und ohne ihren durchdringenden Blick auf mir zu spüren, konnte ich mich endlich entspannen. Dabei half die im Vergleich zum Felsenplaneten geringere Schwerkraft auf Kepler, die zusätzlich für ein leichtes und unbeschwertes Gefühl sorgte. Obwohl mir die Gesichter um mich herum unbekannt waren, fühlte es sich vertraut an, sich zwischen vielen Menschen zu bewegen. So vertraut wie Keplers simulierte Nacht mit ihrer gedämpften Beleuchtung oder die längst von vielen Händen verschmierten Wände aus gebürstetem Stahl. Auf dem Weg zum Gleis musste ich lächeln. Auch das brüllende Geräusch der Monorail war mir immer noch vertraut, genau wie die Fahrt nach Hause in Ward 2.

Am Drehkreuz holte ich die Railkarte aus meinem Kartenetui und hielt sie an den Sensor. Ein durchdringender Piepton schallte mir entgegen. Ich versuchte es noch einmal, was einen noch genervteren Piepton zur Folge hatte. »Zu wenig Guthaben« stand auf dem Monitor.

Ich lehnte mich gegen das Drehkreuz in der Absicht, einfach darüberzuspringen, hielt aber mitten in der Bewegung inne. Mein Blick wanderte zu der Injektionsstelle an meiner Hand. Die Haut um den Chip war immer noch rau und gerötet.

Mir fiel wieder ein, was der Gefängniswärter gesagt hatte: Ab jetzt hat dich immer jemand im Blick. Ich war nicht bereit, meine neu gewonnene Freiheit für ein derart geringfügiges Vergehen wie Schwarzfahren zu riskieren. Wer wusste schon, was für eine perverse Bestrafung sich Joyce Atlas für solche Lappalien ausgedacht hatte.

Ich seufzte frustriert und trat vom Drehkreuz zurück. Von den Docks nach Hause würde ich zu Fuß fast eine Stunde durch die Lower Wards brauchen. Wenn Kepler doch so ein eindrucksvolles Zeugnis des menschlichen Erfindergeists war, warum funktionierten dann die Fahrstühle nie und warum gab es so verdammt viele *Treppen*?

Ich verließ die Monorailstation und betrat die menschenleeren Straßen. Hier in den Lower Wards war es immer besonders dunkel, die Türme und die Plattformen, Skywalks und Gebäudebrücken der darüber liegenden Wards verdeckten den simulierten Nachthimmel. Durch die Straßen flackerte das grelle Licht der an den Türmen angebrachten Bildschirme, auf denen Werbevideos für verschiedenste Vids, Mods und andere Produkte zu sehen waren, von denen ich noch nie gehört hatte. Auf einem Bildschirm neben mir erschien ein halb verhungert aussehendes Model. Es tanzte und posierte, um ein elegantes Mod an seinem Bauch zu präsentieren, das erst hellblau, dann neongrün und schließlich grell pink leuchtete. Über dem Kopf des Models erschien die freundlich runde Schrift des Logos von Atlas Industries zusammen mit dem Werbeslogan für das Mod: »Performance, Präzision, Perfektion – Metabolife«. Das Model sah mir lächelnd hinterher, während ich weiterging. Ich warf ihm einen feindseligen Blick zu und beschleunigte meine Schritte.

In einiger Entfernung vor mir wankte eine einsame, offensichtlich betrunkene Gestalt den Gehsteig entlang. Als sie um die Ecke bog, verhallten ihre Schritte. Über mir wummerte der Bass aus einem einzelnen Copter, dann heulte der Motor auf, er beschleunigte und verschwand. Auf einmal herrschte Stille, und nun hörte ich die Eigengeräusche der Raumstation: das tiefe Brummen der riesigen Motoren und das leise Atmen der Lebenserhaltungssysteme. Es war mitten in der Nacht, alle schliefen – und ich hatte das Gefühl, dass es nur Kepler und mich gab.

»Hast du mich vermisst?«, fragte ich leise.

Angel hatte völlig recht: Niemand kannte diese Station so gut wie ich. Ich hatte meine ganze Kindheit damit verbracht, ihre engen Straßen, labyrinthartigen Katakomben und schwindelerregend hohen Türme zu erkunden. Und während meiner Ausbildung hatte ich dann die gesamte Station und ihre Systeme im Detail kennengelernt. Ich fand mich hier besser zurecht als jeder Mechaniker und jede Wissenschaftlerin. Und als jeder Cop. Wenn bei einem Diebstahl oder einem anderen krummen Ding etwas schieflief, konnte ich untertauchen und spurlos verschwinden. Kepler passte immer gut auf mich auf.

Vielleicht war die Station mir und meinem Dad etwas schuldig.

Ich ging immer schneller, sprintete schließlich los, rannte durch die Straßen, sprang über Mauern und rutschte Geländer hinunter. Instinktiv schlug ich den richtigen Weg ein, und mein Körper, der sich so verändert hatte, dass sich die Bewegungen zunächst noch ungewohnt anfühlten, gehorchte mir nach ein paar Blocks wieder. Ich grinste wie verrückt und mein Freudenschrei hallte durch die Stille der Nacht.

Im Gegensatz zu mir hatte sich die Station in den acht Jahren nicht verändert. Das konnten auch die frisch gestrichenen Wände, die schicke Werbung und der neue Straßenbelag nicht verbergen. Kepler passte immer gut auf mich auf, und wenn ich das umgekehrt auch tat, würde die Station sicher auch auf meine Familie achtgeben.

Mehr brauchte ich nicht. Ich musste weder reich noch berühmt werden.

Und Angel brauchte ich auch nicht.

Ich brauchte nur mich selbst, meine Familie und mein Zuhause.

Das reichte mir völlig.

ALS ICH ENDLICH ZU HAUSE ANKAM, BEFAND SICH KEPLER GERADE IN DER dunkelsten Phase des Nachtzyklus. Im Laden brannte kein Licht und die Rollläden vor den Schaufenstern waren ebenso geschlossen wie die Jalousien unserer Wohnung darüber. Plötzlich wurde mir klar, dass niemand von meiner Entlassung wissen konnte. Bis vor zwei Stunden hatte ich selbst keine Ahnung gehabt. Und dann war plötzlich Angel erschienen und hatte mich anscheinend freigekauft.

Dass sie das getan hatte, warf viele Fragen auf, die ich alle beiseiteschob. Wie immer fokussierte ich mich auf einen einzigen Gedanken – eins nach dem anderen. Mir Sorgen zu machen, hätte in diesem Moment sowieso nichts gebracht.

Mit einem lautlosen Gebet auf den Lippen nahm ich die Schlüsselkarte aus meinem Kartenetui und hielt sie vor den Sensor. Als dieser bestätigend piepte und sich das Schloss mit einem dumpfen metallischen Geräusch öffnete, atmetet ich erleichtert aus. Ich zog die Tür auf, lief am Aufzug vorbei und die Treppe hinauf. Dabei ging die Beleuchtung an und machte die Handabdrücke an den schmutzigen Wänden und die Flecken auf den Betonstufen sichtbar. Leise stieg ich hinauf in den ersten Stock und blieb vor der Wohnungstür stehen.

Ich war mir nicht sicher, ob ich klopfen sollte. Früher war ich oft – nachdem ich mich die ganze Nacht auf Keplers Straßen herumgetrieben hatte – auf dem Sofa eingeschlafen, wo mich meine Familie dann am nächsten Morgen gefunden hatte. Davon waren sie nicht begeistert gewesen, und jetzt, wo ich eigentlich im Gefängnis sein sollte, würde es ihnen vermutlich noch weniger gefallen, mich einfach so schlafend vorzufinden. Eigentlich hätte ich erst in einem halben Jahr wieder eine Chance auf Bewährung gehabt – vermutlich würden sie also denken, ich wäre ausgebrochen. Was in gewisser Weise auch stimmte – auch wenn Angel die Gitter meiner Zelle nicht mit einer Feile bearbeitet, sondern irgendwelche Hinterzimmerdeals eingefädelt hatte, um mich freizubekommen.

Wieder verscheuchte ich diese Gedanken aus meinem Kopf. Eins nach dem anderen.

Ich klopfte. Dann trat ich einen Schritt zurück, steckte meine Hände in die Taschen und trat unbehaglich von einem Fuß auf den anderen. Auf den körnigen Bildern des Videokanals hatten sie immer so gewirkt, als freuten sie sich – aber vielleicht war das in Wirklichkeit ja gar nicht so. Es war etwas völlig anderes, sich mit jemandem zu unterhalten, wenn man sich im gleichen Raum befand – keine Videokonferenz konnte das ersetzen. Es war wesentlich leichter, jemandem Quatsch zu erzählen, wenn man nur die Stimme hörte und lächelnde Gesichter sah. Viel schwieriger war das, wenn man sich tatsächlich gegenüberstand – eine Aufgabe für den echten Könner. Wenn man jemanden professionell hinters Licht führen wollte, musste man immer auf den Gesamteindruck achten, den man auf das Opfer machte.

Das hatte Angel mir beigebracht.

Als Andie die Tür mit einem erwartungsvollen Gesicht öffnete, verpuffte jeder Gedanke an Angel.

»Edie!«, sagte sie und ein Lächeln breitete sich auf ihrem Gesicht aus. »Da bist du ja.«

»Überraschung«, sagte ich mit einem verlegenen Grinsen. Dann öffnete sie die Tür ganz, und ich sah, dass der gesamte Boden dahinter mit Luftballons bedeckt war. An der gegenüberliegenden Wand hing ein Banner, auf das Kinderhände mit allen Farben des Regenbogens »Willkommen zu Hause« geschrieben hatten.

»Überraschung.« Andie grinste ebenso breit wie ich.

Ich sah sie mit großen Augen und offenem Mund an. »Woher ...?«

»Der Gefängnisdirektor hat angerufen«, erklärte sie. »Anscheinend gibt es irgendeine neue Regelung zu vorzeitiger Entlassung wegen guter Führung ...« Sie boxte mir gegen die Schulter. »Ich wusste doch, dass du das schaffst, wenn du dir bloß Mühe gibst.«

»Ja, natürlich«, erwiderte ich abwesend. Hatte Angel hier ebenfalls ihre Finger im Spiel? Wie weit reichte ihr Einfluss?

»Na was? Bekommt deine große Schwester etwa keine Umarmung?«

Ich verdrängte jeden weiteren Gedanken an Angel, grinste Andie an und zog sie an mich. Sie legte die Arme um meine Schultern und drückte mich fest an sich. Ich spürte ihren dicken Bauch – in Wirklichkeit wirkte sie noch wesentlich schwangerer als auf den Videobildern. Während ich sie festhielt, löste sich der Knoten in meinem Magen langsam. Ich drückte sie vorsichtig und sie lachte.

»Du erdrückst uns noch.«

»Tut mir leid. Aber du bist so klein und schwach und ich so groß und stark.«

Andie lachte wieder. »Ach, halt die Klappe.«

Sie löste sich von mir und ich sah sie an. Sie war kleiner, als ich sie in Erinnerung hatte. Ich dagegen kam ganz nach unserem Vater, was die Körpergröße anging. Sie trug ihr Haar in einem Tita Bun – langes, dunkles hawaiianisches Haar wie auf den Bildern von der Alten Erde. Ich dagegen hatte meine Haare schon während der Grundschulzeit mit meiner Kinderschere abgeschnitten und mich geweigert, sie wieder wachsen zu lassen. Mom hatte mir das nie verziehen.

»Komm schon rein«, sagte Andie und winkte mich in die Wohnung. »Aber sei bitte leise, die Kinder schlafen.«

»Ihr seid doch nicht etwa aufgeblieben und habt auf mich gewartet?«, fragte ich überrascht.

»Doch, aber mach dir keine Gedanken. Der Direktor wusste nicht, wann genau du hier sein würdest – und ich bin es sowieso gewöhnt, auf dich zu warten, wenn du dich gerade wieder irgendwo herumtreibst.«

»Damit ist es jetzt vorbei«, sagte ich, während ich meine Schuhe auszog und Andie in die Wohnung folgte. »Schließlich bin ich wegen guter Führung entlassen worden, schon vergessen?«

Andie ließ sich auf unserem ausgebleichten und völlig zerschlissenen alten Sofa nieder. »Hast du denn vor, auch draußen zu bleiben?«

Ich setzte mich neben sie. »So der Plan.«

Andie lehnte sich zurück, stützte den Kopf in die Hand und lächelte mich liebevoll an. »Sehr gut. Die Kinder vermissen dich nämlich. Bei der Beerdigung hast du großen Eindruck auf sie gemacht.«

Ich zuckte mit den Schultern. »Kinder lassen sich leicht beeindrucken.«

»Paige nicht. Der macht niemand etwas vor. Den Ärzten muss ich immer sagen, dass sie sie nicht wie ein Baby behandeln sollen, wenn sie sich keinen Rüffel von ihr abholen wollen.«

»Wie geht es ihr?«, fragte ich vorsichtig.

»Gut!«, antwortete Andie fröhlich und irgendwie ein bisschen zu laut. »Zum Glück hat sie keine Metastasen. Und die Ärzte sind optimistisch, dass sich ein Spender findet. Wir sind alle sehr optimistisch.«

Ich sah sie skeptisch an. Ich konnte andere Leute zwar nicht so gut durchschauen wie Angel, andererseits war Andie keine besonders gute Lügnerin.

»Von dem Caduceus-Krebshilfefonds habe ich dir schon erzählt, oder?«, fuhr Andie fort. »Der hat einen großen Teil der Behandlungskosten übernommen. Das ist eine wahnsinnige Hilfe.«

»Aber eine Gentherapie werden die auch nicht bezahlen, oder?«

»Nein, aber wer hat schon so viel Geld?«

Ich runzelte die Stirn und sie rutschte unbehaglich auf dem Sofa herum. Bevor ich noch einmal nachbohren konnte, erzählte sie weiter. »Bislang passt Tyler auf die Kinder auf, wenn ich im Laden bin, aber sie freuen sich sicher, Zeit mit ihrer Tante zu verbringen.«

Ich hatte Tyler vom ersten Augenblick an gehasst. Er arbeitete für einen der Wohnungsbauträger auf Kepler und war oft in unseren Laden gekommen – hauptsächlich, um meine Schwester anzubaggern. Selbst nach all den Jahren hatte ich ihm nicht verziehen, dass er sie mir weggenommen hatte.

Und zwar nicht nur mir, sondern allen anderen auch – und er hatte sie von allem ferngehalten, was sie liebte. Als Andie vor ein paar Monaten die Scheidung eingereicht hatte, hätte ich vor Freude tanzen können.

Zumindest hatte ich bis eben geglaubt, dass sie sich von ihm getrennt hatte.

Ich bemühte mich, nicht genervt zu klingen. »Bist du wieder mit Tyler zusammen?«

»Nein, nein, wir leben weiterhin getrennt. Er hilft nur mit den Kindern, bis wir das mit dem Sorgerecht geklärt haben«, erwiderte sie schnell. »Und ich kann jede Hilfe gebrauchen.«

Mein Ärger verflog so schnell, wie er gekommen war. »Willst du mich etwa zum Babysitten einspannen?«

»Du kannst natürlich auch gerne verstopfte Abflüsse und Rohre reparieren, wenn dir das mehr Spaß macht.«

»Vielleicht wäre mir das tatsächlich lieber!«

Andie lachte. »Oder du hilfst Mr. Fong dabei, die Regale aufzufüllen.«

»Du weißt ganz genau, dass der alte Sack mich nicht mal in die Nähe der Regale lassen würde.«

»Aus gutem Grund, schließlich hast du einen halben Karton Leuchtstofflampen zerbrochen.«

»Das war *ein einziges Mal!*«

»Einmal reicht!«

Wir mussten beide lachen. Dann legte sie mir immer noch lächelnd die Hand auf den Arm. »Ich habe dich vermisst.«

»Ich dich auch.«

Sie drückte leicht meinen Arm. Dann machte sie große Augen und drückte noch einmal.

»Meine Güte, Edie!«

»Was denn?«

»Du hast dich wirklich verändert!«
»In acht Jahren lässt sich das nicht vermeiden.«
»Nein, das meine ich nicht« – sie stupste gegen meine Schulter – »warst du nicht mal viel schmächtiger?«
»Mir war furchtbar langweilig, und deswegen bin ich oft im Fitnessraum gewesen.« Ich grinste. »So schnell verpasst mir Mr. Fong keine Kopfnuss mehr.«
Andies Lachen ging nahtlos in ein Gähnen über.
»Du solltest dich hinlegen, du siehst müde aus«, sagte ich.
»Bin ich auch. Schließlich bin ich seit 0400 auf.« Andie lächelte mich matt an. »Aber ich wollte dich noch gerne sehen.«
»Danke, das ist lieb von dir.« Ich lächelte zurück.
Dann stand ich vom Sofa auf und hielt ihr die Hand hin. Sie nahm sie, zog sich hoch und stand dann auf wackligen Beinen da.
»Ich habe dir dein Zimmer hergerichtet«, sagte sie. »Ruh dich aus.«
»Danke. Für alles.«
»Gerne.« Andie zog mich noch einmal an sich. »Ich bin einfach nur froh, dass du wieder hier bist.«
Sie summte leise vor sich hin, als ich sie umarmte. Dieses Mal achtete ich dabei mehr auf ihren Babybauch. Ich roch ihr Shampoo, es duftete nicht mehr blumig und süß wie früher, sondern nach kühler Aloe. Ich überlegte, ob es seltsam wäre, sie danach zu fragen. Aber noch bevor ich dazu kam, trat sie einen Schritt zurück und deutete in Richtung meines Zimmers.
»Geh schlafen, dann kann ich auch endlich ins Bett. Wir sehen uns morgen früh, bevor der Laden aufmacht.«
»Dann bis morgen.«
»Gute Nacht.«

Andie und ich gingen zu gegenüberliegenden Türen im Wohnzimmer: Eine führte zum ehemaligen Schlafzimmer unserer Eltern, die andere in mein Kinderzimmer.

Die Möbel waren immer noch dieselben wie früher: ein knarrendes Bett und ein abgenutzter Schreibtisch. Zumindest war der Stuhl in der Ecke nicht wie damals voll mit einem Berg gewaschener und noch nicht weggeräumter Wäsche. Ein Dutzend halbfertige Modellbausätze und eine Menge Technikkram lagen auf den Regalen, daneben türmten sich wacklige Stapel mit Lehr- und Technikhandbüchern. Der Kleiderschrank platzte aus allen Nähten und ließ sich auch nicht mehr schließen, da überall davor volle Kartons mit Moms krakeliger Schrift darauf herumstanden. Ich bahnte mir einen Weg durch das Durcheinander und warf mich auf das frisch gemachte Bett.

Sobald ich auf der steifen Matratze lag, machte sich sofort meine Erschöpfung bemerkbar. Meine Gedanken kreisten dennoch weiter um Andie. Egal, wie sehr ich ihren nutzlosen Exmann auch verabscheute: Zumindest hatte er ihr zur Seite gestanden, als Mom krank war, und sich um den Laden und die Kinder gekümmert, vor allem um Paige. Jetzt war Andie mit allem allein, und ich war nicht bei ihr gewesen, um ihr zu helfen. Wie konnte ich meine achtjährige Abwesenheit nur wieder gutmachen? Das machte mir schwer zu schaffen.

Ich musste mir etwas einfallen lassen. Das war ich ihr einfach schuldig.

Am nächsten Morgen wachte ich in aller Frühe auf. Das allein war, verglichen mit damals, schon ungewöhnlich, noch dazu, weil ich erst spätnachts angekommen war. Vielleicht hatte ich mich im Gefängnis ans zeitige Aufstehen gewöhnt. Dort waren wir immer am frühen Morgen geweckt worden, noch bevor die trübe kleine Sonne des Felsenplaneten es über die Gefängnismauern geschafft hatte.

Zuerst war ich mir nicht sicher, wo ich war – oder besser: *wann*. Hier, in meinem alten Zimmer und in meinen alten Klamotten, fühlte ich mich wieder wie ein Kind. Oder höchstens wie einundzwanzig: unbekümmert und ehrgeizig, immer auf der Suche nach dem großen Erfolg und dem Adrenalinrausch. Damals hatte ich mich unbesiegbar gefühlt, als könnte mich nichts aufhalten. Ich hatte fest daran geglaubt, dass eines Tages etwas Großes aus mir werden würde, dass ich einmal jemand sein würde, nicht nur ein Gossenkind aus den Lower Wards. Und dazu brauchte ich nur einen einzigen Coup, einen letzten großen Job ...

Aber auf diesen Höhenflug war die Ernüchterung gefolgt.

Ich setzte mich im Bett auf und rieb mir den Schlaf aus den Augen. Ich war jetzt ein völlig anderer Mensch als mit einundzwanzig. Ein Mensch, der bis gestern noch im Knast gewesen und heute auf Bewährung draußen war. Der in Klamotten aufwachte, die seit acht Jahren aus der Mode und mir außerdem zu klein waren. Der es letzte Nacht ein bisschen übertrieben hatte mit seinem Herumgerenne. Und der unbedingt einmal duschen sollte.

Also beförderte ich meinen müden, alten, schmerzenden Hintern aus dem Bett und stapfte zum vollgestopften Kleiderschrank. Mom hatte mein Zimmer anscheinend jahrelang als Abstellkammer verwendet, zumindest den Kartons nach zu urteilen: »Kinderspielzeug«, »Alte Bücher«, »Familienfotos«. Ich räumte mir den Weg frei und sah mir dann die Sachen im Kleiderschrank an.

Beim Anblick eines von Dads Hawaiihemden wurde mir

das Herz schwer: Es war ein besonders schönes, auf dem Auslegerboote mit geblähten Segeln zu sehen waren. Zwar war es nicht aus echter Seide, dafür hätten unsere Credits nie gereicht, aber dafür die beste Synthetikscheiße, die wir hatten auftreiben können. Unter den eng aneinandergereihten Klamotten entdeckte ich noch mehr Hawaiihemden in gedecktem Blau und blassem Rot, dazu Krawatten mit eleganten Mustern und einen geschmackvollen grauen Anzug.

Vor Trauer verkrampfte sich mein Magen und mein Herz tat weh. Mit einundzwanzig wäre ich vielleicht noch in Tränen ausgebrochen und meine Hände hätten gezittert.

Aber mittlerweile war ich neunundzwanzig und gerade aus dem Gefängnis entlassen worden. Mit einem Seufzen hängte ich das Hemd wieder zurück.

Meine eigenen Klamotten waren ganz hinten im Schrank. Zum Glück hatte ich mir immer gerne Übergrößen gekauft, um meine zusätzlich in einen Sport-BH gezwängte Brust zu verbergen. Ich zog ein graues Henley-Shirt und eine dunkle Jeans hervor, dazu nahm ich mir eine schwarze Segeltuchjacke, Unterwäsche und einen Binder.

Dann ging ich ins Wohnzimmer. Die Kinder schienen noch zu schlafen. Andie war in unserer winzigen Küche und wühlte dort in den Schränken herum. Ich entschied mich, erst zu duschen, bevor ich zu ihr ging, und lief durch die auf dem Boden verstreuten Luftballons zum Badezimmer.

Das Bad war sauber, aber unaufgeräumt. Andie hatte anscheinend noch schnell zwischen der Arbeit und meiner Heimkehr Wäsche gewaschen. Die Ablage war mit Kosmetikartikeln zugestellt, und das Medizinschränkchen war so voll, dass es sich nicht mehr schließen ließ.

Ich duschte vielleicht ein wenig länger, als ich es hätte tun sollen. Das warme Wasser und der Druck auf meinen Schultern fühlten sich einfach zu gut an. Seit ich wegen der Beerdigung meiner Mutter vor zwei Jahren draußen gewesen war, hatte ich keine richtige Dusche mehr gehabt. Ich hatte das Gefühl, die letzten acht Jahre von mir abzuspülen.

Ich wusch mir die Haare und schrubbte auch noch das letzte bisschen Justizvollzugsanstalt von meinem Körper. Zufrieden trocknete ich mich ab, zwängte mich in den Binder und zog mich an.

Mir blickte ein völlig neuer Mensch aus dem Spiegel entgegen: sauber, mit Binder und Klamotten, die mir auch tatsächlich passten. Das war weder ich mit einundzwanzig noch ich als Häftling. Ich hatte keine Ahnung, wer diese Person war, wollte es aber gerne herausfinden.

Als ich die Tür öffnete, begrüßte mich der Knall eines zerplatzenden Luftballons.

Ich machte vor Schreck einen Satz. Dann fiel mein Blick auf Casey, der neben der Badezimmertür am Boden saß. Er hielt eine schlaffe Ballonhülle in der Hand und fixierte mich mit hellbraunen Augen.

»Hey, Kleiner!«

Der kleine Junge grinste und winkte mit der freien Hand.

»Willst du Tante Edie nicht richtig begrüßen?«, rief Andie aus der Küche.

Casey schüttelte energisch den Kopf.

Mir wurde das Herz schwer. Was konnte ich so Schreckliches getan haben, dass ich den Zorn meines sechsjährigen Neffen auf mich gezogen hatte?

Andie kam zu uns. Sie hatte ihr dunkles Haar zu einem losen Zopf geflochten, ihr fadenscheiniges Kleid passte gerade noch so über ihren Hāpai-Bauch. »Willst du Edie nicht wenigstens umarmen?«

Casey ließ den Luftballon fallen, stürzte zu mir und schlang die Arme um meine Taille. Etwas überrascht erwiderte ich die Umarmung.

Ich war erleichtert, als der kleine Junge sich an mich schmiegte. Casey war geboren worden, als ich im Gefängnis war, und ich hatte ihn bislang nur einmal kurz – bei der Beerdigung meiner Mutter vor zwei Jahren – gesehen. Ich war immer davon ausgegangen, dass er mich mochte – oder dass ihm zumindest die Zaubertricks gefallen hatten, die ich ihm damals gezeigt hatte. Umso schöner war es, dass er sich tatsächlich freute, mich zu sehen. Er drückte mich und ich hielt ihn fest.

»Na also«, sagte Andie fröhlich. »Jetzt zieh dich an, du musst in einer halben Stunde in die Schule.«

Ich zerzauste ihm das braune Haar. »Und kämm dir gefälligst die Haare.«

Er starrte mich finster an und schüttelte den Kopf, bis seine Haare wieder genau wie vorher aussahen.

Ich senkte die Stimme zu einem laut vernehmlichen Flüstern. »Und wenn du dir dazu noch brav die Zähne putzt, hol ich dir vielleicht ein paar Süßigkeiten aus den Ohren.«

»Edie ...«, protestierte Andie.

Aber Casey war bereits ins Bad gerannt und hatte die Tür hinter sich zugeworfen.

Ich lachte. »Du bist so ein schlechter Einfluss«, sagte Andie lächelnd.

»Wegen den Süßigkeiten oder wegen dem Knast?«

»Sowohl als auch.«

Ich nickte in Richtung Badezimmertür. »Warum sagt er nichts?«

Andie kam zu mir. »Er hat ein Schweigegelübde abgelegt.«
»Bitte was?« Ich brach in Gelächter aus. »Wie kommt denn ein Sechsjähriger auf so etwas?«
»Keine Ahnung, er hat das Gelübde abgelegt, bevor er es uns erklären konnte.«
Ich grinste. »Dann kann ich ihn ja zu meinem nächsten großen Coup mitnehmen. Er wird nichts ausplaudern.«
Andies Lächeln verschwand. »Was für ein Coup?«
Als ich ihren Gesichtsausdruck sah, wurde mir ganz flau. »Das sollte nur ein Witz sein.«
»Mach darüber bitte keine Witze.«
»Warum nicht?«
»Mom?«, meldete sich eine Stimme aus dem Kinderzimmer.

Wir drehten uns beide um. In der Tür stand ein Teenager, gekleidet in die Uniform einer in der Nähe gelegenen Schule – weiße Bluse, karierter Rock, Strümpfe und schwarze Lackschuhe. Ihr braunes Haar hatte sie zu zwei ordentlichen Zöpfen geflochten. Keine Strähne war am falschen Platz, dennoch konnte die makellose Aufmachung nicht über die dunklen Ringe unter den Augen und die kränkliche Blässe ihrer Haut hinwegtäuschen. Ich brauchte einen Moment, bis ich meine gerade dreizehn gewordene Nichte erkannte.

»Hallo, Paige.«

Sie lächelte und sofort war die Ähnlichkeit mit Andie unverkennbar. Ich lief zu ihr und ging in die Hocke, um sie so vorsichtig zu umarmen, als könnte ich sie zerbrechen.

»Wie gehts dir, Kleines?«, fragte ich.

»Gut«, erwiderte sie vage. »Heute gibt es in der Schule Pizza, weil wir als Klasse unser Lernziel erreicht haben. Wie war es im Gefängnis?«

»Paige!«, wies Andie sie zurecht.

»Gut«, erwiderte ich ebenso vage. »Allerdings gab es da nie Pizza, obwohl ich ein ganzes Buch gelesen hab.«

»*Ein* Buch?«

Ich zuckte mit den Schultern. »Im Gefängnis hat man nicht viel Zeit.«

Paige prustete vor Lachen und ich grinste.

Andie legte ihr die Hand auf den Kopf. »Iss vor der Schule noch etwas, okay? *E hele kākou.*« Sie schob ihre Tochter in Richtung Küche und sah mich mit einem seltsam missbilligenden Blick an. »Darüber reden wir noch, okay?«

Ich trat unbehaglich von einem Fuß auf den anderen. »Ja, natürlich, wie du meinst.«

Andie ging und ich blieb allein in dem Wohnzimmer voller Luftballons zurück. Ich seufzte und folgte ihr.

In der Küche roch es nach gebratenem Dosenfleisch, rehydrierten Eiern und frisch gekochtem Reis, dazu kam der intensive Duft von Kaffee und süßen Guaven. In der Küche war ich schon immer eine Niete gewesen, Andie dagegen war das Kochen immer leichtgefallen. Schon als Teenager hatte sie zwischen Schule und Arbeit für die ganze Familie gekocht. Zuerst aus Spaß und später – als Dad gestorben war –, weil es nicht anders ging. Andie konnte auch aus 20 Credits etwas zaubern, das für alle reichte.

Mir lief das Wasser im Mund zusammen. Ich ging zur Anrichte und lud mir Reis, Rührei und dazu ein paar Scheiben Dosenfleisch auf den Teller. Dann goss ich mir Kaffee ein und setzte mich an unseren abgenutzten Küchentisch. Im Vergleich zu dem Gefängnisfraß der letzten acht Jahre war das hier ein Festmahl.

Paige drängte sich an mir vorbei, um sich ebenfalls zu

setzen, als Casey in die Küche gestürmt kam. Mit der einen Hand versuchte er, sich eine Weste anzuziehen, während er mit der anderen einen Cowboyhut auf seinem Kopf festhielt.
Andie sah auf und seufzte. »Ich hab dir doch gesagt, dass du das nicht in die Schule anziehen kannst«, schimpfte sie.
Casey sah sie finster an.
»Aber warum denn nicht?«, fragte ich und half ihm mit der Weste.
Andie warf mir einen warnenden Blick zu. »Weil heute Klassenfotos gemacht werden und sie dafür die Uniform anziehen sollen.« Sie blickte wieder zu Casey. »Das ist mehr was für eine Mottoparty.«
»Dieses schicke Outfit?« Ich setzte ihm den Hut gerade auf. »So machst du Tex alle Ehre«, sagte ich im Tonfall eines Cowboys in einem Western.
»Was ist ein Tex?«, wollte Paige wissen.
»Das ist eine Abkürzung für Texas«, antwortete ich weise.
»Und was ist ein Texas?«
»Das ist ...« Was zum Teufel war Texas eigentlich noch mal? »Das ist ... äh ...«
»Ein Ort auf der Alten Erde«, antwortete Andie knapp. »Warum bist du so eine Nervensäge?«, fragte sie mich.
»Er hat schließlich ein Schweigegelübde abgelegt«, erwiderte ich ernst, legte den Arm um Casey und drückte ihn an mich. »Jemand muss doch für ihn eintreten.«
Andie warf resignierend die Hände in die Luft. »Also gut. Aber für das Foto musst du das ausziehen. Und wenn man dir das Zeug in der Schule abnimmt, ist das nicht mein Problem.«
Ich tippte an Caseys Hut. »Danke, Ma'am.«
Andie ließ sich schwer auf ihren Stuhl fallen. »Und jetzt setzt euch alle und esst. Bitte.«

Wir taten wie geheißen und einen Moment lang war nur das Klappern des Bestecks zu hören. Ich legte die Handflächen aneinander und grinste Andie über die Fingerspitzen hinweg an. »Itadakimasu.«

»Jaja«, brummte sie. »Iss und halt die Klappe, bevor ich dich höchstpersönlich wieder ins Gefängnis zurückbringe.«

Nach dem Frühstück schickte Andie die Kinder zur Schule. Ich bestand darauf, abzuwaschen, was sie nur unter der Bedingung akzeptierte, dass sie selbst abtrocknete. Schweigend räumten wir das schmutzige Geschirr in die Spüle. »Wegen dem ›Coup‹ ...«, sagte sie schließlich.

»Es gibt keinen ›Coup‹.«

»Sicher?«

Ich stellte die Pfanne auf den Geschirrstapel in der Spüle und krempelte die Ärmel hoch. »Natürlich bin ich sicher.«

»Aber gesagt hast du etwas anderes.«

Ich hielt die Pfanne unter den Wasserhahn. »Andie, das war doch nur ein Scherz.«

»Darüber darfst du keine Scherze machen.«

Ich schwieg einen Moment lang und beschäftigte mich mit einem besonders hartnäckigen Schmutzfleck auf der Pfanne. »Warum nicht?«, erwiderte ich schließlich.

»Was, wenn das jemand zufällig hört und glaubt, dass es ernst gemeint ist? Ich stehe unter Beobachtung vom Familiengericht. Und du bist nur auf Bewährung draußen.«

»Ich werde mir nicht das Geringste zuschulden kommen lassen.« Ich reichte ihr die Pfanne. »Schließlich hat man mich wegen guter Führung entlassen, schon vergessen?«

Andie trocknete die Pfanne ab. »Aber wenn du dich nicht gut führst, landest du ganz schnell wieder hinter Gittern.«

»Aber das werde ich nicht.« Ich betrachtete den Teller in meiner Hand. »Ich werde hier doch gebraucht. Paige ist krank, Casey ist noch so klein ... und du bist hier mit allem allein.« Ich sah sie an. »Du brauchst mich auch.«

Andie nahm mir den Teller ab und stellte ihn beiseite. »Mach dir um mich mal keine Sorgen. Ich will nur, dass du bei uns bleibst.« Sie lächelte. »Wir haben dich alle sehr vermisst.«

»Ich euch auch.«

»Also halt dich bitte von Ärger fern.« Sie hob warnend den Finger. »Mittlerweile habe ich eine Menge Übung darin, Mutter zu spielen. Und zur Not mache ich das auch bei dir.«

Ich musste lachen. »Du weißt ganz genau, dass mir das gar nicht gefallen würde.«

»Dann benimm dich.«

»Zu Befehl, Ma'am.«

Ich widmete mich wieder den schmutzigen Tellern in der Spüle. Eine Weile spülten wir schweigend ab und ich ließ meine Gedanken schweifen. Andie hatte noch nie gefallen, was ich so trieb. Ihrer Meinung nach war das alles viel zu gefährlich. Und sie war der Ansicht, dass ich mich nicht in den Dreck ziehen lassen sollte, egal, wie schlecht es uns ging. Dennoch hatte sie mich nie verraten, sondern mich im Gegenteil sogar gedeckt. Ich hatte mich immer auf sie verlassen können, auch wenn unsere Mom noch so mit mir geschimpft hatte. Ich denke, sie wusste ganz genau, dass ich auf meine Weise versuchte, etwas beizutragen. Und so sehr sie es auch hasste, ihr war immer völlig klar gewesen, dass sie mich sowieso nicht aufhalten konnte. Aber sie versuchte ihr Bestes.

So, wie sie immer ihr Bestes gab.

Als wir mit dem Abwasch fertig waren, ging Andie in den Laden. Ich blieb allein zurück, fläzte mich mit meinem alten

Kartenspiel in der Hand faul auf dem Sofa und betrachtete die vielen Luftballons am Boden.

Von jetzt an würde ich ein ehrliches Leben führen. Daran führte kein Weg vorbei, schließlich hatte ich es Andie versprochen. Auf keinen Fall durfte mein Verhalten ihr in irgendeiner Form vor Gericht schaden. Aber wie verdiente man überhaupt sein Geld auf ehrliche Weise? Würde der Teesalon ein paar Häuser weiter jemanden einstellen, der gerade aus dem Gefängnis kam? Wohl eher nicht. Bei den Docks hatte ich vermutlich bessere Chancen. Auch wenn Kepler zusehends zu einem Zentrum für aufstrebende Hightech-Firmen wurde, mussten weiterhin Waren transportiert werden und in den Docks war immer genug zu tun. Soweit ich wusste, hatte auch Cy dort Arbeit gefunden, nachdem er beschlossen hatte, ein ehrliches Leben zu führen. Vielleicht konnte ich dort eine Stelle finden und noch einmal von vorne anfangen.

Ich holte mein Handy aus der Tasche und tippte eine kurze Nachricht.

[Bin draußen, Brah.]

Die Antwort kam, noch bevor ich das Telefon wieder einstecken konnte.

[Gut.]

Ich musste grinsen. Cy – so charmant wie immer.

[Du musst mir einen Gefallen tun. Hast du Zeit?]
[Ich arbeite in Dock 2A-4. In einer Stunde mach ich Pause.]
[Ich komm vorbei.]

Ich drehte mich auf den Rücken und starrte die Decke an. Cy würde mich nicht im Stich lassen. Und was noch wichtiger war: Andie glaubte an mich. Es würde schon klappen. Es *musste* einfach klappen.

Angel war der Ansicht, dass ich hier draußen ohne sie nicht zurechtkam, und ich war entschlossen, ihr das Gegenteil zu beweisen.

3

ICH FUHR AUF DER NÄCHSTGELEGENEN SPEICHE DER RINGFÖRMIG ANGElegten Kepler-Station per Monorail in Richtung Zentrum, aus dem die Docks als turmförmiger Aufbau in den Weltraum ragten. Dort befanden sich die Docks, auf denen immer eine Menge los war. Ursprünglich hatte es auf Kepler nur eine Tankstation für Raumschiffe auf dem Weg zu einigen wenigen Kolonien in den Äußeren Welten gegeben – auf der je nach Nachfrage mal mehr, mal weniger Waren für die Inneren Welten umgeschlagen wurden. Aber als die Menschheit sich immer weiter in den Weltraum ausbreitete, wurde aus dem ehemals unbedeutenden Außenposten Kepler ein interstellarer Verkehrsknotenpunkt, der beständig weiter ausgebaut wurde. Meine eigene Familie war vor vielen Generationen hierhergezogen, um als Staatsbedienstete in den Docks zu arbeiten – sie waren die ersten Morikawas gewesen, die das All bereist hatten.

Die Docks waren außerdem der Geburtsort von Atlas Industries, des Tech-Imperiums jenes ach so großen Mannes: Joyce Atlas.

In den Docks wimmelte es von Raumschiffen mit dem Logo seines Multikonzerns. Von meiner Position am Eingang von

Dock 2A aus hatte ich eine gute Aussicht auf die vielen Raumschiffe über und unter mir – über mir stapelten sie sich förmlich in schwindelerregende Höhen, und unter mir bis weit in die Tiefe. Jedes Schiff war mit einer magnetischen Haltevorrichtung von der Größe eines kleinen Copters an dem Gerüst festgemacht. Die Arbeiterinnen und Arbeiter sahen aus wie winzige Ameisen, die in der Schwerelosigkeit an den Schiffen herumkletterten. Hinter den Schiffen trennte eine aus einzelnen, wabenförmigen Luftschleusen für die Raumschiffe zusammengesetzte Wand die Docks von der eiskalten Schwärze des Weltraums.

Dock 2A-4 befand sich drei Wabenreihen oberhalb des Eingangs. Ich nahm mir einen Kletterharnisch, zog ihn an, befestigte ihn mit einem Haltegurt an dem Gerüst und kletterte nach oben. In den Docks des Turmes, der aus dem Ring hinaus ins All ragte, gab es keine Schwerkraft. Doch trotz Kälte und Zero-G schwitzte ich, als ich endlich 2A-4 erreichte.

Dort hatte ein kleines Transportschiff von der Sorte festgemacht, wie sie für kurze Strecken zwischen Kepler und den vielen nahen Kolonien verwendet wurden. Da die Ladeklappe offen stand, war von dem dort dargestellten stilisierten ruhenden Vogel nur die Hälfte zu sehen. Eine groß gewachsene Gestalt bewegte sich auf der Laderampe zielstrebig zwischen den Kisten hin und her. Ihre effizienten und sicheren Bewegungen waren mir wohlvertraut.

Während ich ihm bei der Arbeit zusah, wurde ich plötzlich nervös. Wie sehr hatte sich Cy verändert, während ich im Knast gewesen war? Immerhin hatte er sich mittlerweile eine ehrliche Existenz aufgebaut. Bei seinen Videoanrufen an den Besuchstagen hatte er immer eine gute Geschichte auf Lager gehabt und war überhaupt immer sehr gesprächig gewesen.

Aber würde er mich in seinem neuen Leben denn überhaupt haben wollen, oder hatte er mit seinem alten auch mich hinter sich gelassen?

Ich stieß mich vom Dock ab und ließ mich in Richtung Raumschiff treiben.

»Cy!« Als ich näher kam, sah er von den Kisten auf. Ich hielt mich an einem Geländer fest, wobei ich so abrupt zum Stehen kam, dass ich ins Taumeln geriet. »Bist du das?«

Er trat aus dem Schatten des Schiffs in das harte weiße Licht, mit dem das ganze Dock angestrahlt wurde. Er war immer noch so groß wie früher, sonst jedoch ein völlig anderer Mensch. Das Testosteron und die massigen kybernetischen Implantate sorgten dafür, dass sich die Kleidung überall an seinem Körper spannte. Sein rasierter brauner Schädel glänzte, das matte Schwarz seines kybernetischen Arms jedoch absorbierte das Licht förmlich. Seine Augen – eines dunkelbraun, eines verstörend schwarz-rot – unter den dicken Augenbrauen sahen mich mit hellwachem Blick an. Als sein Oberlippenbart bei meinem Anblick leicht zuckte, musste ich grinsen.

»Edie«, begrüßte Cy mich mit tief grollender Stimme. »Du bist wirklich draußen!«

»Oh ja, aber sowas von!« Ich befestigte meinen Haltegurt an einer Laufschiene und bewegte mich auf das Schiff zu. Cy kam mir auf halbem Weg entgegen. Ich streckte die Hand aus, aber er griff meinen ganzen Arm und zog mich an sich. Dann klopfte er mir so kräftig auf die Schulter, dass ich husten musste. »Ich freu mich auch, dich zu sehen«, keuchte ich.

Er bedeutete mir, ihm zu folgen, dann schwebten wir zusammen in Richtung Schiffsladeraum.

»Wie lange bist du schon draußen?«, fragte er.

»Erst seit gestern.« Ich befestigte meinen Haltegurt an einer der gesicherten Transportkisten, während sich Cy wieder daranmachte, den Inhalt des Laderaums mit der Liste auf seinem Datapad abzugleichen. »Man hat mich wegen guter Führung vorzeitig entlassen.«

»Aha«, erwiderte er ungläubig.

»Was ist daran so schwer zu glauben?«

»Dafür bist du nicht der Typ. Warst du noch nicht mal in Hanabata-Tagen, als du noch echt klein warst.«

»Bitte? Glaubst du etwa nicht, dass ich mich ändern kann?«

»Nö.«

Ich musste lachen. »Faka.«

Jetzt fühlte sich die Freiheit gut an – ich war hier mit einem guten alten Freund und wir unterhielten uns in unserer Sprache. Nach Dads Tod hatten wir zu Hause kaum noch Pidgin gesprochen, und von den Häftlingen hatte es auch kaum jemand gekonnt. Es war die Sprache von Dads Seite der Familie, in der ich mich außer mit meinen Verwandten väterlicherseits nur noch mit meinen Schulfreunden unterhalten hatte.

Cy schwebte weiter zu einer anderen Transportkiste. »Und willst du diesmal auch draußen bleiben?«

»So der Plan. Deswegen wollte ich mit dir sprechen.«

Cy hielt inne und scrollte auf seinem Datapad herum, dann steckte er es zufrieden an seinen Gürtel und sah mich an. »Worüber denn?«

»Ich brauche Arbeit, Brah, und wollte dich fragen, wie du an deine gekommen bist.«

Er zuckte mit den Schultern. »Mein Cousin ist hier der Vorarbeiter. Und er war meiner Tūtū noch einen Gefallen schuldig.«

»Deine Oma mag mich doch auch, oder nicht?«

Er schnaubte. »Nicht genug, um dir einen Job zu verschaffen.«

Er verließ den Laderaum und ich machte hinter seinem Rücken ein finsteres Gesicht. Kurz darauf kam er mit einem Kranarm zurück, den er zu einer Transportkiste dirigierte.

»Aber was soll ich denn dann tun?«

»Hast du mit Angel geredet?« Er machte die Kiste los.

Ich erstarrte. »Nein«, log ich.

Ich war mir nicht sicher, ob Cy nicht auffiel, wie angespannt ich plötzlich war, oder ob es ihm egal war. »Wenn du wirklich auf der Suche nach einem Job bist, dann geh zu Angel.«

»Aber warum? Hat sie etwa mit dir über einen Job geredet?«

Cy befestigte den Arm an einer Magnetplatte an der Seite der Transportkiste. »Jep.«

»Und da willst du einsteigen?«

Die Hydraulik des Krans zischte, als die Kiste aus dem Laderaum gehoben wurde. »Jep.«

»*Aber warum?*« Mein Tonfall war schärfer als beabsichtigt. Warum ließ Cy sich von Angel einspannen? Er hatte es hier doch gut. Er hatte sein Leben auf die Reihe bekommen. Und jetzt wollte er das alles aufgeben, nur weil Angel es so wollte?

Cy drehte sich von der Transportkiste zu mir um. Er wirkte völlig unbeeindruckt. »Weil es ein guter Plan ist. Vielleicht der beste, den wir je hatten. Ich weiß schon, ihr habt Pilikia miteinander. Aber sie hätte dich trotzdem gerne dabei.«

»Kommt nicht infrage«, erwiderte ich. »Ich bin da raus. Endgültig.«

Er zuckte mit den Schultern. »Wenn's geht, dann geht's, wenn nicht, dann nicht. Denk wenigstens mal drüber nach.«

Auf keinen Fall, dachte ich.

»Okay, ich frage meinen Cousin, ob er einen Job für dich hat, aber ohne Garantie.«

»Danke, Cuz. Weiß ich zu schätzen.«

»Ich komm nachher vorbei, wenn ich Pau Hana hab, dann können wir reden.«

»Okay, klingt gut.«

Ich stieß mich ab und schwebte zu Cy am Eingang des Laderaums hinüber. Dann hielt ich ihm noch einmal die Hand hin, woraufhin er mich wieder an sich zog und mich mit seinen ungleichen Augen durchdringend ansah. »Edie, wir brauchen dich. Und wie ich das sehe, brauchst du uns auch. Denk bitte drüber nach.«

»Okay.«

»Okay.«

Er ließ mich los, und während ich zurück auf das Gerüst kletterte, konnte ich seinen Blick im Rücken spüren. Ich wartete, bis Cy wieder an die Arbeit gegangen war, doch anstatt wieder nach unten zum Ausgang zu klettern, hakte ich meinen Haltegurt an der Laufschiene ein, die über das gesamte Turmgerüst verlief, und ließ mich nach oben ziehen.

Wie immer waren die obersten Docks ziemlich leer. Niemand beachtete mich oder versuchte, mich aufzuhalten, als ich die Decke erreichte, dort eine kleine Luke öffnete, den Gurt löste und hineinkletterte.

Acht Jahre waren vergangen, seit ich das letzte Mal hier oben gewesen war, und es hätte mich nicht gewundert, wenn der Weg versperrt gewesen wäre. Ich bewegte mich durch die sich windenden Schächte, wich allen Sackgassen und den wenigen Überwachungskameras aus. Jede einzelne Luke ließ sich problemlos öffnen, einschließlich der letzten.

Am höchsten Punkt der Docks befanden sich die Kontrollräume, von denen aus der gesamte Verkehr inner- und außerhalb der Station überwacht wurde. Die neueren Räume waren mit Bildschirmen und allen möglichen Vorrichtungen ausgestattet, um die Daten der vielen Überwachungskameras zu empfangen und auszuwerten. Aber wer den Weg zum alten Kontrollzentrum kannte, konnte durch ein Plexiglasfenster einen Blick auf den Weltraum rund um die Station werfen. Mit einem Grinsen schloss ich die Luke hinter mir und schwebte zu dem Fenster, vor dem einige Konsolen und Stühle standen.

Von hier aus konnte man den Transport von Waren und Rohstoffen in die Inneren sowie von Minenarbeitern und Vorräten in die Äußeren Welten beobachten. Und man blickte direkt in die Tiefe des Weltalls und konnte die Sterne zählen, um die unzählige Planeten kreisten. Hier oben breiteten sich sämtliche Möglichkeiten vor mir aus, die das Leben so bot.

Dad hatte mir das alte Kontrollzentrum kurz vor seinem Tod gezeigt. Und ich war einmal mit Angel hier gewesen, kurz bevor alles in die Brüche gegangen war.

Ich glitt in einen Stuhl vor einer der altersschwachen Konsolen und fragte mich, wie die letzten acht Jahre meines Lebens wohl verlaufen wären, wenn zwischen uns nicht alles so gründlich schiefgegangen wäre. Vielleicht hätte ich eine ehrliche Arbeit gefunden, so wie Cy. Vielleicht hätte ich jemand anderes kennengelernt und eine Familie gegründet, wie Andie. Vielleicht hätte ich mich aber auch bis ganz nach oben geschwindelt und würde jetzt scheißviel Kohle verdienen, so wie Angel.

Vielleicht wäre ich aber auch draufgegangen.

Unter mir öffnete sich eine Luftschleuse und ein riesiger Raumfrachter glitt langsam daraus hervor. Das Schiffsemblem war mir unbekannt, es gehörte sicher zu einem neuen Multikonzern, der während meiner Zeit im Gefängnis entstanden war. In der Schwerelosigkeit wirkte das große klobige Schiff beinahe elegant. Es entfernte sich von der Station, bis es kaum noch zu sehen war, dann leuchteten die Triebwerke auf und in einem Wimpernschlag war es verschwunden – um irgendwo weit weg von hier wieder zu erscheinen.

Angel und ich hatten uns oft darüber unterhalten, wohin uns solche Schiffe bringen könnten. Sie hatte immer in die Inneren Welten reisen und sich dort einen Namen machen wollen, den jeder Mensch im Universum kannte. Ich hatte mich danach gesehnt, die echte Alte Erde und das Meer zu sehen, jene Heimat mit eigenen Händen zu berühren, von der in meiner Familie so viel die Rede war. Jene Verbindung zu spüren, die es meinem Dad zufolge immer noch in uns gab. Selbst nach so vielen Generationen, nach all der Zerstörung und Veränderung spürte ich immer noch einen Teil davon in mir.

Aber nun war ich immer noch hier.

Ich blieb im Kontrollzentrum, bis ich trotz der Jacke vor Kälte zitterte, dann glitt ich wieder durch die Luke nach unten und schloss sie hinter mir.

Die nächsten zwei Tage verbrachte ich damit, überall in den Lower Wards nach Arbeit zu suchen. Ich stellte mich in jedem Laden vor, der eine Aushilfe brauchte, aber wie ich schon geahnt hatte, wollte mich der trendige Teeladen nebenan nach einem kurzen Blick auf meinen Lebenslauf nicht einstellen. Auch bei dem neuen Supermarkt und der hübschen kleinen

Boutique hatte ich kein Glück, ebenso wenig bei dem Schnellimbiss, der einen Tellerwäscher suchte. Ich bewarb mich sogar als Stationsmechaniker*in, aber ohne Berufsschulabschluss hatte ich nicht die geringste Chance. Und auch für alle anderen Stellen brauchte man mindestens einen Schul-, wenn nicht sogar einen Collegeabschluss. Ich hatte weder das eine noch das andere.

Wie Mom einmal gesagt hatte: Ich war das schwarze Schaf der Familie, das ließ sich nicht ändern.

Am dritten Tag kam Cy spätabends vorbei. Andie hatte den Laden bereits geschlossen und war in der Küche beschäftigt, aus der sie mich hinausgescheucht hatte, als ich ihr hatte helfen wollen. Angeblich hatte ich alles anbrennen lassen, aber das stimmte nur halb. Nun saß ich mit den Kindern vor dem Fernseher. Zu meiner Überraschung sahen sie sich eine Zeichentrickserie an, die es schon vor meiner Zeit im Gefängnis gegeben hatte. Paige hatte mir die Handlung ausführlich erklärt, trotzdem fiel es mir schwer, ihr zu folgen. Es gab sprechende Drachen und unsichtbare Katzen. Vielleicht auch fliegende Pferde, aber da war ich mir nicht sicher.

Einer von Atlas' Algorithmen bemühte sich gerade, auf mich zugeschnittene Werbung zu generieren – eine Datenlücke von acht Jahren machte das anscheinend ziemlich schwierig –, als es an der Tür klopfte. Ich sprang auf, öffnete und vor mir stand Cy mit Malasadas in der einen Hand und ein Sixpack Bier in der anderen.

Die mit Haupia gefüllten Krapfen überließen wir den Kindern und setzten uns mit dem Bier draußen auf die Treppe vor dem Haus. Cy bot mir eine Zigarette an, die ich nur zu gerne nahm. Dann öffnete er ein Bier und einen Moment lang saßen wir einfach nur schweigend da und genossen unsere jeweiligen Laster.

»Und? Wie läufts?«, fragte ich nach einer Weile.

»Gut. Ich hab viel gearbeitet, nebenbei helfe ich meiner Tūtū.«

»Wie gehts ihr?«

»Sie sieht nicht mehr gut, deswegen machen meine Cousinen jetzt die meiste Näharbeit. Aber sie lässt gern die Chefin raushängen, so schlecht gehts ihr also auch wieder nicht.«

Ich musste grinsen. »Bist du immer noch auf der Suche nach echter Wolle in den Upper Wards unterwegs?«

»Glaubst du ernsthaft, dass ich mich so da blicken lassen kann?« Cy zeigte auf sich. Er trug nur ein T-Shirt, und die Nanofasermuskeln sowie die Hydraulik seines kybernetischen Arms waren nicht zu übersehen. Kein Vergleich mit den schicken Mods der Upper Wards. »Dummeh.«

Ich musste lachen. »Wie hilfst du ihr denn dann?«

»Ich hab Nähmaschinen angeschafft, Brah. Damit ist sie viel effektiver.«

»Ho, dann habt ihr jetzt einen richtigen Betrieb am Laufen.«

»Wir sind die Nummer eins«, sagte er stolz.

»Und wie gehts deinem Opa?«

Cy schüttelte den Kopf. »Ist vor sechs Monaten gestorben.«

Ich sah zu Boden. »Tut mir leid, Cuz.«

»Schon okay. Du warst lang weg.«

»Jep.«

Cy trank einen großen Schluck Bier. Ich nahm einen langen Zug von meiner Zigarette.

Ich deutete auf mein Auge. »Seit wann hast du das?«

»Drei oder vier Monate.«

»Erst?«

»Jep, hab gutes Heilfleisch.«

Mich schüttelte es förmlich bei dem Gedanken daran, was es bedeuten musste, sich ein kybernetisches Auge einsetzen zu lassen. »Willst du noch mehr machen lassen?«

»Nicht mehr viel, bin schon fast zufrieden.«

Das war schwer vorstellbar. Cy war schon immer perfektionistisch gewesen, was den Körper anging. Davon konnte ich ebenfalls ein Lied singen. Die Pubertät war für uns beide die Hölle gewesen. Wir waren so unglücklich über unsere wachsenden Brüste und die höllischen Perioden gewesen, aber nicht in der Lage, zu artikulieren, was wir überhaupt waren: keine Frauen, aber auch keine Männer. Dad hatte uns Māhū genannt – in der Mitte. Vor langer Zeit auf der Alten Erde wären wir damit etwas Besonderes gewesen. Hier und heute lebten wir zwar in armen Verhältnissen – aber immerhin konnten wir einfach sein, wer wir waren. Cy steckte jeden Credit, den er erübrigen konnte, in seine Transformation: Hormone, Operationen und Mods.

»Ist das nicht ziemlich teuer?«

»Ich hab Schulden ohne Ende, Brah, aber das ist es mir wert.«

»Jep.«

Erdrückende Schulden. Auch davon konnte ich ebenfalls ein Lied singen. Vielleicht hatte er sich deswegen auf Angels Angebot eingelassen – und sie versuchte nun bei mir dasselbe.

»Wie gehts Andie?«

»Gut. Sie hat viel um die Ohren – das Haus, der Laden, die beiden Keiki ... Wie immer viel zu viel.«

»Sie ist tough. Sie kann das.«

»Jep. Und sie will nicht, dass ich ihr helfe.«

»Womit willst du ihr denn helfen?«

Ich nahm einen Zug von der Zigarette und dachte nach. »Mit allem.« Dann stieß ich mit der Rauchwolke einen Seufzer aus. »Sie will, dass ich ein ehrliches Leben anfange.«

»Und willst du das auch?«

»Ja.«

Einen Moment lang sagte niemand etwas.

Ich drehte mich zu ihm um. »Wo wir gerade beim Thema sind, hat dein Cousin was gesagt wegen eines Jobs?«

Er seufzte. »Ja und nein.«

»Was soll das denn heißen?«

»Er kann dir keine Arbeit geben.«

In meinem Magen verkrampfte sich etwas. Ich atmete tief durch. »Also hat er was gesagt. Und was ist dann das ›Nein‹?«

»Als ich gefragt hab, wieso nicht, hat er so rumgedruckst und gesagt, das wär wegen einem Eintrag in deiner Akte.«

»Ja klar, schließlich war ich im Gefängnis«, erwiderte ich gereizt.

»Aber das macht keinen Sinn, hab ich gesagt. Wir stellen doch jede Menge Ex-Häftlinge ein.«

»Und was hat er dazu gesagt?«

Cy legte mir die schwere Hand auf die Schulter. »Tut mir leid: Du stehst auf der schwarzen Liste.«

Mein Magen verkrampfte sich noch mehr. Ich konnte mir nicht vorstellen, wie ich auf der schwarzen Liste gelandet war. Schließlich war ich jahrelang weg vom Fenster gewesen. Vielleicht hatte ich Atlas' Einfluss unterschätzt.

»Was soll ich denn jetzt machen?«

»Ich denke mal, das weißt du selbst, Cuz.«

Ich starrte ihn wütend an. »Ich hab doch schon gesagt, dass ich ab jetzt ein ehrliches Leben führen will.«

Er zuckte mit den Schultern. »Ich werde dir nicht vorschreiben, was du zu tun hast. Ich sag bloß, wie's für dich ausschaut.«

Ich wollte gerade etwas erwidern, als sich hinter uns die Tür öffnete. Ich drehte mich um und sah Andie dort stehen, die Hände in die breiten Hüften gestützt.

»Abendessen ist fertig«, sagte sie und sah uns böse an. »Die Kinder wollen nach dem vielen Zucker jetzt natürlich nichts mehr.«

Cy schien das nicht zu kümmern.

»Danke, wir kommen gleich hoch«, sagte ich.

Andie ging. Cy stand auf und zerdrückte die Bierdose in seiner Metallfaust. Er blickte auf mich herab, sein rotes Auge leuchtete hell im schwächer werdenden Licht. »Wie gesagt. Mach, was du willst. Wir ziehen das mit oder ohne dich durch.« Dann ging er ins Haus.

Ich drückte meine Zigarette mit etwas mehr Kraft als nötig auf den Betonstufen aus. Wenn ich wirklich auf der schwarzen Liste stand, würde ich auf Kepler keine Arbeit finden. Atlas hatte seine Finger in jeder Branche und jedem Geschäft auf Kepler. Ich musste mir etwas einfallen lassen. Ich musste Geld verdienen.

Ich musste einfach.

Ich seufzte und folgte Andie und Cy ins Haus.

Zwei Stunden später verließ uns Cy mit einer Plastikdose voll Chili und Reis in der Hand. Egal, wie leer unser Kühlschrank war: Andie hätte auf gar keinen Fall zugelassen, dass er ging, ohne noch etwas von dem übrig gebliebenen Essen mitzunehmen.

Andie blieben nur ein paar Stunden bis zur nächsten

Schicht. Also half ich ihr, die Kinder ins Bett zu bringen – was mir allerdings eher mit Bestechung als mit Überzeugungsarbeit gelang, weswegen ich ein paar unmöglich zu erfüllende Versprechungen machte. Ich hatte nämlich absolut keine Ahnung, was für Eidechsen in Texas lebten oder wo man sie finden konnte. Aber es reichte, um sie dazu zu bringen, sich die Zähne zu putzen und schlafen zu gehen.

Als ich wieder in Küche kam, saß Andie noch immer am Tisch, den Kopf im Halbschlaf auf die Hand gestützt.

»Tita, geh schlafen. Ich hab alles im Griff«, sagte ich sanft und legte eine Hand auf ihre Schulter. Sie bewegte sich leicht.

»Tita? Ich?«, murmelte sie und sah mich mit glasigen Augen an.

»Ja, natürlich du«, antwortete ich. »Oder siehst du hier noch eine andere Schwester von mir?«

»Nein, ich meinte nur« – sie lachte – »ich weiß nicht, wann du mich das letzte Mal so genannt hast.«

»Vor acht Jahren?«

»Nein, das ist noch länger her.« Sie lächelte mich mit traurigem Blick an. »Ich glaube, das war, bevor Dad gestorben ist.«

»Oh«, ich rieb mir den Nacken. »Ja, das könnte hinkommen.«

Sie deutete auf den Stuhl neben sich und ich setzte mich.

»Schon merkwürdig«, sagte sie. »Wenn ich dich so ansehe, versuche ich immer, das Kind von damals zu entdecken. Aber du hast dich verändert.«

»Das liegt an den Muskeln«, scherzte ich.

»Nein.« Sie sah mich wieder traurig an. »An der vergangenen Zeit.«

Mir wurde das Herz schwer. »Andie ...«

»Ich muss mir dauernd in Erinnerung rufen, dass du jetzt

erwachsen bist.« Sie schüttelte den Kopf. »Es ist einfach seltsam.«

»Ich bin kein Kind mehr. Und zwar schon seit langer Zeit.« Sie lachte. »Und du wirst nicht müde, mich daran zu erinnern.«

»Ganz sicher nicht. Du musst dich nicht mehr um mich kümmern. Ich möchte lieber dir helfen.« Sie lachte wieder, dieses Mal etwas leiser. »Du warst lange weg.«

»Aber *jetzt* bin ich hier.« Ich griff nach ihren Händen. »Jetzt bin ich hier und will dir helfen.«

Schweigend starrte sie unsere ineinanderliegenden Hände an.

Ich drückte sie leicht. »Du kannst mir alles sagen.«

Ich war mir nicht sicher, ob sie das tun würde. Stattdessen starrte sie meine Hände an. »Das Viertel verändert sich«, sagte sie schließlich. »Sie haben uns die Miete in den letzten vier Jahren dreimal erhöht. Mit Tyler sind wir gut über die Runden gekommen, aber die Hälfte seines Gehalts haben wir immer in den Laden gesteckt. Und jetzt, wo er weg ist ...« Sie atmete scharf ein, als würden ihr die Worte physische Schmerzen bereiten.

»Ich kann dir doch ein paar Schichten abnehmen. Oder Reparaturaufträge erledigen. Das wäre doch was für mich.«

»Aber es geht nicht nur um den Laden«, sagte sie. »Wir stecken jeden Credit in Paiges Arztrechnungen. Selbst mit der Unterstützung durch den Krebsfonds schaffen wir es gerade nur, die monatlichen Raten einigermaßen abzustottern.« Sie seufzte. »Die Ärztinnen und Ärzte sind wirklich nett, aber sie können einfach nicht mehr tun.«

»Aber da kann ich dir doch helfen«, sagte ich. »Cy hat mir

zwar keinen Job verschaffen können, aber es gibt doch noch andere Möglichkeiten.«

»Welche denn? Wenn du schon in den Docks keine Arbeit findest, wo dann?«

Ich zuckte zusammen, woraufhin mich Andie bestürzt ansah. »Tut mir leid, so war es nicht gemeint. Ich bin einfach müde.« Dann ließ sie den Kopf in die Hände sinken und holte tief und geräuschvoll Luft. Der Laut, den sie beim Ausatmen von sich gab, klang gefährlich nach einem Schluchzen. »Ich bin einfach immer nur müde.«

»Hey.« Ich stand auf und ging um den Tisch herum, um sie in den Arm zu nehmen. Sie vergrub den Kopf an meiner Schulter. »Hey, alles wird gut.«

»Ich tu doch, was ich kann«, murmelte sie in meinen Hemdkragen.

»Aber das weiß ich doch.«

»Ich mach und tu, aber ich bin immer so müde«, wiederholte sie mit bebender Stimme.

»Ich weiß.«

»Es ist alles so anstrengend.«

»Aber du musst dich doch jetzt nicht mehr allein um alles kümmern«, sagte ich in dem Versuch, sie zu beruhigen. »Ich bin doch jetzt auch hier.«

Sie atmete noch einmal zitternd ein. »Ich weiß.« Dann löste sie sich von mir und schniefte in ihren Ärmel. »Ich weiß nur gerade nicht, was ich tun soll.«

»Uns fällt schon etwas ein. Uns fällt doch immer etwas ein.«

Andie versuchte zu lächeln. »Ja, uns fällt immer etwas ein.«

Ich deutete mit dem Kinn auf ihr Schlafzimmer. »Geh ins Bett. Ich räum hier auf.«

»Okay.«

Ich half ihr beim Aufstehen. In der Schlafzimmertür blieb sie noch einmal stehen. Ich sah vom Abwasch auf und sie lächelte mich schon wieder etwas fröhlicher an. »Danke, Edie. Ich weiß nicht, ob dir klar ist, wie sehr du uns hilfst und wie wichtig du uns bist. Mit dir hier ist gleich alles viel besser.«

»Jep«, sagte ich. »Das hoffe ich.«

»Es ist wirklich so.«

»Gute Nacht, Andie.«

»Gute Nacht, Edie. Ich hab dich lieb.«

»Ich dich auch.«

Andie verschwand mit langsamen Schritten im Schlafzimmer, während ich mich um das restliche dreckige Geschirr kümmerte. Während ich weiter den Abwasch machte, dachte ich über ihre Worte nach. Auch wenn ich es nicht gerne zugab: Sie hatte völlig recht. Wenn mich in den Docks schon niemand einstellen wollte, wer dann? Niemand würde es riskieren, Atlas zu verärgern, indem er jemanden einstellte, der auf dessen schwarzer Liste stand. Ich würde mir außerhalb der Station einen Job suchen müssen. Vielleicht sogar außerhalb des Planetensystems. Ich müsste mich in einer der Minen für Seltene Erden verdingen, oder bei der Verarbeitung von Helium 3, oder bei der Verwertung eines Asteroiden.

Aber egal wie: Ich wäre weit weg von Kepler. Weit weg vom Ward und von Andie und den Kindern. Ohne Mom oder Dad oder meinetwegen auch Tyler wäre Andie dann völlig auf sich gestellt. Das konnte ich ihr nicht antun. Nicht noch einmal.

Und selbst dann wusste ich nicht, ob das Geld am Ende überhaupt reichen würde. Ich musste mir etwas anderes überlegen. Etwas, das mehr einbrachte.

Ich räumte das saubere Geschirr weg, nahm meine Jacke, verließ die Wohnung und schloss leise die Tür hinter mir. Ebenso leise schlich ich die Treppe hinunter. Das Treppenhauslicht ging automatisch an, aber das würde man in der Wohnung nicht bemerken. Ich öffnete die Haustür, trat hinaus auf die Straße und klopfte eine Zigarette aus der Schachtel.

Zum letzten Mal hatte ich mich als Teenager heimlich rausgeschlichen, um eine zu rauchen.

Ziellos wanderte ich durch die Straßen. Meine Schritte hallten von den Häusern wider, die wie neugierige Zuschauer um mich herumstanden. Ich blieb vor einer Ladenfassade stehen, die gerade renoviert wurde und von einem Maschendrahtzaun geschützt war. Daran hing ein Werbebanner: »Der Centennial Tower, ein völlig neues Einkaufserlebnis!«, stand darauf. Ich blickte an dem Turm hinauf. Man hatte das Gebäude entkernt und die Fenster entfernt. Früher war dies ein Miethaus gewesen, viele meiner Mitschülerinnen und Mitschüler hatten hier gewohnt. Andie hatte mir erzählt, dass sich die meisten die Miete nicht mehr hatten leisten können. Während mein Blick von einem leeren Fenster zum nächsten wanderte, versetzte mir ihre Abwesenheit einen Stich ins Herz.

Ich sah mich auf der Straße um. Niemand. In einem Anfall von Nostalgie kletterte ich an dem Zaun hoch und sprang leichtfüßig auf der anderen Seite hinunter.

Ich bahnte mir einen Weg durch die rund um den Turm stehenden Maschinen und Baumaterialien, schwang ein Bein über den Sims eines offenen Fensters und schon war ich im Gebäude.

Die unteren Stockwerke des ehemaligen Wohnhauses wurden gerade in eine riesige Mall umgestaltet. Damit die

Decke auch hoch genug war, hatte man dafür mehrere Stockwerkebenen herausgerissen. Was für eine Platzverschwendung. Die Treppe, die zu den Etagen darüber führte, war durch eine verschlossene Tür gesichert, und der Aufzug funktionierte nicht. Durch das große Loch in der Decke konnte man nach oben gelangen und an den Wänden standen überall Gerüste.

Ich legte den Kopf in den Nacken und sah nach oben. Ich hatte immer noch dieses nostalgische Gefühl, außerdem stand mir der Sinn nach einem kleinen Abenteuer.

Ich kletterte los.

Als Kind hatte ich Mom mit meiner ewigen Herumkletterei schier in den Wahnsinn getrieben. Meinen Dad auch, aber er hatte wie immer versucht, dem Ganzen etwas Sinnvolles abzugewinnen. Wenn ich Stationsmechaniker werde, sagte er, könnte ich so viel in den Katakomben herumklettern, wie ich wollte. Wenn ich so oder so nicht davon abzubringen war, konnte ich es auch gleich zu meinem Beruf machen.

Ich kletterte über Metallgerüste und Leitern, über Mauervorsprünge und Fenstersimse der im Entstehen begriffenen Mall, bis es nicht mehr höher ging. Dann setzte ich mich auf eine Fensterbank, zündete mir eine Zigarette an und ließ den Blick über das Ward schweifen.

Aus einem Fenster irgendwo über mir drang Musik, ein Stück weiter unterhielt sich jemand auf der Treppe vor dem Haus. Ein paar Straßen entfernt schrillte die Diebstahlsicherung eines Copters. Von hier konnte ich mein ganzes Viertel überblicken. Es war so dunkel wie alle Lower Wards, nur die leuchtenden Ladenschilder, die Werbetafeln und das digitale Graffiti spendeten Licht.

Die meisten Läden und Restaurants in der Straße unter

mir kannte ich seit meiner Kindheit: die kleine Bodega, in der man nie nach dem Ausweis gefragt wurde. Das rund um die Uhr geöffnete Diner, wo wir gerne zu Mittag aßen, wenn wir Schule schwänzten. Und da war auch die Bushaltestelle, von der aus ich zur Schule gefahren war – wenn ich mich dort mal blicken ließ. Aber in den letzten acht Jahren war auch viel Neues dazugekommen: trendige Boutiquen mit gewagten Kleidern in den Schaufenstern, pseudo-edle Cafés, die Filiale einer Supermarktkette, die gleich einen ganzen Häuserblock für sich beanspruchte. Und überall wurde man von gesichtslosen virtuellen Angestellten bedient, die einem überteuerte, nach den über uns erhobenen Daten ausgesuchte Waren aus dem Hause Atlas Industries andrehen wollten.

Andie hatte völlig recht: Das Viertel veränderte sich. Und mit den vielen Fremden, die sich nun hier im Ward niederließen, stiegen natürlich die Mieten. Jedes einzelne leere Fenster und jedes dunkle Ladenschild schmerzten mich. Uncle Liu's Asian Market, Aunty Claras Buchladen, der Blumenladen meiner Cousine Leilani. Wie viele aus meinem Freundeskreis und meiner Familie waren schon von hier vertrieben worden – so wie man nun auch Andie und mich von hier vertreiben wollte. Wohin waren sie gegangen? Wohin hatten sie überhaupt gehen können? Wie so viele lebte auch meine Familie schon seit so vielen Generationen hier, wir hatten keine andere Heimat mehr, in die wir zurückkehren konnten.

Wut stieg in mir auf. Ich konnte nicht von hier weggehen. Ich konnte meine Familie nicht verlassen, und ich konnte das Ward nicht verlassen, meine letzte Verbindung zur Alten Erde. Nicht jetzt – und noch dazu auf unbestimmte Zeit –, wo so vieles in diesem Viertel vor sich ging und nachdem ich gerade einmal drei Tage mit meiner Familie verbracht hatte.

Ich rauchte die Zigarette bis zum Filter auf. Ein paar Straßen weiter sah ich unseren eigenen Laden: Morikawa Eisenwaren und Reparaturen. Das Geschäft war einst der ganze Stolz meines Vaters gewesen, erst Nebenbeschäftigung, dann schließlich seine Haupteinnahmequelle. Nach Feierabend – sein Job war die Instandhaltung der Lebenserhaltungssysteme von Kepler gewesen – hatte er Fernseher und Staubsauger repariert, wenn er nicht gerade mit uns Kindern beschäftigt gewesen war. Und in der Zeit, die dann noch blieb, brachte er mir alles bei, was er wusste. So war mein Dad eben gewesen: Er hatte immer hart gearbeitet, um für uns zu sorgen und uns ein besseres Leben aufzubauen.

Und ich war genau wie er.

Mit dir hier ist gleich alles viel besser.

Ich zog mein Handy aus der Tasche und scrollte durch meine Kontakte, auch wenn ich mir sicher war, dass es keinen Sinn hatte. Zumindest dachte ich das.

Dann entdeckte ich den letzten Eintrag und starrte ihn finster an.

[XOXO Angel]

Ich wählte die Nummer. Zumindest hatte sie den Anstand, es wenigstens zweimal klingeln zu lassen, bevor sie abhob.

»*Edie!*«, meldete sie sich schließlich übertrieben freundlich.

»Du brauchst gar nicht so selbstzufrieden zu klingen«, knurrte ich.

»*Dann rufst du also nur an, um meine Stimme zu hören?*«

Ich schnaubte. »Ganz bestimmt nicht.«

»*Okay, was willst du dann?*«

Mein Blick wanderte zu dem Schild an unserem Laden. In unserer Wohnung direkt darüber brannte noch Licht. Ich ballte die Hand zur Faust und nahm all meinen Mut zusammen.

»Ich bin dabei.«

ALS DIE KINDER AM NÄCHSTEN TAG IN DER SCHULE UND ANDIE IM LADEN war, kam Angel vorbei. Sie trug einen maßgeschneiderten, auf ihre schlanke Figur und die langen Beine zugeschnittenen Hosenanzug im Stil von Etria, der reichsten aller Inneren Welten. Damit wirkte sie am Küchentisch unserer kleinen, schäbigen Wohnung mit der uralten Einrichtung völlig fehl am Platz.

Den angebotenen Kaffee lehnte sie ab und trank dafür Tee aus einem mitgebrachten Thermobecher.

»Also, wie sieht dein Plan aus?«, fragte ich, stellte meinen Kaffee auf den Tisch und setzte mich.

»Atlas bewahrt sein gesamtes geistiges Eigentum in einem Tresorraum auf«, erklärte sie. »Forschungsunterlagen, Pläne, Prototypen – einfach alles. Seine aktuellen Projekte befassen sich mit der Mensch-Maschine-Schnittstelle. Die könnten die Welt für immer verändern.« Sie nahm einen Schluck Tee. »Wir werden ihm alles stehlen.«

»Und was wollen wir dann damit? Ich bin kein Wissenschaftler.«

»Wir fordern Lösegeld. Er würde alles tun, um zu verhindern, dass sein geistiges Eigentum in die Hände der Konkurrenz fällt. Deswegen sind die Sicherheitsmaßnahmen auch so streng. Ich kenne seine Feinde. Aber Atlas kenne ich noch viel besser.«

»Wenn du ihn so gut kennst, wofür brauchst du dann mich? Als seine Sicherheitschefin sollte das Ganze doch ein Kinderspiel für dich sein.«

»Atlas ist nicht nur intelligent, sondern auch völlig paranoid. Er sichert alles nach dem Vier-Augen-Prinzip: Codes, biometrische Erkennung, analoge Schlüssel – nur er und ich gemeinsam haben Zugang. Jemand muss seine Zugangsdaten beschaffen, auf die habe ich keinen Zugriff. Und da ich die Einzige bin, die außer ihm Zugang zu dem Tresorraum hat, fällt der Verdacht dann sowieso auf mich, ich muss also sehr vorsichtig sein.«

»Also schickst du lieber mich vor.«

»Ich habe einen Plan«, sagte sie und hob den Becher ein weiteres Mal an den Mund. »Wir werden alle mit absolut weißer Weste aus der Sache hervorgehen. Das garantiere ich dir.«

»Woher weißt du das so genau, wenn seine Sicherheitsmaßnahmen so streng sind?«

»Ich habe eine außergewöhnlich gute Crew zusammengestellt.«

»Wirklich?«

Angel setzte den Teebecher wieder ab. »Sieh selbst.«

Mit einer Drehung ihres Handgelenks flog ein halbes Dutzend virtueller Bildschirme vom Silberband ihres Comms in die Luft, wo sie über den Quartettkarten schwebten, mit denen die Kinder und ich am Küchentisch gespielt hatten. Sie arrangierte sie sorgfältig in einem Halbkreis und drehte sie dann mit einer ausholenden Geste alle auf einmal zu mir um. So etwas konnte mein acht Jahre altes Billighandy natürlich nicht.

Ich beugte mich vor, während sie sich zurücklehnte und ihren Becher wieder in die Hand nahm.

Zuerst erkannte ich Cy. Ich zog den Bildschirm näher zu mir heran. Unter seinem Porträt, auf dem er eine finstere Miene machte, stand sein Name: »Cy Yoshino«. Ich scrollte mich durch den zugehörigen Text, der sich wie ein Best-of unserer wilden Jugend las. »Du hast ein paar Sachen vergessen«, sagte ich. »Die Hotel-Aktion ist zum Beispiel nicht dabei.«

»Ich dachte, dass du dich bestimmt auch so daran erinnerst.«

Ich schob Cys File zurück in den Halbkreis und zog einen anderen nach vorn. Es zeigte eine lächelnde Frau etwa in meinem Alter mit einem akkuraten blonden Zopf, heller Haut und lebhaften grünen Augen. Sie posierte mit mehreren Silber- und Goldmedaillen um den Hals vor einem Schwebebalken. »Sara Morris« stand unter dem Bild.

»Sie ist unsere Turnerin«, erklärte Angel überflüssigerweise.

Ich zog ein weiteres Bild nach vorn. Eine junge Frau mit dunklen, zu einem Bob geschnittenen Locken, hellbraunem Teint und großen braunen Augen grinste mich an. Sie trug ein halbmondförmiges Mod im Ohr und auf ihren Fingerspitzen tanzten Münzen. Ihr Name lautete Tatiana Valdez.

»Unsere Safeknackerin«, sagte Angel.

»Wieso brauchst du eine Safeknackerin? Für so etwas hast du doch mich«, fragte ich und studierte Tatianas Foto.

»Für unsere Zwecke brauchen wir sie.«

»Und was sind das für Mods?«

»Im Ohr hat sie einen Audioverstärker, in der Hand ein

RFID-Lesegerät und in den Fingerspitzen Magneten«, erklärte Angel. »Dadurch fühlt sich Metall anders an«, ergänzte sie auf meinen fragenden Blick hin. »Moderne Safeknacker schwören darauf, es macht wohl alles einfacher. Die sind gerade groß in Mode.«

Ich verzog das Gesicht, wischte Tatianas File beiseite und holte einen anderen Bildschirm nach vorne, auf dem zwei Frauen zu sehen waren: eine mit brauner Haut und gewelltem, dunklem Haar, das sie unter ihrem Hut zu einem Pferdeschwanz gebunden hatte. Dazu trug sie ein Hemd und Jeans. Die andere hatte helle Haut und glänzendes schwarzes Haar, das offen um ihr Gesicht fiel. Sie trug eine tief ausgeschnittene Bluse, hatte breite Hüften und einen runden Bauch. Sie hielten sich lachend in den Armen. Die Butch hieß Kapua Duke, die Femme Chloe Nakano.

»Das sind unsere Trickbetrügerinnen.« Angel trank einen Schluck Tee. »Die beiden gibt es nur im Doppelpack.«

Ich zog ein weiteres File hervor, auf dem »Obake« stand. »Der ›Geist‹? Wieso fehlt da das Foto?«

»Das ist unser Hacker.«

Ich scrollte mich durch den nur zehnzeiligen File. »Und viele Infos gibt es auch nicht.«

»Wer immer Obake ist, diese Person ist unheimlich gut und für brillante Hacks verantwortlich, aber abgesehen davon wissen wir nicht viel über sie. Sie sucht sich aus, für wen sie arbeitet, und lässt sich auch nicht direkt kontaktieren.«

»Und wie nehmen wir dann Kontakt auf?«

»Das ist bereits erledigt.«

»Aber wie?«

»Du wirst schon sehen«, sagte sie geheimnistuerisch. Mehr würde ich vorerst nicht aus ihr herausbekommen.

»Und wo hast du all diese Witzfiguren aufgetrieben?«

»Als Sicherheitschefin lernt man eine Menge Leute kennen und hat so seine Connections.«

Ich schnaubte. »Networking?«

»So könnte man es nennen.«

Ich sah sie über den Bildschirm hinweg an. »Erpresst du die alle?«

Angel sah beleidigt aus. »Sehe ich wie eine Erpresserin aus?«

»Naja ...«

Einen Moment lang schien sie verärgert. »Erpressung würde doch auch gar nichts bringen. Zumindest auf lange Sicht.« Sie trank noch etwas Tee. »Nein, sie machen alle freiwillig mit und sind genauso motiviert wie du und ich.«

Ich hob eine Augenbraue. »Und was ist deine Motivation?«

»Abgesehen davon, stinkreich zu werden ...?«

»Verstehe.«

»Und ich will Atlas vernichten«, sagte sie lapidar.

»Warum?«

»Warum denn nicht?«

»Weil er mehr Macht hat als der halbe Senat, deswegen nicht.«

Angels Augen leuchteten, das Blau der Mods hob sich deutlich vor ihrer dunklen Iris ab. »Ja, ist das nicht aufregend?«

Ich starrte sie an. »Du hast sie nicht mehr alle.«

Sie lächelte.

Ich schob den File zurück zu den anderen und lehnte mich zurück. »Okay, was hast du noch?«

Mit einer weiteren Bewegung des Handgelenks ließ Angel die Files wieder verschwinden. Dann spreizte sie die Finger, woraufhin Dokumente, Listen und Pläne erschienen.

»Atlas bewahrt seinen wertvollsten Besitz in diesem Tresorraum auf. So sehr er auch virtuelle Technik liebt – so viel Vertrauen will er nicht in eine Firewall setzen.«

»Und wie muss ich mir diesen Tresorraum vorstellen?«

»Er ist mit einer drei Tonnen schweren Stahltür mit einem Magnetschloss mit fünf Tonnen Haftkraft gesichert. Zu der Stahltür gelangt man durch eine weitere Tür, die mit zwei manuellen Schlössern und zwei Keypads gesichert ist. Wir müssen also die manuellen Schlösser knacken, seinen Code stehlen und den Strom abdrehen, um den Elektromagneten außer Betrieb zu setzen.«

»Klingt fast zu leicht.«

»Das ist aber noch nicht alles. Zum Sicherheitssystem gehören außerdem ein druckempfindlicher Fußboden, Bewegungsmelder, ein Laserfeld, das auf Körpertemperatur reagiert, und biometrische Scanner.«

»Nichts, was wir nicht schon mal geschafft hätten.«

»Selbstverständlich gibt es auch jede Menge Cybersecurity: Verschlüsselungen, Firewalls, Passwörter, das System ist natürlich ausfallsicher angelegt und wird über Sicherheitsprotokolle kontrolliert. Die Sicherung kann mit einem Kriegsschiff mithalten.«

»Okay ...« Ich zögerte. »Sonst noch was?«

»Wir müssen nicht nur seine Cybersecurity und den Tresorraum knacken. Die wertvollsten Stücke befinden sich in einem Safe der Marke Liberty aus dem Jahr 1890.«

Ich zog die Augenbrauen hoch. »Das ist ja total lowtech. Ich wüsste nicht, wer so etwas kann.«

»Deswegen brauchen wir Tatiana.«

Ich zog eine Datei hervor. »Was ist mit dem Sicherheitspersonal?«

»Atlas Industries hat eine Sicherheitstruppe, die hauptsächlich aus Ex-Militärs und Ex-Polizisten besteht. Die meisten wurden unehrenhaft entlassen oder gezwungen, aus dem Dienst auszuscheiden.«

»Wie ich sehe, hast du immer noch einen schlechten Geschmack, was Männer angeht.«

Angel verzog den Mund. »Das war Atlas' Idee, irgendetwas mit Loyalität und Brutalität, keine Ahnung.« Sie schwieg kurz. »Und es ist lange her, dass ich mal dachte, ich hätte Interesse an Männern.«

Gut zu wissen.

Angel machte eine wegwerfende Bewegung mit der Hand. »Aber das ist nichts, womit unsere Person fürs Grobe nicht fertig wird.«

»Und das wäre dann wohl Cy.«

»Genau.«

Ich war mir nicht sicher, ob es eine gute Idee war, Cy auf Atlas' Sicherheitsleute loszulassen. Nicht, dass ich an seinen Fähigkeiten gezweifelt hätte, aber das hier war eine andere Nummer als die Dinger, die wir früher so gedreht hatten. Obwohl ich zugegebenermaßen nicht wusste, was er so alles angestellt hatte, während ich im Gefängnis gewesen war. Er war schon als Kind rauflustig gewesen, und die Mods hatten ihn körperlich noch stärker werden lassen.

Ich schob die Datei beiseite und holte den Plan der Katakomben von Kepler hervor. »Wo befindet sich der Tresorraum denn genau?«

»In der Leeway-Katakombe, direkt unter Ward 1.«

Ich sah sie überrascht an. »Aber Leeway ist völlig unzugänglich.«

»Deswegen brauche ich dich«, erwiderte Angel und beugte

sich vor. »Du wirst uns einen Weg zum Tresorraum suchen. Ich kenne Atlas' Sicherheitssystem – und du kennst Kepler. Mit deiner Hilfe kommen wir da rein und wieder raus.«

Ich schwieg und dachte darüber nach. Unter den einzelnen Punkten des Plans war nichts, was wir nicht schon einmal gemeistert hätten. Aber alles zusammen war eine wirklich harte Nuss. Angel hatte mir versprochen, dass es sich auf jeden Fall lohnen würde. Ich hoffte, dass sie recht hatte, immerhin konnte hier eine Menge schiefgehen.

»Und wie hoch ist mein Anteil?«, fragte ich und trank etwas Kaffee.

»Wie viel ist ein Achtel von einer Billiarde?«

Ich verschluckte mich fast. »Hast du gerade *Billiarde* gesagt?«

Angel sah amüsiert aus. »Ja, das habe ich.«

»Und wie kommst du darauf, dass Atlas *eine Billiarde Credits* für irgendeine beschissene Technologie im Entwicklungsstadium zahlen würde?«

»Weil es sonst das Ende von Atlas Industries wäre. Würde diese Technologie in die Hände seiner Konkurrenten gelangen, wäre sein Monopol dahin, und andere würden jedes Jahr seine Milliarden einstreichen.«

»Und was, wenn es ihm egal ist? Er hätte immer noch mehr als genug, um sich gemütlich zur Ruhe zu setzen.«

»Edie, es geht ihm nicht ums Geld.« Sie lächelte gekünstelt. »Es geht ihm um die Herrschaft über die gesamte Galaxis.«

Ich wollte gerade antworten, als die Wohnungstür mit einem Piepen aufging. Ich schob eilends alle virtuellen Bildschirme von mir weg und Angel ließ sie mit einer schnellen Handbewegung verschwinden.

»Edie.« Andie kam mit Einkäufen beladen zur Tür herein. »Könntest du mir kurz helfen mit den ... Oh! ... Angel?«, sagte sie verblüfft.

Ich sah Angel an. Sie lächelte, und dieses Mal wirkte es nicht aufgesetzt. »Andie«, sagte sie. »Wie schön, dich zu sehen.«

»Ist ja schon eine Weile her«, antwortete Andie und stellte vorsichtig die Einkäufe ab. »Was machst du denn hier?«

»Sie hilft mir bei der Jobsuche«, sagte ich. »Vielleicht kann sie mir eine Stelle bei Atlas Industries besorgen.«

»Wohnst du noch in den Upper Wards?«, fragte Andie.

»Ja«, sagte Angel. »Tut mir leid, dass ich nie zu Besuch gekommen bin, aber die Arbeit lässt mir kaum Freizeit.«

»Ja sicher.« Andie bemühte sich um eine neutrale Miene.

Es war seltsam, Andie so auf Angel reagieren zu sehen. Schließlich waren wir drei zusammen aufgewachsen und hatten immer alles gemeinsam gemacht. Lange Zeit waren wir wie Geschwister gewesen, unzertrennlich.

Bis Angels Verrat alles ruiniert hatte.

Ich sah wieder Angel an, die sich nichts anmerken ließ.

»Bleibst du zum Abendessen?«, fragte Andie höflich.

»Leider nicht. Ich bin schon verplant.«

»Dann vielleicht ein anderes Mal.«

»Gerne, ich komme euch sicher wieder besuchen.«

Ich stand auf. »Ich bring dich noch runter.«

Angel folgte mir nach draußen. Wir schwiegen, bis wir unten auf der Straße waren. Sie blieb vor einem eleganten Copter stehen, der am Bürgersteig parkte, und drehte sich zu mir um. »Ich habe ein Treffen mit Obake arrangiert. Heute Abend im Cherry in Ward 4.«

»In dem Club?« Ich war überrascht.

»Genau der. Sei bitte um 0100 da.«
»Seit wann spukt es denn im Cherry?«
Angel ignorierte meinen Witz. »Schaffst du das?«
»Ja, klar, natürlich.«
Angel nickte und ging zu ihrem Copter. Ich wandte mich wieder zum Hauseingang um.
»Edie«, rief Angel, als ich gerade die Hand auf den Türknauf gelegt hatte.
Ich drehte mich zu ihr um. »Was?«
Sie hielt eine der Spielkarten hoch, die sie wohl auf dem Weg nach draußen vom Tisch genommen hatte. Die Rückseite war mit einer gemalten Landschaft bedruckt, auf der Vorderseite war ein Comic-Löwe als Herzkönig zu sehen. »Wenn ich mich recht erinnere, hattest du mir die mal geschenkt.«
»Ich hätte sie ja zurückgegeben, aber vom Gefängnis aus ging das leider nicht«, erwiderte ich ohne Umschweife.
Statt zu antworten, schnippte Angel die Karte in meine Richtung. Ich fing sie auf. »Eins noch«, sagte sie.
»Und das wäre?«
»Halt Andie aus der Sache raus.«
Ich sah sie finster an. »Natürlich halte ich Andie da raus, das habe ich immer getan.«
»Ich meine nicht nur bezüglich unseres Plans. Halt sie auch aus allem raus, was uns beide betrifft.«
»Warum?«
Angel erwiderte ungerührt meinen Blick. »Weil sie mir genauso wichtig ist wie dir.«
»Da hast du aber eine merkwürdige Art, das zu zeigen«, erwiderte ich kühl.
Angel antwortete nicht. Stattdessen stieg sie in ihren

Copter und schloss die Tür hinter sich. Dann ließ sie das Fenster herunter und sah mich an. »Um 0100 im Cherry. Sei pünktlich.«

Ich salutierte sarkastisch. Sie schloss das Fenster wieder und ließ den Motor an.

Ich blieb stehen, während sie abhob und sich in den über meinem Kopf fließenden Verkehr einreihte. Wir hatten uns seit den Kindertagen so sehr verändert. Damals hatte meine Familie sie – mit Zustimmung ihres Vaters – informell, als Hānai-Kind, adoptiert. Ihr Vater, Onkel Daniel, war meinem Vater so ähnlich gewesen. Genau wie mein Vater hatte er ständig irgendwelche Geschäfte am Laufen, allerdings waren das bei Daniel oft fragwürdige Geschäfte gewesen, von denen er sich das schnelle Geld versprochen hatte. So hatte er sich immer wieder in unangenehme Situationen manövriert, aus denen mein Dad ihm wieder heraushelfen musste. Aber wir hatten immer alle zusammengehalten.

Vielleicht war Angel mir deswegen vor so vielen Jahren in dieses Leben gefolgt.

Damals war sie Teil meiner Familie gewesen. Für meinen Vater war sie wie eine Tochter gewesen und für Andie wie eine Schwester.

Und für mich? Keine Ahnung.

Aber das war jetzt auch nicht mehr wichtig.

Ich ging wieder hoch in die Wohnung.

Als ich hereinkam, war Andie gerade dabei, die Einkäufe zu verstauen. Sie mühte sich mit einem Sack Reis ab, den sie in ein Fach über dem Kühlschrank heben wollte. Ich tippte ihr auf die Schulter. »Lass mich das machen.«

»Ich komme einfach nicht dran.« Andie gab mir den Reis und trat einen Schritt zurück.

»Du sollst doch sowieso nicht schwer heben«, schimpfte ich.
»Danke, Dad«, erwiderte sie sarkastisch. Dann schwieg sie kurz. »Ich habe Angel wirklich lang nicht gesehen.«
»Hat sie euch jemals besucht?«
»Nicht, seit du im Gefängnis warst. Seit ihr Vater vor vier Jahren gestorben ist, habe ich sie überhaupt nicht mehr im Ward gesehen.«
Komische Art zu zeigen, wie viel Andie ihr bedeutete.
»Was wollte sie hier?«, fragte Andie.
»Sie hat gehört, dass ich einen Job suche«, grunzte ich, während ich den Sack Reis in den Oberschrank hievte. »Sie kann mir vielleicht Arbeit geben.«
»Wirklich? Das überrascht mich.«
»Mich auch.«
»Warum sollte sie dir helfen wollen, nach allem, was passiert ist?« Andie dachte kurz nach. »Eigentlich hast du mir nie erzählt, was da damals genau passiert ist.«
»Es ist ... kompliziert.«
Andie bedeutete mir, mich mit ihr an den Küchentisch zu setzen. »Keine Sorgen, ich bin ziemlich akamai. Also erklär es mir.«
»Du wolltest doch nie hören, was wir so treiben«, sagte ich, während ich mich setzte.
»Stimmt, aber ich will wissen, was zwischen dir und meiner Hānai-Schwester vorgefallen ist.«
Ich fuhr mir mit der Hand durchs Haar. Was nun?
Sie legte ihre Hand auf meine. »Rede mit mir.«
Ich schwieg eine Weile, dann seufzte ich. »Weißt du, was wir damals vorhatten?«
»So ungefähr. Zumindest weiß ich, was vor Gericht gesagt wurde.«

»Wir wollten etwas klauen«, erklärte ich. Nachdem ich das Ganze so oft geleugnet und getan hatte, als wäre ich unschuldig, fühlte es sich seltsam an, die Wahrheit auszusprechen. Vor allem Andie gegenüber.

»Atlas Industries wollte mehrere Prototypen einer neu entwickelten Technologie verschiffen«, fuhr ich fort. »Ein riesiger Multikonzern von der Alten Erde war daran interessiert und hatte uns eine Menge Kohle dafür geboten. Viel mehr wussten wir nicht, aber die Summe, die man uns angeboten hatte, war zu hoch, um sie abzulehnen. Das Zeitfenster war eng, also musste alles sehr schnell gehen. Angel wollte anfangs nicht mitmachen, weil sie fand, dass wir mehr Zeit brauchten, um das Ganze besser vorzubereiten ... Aber ich habe sie dann dazu überredet.«

Damals hatte ich sie ziemlich oft überreden müssen, bei unserem ersten wie bei unserem letzten Coup – und zu vielen dazwischen.

»Und wie sah der Plan aus?«, wollte Andie wissen.

»Die Prototypen waren in einem Lagerhaus bei den Docks, aber niemand wusste, in welchem. Das sollte Angel herausfinden und die Zugangscodes besorgen, mit denen ich später in der Nacht dort eingebrochen wäre, um die Prototypen zu klauen.« Mein Blick fiel auf die Spielkarten auf dem Tisch. »Eigentlich nicht besonders kompliziert.«

»Und was ist schiefgegangen?«, fragte Andie leise.

»Angel hat mich verraten. Sie hat mir falsche Zugangscodes gegeben, und bevor ich mich wieder verdrücken konnte, hatte mich die Stationspolizei bereits umzingelt. Von den Cops habe ich dann erfahren, dass sie Angel schon früher am Tag verhaftet hatten – und dass sie einen Deal mit ihnen gemacht hatte. Sie hat mich verraten und verkauft.« Ich hob den Blick.

»Es hätte alles so einfach sein können. Wir hätten ausgesorgt gehabt. Aber stattdessen habe ich acht Jahre im Gefängnis vergeudet. Wegen Angel.«

Andie schwieg einen Moment lang und dachte nach. »Ich verstehe das nicht«, sagte sie schließlich. »Die Angel, die ich einmal kannte, hätte dir das niemals angetan. Da muss noch mehr dahinterstecken.«

»Du hast sie nicht so gut gekannt wie ich«, erwiderte ich leise.

Innerhalb unseres Dreiergespanns hatte es immer verschiedene Allianzen gegeben: Andie und ich als leibliche Schwestern. Und dann noch Angel und ich.

Dad hatte uns immer scherzhaft mit dem 'Ōhi'a-Lehua-Baum verglichen – einem Baum, in den die Vulkangöttin Pele den Jüngling 'Ōhi'a verwandelt hatte, weil er sie verschmähte. Die anderen Götter hatten daraufhin seine untröstliche Geliebte Lehua zu einer Blüte an ebenjenem Baum gemacht. Wenn man eine solche Blüte pflückt, so heißt es, dann fallen daraufhin die Tränen der Liebenden als Regen vom Himmel. Und tatsächlich: Als Angel und ich bei der Einschulung in verschiedene Klassen kamen, heulten wir Rotz und Wasser.

Aber wir waren nie ein Liebespaar gewesen wie 'Ōhi'a und Lehua. Auch wenn unsere Familien uns immer damit aufgezogen und diese Möglichkeit in der Luft gelegen hatte. Ich hatte immer viel zu viel Angst gehabt, dass es schiefgehen könnte.

Und wenn ich bedachte, wie dann alles zwischen uns geendet hatte, war ich froh, dass es nie so weit gekommen war.

Damals hatte ich Angel besser gekannt als jeden anderen. Aber diese Angel von damals hatte nichts mit der gemein, die vor dem Gefängnis auf mich gewartet hatte. Sie war zwar immer schon cool und selbstbewusst gewesen, aber nie kalt und gefühllos. Nicht auf diese Art. Ich dachte an die blauen Ringe um ihre Iris und fragte mich, weshalb sie sich derart verändert hatte.

Andie schwieg und dachte nach. »Und warum willst du dann wieder mit ihr zusammenarbeiten?«, fragte sie schließlich.

»Habe ich denn eine Wahl?«

Andie öffnete den Mund, um zu protestieren, aber dann seufzte sie nur. »Keine Ahnung. Aber ich mache mir Sorgen um dich.« Sie drückte meine Hand. »Wie immer.«

Ich bekam ein schlechtes Gewissen. »Aber das musst du doch nicht.«

»Ich kann nicht anders.« Sie lächelte dünn.

Das versetzte mir einen Stich, der umso stärker schmerzte, weil sie tatsächlich Grund hatte, sich Sorgen um mich zu machen. Und um sich selbst auch. Wenn es schiefging, würde nicht nur ich darunter zu leiden haben. Das Familiengericht hatte sie im Visier. Andie musste sich allergrößte Mühe geben, um das Sorgerecht für die Kinder behalten zu können. Wenn man mich jetzt auf frischer Tat ertappte, bedeutete das für uns alle eine Menge Ärger.

Ich musste einfach fest daran glauben, dass Angels Plan tatsächlich so lukrativ sein würde wie versprochen.

Andie drückte noch einmal meine Hand. »Denk dran, du kannst mir alles sagen.«

»Ich weiß.« Ich drehte gedankenverloren eine Spielkarte um. »Das mache ich doch.«

Andie lächelte. Sie wirkte nun wieder etwas fröhlicher. »Alles wird gut. Du wirst schon sehen.«

Ich blickte auf die Karte in meiner Hand. Sieben Tatzenabdrücke waren darauf – Karosieben.

Das bedeutete Glück.

»Jep, das denke ich auch.«

ICH VERHEIMLICHTE ANDIE NICHT, DASS ICH AN DIESEM ABEND AUSGEHEN wollte. Vermutlich hätte ich mich auch einfach aus dem Haus schleichen können, ohne dass sie oder die Kinder etwas gemerkt hätten. Aber da mir jetzt schon klar war, dass ich sie demnächst noch viele Male anlügen würde, wollte ich nicht schon wegen Kleinigkeiten wie dieser damit anfangen.

Dass ich mich dabei außerdem in einem zwielichtigen Club mit einer berühmt-berüchtigten Hackerpersönlichkeit traf, um diese für einen gefährlichen Raubzug zu rekrutieren, war vielleicht nicht unbedingt eine Kleinigkeit. Aber im Vergleich mit dem, was ich in den nächsten Wochen noch so vorhatte, erschien es mir nicht ganz so schlimm.

Ich trug unauffällige Klamotten: eine dunkle Jeans, ein T-Shirt und die schwarze Lederjacke, in deren Geheimtaschen ich meinen Dietrich und meine programmierbare Zugangskarte verstaute. Außerdem steckte ich mein Springmesser ein, das ich zur Sicherheit immer dabeihatte, auch wenn mich nie irgendeine Crew fürs Grobe engagierte. Hoffentlich würde ich es nicht brauchen.

Es war Freitagabend und in der Monorail herrschte entsprechend viel Betrieb. Ich saß ganz hinten im Abteil und beobachtete die anderen Passagiere. In den Lower Wards stiegen vor allem Arbeiterinnen und Arbeiter auf dem Weg zur Nachtschicht ein. Die Pendler verließen den Zug in den höhergelegenen Wards und machten Platz für die Nachtschwärmer.

Die meisten der Feierwütigen waren bereits betrunken und die Stimmung war entsprechend aufgeheizt. Sie schwankten und stießen gegeneinander, während die Monorail durch die Wards rumpelte. Es wäre ein Leichtes gewesen, mich unter die Leute zu mischen und schnell die Hand in ein paar Jacken- und Handtaschen zu schieben. In einer solchen Nacht hätte ich eine Menge Bezahlkarten, Handys, Ausweise und andere Wertsachen erbeuten können. Womöglich genug für die halbe Monatsmiete.

So hätte ich es früher gemacht. Aber jetzt war ich ein anderer Mensch.

Also behielt ich meine Hände bei mir.

Ward 4 ließ sich irgendwo zwischen den Lower und den Upper Wards einordnen. Einst war hier Koreatown gewesen, mit vielen gut besuchten Restaurants und kleinen Märkten, bevölkert von rauflustigen Kids und alten Tantchen mit ihren Einkaufstrolleys. Aber als Atlas Industries immer größer und Kepler zu einem Hotspot der Tech-Welt wurde, zogen immer mehr Wissenschaftler und leitende Angestellte auf die Station. Mittlerweile waren es so viele, dass sie nicht mehr alle in den Upper Wards Platz fanden und sich deswegen über die Türme, Plattformen und Skywalks langsam nach unten in die Lower Wards ausbreiteten – und dabei die bisherigen Bewohner verdrängten. Ward 4 hatte sich in den acht Jahren meiner Abwesenheit völlig verändert. Auf dem kurzen Weg von der Monorailstation zum Cherry kam ich an zwei trendigen

O_2-Bars, drei VR-Hubs und einem halben Dutzend Boutiquen mit Biofeedback-Schmuck vorbei.

Als ich um 0100 am Cherry ankam, war die Schlange davor bereits so lang wie der ganze Häuserblock. Das aufgeregte Gerede der Wartenden übertönte sogar den aus dem Club dröhnenden Bass. Zwei Türsteher kontrollierten Ausweise und scannten Mitgliederchips, aber sie ließen immer nur dann jemanden hinein, wenn jemand anderes den Club verließ. Drinnen war offenbar die Hölle los.

Ich war mir nicht sicher, was ich nun tun sollte. Unschlüssig lungerte ich am Ende des Blocks herum und versuchte dabei, ein aufdringliches Atlas-VI zu ignorieren, das unbedingt von mir gekauft werden wollte.

Das Cherry war eine der letzten verbliebenen Institutionen des alten Ward 4 und einer der wenigen Orte, wo sich diejenigen trafen, die auch früher schon hier gewohnt hatten. Unter den Neuzugezogenen hatte der Club einen gewissen Ruf. Wie eigentlich alles, was mit den Lower Wards zu tun hatte, hielten sie ihn für gefährlich. In diesem Fall war das allerdings nicht falsch, denn im Cherry wurden durchaus zwielichtige Geschäfte getätigt, war der Club doch wie eine Schnittstelle zwischen Soft- und Hardware oder zwischen Hirn und Muskel – Aufträge aus den Upper Wards wurden hier an Ausführende aus den Lower Wards übermittelt.

»Edie.«

Ich blickte von meinem Telefon auf und sah Angel auf mich zukommen. Ihre High Heels klickten auf dem Asphalt. Sie trug einen schwarzen Bleistiftrock, eine schneeweiße Bluse und dazu ihren leuchtend roten Lippenstift. Ihr makellos frisiertes, glattes blondes Haar glänzte im Licht der Straßenlampen.

Ich runzelte die Stirn. »Willst du etwa in dem Aufzug da rein?«

Angel sah an sich herunter. »Wieso? Was stimmt damit nicht?«

»Du siehst aus wie von der System Security Administration.«

Sie sah mich beleidigt an. »Wie von der SSA? Das tue ich nicht.«

Ich musste grinsen. »Du arbeitest anscheinend schon so lange für Atlas Industries, dass du völlig vergessen hast, wie man sich unauffällig unters Volk mischt.«

»Okay, schon gut«, fuhr sie mich an. »Was soll ich tun?«.

»Hier.« Ich schlüpfte aus meiner Lederjacke. »Zieh die an.«

Sie nahm die Jacke und inspizierte sie mit misstrauischem Blick, als würde sie irgendwelche Fallen darin vermuten. Schließlich zog sie sie an.

»Aber nicht verlieren. Da ist mein ganzes Zeug drin«, warnte ich sie. »Und jetzt zieh den Rock hoch.«

»*Bitte was?*«

»Willst du, dass sie uns wieder rausschmeißen, weil du aussiehst wie von der Drogenfahndung?« Sie verzog den Mund zu einem Schmollen, sagte aber nichts. »Also zieh verdammt noch mal den Rock hoch. Und mach wenigstens einen Knopf auf.«

Auch wenn sie keine Miene verzog, merkte ich, wie angepisst sie war. Ich kannte diesen Gesichtsausdruck von früher. Sie hatte ihn immer dann aufgesetzt, wenn sie ganz genau wusste, dass ich recht hatte, es aber nicht zugeben wollte. Ich sah ihr ungerührt in die dunklen Augen, und so starrten wir uns eine Weile einfach nur an. Schließlich griff sie nach ihrem Rock und zog ihn hoch, ohne den Blick von mir abzuwenden.

Ich musste mich sehr beherrschen, ihr weiter ins Gesicht zu schauen. Für einen winzigen Moment waren ihre Strapse zu sehen, und mein Herz schlug schneller.

Dann griff sie nach ihrer Bluse. Ich konnte nicht anders, als auf ihre Hände zu blicken, während sie die Knöpfe öffnete, bis ihr schwarzer Satin-BH ein Stück hervorlugte.

»Zufrieden?«, fragte sie mit eisiger Stimme.

Ich sah ihr wieder in die Augen. »Jep. Zufrieden.«

Sie schob sich an mir vorbei und lief an der Schlange entlang Richtung Club. Als sie an mir vorbeiging, spürte ich einen eisigen Hauch. Ich folgte ihr auf dem Fuße und bemühte mich, dass ärgerliche Gemurmel der Wartenden zu ignorieren. Ich hatte es schon immer nach Möglichkeit vermieden, Aufmerksamkeit zu erregen.

Angel blieb vor den Türstehern stehen. »Ich hab hier eine Verabredung«, verkündete sie in einem Tonfall, der keinen Widerspruch duldete.

Die Türsteher sahen sich an. Dann winkte uns einer von ihnen durch. Angel marschierte einfach an ihnen vorbei. Ich folgte ihr und nickte den beiden zu.

Im Club empfingen uns ein wummernder Bass, Alkoholgeruch und die feuchte Hitze eng zusammengedrängter menschlicher Körper. Schwaches neonrotes und pinkes Licht erhellte den Raum. Angel schob sich geschmeidig durch die Menge der Tanzenden und Trinkenden und ich folgte ihr. Sie hatte schon immer gut mit Menschen umgehen können. Wenn sie wollte, konnte sie im Mittelpunkt stehen oder sich nahezu unsichtbar machen. Und auch jetzt schien sich die Menge wie von selbst vor uns zu teilen.

Wir gingen zum anderen Ende des Clubs, wo eine Wendeltreppe nach oben führte. Es gab drei Ebenen: Nach dem in rotpinkes Licht getauchten ersten Raum durchquerten wir den mit Neonlicht beleuchteten Dancefloor und schließlich den in Schwarz-Weiß gehaltenen Festsaal. Die pulsierenden Lichter weckten Erinnerungen – an Tanzen und Trinken und Geld, das den Besitzer wechselte. Ich folgte Angel zu einer von zwei Rausschmeißern bewachten Tür mit der Aufschrift »Privat«. Die Musik war so laut, dass ich nicht verstehen konnte, was sie zu den beiden sagte, aber sie nickten und ließen uns durch.

Wir betraten eine ruhige Lounge mit Plüschsofas, Sesseln und Tischen, die um eine Bühne in der Mitte arrangiert waren. Angel suchte sich einen Platz direkt vor der Bühne, von dem aus sie die einzige Tür im Blick behalten konnte. Während sie auf ihrem Sessel thronte, tigerte ich im Raum auf und ab.

Ein paar Minuten lang warteten wir schweigend. Bis auf die gedämpfte Musik von nebenan war es völlig still.

»Wie bist du überhaupt auf Obake gekommen?«, fragte ich schließlich.

»Unser Geist hat es geschafft, Cassius in nur vier Minuten zu hacken.«

»Ich war acht Jahre lang im Knast. Keinen blassen Schimmer, wovon du da redest.«

Angel seufzte. »Cassius war die letzte Version von Atlas' Sicherheitssystem und Obake hat sie in dieser eindrucksvoll kurzen Zeit ausgehebelt. Und es dann sogar fast geschafft, die aktuelle Version zu hacken.«

»Glaubst du, dass wir Obake trauen können?«

»Ich denke, dass Obake genauso motiviert bei der Sache sein wird wie wir.«

Ich sah sie mit gerunzelter Stirn an. Doch bevor ich noch etwas sagen konnte, wurde das Licht in der Lounge gedimmt.

Ich zuckte zusammen und griff nach dem Springmesser in meiner Tasche. Dann erschien ein einzelner Lichtspot auf der Bühne, in dessen Kegel eine Gestalt trat. Sie trug eine weite schwarze Hose und einen ebenso weiten schwarzen Hoodie, dessen Kapuze sie sich tief in das von einer verspiegelten Maske verborgene Gesicht gezogen hatte. Diese schien im grellen Licht des Scheinwerfers zu funkeln. Als sie mit samtiger, tiefer Stimme zu sprechen begann, flackerte das Hologramm leicht. »*Angel Huang. Ich freue mich, Sie endlich einmal persönlich kennenzulernen.*«

»Obake, das Vergnügen ist ganz meinerseits«, erwiderte Angel völlig unbeeindruckt. »Allerdings hätte es mich gefreut, wenn wir uns tatsächlich persönlich begegnet wären.«

»*Man kann nie vorsichtig genug sein in diesen Zeiten*«, sagte die tiefe Stimme.

»Dann hoffe ich, Ihr Vertrauen gewinnen zu können.«

»*Wir werden sehen.*«

Ich sah mich erstaunt im Raum um. Die Stimme klang irgendwie vertraut.

»*Mir ist zu Ohren gekommen, dass Sie jemanden mit meinen Fähigkeiten suchen.*« Das Hologramm schritt auf der Bühne auf und ab. »*Warum kommen Sie dann nicht direkt zu mir?*«

Ich sah Angel verwirrt an. Hatte sie nicht behauptet, dass sie Obake bereits kontaktiert hätte?

»Sie sind nicht leicht zu finden«, erwiderte sie ungerührt.

Das Hologramm blieb stehen. »*Aber andere haben Sie sehr wohl gefunden.*«

»Das ist richtig.«

»*Mir entgeht nichts, was im Netz passiert.*« Die Stimme klang nun ein wenig gekränkt. »*Ich habe verfolgt, wie Sie mit anderen Kontakt aufgenommen haben. Andere, die mir nicht das*

Wasser reichen können. Unfähige, durchs Netz stolpernde Idioten. Also, noch einmal: Warum haben Sie nicht versucht, mich zu finden?«

Angel lächelte. »Aber das habe ich doch, und zwar ziemlich erfolgreich, immerhin sind Sie hier.«

Aber natürlich. Sie hatte Obake gekränkt und dadurch aus der Deckung gelockt.

Einen Moment lang hing das Schweigen schwer in der Luft. Dann lachte die Stimme leise, was so ähnlich wie der wummernde Bass von nebenan klang. »*Gar nicht so dumm.*«

Ich betrachtete den Lautsprecher in der Ecke mit gerunzelter Stirn. Ich kannte diese Stimme, aber mir wollte einfach nicht einfallen, woher.

Das Hologramm verschränkte die Arme hinter dem Rücken. »*Nun, da Sie jetzt meine Aufmerksamkeit haben: Was wollen Sie von mir, Angel Huang?*«

»Ich brauche jemanden mit Ihren Fähigkeiten. Jemanden, der Cassius II hacken kann.«

»*Und was bieten Sie mir dafür?*«

»Genau das, weshalb Sie mich kontaktiert haben. Galaxisweite Berühmtheit. Sie wären der erste und einzige Hacker, der Cassius II geknackt hat. Der größte Hacker des Universums. Ihr Name wäre in aller Munde.«

»*Der Größte ...*« Die Stimme klang nachdenklich.

»Moment«, unterbrach ich das Hologramm. »Du bist der Drache.«

Angel drehte sich zu mir um und warf mir einen vernichtenden Blick zu. Jemand anderem hätte sie damit wohl sicher Angst eingejagt, aber ich hatte diesen Blick in den einundzwanzig Jahren, die wir uns mittlerweile kannten, oft genug gesehen und war dagegen immun. »Dein Stimmverzerrer.

Du benutzt die Stimme des Drachen aus dieser Fantasy-Serie. Warum?«

Die Stimme lachte leise. »*Wie schön, jemand mit Sinn für Kunst.*«

»Naja, wenn man eine Kinderserie als Kunst bezeichnen will ...«

»*Das ist nicht einfach nur eine Kinderserie.*« Nun klang die Stimme beleidigt. »*Es geht auch um Erwachsenenthemen. Die Drachen zum Beispiel ...*«

»*Wie auch immer*«, unterbrach Angel sie. »Ich möchte Ihnen nicht allzu viel von Ihrer wertvollen Zeit stehlen«, fuhr sie dann wieder so kühl und sachlich wie immer fort. »Bislang ist es niemandem gelungen, Cassius II zu hacken, auch Sie sind daran gescheitert. Aber ich kenne das System sehr gut, und ich biete Ihnen die Möglichkeit, es noch einmal zu versuchen. Wenn Sie Erfolg haben« – nun lächelte sie wieder – »wären Sie der Erste, der Atlas Industries in die Knie zwingt. Und vielleicht für immer zerstört.«

Obake schwieg und dachte anscheinend nach. Dann ging das Licht aus. Ohne die Tür aus den Augen zu lassen, stellte ich mich neben Angel. Ich konnte ihre Anspannung förmlich spüren. Nach einer gefühlten Ewigkeit öffnete sich die Tür und gleißendes Licht fiel in die dunkle Lounge.

In der Tür stand dieselbe Gestalt, die wir eben noch als Hologramm auf der Bühne gesehen hatten. Dann schloss sich die Tür und es wurde wieder dunkel. Die Gestalt lief durch den Raum und stieg auf die Bühne. Der einzelne Scheinwerfer wurde wieder eingeschaltet, sodass sie mitten im Lichtkegel stand.

Obake schob die Kapuze vom Kopf und nahm die Maske ab. Vor uns stand ein Mädchen mit dunkler Haut und dunklen asiatischen Augen. Ihre Dreadlocks waren zu einem Pferdeschwanz zusammengebunden. »Okay, bin dabei!«, sagte sie mit leiser, kindlicher Stimme und grinste breit.

»Moment, wie alt bist du überhaupt?«, fragte ich. Das Mädchen verspannte sich sichtlich. »Alt genug.« Ich drehte mich zu Angel um. »Sie ist zu jung.«

»*Hey!*«

Angel erwiderte ungerührt meinen Blick. »Ist sie das?«

»Wie alt wird sie wohl sein? Sechzehn? Siebzehn? Ich lass nicht zu, dass hier Kinder mitmachen.«

»Ich bin kein Kind mehr!«, protestierte das Mädchen.

»Wie alt warst du denn, als wir das Ding mit den Bezahlkarten gedreht haben?«, erwiderte Angel völlig unbeeindruckt.

»Das war etwas völlig anderes.« Ich starrte sie finster an.

»Warum?«

»Weil wir es damals alle nicht besser wussten.«

»Und jetzt weißt du es besser?«

»Oh ja.«

»Ihr habt anscheinend keine Ahnung, mit wem ihr es hier zu tun habt!«, unterbrach das Mädchen unsere Diskussion. »Wisst ihr überhaupt, wozu ich fähig bin?«

Ich fuchtelte mit der Hand in ihre Richtung. »Sie sieht sich *Kinderserien* an.«

»Und was ist daran falsch?«, erwiderte das Mädchen.

»Ich versaue keinem Kind das Leben«, sagte ich zu Angel.

»Sie hat sich dieses Leben doch bereits ausgesucht.«

»Aber ...«

»Wenn wir den Tresorraum knacken wollen, brauchen wir Obake«, erwiderte Angel ungeduldig. »Und wenn du dir Sorgen machst, dass es zu gefährlich für sie sein könnte: Sie wird noch nicht einmal körperlich anwesend sein.« Angel dachte kurz nach. »Und wenn wir nicht mit ihr zusammenarbeiten, wer weiß, was sie dann tut.«

»Oh ja«, stimmte ihr das Mädchen zu. »Wer weiß, was ich dann tue.«

Beide blickten mich an, das Mädchen herausfordernd, Angel erwartungsvoll. Ich sah von der einen zur anderen und seufzte dann frustriert. »Da hab ich wohl keine Chance, was?«

»Nö«, erwiderte das Mädchen.

Ich rieb mir mit der Hand über das Gesicht. »... Also gut. Aber wenn es zu gefährlich wird, dann ab zurück mit dir in den Kindergarten.«

»Ich geh schon eine Ewigkeit zur Schule«, erwiderte das Mädchen gereizt.

Ich warf die Hände in die Luft.

Angel ignorierte mich. »Obake, können wir ein weiteres Treffen vereinbaren, um die Details zu besprechen?«

Das Mädchen grinste. »Ich finde es zwar cool, dass ihr mich so anredet, aber es muss nicht unbedingt sein. Ihr könnt Malia zu mir sagen.«

»Malia, freut mich, deine Bekanntschaft zu machen«, Angel zeigte auf mich. »Das ist Edie.«

Malia ignorierte meine finstere Miene. »Edie ... Ist das eine Abkürzung für irgendetwas?«

»Nö.«

Malia zuckte mit den Achseln. Dann sprang sie von der Bühne und kam zu uns. »Ich melde mich morgen auf einem sicheren Kanal für ein weiteres Treffen.« Sie deutete auf mein Handgelenk. »Wo ist dein Comm?«

Ich holte mein Handy aus der Tasche und hielt es ihr hin. Sie starrte es fassungslos an. »Was zum Teufel soll das sein?«

»Bitte was?«

Sie nahm mir das Telefon ab und betrachtete es von allen Seiten. »Das Ding ist ja antik!« Sie sah mich an. »Kann man sich damit überhaupt mit dem Net verbinden?«

»Was für ein Net? Das Intranet?«

Malia warf Angel einen verzweifelten Blick zu. »So kann ich nicht arbeiten.«

»Sie meint das GhostNet«, erklärte Angel in einem Tonfall, als hätte sie ein Kleinkind vor sich. »Atlas hat es in den letzten zehn Jahren entwickelt, aber es ist erst vor drei Jahren auf den Markt gekommen. Also während deiner Abwesenheit.«

»Okay ... Aber was ist das?«

»GhostNet ist ein Netzwerk, das eine neue Schnittstelle zwischen Mensch und Maschine nutzt«, erklärte Angel. »Es verbindet sich direkt mit dem menschlichen Gehirn.«

»*Mods im Hirn?*«

»Genau.«

»Das Mod wird hauptsächlich für semantische Abrufe im Hippocampus und für Multithreading im präfrontalen Kortex verwendet«, ergänzte Malia. Ich starrte sie verständnislos an. Sie seufzte. »Du kannst dir das wie eine Suchmaschine vorstellen, aber anstatt auf Websites suchst du im semantischen Gedächtnis tausender Menschen. Oder wie einen Prozessor mit vielen Kernen, denn zusätzlich zu der Rechenpower deines eigenen Hirns benutzt du dabei auch die der anderen.« Sie grinste. »Cool, oder?«

Überhaupt nicht cool. »Willst du damit sagen, dass dein GhostNet sich mit anderen Leuten verbindet?«

»Jep!«

»Wer zum Teufel lässt sich denn einen Computer in sein Hirn einbauen?«

Malia tippte sich an die Schläfe. »Ist ziemlich praktisch!« Ich wich entsetzt zurück. »Warum?«

»Überleg doch mal: Damit erreicht man eine Rechenleistung wie der neueste Supercomputer von Atlas Industries! Außerdem verfügt man über enzyklopädisches Wissen und – als ob das alles noch nicht genug wäre – Zugang zu jedem elektronischen System hier auf der Station. Und das nur mit Gedankenkraft!« Sie grinste boshaft. »Ich bin schließlich Obake, das GhostNet ist wie für mich gemacht.«

»Und es ist okay für dich, wenn Leute in deinem Hirn herumstochern?«

»Nene, Brah, mein Anschluss an das GhostNet geht nur in eine Richtung. Ich hab da drinnen keine einzige Backdoor und außerdem Firewalls ohne Ende. Niemand schaut sich in meinem Kopf um.«

Schon möglich, dass Malia alle möglichen Sicherheitsvorkehrungen getroffen hatte: Trotzdem wurde mir schon bei der bloßen Vorstellung übel, weil ich mich an die Werbeflyer erinnerte, die Atlas im Ward verteilen ließ, als er gerade erst im Begriff war, sein Imperium aufzubauen. Atlas Industries hatte jedem eine Menge Geld versprochen, der bereit war, Versuchskaninchen für seine neuen Technologien zu spielen. Getestet wurden in Pflasterform aufgebrachte oder subkutane Chips und Implantate. Gerüchten zufolge waren bei den Tests aber auch Blutproben und gesundes Gewebe verschwunden. Angeblich hatte Atlas das persönlich veranlasst – auf der Suche nach einem Rezept für die ewige Jugend. Keine Ahnung, ob das stimmte oder nicht.

Egal, wie schlecht es uns ging: Ich hatte mich nicht als Versuchsperson gemeldet, da ich so viele Horrorgeschichten über Fehlfunktionen und schwere Verletzungen gehört hatte, dass ich ganz bestimmt niemandem Zugriff auf meinen Körper gewähren würde. Damals nicht und heute auch nicht.

Ich betrachtete das Telefon in Malias Hand mit Unbehagen.

»Du hast aber nicht vor, mir auch noch irgendeinen Chip einzupflanzen, oder?«

»Was? Aber natürlich nicht!« Sie wirkte fast beleidigt. »Ich will dir nur einen Zugang zu meinem privaten Netzwerk einrichten.«

»Hier.« Angel warf ihr eins von diesen Comms zu, die man am Handgelenk trug. Malia tippte ein paar Befehle ein und hielt es mir dann hin. Angel sah mich kühl an. »Das kannst du behalten.«

»Okay, danke vielmals.« Ich befestigte das Comm an meinem Handgelenk.

Malia deutete auf meine Hand. »Du hast gesagt, dass du schon einen Chip hast. Zeig her.«

Ich streckte vorsichtig die Hand aus. Sie zog sie zu sich und betrachtet die wunde Stelle. Dann griff sie in die Tasche ihres Hoodies, zog ein Lesegerät hervor und bewegte es über meine Hand. Das Gerät piepte bestätigend.

»Was wird das?«, fragte ich leicht besorgt.

»Ich habe dein RFID-Tag kopiert. Jetzt können wir das Signal spoofen, damit sie glauben, dass du gerade zu Hause chillst. Wir wollen doch nicht, dass die SSA dauernd an dir klebt.« Zufrieden ließ sie meine Hand los und trat einen Schritt zurück. »Jetzt können wir uns gefahrlos treffen.«

Angel nickte, während ich unsicher meine Hand betrachtete.

»Okay, ihr scheint im Großen und Ganzen in Ordnung zu sein.« Malia zog ihre Kapuze wieder über den Kopf und setzte die Maske auf. »Ich melde mich wegen des nächsten Treffens.« Sie sah uns noch einmal prüfend an und wandte sich zum Gehen. »Schickes Outfit übrigens«, sagte sie noch zu Angel.

Angel neben mir versteifte sich, und ich musste mich sehr zusammenreißen, um nicht allzu selbstgefällig dreinzuschauen.

Malia spreizte Daumen und kleinen Finger zu einem Shaka. Dann verließ sie die Lounge.

Sobald sie weg war, drehte ich mich zu Angel um. »Hast du gewusst, dass sie noch so jung ist?«

»Ich hatte da so eine Ahnung.«

»Das hättest du mir sagen müssen.«

»Warum?« Sie schob sich an mir vorbei Richtung Tür. »Ist es nicht egal, ob du jetzt oder früher mir gegenüber einknickst?«

»Fick dich«, knurrte ich und folgte ihr nach draußen.

Als wir den Club verließen, war davor immer noch eine lange Schlange. Wir gingen schweigend nebeneinanderher zu ihrem Copter.

»Ich werde die weiteren Schritte mit Malia besprechen«, sagte Angel. »Sie muss unsere nächsten Crewmitglieder ausfindig machen: Kapua Duke und Chloe Nakano.«

»Unsere Trickbetrügerinnen.«

»Genau. Ich habe keine Ahnung, was die beiden gerade tun, aber Malia kann das sicher herausfinden.«

»Sag mir einfach, wann ich wo sein soll.«

»Mach ich.«

Ich ging an ihr vorbei in Richtung Monorailstation.

»Edie.«

Ich sah sie über die Schulter an. »Was ist?«

»Sei nicht so zimperlich.«

»Ich bin nicht zimperlich«, erwiderte ich genervt.

»Gut. Dann fang auch nicht damit an. Sollte ich den Eindruck bekommen, dass du den Job gefährden könntest, weil du Gewissensbisse bekommst« – sie sah mir fest in die Augen – »bist du sofort raus.«

»Schon klar«, erwiderte ich ebenso ungerührt.

Angel öffnete ihren Copter und stieg ein. Ich wandte mich wieder zum Gehen. »Gute Nacht, Edie.«

Ich winkte ihr über die Schulter zu.

Während ich weiter zur Monorailstation ging, wurde die Musik aus dem Club immer leiser, bis ich schließlich allein mit den Geräuschen der Raumstation war. Ich hörte Keplers Maschinen brummen, das Belüftungssystem seufzen und Wasser tropfen. In Ward 4 war es leiser als in den tiefer gelegenen Wards – das gefiel den Neuzugezogenen bestimmt. Als ich nach meinen Zigaretten greifen wollte, fiel mir auf, dass Angel immer noch meine Jacke hatte. Ich fluchte so laut, dass meine Stimme von den Häusern widerhallte.

Dann stöhnte ich frustriert, steckte die Hände in die Taschen und lief weiter Richtung Monorail.

Meine Gedanken kreisten immer noch um das Cherry – und meine damit verbundenen Erinnerungen. Angel und ich hatten hier oft mit Freunden gefeiert, bis der Club irgendwann zu unserem Arbeitsplatz geworden war und wir uns dort in irgendwelchen Hinterzimmern mit Leuten trafen, die Geschäfte mit uns machen wollten. Angefangen hatte es mit ein paar harmlosen Diebstählen, dann kamen Einbrüche hinzu und schließlich Betrug und Raubzüge im großen Stil. So hatten wir uns in der Szene allmählich einen Namen gemacht.

Natürlich war ich dabei die treibende Kraft gewesen. Aber was war schon so schlimm daran, wenn man etwas mehr vom

Leben wollte und sich höhere Ziele steckte? Wir waren so nah dran gewesen am großen Geld. Damit hätten wir uns und allen, die uns etwas bedeuteten, aus dem täglichen Kampf ums Überleben befreien und zu einem besseren Leben verhelfen können. Meine Eltern hätten sich zur Ruhe setzen können. Andie hätte Tyler verlassen und nach Hause kommen können. Angels Dad hätte seine Schulden bezahlen und sich eine ehrliche Existenz aufbauen können. Und mehr noch: Von dem Geld für diesen einen letzten großen Coup hätten wir wirklich leben können wie die Könige. Wir hätten nie wieder auf irgendetwas verzichten müssen. Dazu hätte es nur noch einen letzten Job gebraucht.

Doch so schnell wir aufgestiegen waren, so schnell war es auch wieder abwärts gegangen.

Angel hatte mich tief fallen lassen.

Ich überredete Andie, mich die Wochenendschichten im Laden übernehmen zu lassen. So konnte sie sich ein wenig ausruhen und Zeit mit den Kindern verbringen, bevor sie zu ihrem zweiten Job in dem Supermarkt ein paar Häuser weiter musste. Dadurch brauchte Tyler nicht zu kommen, was in meinen Augen ein weiterer unschätzbarer Vorteil war.

Als ich die Rollläden unseres Ladens öffnete und die Tür aufschloss, kamen eine Menge Erinnerungen in mir hoch: wie ich hier nach der Schule, an Wochenenden oder in den Ferien ausgeholfen hatte. Beim Hereinkommen schlug mir der vertraute Geruch nach Farbe und Reiniger entgegen, so wie damals, als ich hier Verschüttetes aufgewischt und die Böden geschrubbt hatte. Oder wie ich an Geräten von Atlas Industries herumgeschraubt hatte, die ihre geplante Lebensdauer überschritten hatten und deswegen nicht mehr funktionierten.

Wie ich Schlösser und Safes geknackt hatte, weil ihre Besitzer den Schlüssel verloren oder die Kombination vergessen hatten. Noch davor, als kleines Kind, hatte ich hier mit Andie zwischen den Regalen Fangen gespielt. Und auf der Kasse hatte ich schon herumgetippt, bevor ich überhaupt Wechselgeld zählen konnte. Ich erinnerte mich auch daran, wie ich aufmerksam zugehört hatte, wenn Dad mit einem Kunden sprach, weil ich unbedingt wissen wollte, worum es ging.

Schlagartig übermannte mich Trauer. Es war einfach alles so gemein und ungerecht und unverdient. Als mein Dad bei einem Arbeitsunfall starb, war ich gerade einmal fünfzehn gewesen. Mit sechzehn hatte ich Andie an Tyler verloren und mit siebenundzwanzig meine Mutter an den Krebs. Und es war durchaus möglich, dass ich mit neunundzwanzig nun auch Paige verlieren würde. Womit hatte ich das verdient, was hatte ich denn getan? Und was zum Teufel konnte ich tun, um es wieder gut zu machen? Ich fühlte mich nur noch kraftlos.

Doch ich würde alles tun, um Andie, Paige und Casey nicht zu verlieren, das wurde mir schlagartig klar.

Einfach alles.

Als die Glocke über der Tür klingelte, schob ich diese Gedanken schnell beiseite und verstaute sie irgendwo tief in mir, damit sie mich in Ruhe ließen.

Dann drehte ich mich um und sah den alten Fong in der Tür stehen. Sein Kopf war kahl, anscheinend rasierte er sich inzwischen die letzten paar Haare gleich ganz ab. Sein Bart war auch nicht mehr grau, sondern schneeweiß. Er betrachtete mich durch seine Brille, die auf der Spitze der langen Nase balancierte.

»Edie, es freut mich, dich zu sehen.« Er lächelte.

Ich lächelte zurück. »Mr. Fong, wie schön!«

Ich streckte die Hand aus, und er schüttelte sie mit mehr Kraft, als ich erwartet hätte. Dann zog er mich an sich und umarmte mich fest. »Gut, dass du wieder draußen bist«, sagte er. »Und dass du auf den Pfad der Tugend zurückgekehrt bist.« Er ließ mich los. Außer einem Nicken und einem Lächeln fiel mir keine Entgegnung ein. Dann schlurfte er langsam, aber zielstrebig an mir vorbei in den hinteren Teil des Ladens.

»Und du hast auch vor, nicht wieder im Gefängnis zu landen?«

»Ja, Sir.«

»Sehr gut.« Er kramte in seiner Tasche nach den Schlüsseln – analoge Schlüssel, sogar mein Dad hatte die elektronischen nie gemocht. »Wir hier im Viertel haben dich vermisst.«

Ich lehnte mich gegen die Ladentheke. »Ich habe euch auch vermisst.«

Mr. Fong öffnete die Tür zum Lager und das Licht ging flackernd an. Er wühlte in ein paar offenen Kisten herum. »Ich versuche, deiner Schwester zu helfen, aber sie hört einfach nicht auf mich.« Er schnalzte missbilligend mit der Zunge. »Sie ist wirklich akamai, aber nur das Alter bringt wahrhaftige Weisheit.«

Ich musste lachen. »Obwohl bei manchem auch viele Lebensjahre noch nicht einmal zu ganz gewöhnlicher Weisheit führen.«

»So ist es!« Er bückte sich so tief, dass er hinter einer Kiste verschwand, und grunzte vor Anstrengung.

»Alles klar da hinten, Mr. Fong?«

»Aiyah! Das ist mir zu schwer.« Fong hob den Kopf. »Du siehst stark aus. Könntest du die hier für mich hochheben?«

Ich grinste in mich hinein.

Dann stieß ich mich von der Ladentheke ab und ging zu ihm. Er zeigt auf eine Kiste voller Leuchtstofflampen.

Bei dem Anblick wurde mir das Herz schwer. »Aber mit denen haben Sie mich doch sonst auch nicht hantieren lassen.«

»Aber bald wird dir nichts anderes übrigbleiben. Du und Andie, ihr werdet den Laden hier schließlich irgendwann allein schmeißen müssen. Dein Dad weilt schon lange nicht mehr unter uns, und auch ich werde nicht ewig bei euch sein.«

»Aber das ist doch Quatsch.« Davon wollte ich nichts hören.

Mr. Fong schnalzte wieder missbilligend mit der Zunge. »Die Zeit steht für niemanden still.«

Darauf fiel mir keine Antwort ein.

Er zeigte auf die Schachtel mit den Leuchtstofflampen. »Na los. Ich werde dich beaufsichtigen.«

Ich richtete den Blick auf den Boden, nahm die Kiste und trug sie nach vorn in den Laden.

AM FRÜHEN MONTAGMORGEN KAM EINE TEXTNACHRICHT VON ANGEL:

[Treffen im Park von Ward 7, um 1000]

Gefolgt von einer zweiten:

[Zieh dir was Anständiges an.]

Was sollte das schon wieder heißen? Ich dachte an das Outfit, in dem sie ins Cherry gekommen war, und war mir nicht ganz sicher, was sie sich unter »anständig« vorstellte. Aber da Ward 7 das höchstgelegene und exklusivste der Upper Wards war, meinte sie damit wohl eher konservative Kleidung. Ich entschied mich für eine schwarze Stoffhose und ein schiefergraues Hemd mit langen Ärmeln, damit man meine Tattoos nicht sah. Gefängnistattoos fielen sicher nicht unter das, was Angel als anständiges Aussehen bezeichnet hätte – mit den spießigen stilvollen Tätowierungen der Neuzugezogenen hatten die natürlich nichts gemeinsam. Ich vervollständigte das Outfit mit Handschuhen, die meiner Ansicht nach nur leicht aus der Mode waren, um die immer noch deutlich sichtbare Wunde um den Chip in meiner Hand zu verbergen.

Nachdem ich mich geduscht und angezogen hatte, ging ich in die Küche, wo die Kinder gerade ihr Müsli aßen, und nahm mir einen Kaffee. Als ich hereinkam, sah mich Andie überrascht an.

»Sieh einer an. Wie schick!« Sie grinste.

»Ich habe ein Vorstellungsgespräch«, log ich.

»Steckt da Angel dahinter?«

»Jep. Ich treffe mich später mit ihr. Sie will mir noch ein paar Tipps geben.«

Einen Moment lang sah Andie besorgt aus. »Was für eine Arbeit ist das denn?«, fragte sie, bevor ich etwas sagen konnte.

Ich setzte mich neben sie. »Kundenbetreuung. Ans Telefon gehen, Beschwerden entgegennehmen, du weißt schon.«

Auch wenn wir schon damals immer wieder hatten lügen müssen, war es mir nie so leichtgefallen wie ihr. Ich war ein passabler Trickbetrüger, aber Angel ... Angel erhob die Lüge zu einer Kunstform.

»Aber das ist sicher ziemlich anstrengend, dauernd wütende Kunden ...«, sagte Andie.

»Nicht so anstrengend wie im Gefängnis. Und die Kunden verpassen einem wenigstens keine.« Ich trank einen Schluck Kaffee. »Oder zumindest könnte ich sie dann verklagen.«

»Was heißt das denn? Was bekommt man denn im Gefängnis verpasst?«, fragte Paige.

Andie warf mir einen warnenden Blick über den Tisch zu.

»Das bedeutet«, sagte ich und überlegte mir meine nächsten Worte gut, »dass man jemandem sehr wehtut. Das kommt im Gefängnis vor.«

»Hat dir denn da mal jemand ›eine verpasst‹?«

Ich war mir nicht sicher, was ich darauf antworten sollte. Andie kam mir zu Hilfe. »Paige, das ist eine unhöfliche Frage.«

»Entschuldigung.« Paige stocherte in ihrem Müsli herum. »Ich wollte doch nur wissen, ob das so war wie damals, als du Tante Edie mit dem Skateboard geschlagen und eine Gehirnerschütterung verpasst hast.«

Andie drehte sich zu mir um. »Das hast du den Kindern erzählt?«

Ich hob abwehrend die Hände. »Sie haben mich gefragt, ob wir uns mal gestritten haben! Soll ich sie etwas anlügen?«

»*Das war ein Unfall!*«

»*Wenn du das sagst!*«

Casey tat so, als würde er mit einem Skateboard nach Paige schlagen. Die verdrehte die Augen.

»Casey, lass deine Schwester in Ruhe«, schimpfte Andie.

Der kleine Junge setzte eine finstere Miene auf und verschränkte die Arme.

Andie drehte sich ein weiteres Mal zu mir um. »Und was hast du den beiden noch so alles erzählt?«

»Oha, es ist ja schon so spät«, sagte ich mit einem Blick auf mein Handgelenk. »Ich muss los.«

»Edie!«, sagte Andie scharf.

Ich trank meinen Kaffee in einem Zug aus. »Ich hab dich auch lieb, Tita!«

Dann machte ich mich schleunigst aus dem Staub, wobei ich Andies finsteren Blick deutlich im Rücken spürte. Ich steckte schnell mein Kartenetui und das Springmesser in die Tasche, mein Dietrich und meine Zugangskarte befanden sich ja leider noch in der Jacke. Dann sah ich zu, dass ich aus der Wohnung kam.

Es war ein schöner Tag – nicht dass sich das Wetter auf Kepler jemals änderte, aber wenn man die Station gut kannte, konnte man spüren, ob gerade alles reibungslos lief. Dann war es etwas kühler, die Luft roch sauberer und das Licht schien heller, sogar in den Lower Wards. Vielleicht war das ein gutes Omen.

Da ich fast eine Stunde zu früh dran war, ließ ich mir auf dem Weg nach Ward 7 viel Zeit. Keplers Türme ragten von ihren Fundamenten in den Lower Wards aus weit nach oben in Richtung des simulierten Himmels an der Innenhülle des Rings. Ward 7 und Ward 2 unterschieden sich tatsächlich wie Tag und Nacht. In Keplers höchstem Ward wurde der Himmel nicht von Türmen, Plattformen, Skywalks und Übergängen sowie dem Flugverkehr höherer Wards verdeckt. Die simulierte Sonne schien hell, während in den Lower Wards immerwährendes Dämmerlicht herrschte. Ganz im Gegensatz zu Ward 2 war es dort immer hell und warm und trocken.

Ich lief eine Weile nur herum und beobachtete die Menschen auf ihrem Weg zur Arbeit. Sie wirkten dabei so viel leichtfüßiger als die Bewohner der tiefer gelegenen Wards. Das Drehmoment der Station sorgte dafür, dass die künstliche Schwerkraft hier nicht ganz so stark wirkte. Ich fühlte mich viel leichter und fragte mich, wie es wohl war, dieses luxuriöse Gefühl, jeden Tag genießen zu können. Wie lebte es sich wohl, wenn man nicht ständig niedergedrückt wurde, wie in den Lower Wards?

Ich kam ein paar Minuten zu früh im Park von Ward 7 an. Die breite Plattform über der Monorailstrecke beherbergte eine Grünfläche – eine von zwei, die es auf Kepler gab – und sie warf tiefe Schatten auf die Lower Wards. Ich war noch nicht oft hier gewesen. Die Plattform war mit sorgfältig manikürtem Rasen und großen und üppig grünen Bäumen bepflanzt – kein Vergleich zu den dürren Pflanzen in den privaten Gärten der schlechter beleuchteten Lower Wards.

Ich schlenderte die Straße entlang und hielt unter den wenigen Passanten nach Angel Ausschau. Schließlich piepte das Comm an meinem Handgelenk, als eine Textnachricht von ihr eintraf:

[Transporter auf drei Uhr]

Ich sah nach rechts und entdeckte einen rechts von mir neben dem Bordstein schwebenden Transporter eines Comm-Reparaturdienstes. Als ich darauf zuging, öffnete sich die Seitentür.

Im Inneren des Schwebetransporters befand sich Ausrüstung für so ziemlich jedes Verbrechen – egal, ob man etwas hacken, irgendwo hinaufklettern oder einbrechen wollte, sogar simple Verkleidungen gab es. Angel saß auf dem Vordersitz, Malia hinten an einer Computerkonsole. Die Hackerin war mit einem Knobelspiel aus Metallteilen beschäftigt, während gleichzeitig Zeile um Zeile Computercodes über den Bildschirm neben ihr liefen. Mit einem Mod im Hirn ließ sich anscheinend prima multitasken. Mir lief es kalt den Rücken runter.

»Wie gehts?«, begrüßte mich Malia, ohne von ihrem Spiel aufzublicken.

»Und selbst?«, erwiderte ich, wobei ich es vermied, sie anzusehen. Ich setzte mich auf eine der Ausrüstungskisten. »Hast du Duke und Nakano schon ausfindig gemacht?«

»Ja, hab ich«, antwortete sie. Sie schrieb eine Zeile Code fertig und sah dann von ihrem Geduldspiel auf. »Hat dir Angel das nicht erzählt?«

»Nein.« Ich sah kurz zu Angel, die meinen Blick so kühl wie immer erwiderte.

»Die beiden waren tatsächlich gar nicht so einfach zu finden«, sagte Malia. »Sie haben es hauptsächlich auf Leute abgesehen, die neu auf der Station oder auf der Durchreise sind und außerdem ihre Gründe haben, auf eine Anzeige zu verzichten ... oder auf solche, die lieber nicht viel Aufmerksamkeit erzeugen, um sich eine öffentliche Bloßstellung zu ersparen.«

»Und wen haben sie jetzt gerade im Visier?«

»Ihre aktuelle Zielperson sammelt Kunst, Antiquitäten und exotische Tiere von der Alten Erde«, antwortete Angel. »Sie ...« Ich hob die Hand. »Einen Moment. Hast du gerade ›exotische Tiere‹ gesagt?«

»Im Moment ist sie an Eiern interessiert«, antwortete Angel.

»Eier wie ...« Ich machte eine entsprechende Geste.

Malia kicherte und Angel verzog den Mund. »Du bist widerlich.«

Malia beugte sich zu mir vor und zeigte mir ihr Tablet. »Vogeleier. Von einem Pfau, schon mal gesehen?«

Ich starrte den Bildschirm an. »Das ist ja pervers.«

»*Wie auch immer*«, ging Angel dazwischen. »Duke und Nakano geben sich als Sammlerinnen aus, die der Zielperson Pfaueneier mit Herkunftsnachweis verkaufen wollen.«

»Aber die Eier sind nicht echt, oder?«

»Nein, natürlich nicht.«

Alles andere wäre auch sensationell gewesen. Echte Tiere waren so weit entfernt von der Erde nur schwer zu bekommen. Ein Tier genetisch so zu verändern, dass es länger im Weltraum überleben konnte, war ziemlich aufwendig und teuer. Die meisten Leute hielten sich elektronische Imitate.

»Und wie lautet unser Plan?«, fragte ich.

»Du tust so, als wolltest du ebenfalls etwas kaufen«, sagte Angel.

»Wie bitte?« Ich fuhr hoch. »Warum ich?«

»Weil ich eine ziemlich hochrangige Sicherheitsexpertin bin«, erklärte Angel. »Sie kennen mich höchstwahrscheinlich. Dich dagegen kennt niemand.«

Kein Wunder, schließlich war ich acht Jahre lang von der Bildfläche verschwunden gewesen.

»Oder bekommst du das etwa nicht hin?«, fragte Angel kühl.

Das konnte ich nicht auf mir sitzen lassen. »Natürlich bekomme ich das hin.« Ich schnaubte verächtlich.

»Also gut.« Sie nahm einen dunklen Blazer vom Vordersitz und warf ihn mir zu. »Zieh das an.«

Ich fing den Blazer auf, ließ meine Hand über den Stoff gleiten und sah in den Taschen nach. In der rechten fand ich eine Karte, auf der Angel ihre Kontaktdaten mit sauberer Handschrift notiert hatte. Ich betrachtete die Knöpfe genauer. »Eine Knopflochkamera?«

»Nicht schlecht!«, sagte Malia, rückte mit ihrem Stuhl näher zu mir und hielt mir die Hand hin, in der ein kleiner durchsichtiger und flexibler Ohrstöpsel lag. »Damit kannst du mit uns kommunizieren.«

Ich nahm den Ohrstöpsel und setzte ihn ein.

»Habt ihr noch ein paar Infos zur Zielperson?«, fragte ich.

»Sie heißt Trinity Chau«, sagte Angel. »Sie hat ihr Vermögen gemacht, indem sie Drogen in die Kolonien geschmuggelt hat. Seit Neuestem befasst sie sich auch mit Kunst, Antiquitäten und exotischen Tieren. Sie mag schöne Dinge. Je teurer und nutzloser, desto besser.«

»Deshalb also auch die Pfauen.«

»Hey, Pfauen sind nicht völlig nutzlos«, wandte Malia ein. »Sie fressen Schlangen.«

»Schlangen sind auf Raumstationen aber noch seltener als Pfauen, also wem hilft das?«, erwiderte ich.

»Der Deal soll in einer von Chaus Galerien stattfinden«, sagte Angel, ohne auf unsere Bemerkungen einzugehen. »Duke und Nakano werden erst um 1200 dort erscheinen – genug Zeit für dich, um Chau zu bearbeiten. Mach sie glauben, dass du ein Tier kaufen möchtest und deswegen unbedingt ihre Quelle in Erfahrung bringen willst.«

»Alles klar«, sagte ich und rückte den Stöpsel in meinem Ohr zurecht.

»Aber vergiss nicht, dass es eigentlich um Duke und Nakano geht. Die beiden werden sicher nicht so schnell anbeißen wie Chau. Wenn es nicht klappt, sorg wenigstens dafür, dass sie nicht misstrauisch werden.«

»Kein Problem«, sagte ich und zog das Band meines Comms fester.

»Malia und ich werden mithören und dir sagen, was du tun sollst.«

»Jaja«, sagte ich und zog den Blazer über. »Kommandier mich ruhig herum, das hast du ja immer schon gerne gemacht.«

»Und achte auf deine Körpersprache. Du fasst dir immer ins Gesicht, wenn du nervös wirst.«

»Okay«, sagte ich genervt. »Sonst noch was?«

Malia streckte zwei Daumen in die Höhe. »Du machst das schon, Brah.«

»Danke.« Ich verließ den Transporter und trat ins warme Vormittagslicht.

Die Kunstgalerie war nur ein paar Blocks entfernt. Ich ging zielstrebig dorthin, ganz so, als wäre ich hier zu Hause. Wenn ich eins auf dieser Station gelernt hatte, dann wie man so tat, als ob man dazugehört. Dabei hatte ich mich in Ward 7 noch nie wohlgefühlt, und nach acht Jahren Gefängnis war ich hier mehr denn je fehl am Platz. Doch wenn ich in meinen vorherigen einundzwanzig Jahren hier auf der Station eins gelernt hatte, dann so zu tun, als würde ich dazugehören.

Die Galerie befand sich im oberen Stockwerk einer Bürogemeinschaft. Ich öffnete eine Glasdoppeltür zu meiner Linken, auf der »Chau Collections« stand, und trat ein.

Die Galerie bestand aus einem einzigen riesigen weißen Raum mit bodentiefen Fenstern, durch die Keplers Sonnenlicht schien. Überall waren Raumteiler mit Gemälden – Landschaften, Tiere und Naturphänomene, dazwischen ein paar Akte – sowie Skulpturen auf Sockeln aufgestellt. Diese Skulpturen besaßen in erster Linie abstrakte organische Formen, nur eine stellte mehrere kleine Vögel dar, die in ihren Nestern auf einem Bronzebaum saßen. Die ganze Galerie war an den minimalistischen Geschmack reicher Leute angepasst, die genug Geld und Einfluss besaßen, um wählerisch zu sein und sich nur mit ein paar ausgesuchten Stücken zu umgeben.

Außer mir schien niemand hier zu sein, also ging ich zum nächstbesten Bild. Es nahm fast die gesamte Wand ein und zeigte einen Sonnenaufgang über dem Meer. Der Sandstrand und die schaumigen Wellen waren mit eleganten Pinselstrichen gemalt, das blassblaue Wasser erstreckte sich bis zum Horizont, wo es auf die Rosatöne des Himmels traf. Das Bild war hübsch. Aber war es auch eine realistische Darstellung?

Echte Sonnenaufgänge hatte ich bislang nur jenseits der Gefängnismauern auf dem Felsenplaneten gesehen. Trotzdem gefiel mir das Bild.

Ich hörte leise Schritte, atmete tief ein und dann langsam wieder aus, eine schon oft angewandte Beruhigungstaktik. Das Geräusch der Schritte kam um die Ecke.

»Hübsch, nicht wahr?«, sagte die sanfte Stimme einer Frau mittleren Alters.

»Ja, das ist es wirklich«, antwortete ich.

Dann hörte ich Angels Stimme in meinem Ohr. »*Das ist ein Werk von Sierra Vann, um 2150 herum gemalt. Die Künstlerin ist bekannt für ihre Stadtansichten. Das Bild hier ist sicher mehr als 75 000 Credits wert, also trag ruhig etwas dicker auf.*«

»Ich hatte schon immer eine Schwäche für Vann«, sagte ich. Die Frau blieb neben mir stehen, sodass ich sie gerade so aus dem Augenwinkel sehen konnte. »Aber Landschaften kannte ich bisher nicht von ihr.«

»Sie hat auch nur eine Handvoll davon gemalt«, antwortete die Frau. »Eigentlich war ihre Leidenschaft die Stadt.«

»Wohingegen mir Ihre Leidenschaft der Alten Erde zu gelten scheint«, sagte ich im Hinblick auf die in der Galerie gezeigten Werke.

»Ach ja?« Die Frau klang überrascht.

Ich drehte mich zu ihr um. Sie war älter als ich, vielleicht Mitte oder Ende vierzig. Das schwarze Haar war zu einem eleganten Chignon frisiert, aus dem eine einzelne graue Strähne fiel und ihr Gesicht umrahmte. Sie trug ein langes Kleid aus einem schillernden seidenartigen Stoff mit einem hohen Kragen und langen Ärmeln. Die geschmackvollen Cutouts zeigten die schimmernden Linien ihrer Tattoos. Die dunklen Iriden ihrer Augen waren wie bei Angel von künstlichen

Ringen umschlossen, nur dass ihre violett leuchteten. Sie sah mich neugierig an.

»Ihre Galerie«, erklärte ich. »Alle Werke stellen Pflanzen und Tiere von der Alten Erde dar. Die ganze Sammlung ist eine Liebeserklärung an unsere Heimatwelt. All ihre Schönheit ist hier zu sehen.«

Die Frau sah leicht verlegen aus. »Das kommt Ihnen sicher ein bisschen albern vor.«

Ich lächelte sie an. »Nein, überhaupt nicht. Ich finde es vielmehr romantisch.«

Angel hatte mir mal gesagt, dass mein Lächeln ein bisschen schief wäre. Aber als ich daraufhin versucht hatte, es mir abzugewöhnen, hatte sie mich davon abgehalten. Ihr war es lieber so – weil es viel echter wirkte.

Die Tattoos der Frau nahmen eine zartrosa Färbung an. »Das ist sehr freundlich von Ihnen.«

Ich hielt ihr die Hand hin. »Ich heiße Jay. Jay Kuroda.«

Sie nahm meine Hand. »Trinity Chau.«

Ich drückte sanft ihre Hand und hielt sie einen Moment länger fest als notwendig.

»Sehr angenehm«, sagte ich.

»Freut mich ebenfalls.«

Dann ließ ich ihre Hand los und entfernte mich von dem Vann-Gemälde. »Ms. Chau, Sie haben eine wirklich wunderbare Sammlung.«

»Vielen Dank. Bitte nennen Sie mich doch Trinity.«

Ich ging durch die Galerie und bedachte jedes Bild mit einem anerkennenden Blick. Als ich an einem Akt vorbeiging, hörte ich wieder Angels Stimme in meinem Ohr.

»Das Gemälde auf elf Uhr ist von Eirin Yu. Sier macht sich gerade mit mythologischen Szenen einen Namen, das hier ist

ein neueres Werk von 2167, aber bereits 20 000 Credits wert. Sei interessiert, aber übertreib es nicht.«

Ich blieb vor dem Bild mit der nackten, auf einer Waldwiese liegenden Frau stehen. In der einen Hand hielt sie eine Frucht, deren Saft in kleinen Rinnsalen an ihrem Arm hinunterlief, in der anderen hielt sie eine Schlange, die sich um das Handgelenk schlängelte.

»›Evas Sündenfall‹«, las ich von der Plakette ab. »So manche alte Geschichte kommt eben nie aus der Mode.«

»Ja, das ist anscheinend ein zeitloses Thema.«

Ich setzte eine nachdenkliche Miene auf. »Da fragt man sich, was für Geschichten aus unserer Zeit irgendwann einmal als bildwürdig erachtet werden.«

»Ist es nicht wunderschön?«

Ich sah ihr in die Augen. »Absolut.«

Trinitys Tattoos verdunkelten sich zu einem Rosenrot.

»Ich hab doch gesagt, dass du nicht so dick auftragen sollst«, sagte Angel gereizt. *»Jetzt schau dir die Skulptur auf drei Uhr an.«* Ich lenkte meinen Blick in die angegebene Richtung und er fiel auf den Bronzebaum mit den polierten kleinen Vögeln. *»Das ist eine Arbeit von Kemp. Er hat sich auf ausgestorbene Tierarten der Alten Erde spezialisiert. Nimm das als Überleitung zu Duke und Nakano.«*

Ich schlenderte zu dem Baum und spähte durch die Blätter aus gehämmerter Bronze. »Was sind das für Vögel?«, fragte ich aufrichtig interessiert.

»Turteltauben«, erklärte Trinity. Ihr Kleid raschelte um ihre Fußknöchel, als sie sich neben mich stellte. »Sie lebten monogam und haben sehr intensiv um verlorene Partner getrauert.«

»Faszinierend.« Ich ging um die Skulptur herum und

spähte weiter durch die Äste. »Ich hätte zu gerne einmal eine echte gesehen.«

»Mx. Kuroda, haben Sie denn schon einmal einen echten Vogel gesehen?«

»Nennen Sie mich Jay«, korrigierte ich sanft. »Und ja, habe ich. Ich besitze eine männliche Eule, er ist wirklich süß.«

»Oh?« Trinitys Interesse war sichtlich geweckt. »Wo haben Sie ihn her?«

»Von einem befreundeten Sammler auf Etria.« Ich sah ihr in die Augen. »Besitzen Sie auch Tiere?«

»Ein paar Sittiche und einen Ara.« Sie lachte. »Gar nicht so einfach, die Katze von ihnen fernzuhalten!«

»Eine Katze noch dazu!« Ich strahlte sie an. »Was für eine hübsche Sammlung.«

»Und jedes Tier hat seine eigene Persönlichkeit!«

»Wie heißt Ihre Katze?«

»Boots.«

»Was für ein cleverer Name. Quasi *Puss in Boots*.« Sie strahlte. »Und wie heißt Ihre Eule?«

»Sein Name ist ...« Ich überlegte fieberhaft, aber mir wollte nichts einfallen. »... Frank.«

Angel seufzte in meinem Ohr.

Trinity sah mich verwundert an. »Frank?«

»Naja, so wie ›frank und frei‹«, versuchte ich verzweifelt, die Kurve noch zu kriegen. »Meine Nichte hat ihm den Namen verpasst.« Ich lächelte verlegen. »Ein bisschen komisch, ich weiß, aber irgendwie passt der Name auch ganz gut zu ihm.«

Trinity lächelte. Anscheinend hatte ich es doch nicht versaut. »Sie haben Ihre Nichte den Namen aussuchen lassen? Wie lieb von Ihnen.«

»*Und jetzt die Überleitung zu Duke und Nakano. Bitte*«, sagte Angel knapp.

»Ich habe überlegt, ihr auch eine zum Geburtstag zu schenken«, sagte ich zu Trinity.

»Bekommen Sie die auch über Ihre Connection auf Etria?« Ich ließ kurz einen Ausdruck des Unbehagens über mein Gesicht gleiten. »Leider macht sier nicht mehr viele Geschäfte.«

»Oh, das ist ja schade.«

»Kennen Sie denn vielleicht zufällig jemanden, der mir da weiterhelfen könnte?«

Ich konnte förmlich sehen, wie sich die Rädchen in Trinitys Kopf drehten. Wie sie die Verbindung, die ich gerade zu ihr aufgebaut hatte, gegen ihre Erfahrung als gewiefte Schmugglerin abwog. Ich setzte die unschuldig-neugierige Miene einer naiven reichen Person auf, die mit der Unterwelt normalerweise nichts zu schaffen hatte – das typische Opfer, an dem ich mein kriminelles Handwerk gelernt hatte.

»Ich ... Vielleicht wüsste ich da jemanden«, sagte Trinity langsam.

»Wirklich? Das wäre großartig!«, erwiderte ich voller Begeisterung. »Vielleicht könnten Sie ...«

Die Türglocke läutete, dann waren Schritte zu hören.

Ich sah an Trinity vorbei zum Eingang, wo zwei Frauen mit mir bereits vertrauten Gesichtern warteten. Die eine trug eine Stoffhose mit Bügelfalte und ein maßgeschneidertes Sportsakko. Ihr gewelltes dunkles Haar war zu einem festen Knoten gebunden, und sie hielt einen kleinen Hartschalenkoffer in der Hand. Die andere trug einen Rock, der ihre Kurven betonte, dazu eine Bluse in einem gedeckten Blauton. Die beiden waren so unauffällig, dass sich garantiert niemand an sie erinnern würde. Sie wären bei einer polizeilichen Gegenüberstellung genauso wenig herausgestochen wie in einer Menschenmenge in Ward 7. Wenn ich ihre Gesichter nicht schon aus Angels File gekannt hätte, hätte ich sie sicher schnell wieder vergessen.

»Ms. Chau«, grüßte die Femme – Nakano, wie ich mich erinnerte. »Hätten Sie einen Moment Zeit für uns?«

»Aber natürlich.« Trinity legte mir die Hand auf die Schulter und führte mich zu den beiden. »Und hier ist jemand, den Sie vielleicht auch gerne kennenlernen möchten.«

»*Denk dran*«, sagte Angel in meinem Ohr, »*wenn sie den Köder nicht schlucken, mach sie wenigstens nicht misstrauisch.*«

Ich streckte die Hand aus. »Jay Kuroda.«

Nakano nahm meine Hand und drückte sie schwach. Dabei fiel mir eine kleine Narbe zwischen Daumen und Zeigefinger auf. »Hana Sato.«

Ich wandte mich der Butch zu – Duke – und streckte ihr die Hand hin, die sie entschlossen ergriff und fest drückte. Sie hatte die gleiche Narbe an der gleichen Stelle. »Lani Cooke.«

»Jay interessiert sich für Tiere«, erklärte Trinity. »Insbesondere für eine Eule. Vielleicht können Sie da weiterhelfen?«

Die beiden sahen mich neugierig an, und ich setzte wieder mein schüchternes Lächeln auf. »Sie ist für meine Nichte. Ich selbst habe schon eine.«

»Da lässt sich vielleicht etwas machen«, sagte Nakano sanft. »Ms. Chau, woher kennen Sie Mx. Kuroda?«

»Oh, ich ...« Trinity kam ins Stottern. »... Um ehrlich zu sein: Wir haben uns gerade erst kennengelernt. Aber Mx. Kuroda scheint mir eine interessante Person zu sein.«

»*Sie wollen dich austesten*«, sagte Angel. »*Verlass dich auf die*

Verbindung, die du zu Trinity aufgebaut hast, und mach es nicht unnötig kompliziert.«

»Trinity war so nett, mir ihre Galerie zu zeigen«, sagte ich. »Dabei kamen wir auf die Schönheit der Alten Erde zu sprechen« – Trinitys Tattoos nahmen wieder eine rötliche Färbung an – »und auf ihre Tiersammlung. Ich selbst bin auf dem Gebiet eher ein Amateur, wie ich zugeben muss, aber ich würde mich freuen, wenn sich etwas ergibt.«

»Die Eule ist für Ihre Nichte?«, fragte Duke.

»Ein Geburtstagsgeschenk«, erwiderte ich. »In letzter Zeit ist sie ganz fasziniert von Eulen – hat wohl irgendetwas mit Hexen und deren tierischen Begleitern zu tun.« Ich grinste. »Vielleicht hat sie diese Fantasy-Serie zu oft gesehen.«

Duke grinste zurück und Nakano lachte höflich.

Ich wusste nicht viel über das, was sich in den acht Jahren meiner Abwesenheit getan hatte, aber zumindest kannte ich diese eine Serie und hatte vor, es auszunutzen.

»Und wie lange haben Sie Ihre Eule schon, Mx. Kuroda?«, fragte Nakano.

»Nennen Sie mich bitte Jay«, erwiderte ich. »Noch nicht besonders lange. Vielleicht drei oder vier Jahre.«

»Und von wem haben Sie sie?«, fragte sie wie beiläufig.

Ich widerstand der Versuchung, mir ins Gesicht zu fassen.

»Von jemandem auf Etria, aber der macht keine Geschäfte mehr«, antwortete ich vorsichtig. »Sonst kenne ich leider niemanden.«

»Ja, in dieser Branche herrscht leider eine hohe Fluktuation.«

»Das ist mir nicht entgangen.«

Duke setzte ein charmantes Lächeln auf. »Eulen sind sehr schwer zu halten. Ich finde es beeindruckend, dass Sie schon so lange eine haben. Die meisten Leute kommen mit Raubvögeln nicht klar.«

»*Du hast es vergeigt*«, sagte Angel. »*Mach sie nicht noch misstrauischer. Zieh dich zurück, wir denken uns etwas Neues aus.*«

»Ich will Sie nicht länger aufhalten«, sagte ich. »Ich lasse Ihnen meine Kontaktdaten da.«

»Nein, bitte bleiben Sie doch«, sagte Duke. »Trinitys Freunde sind auch unsere Freunde. Wir würden uns freuen, Geschäfte mit Ihnen zu machen.«

»Ich ...«

»*Tu so, als wäre alles in Ordnung. Mach einfach mit.*«

Ich rieb mir das Kinn. Dann zwang ich mich zu einem Lächeln. »Das klingt ganz wunderbar.«

Duke gab den Koffer an Nakano weiter. Nakano nickte mir zu und entfernte sich dann zusammen mit Trinity. Duke knöpfte ihr Sportsakko auf und setzte sich auf ein Plüschsofa, das dem Yu-Gemälde gegenüberstand. Sie lächelte entspannt, beobachtete mich aber ganz genau.

»Wie kommen Sie auf uns?«

»Wie gesagt, ich hatte Trinity gerade erzählt, dass ich mich ebenfalls für Tiere interessiere, und dann hat sie mich Ihnen vorgestellt.«

»Und Sie haben sie gerade erst kennengelernt?«

»Genau.«

»Und das zufällig an dem Tag, an dem wir auch hier sind?« Duke lachte. »Sie haben ja ein ziemliches Glück!«

»Ja, das Glück ist mir immer hold«, erwiderte ich vorsichtig.

»Nun, dann hoffe ich für Sie, dass das auch so bleibt«, sagte sie und lächelte mich weiterhin so charmant an wie zuvor.

Wir saßen ein paar Minuten lang schweigend da. Dann

kamen Trinity und Nakano zurück und wir standen auf. Nakano gesellte sich wieder zu Duke und Trinity stellte sich neben mich.

»Ich gebe Ihnen meine Kontaktinformationen«, sagte Trinity zu mir. Sie schloss kurz die Augen, und als sie sie wieder öffnete, teilte mein Comm mir mit einem bestätigenden Piepen mit, dass es die Informationen erhalten hatte. Sie lächelte. »Rufen Sie mich bei Gelegenheit mal an.«

Ich lächelte zurück. »Versprochen.«

»Wollen Sie uns noch begleiten?«, sagte Nakano zu mir. »Wir würden uns gerne noch ein bisschen mit Ihnen über die Eule unterhalten.«

»*Sag ja*«, sagte Angel.

»Aber gerne«, antwortete ich und lächelte sie an. »Ich würde meine Nichte an ihrem dreizehnten Geburtstag ungern enttäuschen.«

Wir verließen die Galerie. Duke ging voran und Nakano blieb hinter mir. Als wir die Straße betraten, sah ich mich kurz nach einer möglichen Fluchtroute um. Nakano entging das anscheinend nicht, denn plötzlich bohrte sich etwas Hartes, Kreisförmiges in meinen Rücken. Ich erstarrte. Ich war schon oft mit einer Waffe bedroht worden und wusste, dass man dann besser stillhielt.

»Bitte geben Sie mir keinen Grund, die hier zu benutzen«, sagte Nakano leise.

Das Pärchen führte mich die Straße hinunter zum Park, wo wir einem sich zwischen grünen Bäumen windenden Pfad bis in die Mitte der Plattform folgten.

Dort verließen wir den Weg und betraten das schattige Wäldchen. Nakano drückte mir die Pistole fester in den Rücken, damit ich nicht stehen blieb. Dann wirbelte Duke zu mir herum. Sie sah wütend aus. »Wir arbeiten seit einem Monat an diesem Job«, fuhr sie mich an. »Beinahe hättest du alles versaut. Wer zum Teufel bist du?«

»Aber das habe ich doch bereits gesagt«, antwortete ich langsam. »Mein Name ist Jay Kuroda und ...«

Ich brach ab, als Duke auf mich zutrat. Ich versuchte, mich zu wehren, aber Nakano drückte mir die Pistole fest in den Rücken. Duke griff nach meinem Arm, und bevor ich protestieren konnte, riss sie mir den Handschuh herunter. Die Wunde von dem Chip, den man mir bei meiner Entlassung eingepflanzt hatte, war deutlich zu sehen. »Was für ein angehender Tiersammler trägt denn so eine Besitzmarke?«, wollte sie wissen.

Darauf folgte Schweigen, die Anspannung war förmlich mit Händen greifbar. Ich sah Duke herausfordernd an. »Mein Name ist Edie«, antwortete ich schließlich. »Und ich habe eine Nachricht für euch.«

»Was willst du von uns? Wie kommst du auf uns?«, wollte Nakano wissen.

»Es war gar nicht so einfach, euch zu finden. Eure Tarnung ist nahezu perfekt. Aber ich arbeite mit ziemlich gut vernetzten Leuten zusammen.«

»Willst du uns erpressen?«

»Was? Nein. Ich will euch einen Job anbieten.«

Duke und Nakano sahen sich über meine Schulter hinweg an.

»Was für einen Job?«, fragte Duke vorsichtig.

»Wir wollen etwas stehlen und dann Lösegeld dafür verlangen.«

»Von wem?«

»Joyce Atlas.«

»*Joyce Atlas?*«, sagten beide gleichzeitig.

Duke sah mich ungläubig an. »Das ist doch nicht dein Ernst.«

»Leider doch.«

Duke wirkte, als wollte sie mir sagen, ich solle mich verpissen, aber Nakano ließ die Waffe sinken. Ich seufzte erleichtert.

»Warum wir?«, wollte sie wissen.

»Weil ihr die Besten seid. Und wir brauchen die Besten.«

Duke starrte mich finster an. »Wir arbeiten nicht mit Amateuren.«

»Edie ist wirklich ein ziemlicher Amateur«, sagte eine vertraute Stimme hinter mir. »Das gilt allerdings nicht für mich.«

Wir drehten uns alle gleichzeitig um. Angel stand am Rand des Wäldchens, die Hand auf die Hüfte gestützt.

»Angel Huang«, hauchte Nakano.

Duke stellte sich zwischen Angel und Nakano. »Ist das eine Falle?«

»Nein«, antwortete Angel. »Und wenn ihr kein Interesse habt, ist das auch in Ordnung.« Sie trat näher. »Doch ich habe da so ein Gefühl, dass ihr unser Angebot nicht ausschlagen werdet.«

»Warum?«, wollte Nakano wissen.

Angel lächelte. »Weil ihr eine Agenda habt.«

»Eine Agenda?«

»Ihr habt es auf ganz bestimmte Menschen abgesehen. Eure letzten vier Zielpersonen haben alle Waffen und Drogen in die Kolonien geschmuggelt. Ihr habt sie völlig ausgenommen, und das Geld ist sofort spurlos verschwunden. Besteht da möglicherweise ein Zusammenhang mit den jeweils genau zum selben Zeitpunkt getätigten Spenden, die über Briefkastenfirmen an wohltätige Organisationen in den Äußeren

Welten gingen? Natürlich ist das eine simple Methode, um das Geld verschwinden zu lassen, aber ich denke, da steckt noch etwas anderes dahinter.«

Ich dachte an die Narben an den Händen der beiden. Manche Konzerne ließen ihren Kolonisten Chips einpflanzen, genau wie man es auf Keplers Gefängnisplaneten mit den Häftlingen machte. Duke hatte einen solchen Chip »Besitzmarke« genannt – offenbar hatten wir alle einmal einen Besitzer.

»Trickbetrügerinnen mit einem Gewissen ...« Allmählich dämmerte es mir.

Nakano lächelte. »So könnte man es ausdrücken.«

»Und was hat das mit eurem Plan zu tun?«, wollte Duke wissen.

»Überlegt doch mal«, sagte Angel, »was ihr mit 125 Milliarden Credits von Joyce Atlas Gutes bewirken könntet.«

Duke lachte ungläubig. »Hast du wirklich vor, deinen eigenen Boss zu bestehlen?«

»Ich befinde mich an genau der richtigen Position dafür.«

»Aber warum Atlas?«, fragte Nakano.

»Er hat jede Menge Dreck am Stecken«, erwiderte Angel. »Er gibt sich als großer Menschenfreund, aber wir wissen doch alle, dass es hinter den Kulissen ganz anders aussieht. Er arbeitet mit der Polizei der gesamten Inneren Welten zusammen, ebenso mit der Hälfte der Rüstungsunternehmen in der Galaxis. Seine sogenannten technischen Errungenschaften haben Millionen Menschen das Leben gekostet und weiteren Millionen Menschen die Freiheit. Ich habe kein Problem damit, so jemanden zu bestehlen.«

Duke und Nakano warfen sich einen langen, nachdenklichen Blick zu. Duke sah aus, als wollte sie unser Angebot lieber ablehnen. Sie seufzte, als Nakano sanft ihre Hand berührte.

»Okay, wir hören uns euren Plan an.«

Angel lächelte. »Sehr gut.«

Auf der Suche nach Nakanos Waffe umkreiste ich die beiden mit misstrauischem Blick. Als sie bemerkte, was ich tat, lächelte sie und öffnete ihre Hand, in der ein Lippenstift lag. Ich starrte sie mit offenem Mund an.

Verdammte Trickser.

»Ich gebe euch meine Kontaktdaten. Ruft mich an, dann vereinbaren wir ein Treffen, um die Details zu besprechen«, sagte Angel und nickte mir zu, woraufhin ich ihre Karte aus der Jackentasche holte und sie Duke reichte.

»Machen wir«, antwortete Nakano.

»Es hat mich gefreut, euch kennenzulernen«, sagte Angel. Dann drehte sie sich um und verließ den Wald. Ich nickte Duke und Nakano zu und folgte ihr.

»Amateur?«, sagte ich, als ich sie eingeholt hatte.

»Duke und Nakano sind absolute Profis. Du hattest nicht den Hauch einer Chance gegen sie. Ich habe dich nur gebraucht, um Kontakt mit ihnen aufzunehmen. Mit etwas Glück wirst du so etwas nicht noch einmal tun müssen.«

»Gern geschehen«, erwiderte ich sarkastisch.

»Ich finde, du hast dich ziemlich gut geschlagen«, sagte Malia. *»Und du hast dir dabei außerdem noch eine ziemlich scharfe MILF geangelt.«*

»Lass mich bloß mit MILFs in Ruhe«, motzte ich sie an.

Angel sagte nichts dazu.

Eigentlich hätte es mich nicht sonderlich überraschen sollen, dass mich Duke und Nakano sofort durchschaut hatten. Ich knackte Safes, ich kundschaftete aus, aber ich konnte nicht gut lügen und betrügen. Andere an der Nase herumzuführen hatte mir – im Gegensatz zu Angel – noch nie besonders gelegen. Sie hatte schon immer gut mit Menschen umgehen können. Schon als Kind hatte sie immer ganz genau gewusst, was sie sagen musste, um zu bekommen, was sie wollte. Oder um uns irgendwo herauszuboxen. Für mich waren dabei unzählige Extraportionen Eis herausgesprungen, ich hatte länger auf dem Spielplatz bleiben dürfen oder weniger lange nachsitzen müssen – solange sie das Ganze aushandelte.

Und ihr Talent wurde umso mehr, je älter sie wurde. Sie war nicht aus der Ruhe zu bringen, egal wie groß der Job oder wie gut die Leute waren, mit denen wir zusammenarbeiteten. So hatte sie sich bald einen Namen gemacht. Was hätte sie wohl erreicht, wenn es damals nicht schiefgelaufen wäre?

Obwohl – war für sie eigentlich so viel schiefgelaufen, wenn man bedachte, was aus ihr geworden war?

Als wir wieder den Hauptweg erreichten, drehte sie sich zu mir um. »Nachdem wir jetzt den Kontakt mit Duke und Nakano hergestellt haben, können wir nach Plan weitermachen. Als Nächstes müssen wir Sara Morris rekrutieren. Ich schicke dir vor unserem nächsten Treffen Infos zu ihrem Aufenthaltsort.«

»Alles klar«, erwiderte ich.

Sie nickte mir knapp zu. »Ich melde mich.«

»Okay.«

Ich sah Angel nach, als sie im Sonnenlicht Keplers davonmarschierte. Das hier war eindeutig ihre Welt. Sie gehörte ganz nach oben in die Upper Wards. Mit der Person, die ich einmal gekannt hatte, hatte sie nichts mehr gemein.

Ich dachte daran, wie Duke und Nakano sich angesehen hatten. Sie hatten sich auch ohne Worte verstanden. Ein Blick hatte alles Notwendige übermittelt. Das war nur nach vielen gemeinsamen Jahren voller Vertrauen möglich. Die beiden kannten sich in- und auswendig und wussten, was die andere dachte.

Früher hatte ich Angel genauso gut gekannt.

Ein paar Leute auf dem Weg in die Mittagspause gingen an mir vorbei, dann war ich in der Menge verschwunden.

7

IN DEN NÄCHSTEN TAGEN KÜMMERTE ICH MICH UM DEN LADEN, WÄHREND Andie mit Doppelschichten und Arztterminen beschäftigt war. Sie ließ sich nun immer öfter von mir und seltener von Tyler helfen. Beides wusste ich sehr zu schätzen. Andie hätte das nie so deutlich gesagt, aber ohne ihn war sie auf jeden Fall besser dran. Er hatte zwar nie Hand an sie gelegt – in dem Fall wäre ich sofort ausgebrochen, und dann hätten sie mich zusätzlich noch für Mord verknacken müssen –, aber es gab auch andere Wege, jemanden zu verletzen.

Wenn ich damit Andie das Leben erleichtern konnte, hatte ich kein Problem damit, auf Casey und Paige aufzupassen und die Kundschaft in unserem Laden anzulächeln.

Am späten Donnerstagnachmittag piepte mein Comm. Eine Nachricht von Angel:

[Heute Abend Treffen mit Morris. Ich hole dich um 2300 ab.]

Es wäre mir zwar lieber gewesen, wenn sie mir etwas früher Bescheid gegeben hätte, andererseits hatte ich ja auch nichts Besseres vor.

Nachdem ich an diesem Abend den Laden geschlossen

hatte, stieg ich die Treppe zu unserer Wohnung hinauf und hielt meine Schlüsselkarte an den Sensor.

»*Überraschung!*«

Ich wäre beinahe wieder rückwärts die Treppe heruntergefallen.

»*Scheiße!*«, entfuhr es mir vor Schreck.

Ich legte mir die Hand auf die Brust in dem Versuch, mein heftig klopfendes Herz wieder zu beruhigen. Im Wohnzimmer hatten sich Andie, Casey, Paige, Cy und etwa ein halbes Dutzend weiterer Familienmitglieder versammelt und starrten mich nun wegen meiner Flucherei leicht entsetzt an.

»Was ist denn hier los?« Ich betrat vorsichtig die Wohnung. Der Boden war mit Luftballons bedeckt, der Küchentisch bog sich vor dampfendem Essen. Drumherum standen Kühlboxen mit Getränken. Über dem Tisch hing ein selbstgemachtes Banner mit dem Schriftzug »Hau'oli Lā Hānau«.

Andie lächelte mich an. »Alles Gute zum Geburtstag.«

»Aber der war doch schon vor drei Wochen«, sagte ich verwirrt.

»Da warst du ja noch nicht draußen!« Andie nahm mich an die Hand. »Jetzt kannst du zusammen mit deiner 'Ohana feiern.« Sie sah mich mit einem leicht wehmütigen Blick an. »Während du weg warst, habe ich nicht viel gefeiert, also wollte ich jetzt etwas Besonderes machen.«

»Hast du das alles organisiert?«, fragte ich und sah mich beeindruckt um.

»Zum Glück hat jemand für mich hinter der Ladentheke gestanden, da hatte ich ein bisschen Zeit.« Sie grinste mich an.

Ich grinste zurück, dann drückte ich sie fest. »Danke, Tita.«

Ich verbrachte den Abend im Kreis meiner Familie: Meine Tanten hatten fantastisches Essen zubereitet, und meine

Onkel erzählten dieselben Geschichten, die sie jedes Jahr erzählten. Meine Cousins und Cousinen hatten ihre Kinder mitgebracht, die alle unglaublich groß geworden waren, seit ich sie das letzte Mal vor zwei Jahren bei der Beerdigung meiner Mutter getroffen hatte. Einige wenige hatte ich sogar nicht mehr gesehen, seit ich vor acht Jahren ins Gefängnis gekommen war.

Onkel Reggie erzählte mir und Andie wie immer peinliche Geschichten von unserem Dad. Er hatte mir während meiner Haft immer Bilder geschickt, um mich auf dem Laufenden zu halten. Tante Maria war ebenfalls da. Sie machte das beste Chili Chicken überhaupt und hatte mich im Gefängnis mit Süßigkeiten versorgt. Sogar Kacen – ich wusste ganz genau, dass sier mir als Kind einmal eins meiner Holospiele gestohlen hatte, auch wenn sier das nie zugeben würde – war bei den monatlichen Video-Anrufen meiner Familie dabei gewesen.

Es fühlte sich beinahe surreal an. So viel hatte sich verändert, und gleichzeitig war vieles immer noch wie früher. Wir machten einfach da weiter, wo wir vor acht Jahren aufgehört hatten, als wäre nichts gewesen. Wir lachten und scherzten, aßen und tranken und unterhielten uns den ganzen Abend lang.

Irgendwann nahm Cy mich beiseite und wir verzogen uns in die Küche.

»Wie siehts aus?«, wollte er wissen. »Bist du dabei?«

Ich trank mein Bier aus und stellte die Flasche auf die Theke. »Jep.«

»*Yessah!* Keine Sorge, das war die richtige Entscheidung. Alles wird super laufen, wirst schon sehen.«

»Warum willst du mich so unbedingt dabeihaben?«

»Weil du gar keine andere Wahl hattest. Und was soll denn aus mir werden, wenn du Kepler ansonsten verlassen musst? Ich kenn dich, seit wir ganz klein waren. Wer soll mir sonst denn den Rücken freihalten, wenn mir mal wieder jemand gegen die Faust rennt?«

Ich musste lachen.

Er boxte mir spielerisch gegen die Schulter. »Das war die richtige Entscheidung. Der Plan ist 1A.«

»Das hoffe ich doch«, erwiderte ich. »Wenn wir schon mit Angel zusammenarbeiten müssen.«

Er seufzte. »Ach, die Nummer schon wieder?«

Ich lehnte mich gegen die Theke und verschränkte die Arme. »Was soll das denn heißen?«

»Der ganze Streit ist doch Quatsch. Das ist doch auch nicht schlimmer als früher, da habt ihr euch auch dauernd gestritten und dann wieder vertragen. Und wieder gestritten. Seit Hanabata-Tagen.«

»Dieses Mal ist es aber etwas anderes, Cuz. Das verstehst du nicht.«

»Doch, tu ich.« Er nahm ein Bier aus der Kühlbox und reichte es mir. »Wir ziehen das Ding durch, jeder von uns bekommt choke Kālā und bumbai sind alle wieder ein Herz und eine Seele. Wirst schon sehen.«

Unwahrscheinlich. Selbst 125 Milliarden Credits konnten nicht wiedergutmachen, was Angel mir angetan hatte. Aber das behielt ich lieber für mich.

Ich zeigte mit der Bierflasche auf Cy. »Wenn das schiefgeht, reiß ich dir den Arsch auf.«

»Ho! Glaubst du etwa, ein paar Runden im Fitnessstudio machen einen Moke aus dir?«

Ich grinste. »Willst du dich etwa mit mir anlegen?«

Sein Lachen grollte als tiefer Donner durch den Raum.

»Aber nicht in meiner Küche«, sagte Andie, die plötzlich mit einem leeren Tablett in der Hand in der Tür stand.

»War ja nur ein Scherz, Tita«, erwiderte ich.

»Danke für das Essen«, sagte Cy zu ihr. »Schmeckt super.«

»Es ist noch genug da«, antwortete Andie und ging an uns vorbei, um das leere Tablett abzustellen und dafür ein volles mitzunehmen. »Greif zu!«

»Klar doch«, sagte Cy. Er sah mich noch einmal an und verließ hinter Andie die Küche.

Ich seufzte und folgte den beiden.

Drei Stunden später – ich war gerade dabei, beim Abräumen zu helfen, während meine Verwandten das übriggebliebene Essen verteilten – kam eine Nachricht von Angel:

[Draußen]

Ich betrachtete die Nachricht mit gerunzelter Stirn. »Tut mir leid, Andie, aber ich muss weg.«

Andie sah mich überrascht an. »Jetzt noch?«

»Ich geh mit Angel was trinken.«

»Oh.« Sie verzog die Miene. »Ist sie hier?«

»Ja, sie steht unten.«

»Möchte sie vielleicht raufkommen und was essen?«

Ich hätte Andie am liebsten gesagt, dass sie das lassen sollte, aber das wäre zwecklos gewesen.

»Ich glaube, wir haben nicht so viel Zeit«, sagte ich stattdessen.

Andie seufzte. »Warte wenigstens kurz, ich mach ihr einen Teller.«

»Du musst nicht ...«

Aber Andie eilte bereits in die Küche, nahm einen Pappteller und belud ihn mit Essen: Kalua-Schwein und Kohl, eine Kelle Katsu-Curry, Laulau, einen Löffel Makkaronisalat, eine schöne Portion Poke und dazu einen Berg aus dampfendem Reis. Dann packte sie den Teller sorgsam in Alufolie und drückte ihn mir in die Hand. Ich drehte einmal die Runde und verabschiedete mich von unseren Gästen. Wir küssten und umarmten uns und versprachen, uns bald wieder zu treffen.

Als ich unten ankam, hatte ich bereits eine ungeduldige Nachricht von Angel auf meinem Comm, und durch das Fenster ihres Copters sah ich, wie sie gerade eine zweite tippte. Ich klopfte an die Scheibe und stieg dann auf der Kopilotenseite ein. Angel löschte die Nachricht mit einem leicht genervten Augenzwinkern.

»Tut mir leid, meine ganze Familie ist gerade zu Besuch.«

Angel bedachte den Pappteller in meiner Hand mit einem Stirnrunzeln. »In meinem Copter wird nicht gegessen.«

»Das ist für dich«, sagte ich gereizt und gab ihn ihr. »Andie wollte unbedingt, dass ich dir das mitbringe.«

Angel sah ehrlich überrascht aus. Und einen Moment lang war Rührung in ihren dunklen Augen zu erkennen. Sie nahm mir den Teller ab und stellte ihn vorsichtig auf den Rücksitz. »Ich esse es später zu Hause.«

»Okay.«

Dann drückte sie auf den Startknopf. »Warum ist deine Familie da?«

»Wir haben meinen Geburtstag gefeiert.«

Angel sah mich ungerührt an. »Ist der heute?«

»Nein, der war vor drei Wochen. Aber Andie wollte ihn nachfeiern.«

»Verstehe.« Angel griff nach hinten und warf mir meine Lederjacke zu, die ich ihr vor dem Cherry gegeben hatte. »Alles Gute!«

Ich fing die Jacke auf und griff in die Taschen. Mein Dietrich, die Zigaretten und die Zugangskarte waren noch da. »Na, dann jedenfalls danke, dass du mein Zeug nicht verloren hast.«

»Gern geschehen.«

Ich lehnte mich in meinem Sitz zurück. »Und wohin geht es jetzt?«

»Ins Venus, hier in Ward 2.«

»Kenn ich nicht.«

»Das hat vor ein paar Jahren aufgemacht.« Sie hob ab. »Du wirst schon sehen.«

Nach einem etwa zwanzigminütigen Flug zum anderen Ende des Wards parkte Angel ein paar Blocks von dem Club entfernt, schaltete den Motor aus und verstaute die Schlüssel in einer kleinen Clutch. Zu meiner Überraschung hatte sich auch das nicht geändert. Sie bestand noch immer auf mechanische Schlüssel, weil diese sich nicht hacken ließen. Und sie war für kein Geld der Welt bereit, ihre biometrischen Daten irgendwo erfassen zu lassen, wenn sie nicht musste.

Ich öffnete die Tür, stieg aus und zog die Jacke an. Angel wartete auf dem Bürgersteig auf mich. In der einen Hand hielt sie die Clutch, die andere hatte sie in die Hüfte gestemmt. Im Licht der Straßenlaterne sah ich, dass sie sich dieses Mal passender angezogen hatte: ein hautenges schwarzes Kleid, das ihre schmale Figur betonte, schwarze High Heels, nackte Beine. Elegant und zeitlos.

»Sehe ich immer noch aus wie von der Drogenfahndung?«, sagte sie in einem eisigen Tonfall, als sie meinen Blick bemerkte.

Ich sah ihr in die dunklen Augen. »Heute nicht.«

Über ihr Gesicht huschte ein Ausdruck, den ich nicht so recht deuten konnte.

»Na dann«, sagte sie, drehte sich auf dem Absatz um und ging mit zügigen Schritten voran. Ich folgte ihr.

Wir liefen durch dunkle Straßen, an gutbesuchten Schnapsläden und Bodegas vorbei, deren Neonlichter sich in den Pfützen auf der Straße reflektierten. Wir mussten über den 'Ōpala steigen, der überall herumlag – das Budget für die Straßenreinigung in den Lower Wards war gerade wieder gekürzt worden. Wir hörten Musik, die mit jedem Schritt lauter wurde, Bässe und Rhythmen von Songs, die ich nicht kannte. Ich folgte Angel um eine Ecke und sah das Leuchtschild des Venus vor mir. Darunter stand: »Kein Einlass für Minderjährige«.

Ich blieb wie angewurzelt stehen. »Soll das ein Witz sein?«

Angel drehte sich zu mir um. »Sehe ich aus, als würde ich Witze machen?«

»Da geh ich nicht rein.«

»Warum nicht?«

»Das ist ein Strip-Club!«

Angel sah mich ungeduldig an. »Sei nicht so prüde.«

»Ich bin nicht prüde, das weißt du ganz genau.«

»Dann reiß dich zusammen, Morris wartet da drinnen auf uns.«

»Hätten wir Morris nicht irgendwo anders treffen können?«

»Sie arbeitet hier.«

»Sie ... was? Hier?«

»Wenn du nicht mitkommen willst, kannst du gerne zu Fuß wieder nach Hause marschieren.«

Ich sah sie finster an. »Ganz bestimmt nicht.«

»In meinem Copter kannst du jedenfalls nicht warten«, sagte sie kühl, um dann völlig unerwartet zu lächeln. »Sonst isst du mir noch mein Abendessen weg.«

Ich starrte sie an. »War das ein Witz?«

Angel antwortete nicht. Stattdessen drehte sie sich um und ging auf den Eingang des Clubs zu. »Mach, was du willst.«

Ich starrte ihr nach und überlegte. Schließlich seufzte ich frustriert und folgte ihr in den Club.

Abgesehen von den Bühnen war der Club nur schwach beleuchtet. Es roch nach Schweiß und abgestandenem Bier. Auf den drei runden Bühnen tanzte jeweils eine Frau im heißen Scheinwerferlicht, während die Gäste sich drumherum scharten. Angel blieb bei einem Geldwechselautomaten stehen, steckte ihre Bezahlkarte hinein und nahm einen Fünfzig-Credits-Schein heraus, auf dem eine nackte Frau abgebildet war. Das erinnerte mich an die Spielhallen, in denen wir früher zusammen gewesen waren, nur war es hier viel schäbiger.

Angel führte mich zu einer dunklen Sitzecke ganz hinten im Raum. Eine sparsam bekleidete Bedienung erschien und nahm unsere Bestellung entgegen. Angel nahm ein Wasser, ich brauchte dringend ein Bier.

»Was macht unsere Turnerin denn in einem Strip-Club?«, fragte ich Angel.

»Du wirst schon sehen«, lautete die kryptische Antwort.

Ich wollte gerade protestieren, als Jubel und Pfiffe aus dem Publikum zu hören waren. Ich sah zur Hauptbühne, wo gerade eine neue Tänzerin die vorherige ablöste. Die neue hatte helle Haut und langes blondes Haar, das in Wellen um ihr Gesicht fiel, trug durchsichtige weiße Dessous und schwindelerregend hohe Plateauschuhe. Ihr Gesicht kam mir bekannt vor.

Ich sah zu Angel. »*Das* ist Sara Morris?«

»Du wirst schon sehen«, wiederholte Angel.

Sara begann ihre Vorstellung, indem sie die Stange mehrmals geradezu träge umkreiste. Dann hielt sie sich daran fest und schwang den ganzen Körper darum herum, wobei sie ihre durchtrainierten Beine abspreizte. Sie wirbelte immer schneller um die Stange, drückte den Rücken durch und ließ sich vom Schwung immer weiter nach oben tragen. Als sie fast die Decke erreicht hatte, hielt sie sich nur noch mit den Händen fest, streckte ihren ganzen Körper zur Seite aus und bewegte sich wellenförmig auf und ab. Als würde sie durch die Luft schwimmen. Meine Bauchmuskeln schmerzten beim bloßen Anblick. Dann wickelte sie ihre Beine wieder um die Stange und drehte sich ein weiteres Mal. Das Publikum hielt den Atem an, als sie die Stange einfach losließ und nach unten sauste, um auf halber Strecke wieder danach zu greifen und sich festzuhalten.

So ging es noch ein paar Minuten weiter. Alle starrten sie wie verzaubert an. Sie war gut. *Wirklich* gut. Jede Drehung und Windung um die Stange führte sie ebenso sicher wie anmutig aus.

Ich sah ihr fasziniert zu.

»Hör auf zu sabbern«, sagte Angel gereizt und lenkte damit meine Aufmerksamkeit wieder auf sich.

»Okay, jetzt ist mir klar, was du meinst. Aber wie nehmen wir Kontakt mit ihr auf?« Ich trank einen Schluck Bier.

Angel nahm eine der Karten mit ihren Kontaktdaten,

wickelte sie sorgsam in den 50er-Schein ein und reichte ihn mir. »Steck ihr das in den Tanga.«

Ich verschluckte mich an meinem Bier. »*Was?*«

»Sie muss meine Kontaktinformationen bekommen – geh und gib sie ihr.«

»Einen Teufel werde ich tun.«

»Das ist ihre Arbeit und du gibst ihr Trinkgeld. Wo liegt das Problem?«

»Ich grapsche nicht an einer Frau herum, mit der ich arbeiten soll, das ist das Problem«, zischte ich sie an.

Angel sah mich genervt an. »Edie, gib ihr meine Karte.«

»Nein!«

»Du bist kindisch.«

»Du willst mich einfach nur drangsalieren!«

»Das stimmt nicht.« Sie beugte sich über den Tisch zu mir vor und senkte die Stimme. »Ich will nur nicht gesehen werden, ich kenne ein paar von den Mädchen hier.«

Ich starrte sie an. »Du ... Du kennst die?«

Angel wurde immer gereizter. »Gib Morris einfach meine Kontaktinformationen. Bitte.«

Mir schwirrten eine Menge Fragen durch den Kopf. Wieso kannte Angel die Mädels hier? Wann und wo hatte sie sie kennengelernt? Ich öffnete den Mund, um sie das alles zu fragen, ließ es aber lieber bleiben, als ich ihren Gesichtsausdruck sah.

Ich seufzte frustriert. »Schon gut, her mit der Karte.«

Angel gab sie mir. Ich schlängelte mich so unauffällig wie möglich durchs Publikum, blieb direkt vor der Bühne stehen und hob den Geldschein, um Saras Aufmerksamkeit zu erregen.

Sie sammelte gerade Trinkgelder von den Zuschauern ein, steckte sich Scheine in BH und Slip. Als sie vor mir stand, bemühte ich mich, so gleichgültig wie möglich zu wirken. Beim Anblick des Fünfzigers in meiner Hand leuchteten ihre grünen Augen auf. Ich hielt ihr den Schein hin, und sie zwinkerte mir zu. »Danke, Schätzchen.«

»Ich habe noch mehr anzubieten«, antwortete ich. »Sehen wir uns später?«

Sie lächelte mich ausdruckslos an – vermutlich mit demselben Lächeln, mit dem sie jeden Gast bedachte, der ihr solche Angebote machte. Ich hoffte nur, dass Angel recht hatte und die Karte ihr Interesse weckte.

Ich ging zurück zu Angel.

»Und was jetzt?«, fragte ich sie.

Angel trank einen Schluck Wasser. »Jetzt warten wir.«

Sara trat in den nächsten zwei Stunden noch viermal auf. Und jede Vorstellung war ebenso voller Energie wie die erste. Angel versteckte sich in der dunklen Sitzecke und überließ es mir, die Bühne im Auge zu behalten. Manchmal hatte ich das Gefühl, dass sie mich ansah, aber wenn ich mich zu ihr umdrehte, war sie mit ihrem Comm beschäftigt.

Dann gab es einen Schichtwechsel und neue Tänzerinnen betraten die Bühne.

Ich wandte mich wieder Angel zu. »Wer ist diese Morris überhaupt?«

»Sie war mal Profi-Turnerin«, antwortete sie, schloss ihr Comm mit einem Wimpernschlag und wandte sich mir zu. »Und zwar eine wirklich gute. Vor zehn Jahren hätte sie bei den Galaktischen Spielen mitmachen können.«

»Daher die Akrobatikeinlagen.«

»Genau.«

»Und warum ist sie nicht angetreten?«

»Morris hat sich geweigert, in einem Missbrauchsfall zu schweigen. Davon gibt es viele im Turnsport«, sagte Angel. »Damit ist sie angeeckt und auf der schwarzen Liste gelandet. Die Sponsoren sind abgesprungen, Werbeverträge wurden gecancelt, sie stand plötzlich mittellos da und konnte sich ihr Training nicht mehr leisten, zumindest nicht mehr auf einem so hohen Niveau.«

»Und dann ist sie hier gelandet.«

»Genau.«

»Und warum glaubst du, dass sie mitmachen wird?«

»Ich denke, dass die Aussicht auf so viel Geld für jemanden mit ihrem Hintergrund Motivation genug sein sollte.«

Ich wollte gerade etwas erwidern, als eine Frau auf unseren Tisch zusteuerte.

Sie trug ein weißes Kleid und darüber einen langen grauen Mantel. Das einzige Auffällige an ihr war der grellrosa Lippenstift. Ihr blondes Haar hatte sie zu einem losen Zopf geflochten, der über eine Schulter fiel. Ihre grünen Augen leuchteten vor Neugier.

»Sara«, begrüße Angel sie. »Wie schön, dich wiederzusehen.«

Wiedersehen? Ich sah verwirrt von der einen zur anderen.

Angel deutete auf einen Platz an unserem Tisch. »Bitte, setz dich doch.«

Sara folgte der Einladung, und ich rutschte in die Mitte der Sitzbank, um für sie Platz zu machen.

Sie lächelte. »Ich habe mir schon fast gedacht, dass das deine Karte ist! Aber ich hätte nicht unbedingt damit gerechnet, dass du hier noch mal auftauchst, nachdem du es in die Upper Wards geschafft hast.«

»Es geht um einen Job«, erklärte Angel.

Sara sah zu mir. »Und wer ist das?«

»Das ist Edie«, antwortet Angel, bevor ich etwas sagen konnte. »Wir sind Geschäftspartner.«

Geschäftspartner? Soso.

»Edie? Ist das eine Abkürzung für irgendwas?«

»Nein, ist es nicht«, antwortete ich.

»Na gut.« Sie zwinkerte mir zu. »Danke für das Trinkgeld.« Ich rieb mir über den Nacken. »Gern geschehen.«

»Ihr habt also noch mehr im Angebot?« Sie stützte die Ellbogen auf den Tisch, legte das Kinn in die Hände und sah mit einem amüsierten Gesichtsausdruck zwischen Angel und mir hin und her. »Schießt los.«

»Wir wollen dich für einen Job engagieren«, erklärte Angel.

»Was für eine Art von Job?«

»Die kriminelle Art«, sagte ich.

Sara machte große Augen. »Die kriminelle Art?«

Angel funkelte mich böse an. »Edie meint damit einen diskreten Job, mit steuerfreiem Verdienst.«

»Hast du früher schon so Sachen gemacht, als du noch hier warst?«, wollte Sara von Angel wissen. »Warst du deswegen immer so seltsam drauf?«

»Ich war nicht ...« Angel musste sich sichtlich zusammenreißen. »Ja, ich habe solche Sachen gemacht, als ich hier war. Und jetzt brauche ich deine Hilfe.«

»Worum geht's?«

»Kennst du Joyce Atlas?«, fragte ich. Sara nickte langsam. »Wir wollen ihn ausrauben.«

»Wir wollen ihm sein geistiges Eigentum entwenden und Lösegeld dafür verlangen«, korrigierte Angel.

Ich zuckte mit den Schultern. »Oder so.«

»Und wofür braucht ihr da mich?«, fragte Sara.

»Wir brauchen jemanden mit deinem Können«, sagte Angel. »Jemand, der in der Lage ist, in den Tresorraum zu gelangen, wo Atlas seine Unterlagen und Prototypen aufbewahrt.«

Sara sah uns mit großen grünen Augen an. »Ich habe noch nie gegen ein Gesetz verstoßen.«

»Es würde sich sehr für dich lohnen«, erwiderte Angel und beugte sich zu ihr. »Was sagst du zu 125 Milliarden von Joyce Atlas' Credits?«

Als Sara das hörte, blieb ihr der Mund mit den grellrosa Lippen offen stehen. Angel sah sie unverwandt an – fast schwarze Augen trafen auf sanftes Grün. Die Musik verstummte, und die Menge johlte und jubelte, während die Tänzerinnen ihr Trinkgeld einsammelten. Als eine Bedienung vorbeikam, hielt Sara sie an ihrem durchsichtigen Plastikrock fest. Die Frau sah sie erstaunt an.

»Könntest du Joey bitte ausrichten, dass ich kündige?«

Ich und die Bedienung starrten Sara an. Letztere hatte sich allerdings schneller wieder im Griff, nickte langsam und ging davon. Aus den Augenwinkeln sah ich, dass Angel erfreut, aber wenig überrascht wirkte.

»Wie kommt es, dass du so viel Vertrauen in einen Plan setzt, den du noch nicht einmal kennst?«, fragte ich.

Sara grinste mich an. »Angel ist schlau, und ein Plan von ihr geht ganz bestimmt auf. Ich vertraue ihr. Und wenn ich eins gelernt habe, dann dass man alles geben muss, wenn man Erfolg haben will. Ich bin zu hundertzehn Prozent dabei.«

Angel vertrauen? Das klang nach einem großen Fehler, wenn man bedachte, wer sie war und was sie getan hatte. Was sie *mir* angetan hatte. Wenn das nicht sogar ein schwerer Fehler war.

Aber tat ich nicht gerade dasselbe?
»Perfekt«, sagte Angel und stand auf. »Ich melde mich, dann können wir die Details besprechen.«
»Wie aufregend!« Sara faltete die Hände. »Ich habe noch nie etwas Illegales getan!«
»Du wirst dich daran gewöhnen«, sagte ich und folgte Angel in Richtung Ausgang.
Sara winkte uns beiden nach. »Bis bald!«
Ich winkte zurück, während Angel bereits davonmarschierte.
»Na, das war ja überraschend einfach«, sagte ich, als wir das Venus verließen.
»Wie gesagt, eine derartige Summe ist ziemlich motivierend«, erwiderte sie.
»Das kannst du laut sagen.«
Angel lief den Bürgersteig entlang in Richtung Copter. Sobald wir den Club verlassen hatten, war ihre Besorgnis, gesehen zu werden, ihrer üblichen Selbstsicherheit gewichen. Ich fragte mich, was sie dort wohl getrieben hatte, dass Sara und die anderen Mädels sie kannten.
Angel schloss den Copter auf, und wir stiegen ein. Als sie es sich auf ihrem Sitz bequem machte, konnte ich mir die Frage nicht mehr länger verkneifen: »Woher kennst du Sara?« Ich rechnete schon halb damit, dass sie nicht antworten würde.
»Ich habe da mal gearbeitet«, sagte Angel.
»Wann denn?«
»Als ich auf dem College war. Für meine Stelle bei Atlas Industries brauchte ich einen Collegeabschluss, und mein Vater konnte mir den nicht finanzieren.«
Das letzte Mal, als ich Onkel Daniel gesehen hatte, war er

kaum mehr dazu in der Lage gewesen, ein paar Ladenregale einzuräumen. Keine Ahnung, in welchem Zustand er während Angels Zeit am College gewesen war.

»Aber warum hast du ausgerechnet da gearbeitet?«

»Weil das der einzige Laden war, der mich eingestellt hat«, sagte sie. »Für jemanden wie mich gab es nicht gerade viele Optionen, um sich ein ehrliches Leben aufzubauen.«

Ich senkte den Blick und sah auf die Mittelkonsole des Copters. »Oh.«

Eigentlich war es nur logisch: Butches wie Cy und ich endeten als Lagerarbeiter oder in den Docks. Femmes wie Angel und Sara dagegen in Striplokalen oder auf dem Strich. Jeder versuchte eben auf seine Weise, sich durchzuschlagen.

Plötzlich hatte ich ein schlechtes Gewissen. Während meiner Abwesenheit hatte Angel allein in Ward 2 überleben und dafür in diesem Club tanzen müssen.

»Ich habe immer gerne getanzt, aber ich hätte nicht damit gerechnet, es ausgerechnet einmal im Venus zu tun«, sagte sie schließlich traurig. »Ich habe mir so viele Anzüglichkeiten anhören müssen, dass es für zwei Leben reicht.«

Ich schüttelte den Kopf. »Du musst dich doch nicht dafür schämen ...«

»Tu ich auch nicht«, fiel sie mir ins Wort. Ich sah sie an und sie wich meinem Blick nicht aus. »Edie, ich habe sehr hart gearbeitet, um dahin zu kommen, wo ich jetzt bin. Ich habe bedient und getanzt und zwischen den Schichten fürs College gelernt ... Ich habe mir den Arsch abgearbeitet. Dafür schäme ich mich bestimmt nicht.«

Ich rieb mir den Nacken. »Ich wollte nur nicht, dass du glaubst, dass ich schlecht von dir denke.«

»Mir ist egal, was du über mich denkst«, sagte sie kühl.

Dann drückte sie den Startknopf und der Motor sprang an.
»Ich mache mir über dich ja auch keine Gedanken.«

»Dann muss ich mich wohl auch nicht schlecht fühlen, wenn ich dir sage, dass du mich mal kannst«, erwiderte ich genauso kühl.

Angel schwieg für den Rest des Flugs und ich starrte aus dem Fenster auf das Ward. Das Venus hatte eröffnet, kurz nachdem ich ins Gefängnis gekommen war. Dieser Teil von Ward 2 war eine Mischung aus Alt und Neu. Über denselben billigen Restaurants und Bars wie früher hatte man die Wohntürme für den Umbau entkernt, sodass sie wie bedrohliche Skelette aufragten, die nur darauf warteten, sich auf unser Ward zu stürzen.

Doch hier auf der Straße fühlte sich alles an wie immer. Hätte man mich nicht ins Gefängnis gesteckt, wäre ich sicher nie von hier weggegangen.

Aber bei Angel war das anders.

Ich betrachtete ihr Spiegelbild im Fenster, während sie den Copter mit ausdruckslosem Gesicht durch jenes Ward lenkte, das einmal ihre Heimat gewesen war. Ich wäre wohl für immer hiergeblieben, aber sie hatte alles darangesetzt, von hier wegzukommen, hatte es vom Stripclub in die Chefetage geschafft. Nachdem ihr Vater gestorben und sie ihren Abschluss in der Tasche hatte, hatte sie hier nichts mehr gehalten. Als sie endlich frei gewesen war, war sie für immer gegangen.

Ich fragte mich, ob ich dasselbe tun würde.

Angel setzte mich vor unserem Haus ab. »Tatiana Valdez ist die Nächste, die wir für unsere Crew rekrutieren müssen. Ich habe in drei Tagen ein Treffen mit ihr arrangiert.«

»Okay«, erwiderte ich.

»Moment noch«, rief sie, als ich schon die Tür hinter mir

schließen wollte, und sah mich eindringlich an. »Sag Andie Danke für das Essen.«

»Klar«, antwortete ich ein wenig überrascht.

Angel nickt mir zu, ich schloss die Tür und sie hob ab. Während ich ihr hinterher sah, griff ich nach den Zigaretten in meiner Tasche, um mir eine aus dem Päckchen zu klopfen. Doch statt einer Kippe fiel nur ein Zettel heraus.

»Die bringen dich noch um« stand auf der einen Seite. »Irgendwann wirst du mir dafür danken« auf der anderen.

Ich sah nach oben, gerade noch rechtzeitig, um Angels Copter im nächtlichen Verkehr verschwinden zu sehen, und warf ihm einen bösen Blick hinterher.

»Miststück.«

ES WAR SCHON FAST 0100, ALS ICH VON UNSEREM TREFFEN MIT SARA Morris nach Hause kam. Ich schlich mich in die Wohnung, damit ich Andie und die Kinder nicht weckte, putzte mir die Zähne, zog mich um und fiel ins Bett.

Keine Ahnung, wie lang ich geschlafen hatte, als mein Comm plötzlich zu piepen begann.

Ich bewegte mich und hob den Kopf, um den Anruf entgegenzunehmen.

»Angel?«, krächzte ich. »Warum rufst du an?«

»*Weil du auf meine Nachrichten nicht reagierst.*«

Ich warf einen Blick auf das Comm. »Ja, weil es verdammt nochmal erst 0430 morgens ist.«

Sie ging nicht darauf ein. »*Es gibt eine Planänderung. Wir treffen Valdez in einer halben Stunde.*«

»Warum?«

Wieder ignorierte sie, was ich gesagt hatte. »*Ich hol dich in zehn Minuten ab.*«

»Angel ...«, erwiderte ich wütend, aber sie hatte bereits aufgelegt.

Ich ließ meinen Kopf zurück aufs Kissen sinken und stöhnte. Angel mochte Planänderungen nicht – obwohl sie

147

gut improvisieren konnte. Wenn also eine solche Maßnahme nötig war, um Tatiana mit ins Boot zu holen, musste irgendetwas schiefgegangen sein. Das gab mir so sehr zu denken, dass ich beinahe meinen Ärger darüber vergaß, zu dieser nachtschlafenden Zeit geweckt worden zu sein. Aber nur beinahe.

Ich wälzte mich aus dem Bett, zog das Nächstbeste an, was auf dem Boden herumlag, und steckte mein Springmesser und mein Multitool ein. Zum Duschen blieb keine Zeit, außerdem hätte ich damit bestimmt Andie geweckt. Auf dem Weg nach draußen blickte ich kurz in Richtung des ehemaligen Schlafzimmers unserer Eltern und fühlte mich schlecht. Obwohl acht Jahre vergangen waren, schlich ich mich immer noch nachts heimlich aus dem Haus und Andie musste sich immer noch Sorgen um mich machen. Ich war wohl einfach unverbesserlich.

Überraschenderweise war Angel noch nicht da, als ich raus auf die Straße trat. Es war noch dunkel, die Morgendämmerung würde noch eine ganze Weile nicht auf Keplers simuliertem Himmel erscheinen. Ich wartete unter einer Straßenlaterne und sehnte mich dabei nach einer Zigarette.

Ich hatte keine Ahnung, was ich von Angels Safeknackerin halten sollte. Aus dem File wusste ich, dass sie noch sehr jung war, etwa ein oder zwei Jahre jünger als ich damals bei meiner Verurteilung. Bislang war sie nur mit ein paar kleineren Vergehen aufgefallen, Blödsinn, wie man ihn von einem missratenen Teenager erwarten konnte, aber nichts Ernstes. Doch Angel zufolge brauchten wir sie, um den Safe zu knacken, sobald wir in den Tresorraum eingebrochen waren. Aber was genau konnte sie eigentlich, wozu sonst niemand von uns in der Lage war?

Angels Copter riss mich aus meinen Gedanken. Sie landete und öffnete die Tür auf der Copilotenseite. Ich stieg ein.

»Guten Morgen.«

»Ich weiß nicht, ob 0430 schon als ›Morgen‹ zählt«, murrte ich.

»Es gab eine Planänderung«, erklärte sie.

»Das sagtest du schon.«

Angel hob ab und lenkte den Copter durch den spärlichen Verkehr nach oben in Richtung Upper Wards. »Sie haben Valdez erwischt und halten sie im Hauptsitz der Solstice Corp. fest.«

»Sie ist geschnappt worden? Hat sie versucht, dort einzubrechen?«, fragte ich überrascht.

»Ich hatte gehofft, sie vorher abzufangen, aber anscheinend gab es eine Änderung in ihrem Zeitplan.«

»Und was jetzt?«

»Solstices Sicherheitschef war mir noch einen Gefallen schuldig, deswegen haben sie dort noch nicht die Polizei gerufen. Er hat mir eine Stunde Zeit gegeben, aber wir müssen sie dort auf eigene Faust herausholen.«

»Und wie stellen wir das an?«

Angel griff in ihre Tasche, holte eine Polizeimarke an einer Kette hervor und warf sie mir zu. »Officer Sato wird uns hoffentlich dabei helfen.«

Ich fing die Marke auf und drehte sie in der Hand. Sie glänzte wie neu. »Du hast sie aufgehoben?«

»Sie kann uns immer noch von Nutzen sein, oder etwa nicht?«

Sie wich meinem Blick aus. Solche Sentimentalitäten passten so gar nicht zu ihr. Aber andererseits: Eine solide Tarnidentität warf man nicht einfach weg.

Ich hängte sie mir um.

Den Rest des Wegs legten wir schweigend zurück. Die Solstice Corp. war mir unbekannt. Anscheinend gehörte sie zu den vielen neuen Firmen, die während meiner Zeit im Gefängnis gegründet worden waren. In den letzten paar Wochen zu Hause war mir aufgefallen, dass es eine Menge davon gab. Nicht nur Kepler, sondern die gesamte Galaxis schien sich zu verändern. Konzerne entstanden und verschwanden wieder, schlossen sich zusammen oder wurden von anderen übernommen. Atlas Industries war allgegenwärtig: Der Multikonzern war bereits ein Gigant unter den Firmen gewesen, als man mich eingesperrt hatte. Und während meiner Zeit im Gefängnis hatte er noch zahlreiche andere Unternehmen geschluckt – kleine wie große – und sich so eine in der ganzen Galaxis einzigartige Monopolstellung verschafft.

Ich war überrascht, dass Tatiana so tollkühn gewesen war, bei Solstice einzubrechen. Ebenso, wie es mich überraschte, dass Angel sich mit Atlas Industries anlegen wollte.

Angel reihte sich in den Verkehr weiter oben ein und folgte einer Plattform zu einem angrenzenden Wohnturm. Dann flogen wir noch ein paar Blocks weiter in den Ward hinein, bevor sie dort am Straßenrand landete. Sie stieg aus und wartete auf dem Bürgersteig auf mich. Selbst so früh am Morgen sah sie aus wie aus dem Ei gepellt. Allerdings trug sie statt Rock und Stilettos Chinos, Stiefel mit hohen Absätzen und dazu einen Ledermantel, was sie selbst ohne Polizeimarke eher wie einen Cop als eine leitende Angestellte aussehen ließ. Anscheinend war ihr wieder eingefallen, wie man sich in unterschiedlichen Umfeldern bewegte, ohne aufzufallen.

»Du siehst immer noch aus wie von der Drogenfahndung«, witzelte ich.

Einen Moment lang sah sie wütend aus, doch sie ließ sich nicht zu einer Antwort herab. »Na los, wir haben nicht viel Zeit«, sagte sie stattdessen und marschierte los.

Sie führte mich zu einem dunklen Büroturm und klopfte an eine Glastür. Kurze Zeit später erschien ein müde aussehender Wachmann in einer beigen Uniform. Sein Mund formte die Worte »Wir haben geschlossen.«

Angel und ich hielten unsere Polizeimarken hoch, woraufhin der Wachmann große Augen machte. Hastig öffnete er die Tür und winkte uns herein. »Was kann ich für Sie tun?«

»Uns wurde ein Einbruch gemeldet«, antwortete Angel völlig ruhig. »Ich bin Detective Li.« Sie nickte in meine Richtung. »Und das ist Detective Sato.« Dann schob sie sich an dem Wachmann vorbei in die Lobby. Ich folgte ihr über den mit glänzenden grauen Platten belegten Boden und vorbei an abstrakt-organisch geformten Möbeln. Durch die riesigen Fenster schien bei Tag sicher viel Licht herein. Eine große Brunnenskulptur mit einem hoch aufragenden künstlichen Felsen, an dessen Seiten Wasser herunterlief, dominierte die Raummitte. Alles wirkte elendig prätentiös.

»Richtig«, sagte der Wachmann. »Wir haben eine Einbrecherin aufgegriffen, aber wir glauben, dass sie Komplizen hatte.«

»Das würde ich auch vermuten.« Angel sah den Wachmann an. »Wo ist sie?«

Der Mann deutete mit dem Daumen über die Schulter hinter sich. »Hinten.«

»Würden Sie uns zu ihr bringen?«

»Sicher, aber ich fürchte, wir können sie Ihnen jetzt noch nicht übergeben.«

»Warum nicht?«, fragte ich.

»Unser Sicherheitschef muss sie noch befragen. Der scheint sich gerade aber etwas zu verspäten.«

»Dann verhören wir sie so lange schon einmal hier«, erwiderte Angel. »Also bringen Sie uns bitte zu ihr.«

Der Wachmann nickte und bedeutete uns, ihm zu folgen. Er führte uns durch die grässliche Lobby zu einer unscheinbaren Tür, die er mit dem an sein Hemd geklipsten Betriebsausweis öffnete. Wir folgten ihm einen Flur entlang, bogen bei der zweiten Abzweigung links und dann bei der dritten rechts ab und blieb schließlich vor der ersten Tür rechts stehen. Vor der mit »Gewahrsam« bezeichneten Tür stand ein weiterer Wachmann, der uns die Zelle mit einem Schlüsselbund öffnete, welcher mit einem elastischen Spiralkabel an seinem Gürtel befestigt war.

Ich merkte mir alles ganz genau, weil diese Details in Kürze sicher wichtig werden würden.

Der erste Wachmann ging mit uns in den Raum, der zweite blieb draußen vor der Tür stehen. Die Zelle wurde von hartem, kaltem Licht erhellt, das aber zu einem großen Teil von den grauen Wänden geschluckt wurde. Kameras konnte ich keine entdecken. In der Mitte des Raums stand ein Tisch aus gebürstetem Metall mit je einem Stuhl davor und dahinter. Auf dem hinteren Stuhl saß eine junge, vielleicht achtzehn oder neunzehn Jahre alte Frau mit hellbrauner Haut und großen braunen Augen. Ihr lockiges braunes Haar hatte sie unter eine schwarze Beanie gestopft. Sie trug dunkle Jeans und einen schwarzen Hoodie und war mit Handschellen an den Tisch gefesselt.

»Sie hatte unseren Safe schon geknackt und war gerade dabei, ihn auszuräumen«, sagte der Wachmann.

»Was bewahren Sie denn darin auf?«, fragte ich.

»Eigentlich nur ein paar Dokumente. Keine Ahnung, was sie damit vorhatte« – der Wachmann lachte – »aber ich bin ja auch kein Safeknacker.«

»Hm ... Wir würden sie trotzdem gerne befragen«, sagte Angel.

»In Ordnung. Ich gebe nur dem Chef Bescheid und frage, wann er da sein wird.« Der Wachmann wandte sich zum Gehen, blieb dann aber noch mal an der Tür stehen. »Wie waren doch gleich noch mal Ihre Namen?«

»Detective Sato und Detective Li«, sagte ich.

»Markennummern 4789 und 2702«, fügte Angel hinzu.

»Alles klar, ich bin gleich wieder da.« Damit ging er.

Ich sah Angel an. »Funktionieren die Marken denn überhaupt noch?«

»Malia hat sie gestern erst upgedatet«, antwortete Angel. Dann wandte sie ihre Aufmerksamkeit der an den Tisch gefesselten Safeknackerin zu. »Tatiana Valdez. Ich bin beeindruckt, dass Sie es ganz allein so weit geschafft haben.«

»Ohne meinen Anwalt sag ich kein Wort«, erwiderte Tatiana.

»Haben Sie denn überhaupt einen?«, fragte ich ungläubig.

»Okay, ohne *einen* Anwalt«, korrigierte sich Tatiana.

»Der könnte Sie da aber auch nicht rausboxen«, sagte Angel und ging zum Tisch. »Sie können allenfalls auf eine Strafminderung hoffen. Schließlich hat man Sie auf frischer Tat ertappt.«

Tatiana schwieg und starrte Angel trotzig an.

»Vielleicht sind ja mildernde Umstände für Sie drin, wenn Sie uns verraten, wer noch mit von der Partie war«, sagte Angel. »Aber dafür scheinen Sie mir nicht der Typ zu sein, außerdem könnte man Ihre Crew sowieso höchstens wegen Verabredung zu einer Straftat drankriegen.«

Mein Blick huschte zu Angel, die Tatiana mit ausdrucksloser Miene beobachtete. Ich konnte nicht das kleinste bisschen Scham oder Schuld auf ihrem Gesicht erkennen. Entweder war ihr die Ironie der Situation nicht bewusst oder sie bereute absolut nichts.

So ein Miststück.

»Ich könnte dir eine andere Lösung anbieten«, fuhr Angel fort. »Du sparst dir Prozess und Gefängnis und kommst mit uns mit.« Tatianas trotziger Gesichtsausdruck verschwand für einen kleinen Moment, was Angel nicht entging. »Denk an all die verlorene Lebenszeit, die du statt mit Gefängnis mit deinen Freunden und deiner Familie verbringen könntest. Das Leben, das du haben könntest. Du kannst es dir gar nicht leisten, diese Zeit zu verlieren.«

Ich ballte beide Hände zu Fäusten. Sie drohte Tatiana gerade mit genau dem, was sie mir tatsächlich angetan hatte. Und sie wusste ganz genau, welche Konsequenzen es hatte. In diesem Moment wurde mir klar, dass ein Teil von mir immer geglaubt hatte, dass Angel vielleicht nicht begriffen hatte, was sie mir angetan und was mich das alles gekostet hatte.

Aber dieser Teil von mir hatte sich schwer geirrt. Das wusste ich nun.

Tatianas Augen verengten sich zu Schlitzen. »Was wollen Sie von mir?«

»Deine Expertise. Du bist hier eingebrochen, hast das Sicherheitssystem überlistet und den Safe geknackt. Und das ganz allein.«

Ich warf Angel einen Blick zu. »Aber sie wurde geschnappt.«

Angel ging nicht darauf ein. »Für das, was ich vorhabe, brauche ich eine Safeknackerin wie dich.«

Tatianas Miene verfinsterte sich. »Das ist Anstiftung zu einer Straftat.«

»Wir sind keine Cops«, sagte ich.

»Nein, das sind wir nicht«, sagte Angel. »Wir arbeiten in derselben Branche wie du, und wir sind ähnlich gut.«

»Vielleicht sogar besser. Denn sie wurde schließlich gerade geschnappt«, legte ich noch einmal nach.

Tatiana starrte mich böse an. »Meine Leute haben Schiss bekommen, deswegen musste ich es allein durchziehen.«

»Dann bist du also nicht nur stur, sondern auch noch dumm«, sagte ich gereizt.

Tatiana wollte noch etwas erwidern, aber Angel hielt sie zurück und sah mich streng an. »Wir brauchen sie. Sie ist die Einzige, die den Safe knacken kann.«

»Das kann ich genauso gut. Und zwar ohne Mods.«

»Hast du etwa ein Problem mit Mods?«, wollte Tatiana wissen. »*Brauchen* tue ich sie auch nicht, aber mit ihnen bin ich besser als alle anderen.«

»Nicht besser als ich«, knurrte ich.

Tatiana öffnete den Mund, um noch etwas zu erwidern, aber Angel ging wieder dazwischen. »Hast du schon einmal einen Liberty 1890 geknackt?«, fragte sie mich.

Tatiana machte große Augen. »Einen Liberty 1890?«

Ich ignorierte sie. »Falls du es schon wieder vergessen hast: Ich hab gerade acht Scheißjahre im Gefängnis verbracht und hatte da nicht besonders viel Gelegenheit zum Üben.«

»Und deshalb brauchen wir sie.« Angel deutete auf Tatiana.

Ich sah Angel direkt an. »Ich kann das.«

»Würdest du 125 Milliarden Credits darauf verwetten?«

Wir starrten uns an, während ich meinen Stolz gegen mein Interesse am Gelingen des Jobs abwog. War mir meine Ehre so viel wichtiger? Eigentlich war ich mir sicher, dass ich das auch ohne schicke Mods in meinem Körper hinbekam. Ich konnte das. Ganz bestimmt.

Aber 125 Milliarden waren eine Menge Geld.

Und ich hatte eine Menge Schulden.

»Nein, würde ich nicht«, sagte ich schließlich und seufzte.

»Einen Moment. Hast du gerade 125 Milliarden Credits gesagt?«, fragte die Safeknackerin.

Angel wandte ihre Aufmerksamkeit wieder Tatiana zu. »Ja, und vielleicht sogar noch mehr.«

»Und alles, was ich dafür tun muss, ist den Platz von siem hier einnehmen?«, fragte Tatiana und deutete mit dem Kinn auf mich.

»Es war nie die Rede davon, dass du meinen Platz einnimmst, du kleines ...«

»Genau«, unterbrach mich Angel an Tatiana gewandt. »Das ist alles.«

Tatiana sagte nichts darauf, und ich fragte mich, was wohl gerade in ihrem Kopf vor sich ging. War es in etwa dasselbe, was ich gedacht hatte, als ich diese Summe gehört hatte? Schlug sie gerade alle Vorsicht in den Wind angesichts der Chance auf so fantastisch viele Credits, dass sie für den Rest ihres Lebens ausgesorgt hätte?

Ich konnte nur hoffen, dass sie sich diesmal geschickter anstellte.

Schließlich sah Tatiana uns beide nacheinander an und ein Grinsen breitete sich auf ihrem Gesicht aus. »Bin dabei.«

»Wunderbar.« Angel lächelte.

»Hurra, sie ist dabei«, sagte ich sarkastisch. »Und was jetzt?«

»Besorg uns einen Betriebsausweis und die Schlüssel«, sagte Angel zu mir. »Und kümmere dich um den Wachmann.«

Ich warf ihr einen bösen Blick zu. »Ist das dein toller Plan? Einfach alles mir aufhalsen?«

Sie sah mich ungerührt an. »Ich arbeite noch dran, okay?«

Ich grunzte nur zur Antwort. Dann holte ich mein Multitool aus der Tasche und öffnete das Messer.

»Was soll das werden?«, fragte Tatiana entsetzt. »Will sier etwa den Wachmann abstechen?«

»Das will ich doch nicht hoffen«, antwortete Angel.

Ich ignorierte die beiden, ging zur Tür und blickte durch das kleine Fenster darin in den Flur. Der Wachmann stand immer noch an seinem Platz. Außerdem sah ich einen Angestellten, der mit einem Papptragetablett mit Kaffee und einem Karton Donuts den Flur entlangeilte. Ich wartete, bis er an der Tür vorbeikam, und riss sie genau im richtigen Moment auf. Die Tür traf ihn mit einem unschönen dumpfen Schlag mitten ins Gesicht, der Kaffee spritzte in alle Richtungen und die Donuts verteilten sich auf dem Boden.

»Oh nein, das tut mir so leid!«, rief ich und trat in den Flur. »Scheiße, so etwas Blödes!«

Der Wachmann ging neben dem benommenen Angestellten in die Hocke, blickte zwischen ihm und den überall auf dem Boden liegenden Donuts hin und her, ohne sich entscheiden zu können, wo er zuerst helfen sollte. Schließlich entschied er sich für die Donuts. Während er sie einsammelte und wieder in den Karton legte, kauerte ich mich neben ihn. Mit meinem Messer durchschnitt ich das Spiralkabel, mit dem die Schlüssel an seinem Gürtel befestigt waren, ließ sie in meine Hand gleiten und steckte sie in die Tasche.

»Oh je, Sie bluten ja. So ein Mist. Kommen Sie, ich helfe Ihnen.« Ich packte den Angestellten mit der blutigen Nase und zog ihn hoch. Er schlang einen Arm um meine Schulter, und ich legte ihm meinen um die Körpermitte, um ihn zu stützen. Dabei schnappte ich mir seinen an die Manteltasche geklipsten Betriebsausweis und ließ ihn in meinen Ärmel gleiten.

»Hey!«, rief ich dem Wachmann zu. Er sah von der Schweinerei am Boden zu mir auf. »Haben Sie hier irgendwo einen Verbandskasten?« Der Mann nickte. »Könnten Sie ihn mitnehmen und verarzten? Ich kenne mich hier nicht aus.«

Der Wachmann nahm mir mit ungeschickten Bewegungen den verletzten Angestellten ab und führte ihn davon. »Sie sollten das Ganze außerdem Ihrem Sicherheitsbeauftragten melden!«, rief ich den beiden noch hinterher.

Der Ausweis in meinem Ärmel und die Schlüssel in meiner Tasche und der damit verbundene Nervenkitzel fühlten sich überraschend gut an. Dieser kleine Diebstahl hatte Spaß gemacht. Mein Körper hatte von allein gewusst, was er zu tun hatte. Es war beruhigend zu wissen, dass mein Muskelgedächtnis so gut funktionierte und dass ich die beiden an der Nase herumgeführt hatte. Beim Kartenspielen im Gefängnishof zu betrügen, war nicht einmal annähernd so aufregend gewesen. Gar kein Vergleich.

Dieses Gefühl hatte ich wirklich vermisst.

Sobald der Wachmann mit dem Angestellten um die Ecke gebogen war, ging ich zurück zu Angel und Tatiana.

Ich warf Angel die Schlüssel zu und hielt den Betriebsausweis hoch. Dabei sah ich vermutlich ziemlich zufrieden mit mir aus. »Und der Wachmann kommt uns auch nicht mehr in die Quere.«

Angel nickte mir anerkennend zu, mehr konnte ich von ihr wohl nicht erwarten.

Dann machte sie Tatiana vom Tisch los. Die stand auf und schüttelte die Hände aus. »Und was jetzt?«, fragte sie.

Ohne Vorwarnung schnappte Angel sich ihre Arme, drehte sie ihr auf den Rücken und legte sie in Handschellen.

»*Hey!*«, rief Tatiana.

»Wir haben dich gerade verhaftet«, sagte sie zu Tatiana. »Ich erwarte eine überzeugende Vorstellung.«

Angel ging mit einer laut protestierenden Tatiana aus der Zelle. Ich folgte den beiden.

Im Flur war niemand zu sehen. Angel marschierte schnellen Schrittes los und zog Tatiana mit sich. Ich öffnete die Tür mit dem Betriebsausweis des Angestellten, dann traten wir in die Lobby. Dort waren bereits ein paar Frühaufsteher unterwegs und sahen sichtlich entsetzt dabei zu, wie wir die protestierende Tatiana zum Haupteingang bugsierten. Jemand war so freundlich, Angel die Tür aufzuhalten. Ich blieb ein bisschen zurück und stieß absichtlich mit einer Angestellten zusammen, die gerade das Gebäude betrat.

»Entschuldigung«, sagte ich und steckte ihr dabei heimlich den Schlüssel und den Betriebsausweis in die Tasche.

Angel setzte Tatiana auf den Rücksitz des Copters, ohne ihr die Handschellen abzunehmen. Sie selbst nahm auf dem Pilotensitz Platz und ich auf dem Sitz neben ihr. Dann ließ sie den Motor an und hob ab.

»War das Ganze dann jetzt doch Anstiftung?« Tatianas Kopf erschien zwischen unseren Sitzen, während wir uns von der Solstice Corp. entfernten.

»Ich sagte doch schon, dass wir keine Cops sind«, erwiderte ich.

»Sondern?«

»Ich heiße Angel, und das hier ist Edie«, stellte Angel uns vor.

»Nein, das ist keine Abkürzung für irgendetwas«, sagte ich auf Tatianas fragenden Blick hin.

»Okay«, sagte Tatiana langsam. »Und wozu braucht ihr mich?«

»Also ...« Angel erklärte ihr den weiteren Plan.

Wir flogen um eine Ecke und reihten uns in den stärker werdenden Verkehr ein. Keplers Himmel schaltete nun langsam auf Morgendämmerung um.

Wir setzten Tatiana – mittlerweile ohne Handschellen – am anderen Ende von Ward 2 ab, dann flog Angel mich nach Hause.

»Da wir nun die ganze Crew beisammenhaben, kann die nächste Phase des Plans beginnen«, sagte sie. »Ich melde mich dann wegen einer Besprechung mit der Crew.«

»Sag einfach Bescheid wann und wo«, erwiderte ich.

»Mach ich.« Sie schwieg einen Moment lang und betrachtete durch das Fenster auf der Copilotenseite das Schaufenster unseres Ladens. »Brauchst du eine gute Ausrede für deinen nächtlichen Ausflug?«

»Nein, danke, ich werde einfach einen kleinen Umweg nehmen.«

Angel nickte. Ich öffnete die Tür und trat auf die zu dieser frühen Uhrzeit leere Straße. Keplers simulierte Sonne war noch nicht aufgegangen und die Straßenlampen brannten noch. Vor dem Schaufenster unseres Ladens bog ich links um eine Ecke in eine kleine Gasse zwischen unserem und dem nächsten Turm. Die Feuerleiter dort reichte von unserer Straße bis zum nächsten Ward hinauf, aber ich brauchte sie ja nur bis zu meinem Zimmerfenster hinaufzusteigen.

Die Leiter war hochgezogen, sodass ich sie von der Straße aus nicht erreichen konnte. Mom hatte das immer so gehandhabt – ein müder Versuch, mich von nächtlichen Eskapaden abzuhalten. Ich kletterte auf einen Müllcontainer, sprang hoch und griff nach dem unteren Ende der Leiter. Dann zog ich mich mit beiden Händen Sprosse für Sprosse hinauf, bis meine Füße Halt fanden. Nun war es nicht mehr weit bis zu meinem Fenster im ersten Stock, das ich mithilfe meines Dietrichs öffnete.

Ich stieg durch das Fenster und schloss es wieder hinter mir. Dann streifte ich mir die Schuhe von den Füßen und warf mich mit einem Seufzen aufs Bett.

Trotz meiner Müdigkeit kehrten meine Gedanken immer wieder zur Solstice Corp. zurück. Beinahe hätte ich mit meiner Sturheit alles platzen lassen. Ich hatte einmal zu den Besten in diesem Geschäft gehört, sowohl als Taschendieb*in als auch als Safeknacker*in und Kundschafter*in. Es war dumm, sich derart darüber aufzuregen, das war mir völlig klar – aber wie schwer wog es für mich, dass ich neben acht Jahren meines Lebens auch meinen guten Ruf verloren hatte? Und wie schwer wog es, dass ich so einfach zu ersetzen war?

Als ich an Tatiana dachte, die Safeknackerin im Teenageralter, erinnerte ich mich daran, wie ich meine ersten Schritte auf jenem Weg gegangen war, der mich schließlich ins Gefängnis geführt hatte. Doch bis dahin war eine Menge passiert, und ich konnte unmöglich den exakten Zeitpunkt benennen, an dem sich mein Leben verändert hatte. Vielleicht war es, als ich Jake Vierras' Rad geklaut hatte, während er mit gebrochenem Arm im Krankenhaus gewesen war. Oder als ich mit einem Spielzeugsoldaten in der Tasche aus einem Laden marschiert war und meinen Dad später nicht gebeten hatte, ihn wieder zurückzubringen. Vielleicht aber auch, als ich für mich behalten hatte, dass eine Kassiererin meiner Mutter eine Schachtel Eier in die Einkaufstasche gesteckt hatte, ohne dafür etwas zu kassieren. Ich dachte an Tatianas Gesichtsausdruck, als Angel ihr gedroht hatte, und fragte mich, was die Kleine wohl in diese Welt verschlagen hatte.

Als ich gerade am Wegdösen war, klopfte es an der Tür.

»Edie?«, rief Andie. »Bist du wach?«

Ich stöhnte und wollte sie schon ignorieren, aber Andie weckte mich sicher nicht ohne Grund. »Jaaa, eine Sekunde.«

Ich wankte zur Tür und machte auf. Andie sah mich überrascht an. Mit meinen zerzausten Haaren und den verknitterten Klamotten sah ich wohl ziemlich hammajang aus.

»Oh Gott, Edie, du siehst ja furchtbar aus.«

»Danke, ich fühl mich auch so.«

»Hast du einen Kater?«

Prima Ausrede. »Ja, einen wirklich schlimmen.«

»Dann geh wieder schlafen. Wir sehen uns später.« Andie wandte sich zum Gehen.

»Moment«, rief ich ihr hinterher. »Was wolltest du denn?«

»Nicht so wichtig. Ich frag einfach Tyler.«

Vor Wut war ich sofort hellwach. Tyler im Haus hatte gerade noch gefehlt.

»Sag mir doch erst mal, um was es geht.«

Andie hielt auf halbem Weg durch das Wohnzimmer inne, drehte sich zu mir um und spielte mit ihrem Zopf. »Ich versuche ja schon seit Ewigkeiten, einen Termin bei meiner Hebamme zu bekommen. Und jetzt ist endlich einer frei, aber die Kinder ...«

»Soll ich so lange auf sie aufpassen?«

»Ja, aber das kann auch Tyler übernehmen. Er hat sie sowieso schon eine Weile nicht gesehen.«

Ich runzelte die Stirn. »Auf gar keinen Fall. Geh du zu deiner Hebamme, ich kümmere mich um die Kinder.« Ich fuhr mir durchs Haar. »Gib mir nur eine Minute.«

Andie lächelte. »Danke, du bist die Beste.«

»Gibst du mir das schriftlich?«

Sie lachte. »Keine Sorge, das vergesse ich nicht.«

Andie ging schwerfällig zum Kinderzimmer, öffnete die Tür und weckte sie. Immer noch besser als morgens um 0430 von Angel aus den Federn gerissen zu werden.

Ich seufzte, ging wieder in mein Zimmer und machte mich fertig.

AM SAMSTAG HATTE ANDIE AUSNAHMSWEISE EINMAL FREI. WIR SASSEN ZU-
sammen am Couchtisch und malten auf den wiederverwend-
baren Plastikbögen, die die Kinder auch für ihre Hausauf-
gaben verwendeten. Andie skizzierte einen Vogel und Casey
malte mit seinem Filzstift einen Löwen. Ich entwarf ein neues
Tattoo, das einen großen Mantarochen zeigte, wie ich ihn in
Caseys Tiersendungen gesehen hatte. Noch konnte ich es mir
nicht leisten, aber das war nur eine Frage der Zeit.

Ich sah zu Paige hinüber. »Was wird das denn?«

»Das bin ich«, erklärte sie, ohne aufzusehen.

»Aber warum hast du denn Flügel?«

»Weil ich ein vom Himmel gefallener Engel bin«, antwortete sie, als wäre das völlig offensichtlich.

Ich zeigte auf die Figur neben dem Engel. »Und wer ist
das?«

Paige seufzte genervt. »Das ist Ilethor, der Ritter der Neun
Königreiche. Tante Edie, das hab ich dir doch alles schon erklärt.«

»Diese Haole sehen für mich alle gleich aus.« Ich legte den
Kopf schief, um die Figur besser sehen zu können. »Haltet ihr
da gerade Händchen?«

Sie lief rot an und riss das Blatt an sich, als ich danach greifen wollte. »Nein.«
Ich lachte. »Dann zeig doch mal her.«
»Das geht dich nix an!«
»Ich bin die Ältere«, sagte ich streng. »Und deshalb geht mich alles etwas an.«
»Mom!«, protestierte Paige.
»Edie ...« Bevor Andie weitersprechen konnte, klingelte ihr Telefon. Als sie die Nummer sah, stand sie abrupt auf. »Euer Vater«, sagte sie zu den Kindern. »Benehmt euch.« Sie sah mich an. »Das gilt für euch alle.«
Andie ging mit dem Telefon in die Küche.
»Willst du nicht mit ihm reden?«, fragte ich Paige.
»Eigentlich nicht«, sagte sie und widmete sich wieder ihrer Zeichnung. »Er ist immer noch böse auf mich, weil ich in Mathe nur eine Drei bekommen habe. Hier bei Mom darf ich lesen, aber Dad hat mir alle meine Bücher weggenommen.« Sie dachte kurz nach. »Oje, er hat gesagt, dass ich dir das nicht erzählen soll.«
»Schon in Ordnung, das versteh ich doch.« Ich war bestimmt keine Petze, aber damit war er gefährlich nah dran, eine Grenze zu überschreiten.
»Und was ist mit dir?«, fragte ich Casey.
Der kleine Junge zuckte mit den Schultern.
»Schon gut, du redest ja sowieso gerade nicht so viel, oder?«
Er schüttelte mit ernster Miene den Kopf.
Tyler war auch schon vor meiner Zeit im Gefängnis ein Scheißkerl gewesen. Eigentlich schon immer. Seine wichtigtuerischen Freunde, angesagte Mods und teure Klamotten waren ihm schon immer wichtiger gewesen als seine Familie. Er wollte so gerne einer dieser reichen Typen in den Upper

Wards sein, und alles, was ihm dabei im Weg war, musste aus seinem Leben verschwinden oder so geformt werden, dass es hineinpasste – wie meine Schwester und die Kinder. Zum Glück waren die Kinder viel lieber bei mir.

Um diese Theorie zu testen, wollte ich Paige gerade noch ein bisschen weiter ärgern, als mein Comm piepte. Es war eine Nachricht von Angel:

[Treffen heute um 1200. Ward 1, 8th Street Nr. 201, 47401]

Musste das ausgerechnet jetzt sein, wo ich Zeit mit meiner Familie verbringen wollte? Ich seufzte. »Ich muss leider zur Arbeit, Kinder.«

Casey sah enttäuscht aus, Paige dagegen erleichtert.

»Ich geb eurer Mom Bescheid.« Ich stand auf und ging in die Küche. Als ich den Couchtisch umrundete, lehnte ich mich blitzschnell über Paiges Schulter und betrachtete ihre Zeichnung. Sofort warf sie sich mit ihrem Oberkörper darauf und lief bis über beide Ohren knallrot an.

Lachend betrat ich die Küche. Andie stand mit dem Rücken zu mir am anderen Ende und sprach mit gedämpfter Stimme ins Telefon.

»Ich weiß«, sagte sie. »Ich weiß, aber der Arzt hat gesagt, dass ich nicht mehr arbeiten soll, weil das Kind bald kommt.« Sie verstummte und wischte sich über die Augen. »Es wäre doch nur vorübergehend, bis das Kind da ist. Dann gehe ich wieder hin. Wie gesagt, Atlas Industries lässt mich bei keinen Tests mehr mitmachen. Nein, ich komme nicht zurück, weil ... Bitte, fang nicht wieder damit an ... Moment.« Als Andie mich bemerkte, wischte sie sich noch einmal über die Augen und drehte sich zu mir um. »Was ist?«

»Alles okay?«, fragte ich besorgt.
Andie winkte ab. »Alles in Ordnung. Was ist?«
»Ich wollte dir nur Bescheid geben, dass ich wegmuss. Ich treffe mich mit Angel. Wegen der Arbeit.«
»Arbeit?« Andie drückte das Telefon gegen die Schulter. »Was für eine Arbeit?«
»Ich habe dir doch von dem Vorstellungsgespräch erzählt«, sagte ich. »Angel meinte, dass ich eine echte Chance habe, die Stelle zu bekommen, und will mir bei der Vorbereitung für die nächste Vorstellungsrunde helfen.«
Andie strahlte. »Das ist ja großartig!«
Es brach mir schon ein bisschen das Herz, Andie derart anzulügen. Sie sah so glücklich aus, weil sie wirklich glaubte, dass ich mir nun eine ehrliche Existenz aufbaute. In gewisser Weise tat ich das, was sie sich immer gewünscht hatte: Ich sorgte dafür, dass wir unser künftiges Leben ohne Schuldenlast und ständige Existenzängste verbringen würden. Und in diesem Leben würde sie sich auch keine Sorgen mehr um mich machen müssen.
Aber dieses sorgenfreie Leben war im Moment noch Zukunftsmusik.
»Dann ab mit dir«, sagte Andie. »Ich bleib hier bei den Kindern.«
»Ist wirklich alles in Ordnung?«, bohrte ich noch einmal nach.
»Ja, wirklich. Mach, dass du den Job bekommst, dann ist alles sogar in bester Ordnung.« Ich konnte Tyler am anderen Ende der Leitung hören. Andie scheuchte mich mit einer Geste aus der Küche. »Ich muss hier noch schnell was mit Tyler klären. Geh ruhig, ich bin da.« Sie nahm das Telefon wieder ans Ohr.

Ich nickte, ging wieder ins Wohnzimmer und räumte meine überall verstreuten Sachen auf. Dann verabschiedete ich mich von den Kindern.

Ich dachte an den Abend, als ich Angels Angebot angenommen hatte: wie Andie erzählt hatte, dass sie ihre Arztrechnungen gerade einmal so bezahlen konnten und dabei kaum über die Runden kamen. Der Krebshilfefonds unterstützte sie, kam aber auch nicht für alles auf. Was würde aus Paiges Behandlung werden, wenn Andie nicht mehr arbeiten konnte? Da Tyler nicht nur ein manipulativer Kontrollfreak, sondern auch ein herzloses Arschloch war, würden sie bald ohne Geld dastehen.

Ich ballte meine Hände zu Fäusten. Was auch immer Angel mir mitteilen wollte, ich hoffte inständig, dass es das Ganze auch wert war. Ich konnte nur beten, dass ihr Plan funktionierte.

Das unterste der Lower Wards, Ward 1, lag im Schatten aller anderen und war daher auch das düsterste. Die 8th Street führte zwischen Wohntürmen hindurch, in denen selbst am Tag das Licht brannte, sodass sich die Bewohner als undeutliche Schatten darin hin- und herbewegten. In der Dunkelheit flackerten Ladenschilder und vor sich hinsiechende Kübelpflanzen flankierten die Gehwege. Aber auch wenn es hier immer ein bisschen dunkel, ein bisschen feucht und ein bisschen zu eng war: Seine Bewohner liebten Ward 1 genauso wie die aller anderen Lower Wards ihre.

Die Adresse, die Angel mir geschickt hatte, befand sich in einem Turm, der gerade renoviert wurde. Ein an der Fassade angebrachtes Werbebanner warb für »Luxuswohnungen zum Mieten oder Kaufen«.

Ich näherte mich vorsichtig der Eingangstür und spähte hinein, sah aber nur ein paar Plastikplanen, die die einzelnen Räume voneinander abtrennten. Die Tür war verschlossen. Mein Blick fiel auf das Keypad und die Sprechanlage daneben. Ich tippte die Nummer ein, die Angel mir geschickt hatte. Das Keypad piepte und blinkte grün. Die Tür öffnete sich. Meine Schritte hallten auf den Bodenplatten, als ich das Gebäude betrat und mich umsah. Von irgendwo aus dem Inneren waren Frauenstimmen zu hören. Ich folgte ihnen, schob ein paar Plastikplanen beiseite und befand mich plötzlich in einem großen, geräumigen Raum mit ledernen Sofas und Sesseln, Beistelltischen aus Holz und einem riesigen Bildschirm an der gegenüberliegenden Wand. Die Personen, die auf der davor aufgestellten Sitzgruppe saßen, waren mir größtenteils bekannt.

Duke fläzte sich auf einem Sessel, Nakano hatte auf der Lehne Platz genommen. Malia hing kopfüber auf einer Ottomane, und Sara saß im Schneidersitz neben Cy auf dem Sofa. Tatiana hatte den anderen Sessel in Beschlag genommen und ließ die Beine über die Lehne hängen. Angel stand am anderen Ende des Raums neben dem Bildschirm.

Ich ging zu den anderen. »Bin ich zu spät?«

»Nein, du kommst gerade richtig«, erwiderte Angel und deutete mit dem Kinn auf das Sofa. »Setz dich, dann können wir anfangen.«

Ich nahm zwischen Cy und Sara Platz.

»Ihr fragt euch sicher, warum ich euch heute alle hier versammelt habe.«

Nun ging es also tatsächlich los.

»Ihr seid die Besten der Besten«, sagte Angel und sah uns nacheinander an. »Und deswegen brauche ich euch.«

»Und was genau hast du vor?« Duke klang misstrauisch.

»Atlas Industries forscht an Technologien, die die ganze Galaxis verändern könnten. Zum Besseren oder – wahrscheinlicher – zum Schlechteren. Die Forschungsunterlagen, Prototypen und Entwürfe werden in einem Tresorraum aufbewahrt, und die wertvollsten davon befinden sich wiederum in einem mechanischen Safe. Die Technologie, die dort lagert, ist topsecret, bestens gesichert und äußerst wertvoll.« Angel lächelte. »Und wir werden sie stehlen.«

»Aber welcher Hehler würde uns so etwas abnehmen?«, fragte Malia ungläubig.

»Wir brauchen keinen Hehler. Die Prototypen bekommt Atlas gegen ein Lösegeld zurück, aber die zugehörigen Daten werden wir allesamt vernichten.«

»Und wie hoch soll dieses Lösegeld sein?«, wollte Sara wissen.

»Eine Billion Credits«, antwortete Angel. »Ihr könnt es euch also selbst ausrechen: 125 Milliarden für jeden.«

»*Für jeden?*«, rief Tatiana und fiel beinahe vom Sessel.

Angel sah sie amüsiert an. »Korrekt.«

»Aber glaubst du, dass wir mit so viel Geld einfach davonspazieren können?«, fragte Duke.

»Die Summe wird nicht auf einen Schlag ausbezahlt«, erklärte Angel. »Das Geld wird erst gewaschen und investiert. Und die Auszahlung erfolgt dann über einen längeren Zeitraum. Und wenn ihr euch klug anstellt, habt ihr am Ende noch mehr als vorher.«

Cy kniff mir leicht in die Schulter. »Also nix mit alles auf einmal verprassen.«

»Überlegt einmal, was ihr mit derart viel Geld tun könntet«, fuhr Angel nach kurzem Schweigen fort und sah uns wieder der Reihe nach an. »Schulden bezahlen. Gutes tun. Sich einen Namen machen. Für den Rest eurer Tage in Saus und Braus leben.«

Im Raum breitete sich Schweigen aus, während wir über Angels Worte nachdachten. Wir alle waren aus unterschiedlichen Gründen hier, aber egal, wie diese auch lauten mochten: Das war einfach scheißviel Geld.

Schließlich brach Duke das Schweigen. »In Ordnung, ich bin dabei. Also, wie sieht der Plan genau aus?«

»Sehr schön, dann wollen wir mal anfangen«, antwortete Angel mit einem Lächeln. Sie machte eine ruckartige Bewegung mit dem Handgelenk, woraufhin ein attraktiver Mann in den Fünfzigern mit heller Haut und dunklem, schon leicht grauem Haar auf dem Bildschirm erschien. Er hatte Grübchen um den Mund und die auffallend blauen Augen blitzten listig.

Ich erkannte ihn sofort.

»Auf ihn hier haben wir es abgesehen«, sagte Angel und wandte sich dem Bildschirm zu. »Joyce Atlas: Techmogul, Milliardär und ›Menschenfreund‹. Er ist mit Kommunikationstechnologie reich geworden und arbeitet seit geraumer Zeit auch an SMART-Technologien und Mensch-Maschine-Schnittstellen. Seine größten Erfolge bislang sind AXON und Master Network, gemeinhin bekannt als GhostNet. Sein Vermögen ist seitdem stetig gewachsen. Er verkörpert das Ideal des Selfmademans, der obendrein immer auch etwas an die Gesellschaft zurückgibt ... Zumindest möchten uns die Medien das glauben machen.« Sie drehte sich wieder zu uns um. »Ich denke, wir wissen alle, dass er nicht das ist, wofür er sich ausgibt.«

Tatiana hob die Hand. »Ist er wirklich ein Vampir?«, platzte sie heraus, noch bevor sie jemand zum Sprechen aufforderte. Als niemand etwas sagte, rutschte sie unbehaglich auf ihrem Sessel herum. »Ihr wisst schon, die Gerüchte ... Ist da was dran?«

Angel sah sie mit ausdrucksloser Miene an. »Das werde ich nicht mit einer Antwort würdigen.«

Ich war mir nicht ganz sicher, ob das Ja oder Nein heißen sollte.

Angel fuhr trotz Tatianas beleidigter Miene fort und deutete auf den Bildschirm, auf dem jetzt eine körnige Videoaufnahme erschien, die offenbar von einer Überwachungskamera stammte. Sie zeigte, wie Polizisten die Tür einer Wohnung aufbrachen. Die Beamten trugen Exoanzüge und Gaußgewehre. »Atlas hat jede Menge in Überwachungstechnik investiert«, erklärte sie. »Zuerst hat er die dabei gewonnenen Daten für seine eigene Forschung genutzt. Dann hat er sie auch an die Werbewirtschaft verkauft, und schließlich an Regierungen und Polizeibehörden überall in der Galaxis.« Der Bildschirm zeigte nun eine andere Ansicht derselben Wohnung, in der die Polizisten gerade mehrere Personen aus ihren Betten zerrten und aus der Tür stießen. »Sämtliche Geräte, die er produzieren lässt, besitzen eine Backdoor, durch die Atlas alles hört und sieht.«

»Einen Moment«, unterbrach ich. »Heißt das, dass er damit direkten Zugang zu den Gedanken der Nutzer seiner Mods hat?«

Nun meldete sich Malia zu Wort. »Einfach ausgedrückt: ja. Die Technologie ist noch nicht ausgereift genug, um persönliche Gedanken eins zu eins zu übertragen, die Algorithmen erkennen nur, worauf sie trainiert sind: vor allem Anweisungen an das Mod selbst, aber auch Gefühle und Bedürfnisse.

Wenn man sich zum Beispiel dauernd wünscht, dass es auch für die grauen Zellen ein Fitnessstudio gäbe« – ich bedachte sie mit einem finsteren Blick und Tatiana kicherte – »dann registriert der Algorithmus das.«

»Und jeden Tag kommen neue Algorithmen dazu«, sagte Angel. »Damit versuchen sie vorherzusagen, was man sich wünscht, woran man glaubt und sogar, was man tun wird.«

»Die Mods werden auch dazu verwendet, Andersdenkende aufzuspüren«, sagte Nakano leise. Sie konnte den Blick nicht von den Polizisten auf dem Bildschirm abwenden.

»Die so gewonnenen Daten dürfen allerdings nicht für die Strafverfolgung verwendet werden«, sagte Angel. »Zumindest noch nicht.«

»Und woran forscht Atlas Industries im Moment?«, fragte Malia.

Angel holte mit einer weiteren Geste das Schema eines AXON-Mods auf den Schirm. Es war y-förmig und Kabelbündel ragten daraus hervor. Der Anblick machte mich ganz krank. »Das ist die aktuelle Version des AXON-Mods, das nur Zugang zum semantischen Gedächtnis hat, also zu allem, was man in seinem Leben gelernt hat. Das episodische Gedächtnis, wo sich die persönlichen Erinnerungen befinden, ist dagegen nicht so leicht zu erfassen. Diese Erinnerungen sind nämlich bei jeder Person anders verknüpft, und bis jetzt ist es noch niemandem gelungen, die in den neuronalen Mustern gespeicherten Erinnerungen auszulesen.«

»Bis jetzt?«, wiederholte Tatiana.

»Mit der neuesten Generation des AXON-Mods hat Atlas das scheinbar Unmögliche geschafft: Er hat die neuronalen Muster von Millionen von Menschen, die seine Mods verwenden, ausgewertet und daraus einen Algorithmus entwickelt, der die in diesen Mustern codierten Erinnerungen erkennen kann.« Angel hielt inne. »Damit ist es nun möglich, auf die persönlichen Erinnerungen eines anderen Menschen zuzugreifen.«

»*Wahnsinn!*«, jauchzte Malia und setzte sich richtig herum hin. »*Völlig abgefahren!*« Der Rest der Gruppe schwieg schockiert. »Was habt ihr denn?«, fragte sie grimmig. »Was Atlas da erfunden hat, ist der Traum eines jeden Hackers!« Und nachdem uns auch das nicht in Begeisterungsstürme ausbrechen ließ, wandte sie sich wieder Angel zu. »Und wie kann man auf diese Mods zugreifen?«

»Wie gesagt, alles von Atlas Technologies kommt mit einer Backdoor. Wenn man es richtig anstellt, hat man damit Zugriff auf sämtliche Erinnerungen von jedem, der ein Mod benutzt.«

Malia grinste boshaft. »Das GhostNet hat eindeutig nicht mit mir gerechnet.«

»Und was hat Atlas damit vor?«, fragte Nakano, ohne Malia Beachtung zu schenken.

Angel machte eine Wischbewegung, woraufhin ein weiteres körniges Video erschien, diesmal aus der Perspektive einer Person, die gerade mit ganz normalen Spielkarten Memory spielte. »Zurzeit kann der Algorithmus nur den Gedächtnisinhalt auslesen. Aber das reicht Atlas nicht.« Die Person in dem Video deckte ein Karo-As auf. »Mit dem neuen Algorithmus lässt sich eine Erinnerung nicht nur auslesen« – die Person in dem Video drehte dieselbe Karte noch einmal um, aber dieses Mal war es ein Herz-As – »sondern potenziell auch manipulieren.«

»Willst du damit behaupten, dass die Mods Erinnerungen *ändern* können?«, fragte ich entsetzt.

»Die Technologie steckt noch in den Kinderschuhen, aber ja, genau daran wird bei Atlas Industries gearbeitet«, antwortete Angel.

»Und mit Atlas' Verträgen mit der Sicherheitsbranche ...«, begann Nakano.

»Diese Technologie würde es ermöglichen, auch von Gefangenen Erinnerungen auszulesen und zu verändern.«

Alle schwiegen. Atlas reichte es nun offensichtlich nicht mehr, die Menschen aus den Lower Wards als Versuchskaninchen für seine neuesten Technologien zu missbrauchen. Nun setzte er diese Technologien auch noch gegen sie ein, um sie zu beobachten und unter falschen Anschuldigungen ins Gefängnis zu stecken – und zwar in Gefängnisse, die Verträge mit ihm hatten und deren Gefangene noch mehr von seinen Produkten herstellen mussten. Und sollten wir einmal die Schnauze voll haben und versuchen, uns dagegen zu wehren, würde er diese Technologie dazu benutzen, um unsere Gehirne zu zerstören. So konnte er uns einmal mehr bis aufs Blut ausbeuten und fertigmachen.

Es machte mich krank vor Wut.

Sara meldete sich zu Wort. »Er ist also ein schlechter Mensch, und wir bestehlen ihn. Aber wie stellen wir das an?«

Mit einer weiteren Geste öffnete Angel einen Plan von Keplers Katakomben. Aufmerksam beugte ich mich vor.

»Der Tresorraum befindet sich in der Leeway-Katakombe unter Ward 1«, sagte Angel und zoomte näher an eine markierte Fläche bei den Docks nahe der Außenhülle heran. »Da Leeway momentan nur teilweise passierbar ist, müssen wir uns einen Zugang zum Tresorraum suchen.« Sie nickte in meine Richtung. »Der Weg hinein und wieder heraus ist die Aufgabe von unserem Kundschafter: Edie.«

»Und wie ist der Tresorraum selbst gesichert?«, fragte Duke.

»Zuerst muss man durch eine mit zwei Schlössern und zwei Keypads gesicherte Tür. Ich habe den Code für das eine Keypad, Atlas den für das andere. Dahinter befindet sich eine Drei-Tonnen-Stahltür, deren Magnetschloss eine Haftkraft von fünf Tonnen hat. Wir brauchen einen Elektromagnetischen Impuls, um den Strom abzuschalten.« Sie zoomte noch näher heran, bis eine schematische Zeichnung des Tresorraums den Bildschirm ausfüllte. »Hinter der Stahltür befindet sich ein Vorraum, der mit einem druckempfindlichen Boden, bewegungssensiblen Kameras und einem Lasergitter gesichert ist, das auf Atlas' Körpertemperatur reagiert. Und die ist dank seiner Mods tiefer als die eines normalen Menschen. Nur Atlas persönlich kann den Vorraum durchqueren und diese Sicherheitsmaßnahmen dann auf der anderen Seite deaktivieren.«

»Hab ich's doch gesagt, der ist ein Vampir«, murmelte Tatiana.

»Der druckempfindliche Boden des Vorraums ist mit Sensoren ausgestattet. Bei zu lange anhaltender Belastung beginnt ein Countdown, der schließlich Alarm auslöst. Saras Aufgabe ist es, die Sicherungsmaßnahmen des Vorraums zu überwinden und abzuschalten und den eigentlichen Tresorraum zu öffnen«, erklärte Angel weiter, ohne auf Tatianas Bemerkung einzugehen.

»Oh«, sagte Sara einfach nur und machte große Augen.

»Dafür müssen an der Tür am anderen Ende des Vorraums zwei biometrische Scanner bedient werden, für die wir Netzhautscans und Fingerabdrücke von Atlas und mir brauchen.«

»Und was ist mit dem Safe?« Tatiana setzte sich auf.

»Der ist ein Modell der Firma Liberty und stammt aus dem Jahr 1890«, sagte Angel. »Er hat ein Hochsicherheitsschloss und innen eine Glasplatte, die bei Zerstörung durch Anbohren eine Wiederverriegelung auslöst. Außerdem ist er stoß- und hitzeresistent ... Kommst du damit klar?«

Tatiana warf mir einen Blick zu und wirkte dabei so selbstgefällig, dass ich finster zurückstarrte. Dann nickte sie.

»Aber es reicht doch nicht, sich Zugang zum Tresorraum und zum Safe zu verschaffen«, sagte Nakano. »Jemand muss Atlas ablenken.«

»Dafür seid ihr beide zuständig«, erwiderte Angel.

»Und was sollen wir tun?«

»Nakano ist unser Lockvogel. Die Abteilung für Wirtschaftskriminalität der System Security Administration ermittelt bereits wegen illegaler Geschäftspraktiken gegen Atlas. Ihr beide werdet mit falschen Identitäten ausgestattet und dann ... helfen wir den Ermittlungen der SSA ein wenig nach, indem wir seine Geschäftspraktiken auffliegen lassen.«

Duke legte eine Hand auf Nakanos Oberschenkel. »Wenn das schiefgeht ...«

Nakano legte ihre Hand auf die von Duke. »Ich mach das schon«, sagte sie sanft.

»Kann *sie* nicht einfach auf einen Schlag sämtliche Sicherheitsvorkehrungen außer Kraft setzen?«, fragte Duke und deutete mit dem Kinn auf Malia.

»Nö, das kann *sie* leider nicht, Cuz«, antwortete Malia. »Jedes Element des Sicherheitssystems hat ein eigenes unabhängiges Netzwerk. Die kann ich zwar hacken, aber nur nacheinander, nicht alle auf einmal.«

»Und wofür bist du dann überhaupt hier?«, maulte ich.

Malia drehte sich auf ihrem Sessel um und sah mich

tadelnd an.»Ohne mich kommst du nicht mal in die Nähe des Tresorraums, Brah! Ich werde das Sicherheitssystem Schicht für Schicht schälen wie eine beschissene Zwiebel. Du willst Zugang zu Leeway? Kein Problem. Mach ich. Du brauchst ein paar Codes? Kein Problem. Mach ich. Und du musst an den Firewalls vorbei? Kein Problem, *mach ich auch.*«

Ich öffnete den Mund zu einer saftigen Antwort, aber Angel kam mir zuvor.»Und jetzt kommen wir zum letzten Punkt: Atlas' Sicherheitsdienst.« Mit einer Handbewegung ließ sie eine Menge Files auf einmal auf dem Bildschirm erscheinen. Wir beugten uns alle vor und versuchten, die kleine Schrift zu entziffern.»Das sind nur ein paar von Atlas' neuesten Rekruten. Nur damit ihr eine Vorstellung bekommt.«

Unehrenhaft entlassen. Aus dem Dienst ausgeschieden. Angeklagt. Freigesprochen.

»Das sind ja alles furchtbare Typen«, sagt Sara und setzte sich auf dem Sofa auf.»Wie sollen wir an denen vorbeikommen?«

»Wir werden jemanden einschleusen«, sagte Angel.

Ich drehte mich um und sah Cy an, der bislang nichts gesagt hatte. Nun zog er eine Augenbraue hoch.»Was?«

»Nichts für ungut, Cuz, aber du bist kein besonders guter Schauspieler.«

»Er wird dort auch mehr oder weniger als er selbst auftreten«, sagte Angel.»Jede Verbindung zwischen mir und ihm wird natürlich vorher aus den Akten getilgt.«

Malia hob die Hand zu einem Shaka.

»Edie bringt uns rein, und Cy kümmert sich um die Sicherheitsleute, die den Tresorraum bewachen.« Damit schloss Angel ihre Erklärung ab.

Wieder herrschte nachdenkliches Schweigen. Angel sah

uns erwartungsvoll an. »Was haltet ihr davon?«, fragte sie schließlich.

Sara kaute auf ihrer Lippe herum. »Das ist schon eine ziemliche Hausnummer.«

»Zweifellos«, stimmte Angel ihr zu.

»Da kann eine Menge schiefgehen«, sagte Duke.

»Es ist alles bis ins letzte Detail gründlich durchdacht, das kann ich euch allen versichern«, sagte Angel mit fester Stimme. »Aber ich habe Verständnis dafür, wenn euch das Risiko zu hoch ist.«

»Wirklich?«, fragte ich überrascht.

Angel sah mich verärgert an. »Ich habe nicht vor, euch zu zwingen, dabei mitzumachen. Wenn jemand aussteigen will, ist das kein Problem.« Sie dachte kurz nach. »Ich will nur nicht, dass irgendjemand zu den Behörden rennt und uns verrät. Dann hätten wir alle hier ziemliche Scherereien.«

Die Gruppe murmelte zustimmend.

»Also.« Angel sah uns mit ihren dunklen Augen nacheinander an. »Seid ihr dabei?«

Malia riss die Hand hoch. »Aber sowas von!«

»Weißt du doch, Cuz. Natürlich bin ich dabei«, sagte Cy.

»Bin dabei«, sagte Tatiana mit einem Grinsen.

Sara strahlte. »Ich auch, wie aufregend!«

Duke und Nakano sahen sich mit einem Blick an, der verriet, wie vertraut sie miteinander waren. »Wir sind auch dabei«, sagte Nakano schließlich.

Angel sah mich an. Ich erwiderte ihren Blick und dachte einen Moment daran, abzulehnen. Was, wenn wir versagten? Schließlich war ich auf Bewährung. Wenn das hier schiefging, würde ich für wesentlich länger als acht Jahre im Knast landen. Ich dachte an die viele Lebenszeit, die ich bereits verloren hatte, und die Vorstellung, dass es noch mehr werden könnte, war mir unerträglich. Ich würde verpassen, wie Casey großwurde, Paige vielleicht nie wiedersehen, Andie wäre wieder ganz allein mit allem ... Das durfte nicht passieren.

Und was, wenn Angel mich wieder im Stich ließ? Ich hatte ihr nicht vergeben, und ich war mir sicher, dass sie mich auch dieses Mal nicht retten würde, sollte etwas schiefgehen. Aber was blieb mir anderes übrig?

Doch ich bekam keinen legalen Job und die Schulden fraßen uns auf. Ich hatte einfach keine Wahl.

Ich dachte an Andie, wie sie in ihrer winzigen Küche gestanden und sich die Tränen weggewischt hatte. Und da wusste ich, was ich tun musste.

»Jep«, sagte ich. »Bin dabei.«

Am darauffolgenden Sonntag hätte Dad Geburtstag gehabt.

Für Andie war das immer wie ein Feiertag, und in diesem Jahr spielten wir alle mit. Paige half ihr, aus Stoffbändern Leis in seinen Lieblingsfarben zu flechten, und Casey suchte Ballons aus, von denen er dachte, dass sie seinem Opa gefallen hätten. Ich hatte die weniger glamouröse Aufgabe, in der Bodega ein paar von Dads Lieblingssnacks zu kaufen – und nahm nebenbei noch ein Päckchen Zigaretten für mich mit. Dann scheuchte uns Andie aus der Wohnung. Anscheinend kamen wir zu spät zu was auch immer für eine Feier sie sich dieses Jahr ausgedacht hatte. Unsere Besorgungen hatte sie alle in einer Tasche verstaut, die sie sich nur unter Protest von mir abnehmen ließ. Dann zwängten wir uns alle in den vollbesetzten Bus Nummer 54 in Richtung Friedhof.

Ich ärgerte Casey, indem ich die Ballons losließ und erst im letzten Moment wieder einfing, damit sie nicht bis hoch an die Decke stiegen. Casey verzog das Gesicht, und es kostete ihn sichtlich eine Menge Willenskraft, sein Schweigegelübde nicht mit einem Kindergartenfluch zu brechen. Paige sah ab und zu von ihrem Buch auf, um mir einen tadelnden Blick zuzuwerfen. Andie hatte den Kopf ans Fenster gelehnt und döste.

Der Friedhof verdiente kaum diese Bezeichnung. Mit den Mauerreihen aus künstlichem Stein, in die man die Namen der Verstorbenen gemeißelt hatte, glich er eher einer Gedenkstätte: »Richard Morikawa« ruhte in C-34, »Margaret Morikawa« in C-33. Auf Raumstationen war nicht viel Platz für die Toten, und die fortschreitende Gentrifizierung von Kepler würde ihre Ruhestätten vermutlich irgendwann ganz verdrängen.

Wir setzten uns auf eine Bank gegenüber von Dads Grab und Andie packte die Tasche aus. Paige arrangierte ein paar künstliche Blumen in der neben dem Namen an der Steinplatte angebrachten Vase und platzierte die Snacks auf der schmalen Ablage darunter. Ich hob Casey hoch, damit er die Ballons an einem kleinen Haken an der Wand festbinden konnte, und Andie dekorierte alles mit den Leis.

Mit der ganzen kunterbunten Dekoration aus Caseys Ballons, Paiges Blumen und Andies Leis wirkte das Grab fröhlich-festlich und total kitschig. Dad hätte es gefallen.

Andie setzte die Kinder auf die Bank, gab ihnen ihr Mittagessen und stellte sich dann zu mir vor das Grab.

Schwer zu glauben, dass er mittlerweile schon fast fünfzehn Jahre nicht mehr unter uns weilte. Manchmal fühlte es sich zwar an, als wäre das alles in einem anderen Leben geschehen, manchmal aber auch wie gestern. Kaum zu glauben, wie schnell die Jahre vergingen. Ich fragte mich, was wohl aus mir geworden wäre, wenn Dad noch am Leben wäre. Hätte ich dann eher die Kurve gekriegt? Wäre ich doch noch Stationsmechaniker*in geworden, so wie er?

Wäre er stolz auf mich? Trotz allem, was ich gerade so trieb? Da traf es mich wie ein Blitz. Er hatte oft mit mir über meine Zukunftspläne gesprochen. Was ich alles erreichen und was aus mir werden könnte. So war Dad: den Kopf voller Pläne und immer darum bemüht, dass es uns in Zukunft besser gehen sollte. Er wäre stolz auf mich gewesen, aber er hatte sich einen anderen Weg für mich vorgestellt. Ein anderes Leben. Was würde er sagen, wenn er wüsste, was aus mir geworden war?

Nach einer Weile legte Andie den Kopf an meine Schulter. »Danke.«

Ich sah sie an. »Wofür?«

»Für alles«, sagte sie. »Du bist mir so eine große Hilfe im Laden und im Haushalt. Und mit den Kindern. Ich weiß gar nicht, wie ich das jemals ohne dich geschafft habe.«

Mich überkam ein furchtbar schlechtes Gewissen. Ich wollte mir gar nicht erst vorstellen, wie anstrengend die Monate nach der Trennung von Tyler für sie gewesen waren. Sie war ganz auf sich allein gestellt gewesen.

»Du bist ja jetzt nicht mehr allein, Tita«, sagte ich. »Ich bin bei dir.«

»Ich weiß, und darüber bin ich wirklich froh.«

Ich lächelte, zog Andie in meine Arme und hielt sie fest, sodass ihr Hāpai-Bauch gegen meinen drückte. Ich küsste sie auf den Scheitel und sie summte zufrieden vor sich hin.

Plötzlich hörten wir, wie jemand überrascht nach Luft schnappte.

»Angel?«, fragte Andie.

Ich blickte in dieselbe Richtung. Und tatsächlich: Da stand Angel. Sie war gerade um die Ecke in Reihe C eingebogen und hielt einen teuren Blumenstrauß im Arm.

Mir stieg die Zornesröte ins Gesicht. Wie konnte sie es wagen, hier aufzutauchen! Nach allem, was sie mir angetan hatte. Was sie Andie angetan hatte. Was sie uns allen angetan hatte.

Ich wollte etwas sagen, aber Andie kam mir zuvor. »Angel.« Ihre Stimme klang angespannt. »Was tust du hier?«

Angel kam vorsichtig näher. »Hallo, Andie«, sagte sie. »Ich hatte um diese Zeit nicht mit dir gerechnet.«

»Wir feiern gerade Dads Geburtstag«, erwiderte Andie, dann fiel ihr Blick auf die Blumen. »Sind die für ihn?«

»Ja. Aber ich lasse sie einfach hier, ich will nicht stören.«

»Aber du störst doch nicht«, erwiderte Andie höflich. Ich hätte gerne etwas weniger Höfliches gesagt, biss mir jedoch auf die Zunge.

Andie zeigte zu den auf der Bank sitzenden Kindern, die gerade ihre Musubis aßen. »Setz dich doch zu uns.«

»Nein, danke. Ich muss gleich wieder weg«, antwortete Angel. »Ich wollte nur kurz die Blumen vorbeibringen.«

»Dann gib sie mir«, sagte Andie und nahm ihr den Strauß ab.

Angel wandte sich zum Gehen. »Dann feiert mal in Ruhe weiter.«

»Danke. Wir sehen uns sicher bald mal wieder.«

»Auf Wiedersehen, Andie.«

»Mach's gut, Angel.«

Ich murmelte eine Entschuldigung in Andies Richtung, lief Angel hinterher und packte sie am Arm. Sie wirbelte herum und starrte mich wütend an.

»Was willst du hier?«, fragte ich.

»Fass mich nicht an«, sagte sie und wand sich aus meinem Griff.

»Wenn du etwas von mir willst, hättest du auch eine Nachricht schreiben können. Du hättest echt nicht herkommen müssen.«

»Ich bin nicht wegen dir hier, sondern wegen Onkel Rich.« Seinen Namen aus ihrem Mund zu hören, ließ das Blut in meinen Ohren rauschen. Ich kochte vor Wut.

»Warum?«

»Weil er mir wichtig ist«, sagte sie beinahe trotzig. »Er ist mir wichtig. Und Andie ist mir auch wichtig.«

»Wirklich?«

»Ja.«

»Dann hast du aber eine verdammt merkwürdige Art, das zu zeigen.«

»Ich bin doch hier, oder etwa nicht?«

»Dazu hast du kein Recht.«

»Warum nicht?«

»Weil du nicht zu dieser Familie gehörst«, fuhr ich sie an. »Nicht mehr.«

Angel machte große Augen, ihre Nasenflügel bebten. In ihrer Fassade zeigte sich ein Riss.

»Du hast wirklich Nerven«, fuhr ich fort. Ihre Wut machte mich nur noch zorniger. »Wie kannst du es wagen hierherzukommen, nach alldem, was du uns angetan hast!«

»Ich habe dir überhaupt nichts getan«, sagte sie. Ihre Augen blitzten. »Du allein trägst die Verantwortung für alles, was mit dir passiert ist.«

Ich wollte losschreien. Sie anbrüllen. Da hörte ich Paige nach mir rufen.

»Tante Edie!« Sie klang so genervt, wie es nur Teenager sein können. »Mom möchte, dass wir jetzt singen.«

Ich atmete tief ein. Und dann wieder aus. »Ich komme gleich.«

Als ich Angel wieder ansah, war ihre Miene so unterkühlt und maskenhaft wie immer. »Haben wir ein Problem? Muss ich mir in Bezug auf das nächste Treffen mit den anderen Sorgen machen?«

Ich zählte im Geiste auf, für wen ich das alles hier tat: Paige. Casey. Andie.

Ich öffnete die zu Fäusten geballten Hände. »Nein.«

»Gut«, sagte sie kalt. »Bis Ende nächster Woche brauche ich von dir einen Plan, wie wir zum Tresorraum kommen und wieder raus.«

Ich nickte, zu mehr war ich nicht in der Lage.

Angel warf mir noch einen letzten Blick zu, dann drehte sie sich auf dem Absatz um und marschierte zum Ausgang. »Ruf mich an, wenn du das erledigt hast.«

Ich sah ihr nach, bis sie um die nächste Ecke verschwunden war. Dann rieb ich mir mit der Hand übers Gesicht und gab einen leisen frustrierten Laut von mir.

Scheiß auf sie.

Ich drehte mich um und ging zurück zum Grab meines Vaters.

DIE KATAKOMBEN WAREN DIE ÄLTESTEN TEILE VON KEPLER. DORTHIN VERirrten sich höchstens einmal Stationsmechaniker, um etwas an der mittlerweile in die Jahre gekommenen Raumstation zu reparieren – oder Leute wie ich, die etwas Illegales vorhatten. Die Stationsmechaniker hatten im Gegensatz zu den Wissenschaftlern praktische Erfahrung mit Keplers Technik. Sie kannten die Station in- und auswendig, wussten alles über ihre Macken und Eigenheiten. Dieses Wissen wurde von Generation zu Generation weitergegeben und ließ sich durch kein Handbuch ersetzen.

Kundschafter wie ich dagegen waren einfache Kriminelle. Unser Wissen beruhte auf den Erfahrungen, die wir über die Jahre bei Einbrüchen und Raubzügen gesammelt hatten. Wir wussten, wie man sich auf Kepler bewegte, ohne gesehen zu werden, vor allem nicht von den Cops. Jeder, der ein Ding drehen wollte, brauchte jemanden wie mich, und sei es nur, um einen sicheren Weg auszubaldowern. Sonst lief man Gefahr, sich zu verirren, geschnappt zu werden – oder Schlimmeres. Deswegen waren Kundschafter auch so begehrt. Außerdem konnte es tödliche Folgen haben, es sich mit einem Kundschafter zu verscherzen.

Ich war wie geschaffen für diesen Job, denn ich war nicht nur abenteuerlustig, sondern auch von dem besten Stationsmechaniker seiner Generation ausgebildet worden.

Und genau deswegen wollte Angel mich dabeihaben.

Über eine Leiter gelangte ich in einen Versorgungstunnel unter der Straße. Unten angekommen sprang ich auf den Boden, schaltete meine Taschenlampe ein und sah mich um. Der Lichtstrahl fiel auf sich verzweigende Rohre und Kabelbündel, die unter einem Plexiglasschutz an den Metallwänden des dunklen Tunnels angebracht waren. Die Luft war abgestanden, außerdem war es in den Katakomben durch die Nähe zu Keplers Hauptversorgungssystemen immer ziemlich heiß. Weiter vor mir im Tunnel erwachte gerade eine Maschine zum Leben, und ihr klapperndes Geräusch hallte von den Wänden wider.

Angeblich spukte es in den Katakomben, weil hier die Geister all derjenigen umgingen, die Kepler zum Opfer gefallen waren. In meinen Augen war das abergläubisches Geschwätz, schließlich erkundete ich die Katakomben schon mein ganzes Leben lang und war noch nie einem Geist begegnet. Außerdem glaubte ich fest daran, dass die Station all diejenigen respektierte, die ihr auch umgekehrt Respekt zollten.

Umso mehr hatte es mich schockiert, als Kepler mir meinen Vater genommen hatte.

»*Edie, wo steckst du?*« Malias Stimme in meinem Ohr riss mich aus den Gedanken.

»In den Katakomben, auf dem Weg nach Leeway«, erwiderte ich. Ich rückte meine Tasche zurecht und lief los. Meine Schritte hallten von den Metallwänden wider.

»*Alles klar.*«

Den Weg durch die sich verzweigenden Tunnel fand ich aus dem Gedächtnis wieder und war erstaunt, wie viele meiner Wegmarkierungen immer noch existierten: eine kaputte Plexiglasscheibe, ein Bündel besonders bunter Kabel, ein eingedelltes Rohr. Ein guter Kundschafter prägte sich solche unscheinbaren Dinge als Orientierungspunkte ein. Und wer sich die Kritzeleien an den Wänden genau ansah, merkte schnell, dass es sich dabei um Nachrichten, Wegbeschreibungen und Warnungen handelte. Ab und zu wurde mit einem besonders erfolgreichen Coup geprahlt. Generationen von Kundschaftern hatten solche Gaunerzinken für diejenigen hinterlassen, die nach ihnen kamen.

»Dort sind die Redundanzsysteme der Station untergebracht«, antwortete ich. »Und weil diese Systeme eben nur im Notfall gebraucht werden, haben hier früher die Mechanikerlehrlinge ihre Ausbildung angefangen.« Ich blieb vor einer Tür stehen und zog meine programmierbare Zugangskarte hervor. »Damals hat man Leeway deswegen gerne als Hirnisammelstelle bezeichnet.«

»*Soso, als Mechaniker*in warst du also auch ziemlich albern.*«

»Das schien mir zum Job zu gehören«, sagte ich und hielt die Zugangskarte an den Sensor, den Malia entsprechend manipulierte, damit er meine Karte akzeptierte. Es piepte und die Tür öffnete sich.

»*Darin war sicher niemand so gut wie du.*«

»Ich war in allem anderen so schlau, dass sie mir das haben durchgehen lassen.«

Mit Theorie und Lehrbüchern hatte ich noch nie viel anfangen können, und Prüfungen waren für mich immer die reinste Folter gewesen. Dafür lag mir die Arbeit mit den Händen, da kapierte ich alles immer sofort. Dad hatte das erkannt und mich dementsprechend gefördert, während Mom immer gedacht hatte, ich würde mich nur nicht genug anstrengen. Vielleicht hätte ich mich mehr anstrengen sollen. Vielleicht wäre dann alles ganz anders gekommen.

Beim kaputten Licht bog ich links und dann bei dem blauen Kabelbündel rechts ab. Dass mir der Weg immer noch so vertraut war, erfüllte mich mit Erleichterung und Freude.

»*Okay, und weiß dein gigantisch tolles Hirn dann auch, warum Leeway gesperrt ist?*«

»Eine Luftschleuse ist kaputtgegangen«, erklärte ich. »Und der Druckabfall hat einen großen Teil von Leeway zerstört. Aber weil sich dort nur Notversorgungssysteme befinden und es immer genug anderes zu tun gibt, ist Leeway seit über zehn Jahren nicht mehr zugänglich.«

»*Also der perfekte Ort, um einen Tresorraum darin zu verstecken.*«

»Ganz genau.«

Ich folgte weiter dem Tunnel und zählte im Stillen die Meter, während ich mich Leeway näherte. Die Gaunerzinken an den Wänden teilten mir mit, dass ich mich in einer Sackgasse befand, und ein paar Minuten später erreichte ich eine verschlossene Tür. Im Licht meiner Taschenlampe leuchtete ein kreuzweise darüber angebrachtes reflektierendes Band auf: »Gefahr!« stand darauf. »Betreten verboten!«

»Bin da«, ließ ich Malia wissen und näherte mich vorsichtig der Tür. Nun war auch eine Schweißnaht rund um den Türflügel erkennbar. »Die Tür ist versiegelt. Um hier durchzukommen, müsste man sie schon aufsprengen.«

»*Nicht die beste Idee auf einer Raumstation.*«

Ich ließ den Lichtstrahl meiner Taschenlampe über die Wände und die Decke gleiten. »Hier wurde alles verstärkt,

vermutlich nachdem Atlas sich in Leeway breitgemacht hat.«
Ich runzelte die Stirn und betrachtete die Decke. »Wie praktisch! Sonst bräuchten wir nämlich Tage, um uns da durchzubohren.«

»Wie? Die Verstärkungen sind also gut für uns?«

»Ja – wenn man weiß, wie man sie zu seinem Vorteil nutzt und wie viel so ein Schott aushält.« Ein Plan nahm langsam Gestalt in meinem Kopf an. Ich grinste. »Angel wird das gar nicht gefallen.«

»*Ich will dabei sein, wenn du es ihr sagst. Ich will ihr Gesicht sehen.*«

»Jaja.« Ich wandte mich von der Tür ab und machte mich auf den Rückweg »Ich bin in einer halben Stunde wieder bei euch.«

»*Okay.*« Dann schwieg das Comm, und ich dachte schon, Malia wäre nicht mehr da. »*Du, Edie!*«, meldete sie sich schließlich noch einmal.

»Was ist?«

»*Wenn du so gut mit Maschinen und Technik kannst, warum hast du dir keine normale Arbeit gesucht?*«

»Warum willst du das wissen?« Ich blieb im Tunnel stehen.

»*Ich bin eben niele, weil darüber nichts in deinem File stand. Wenn ich nicht immer so neugierig wäre, wäre ich sicher nicht Obake geworden.*«

Ich seufzte und fuhr mir mit der Hand durch das Haar. Wie sollte ich ihr das erklären? Wie sollte ich ihr begreiflich machen, wie verraten ich mich gefühlt hatte, als Kepler sich gegen meine Familie gewandt und mir meinen Vater genommen hatte? Wie sollte ich ihr erklären, wie sehr ich die Raumstation an diesem Tag gehasst hatte? Dass ich danach nicht mehr dazu imstande gewesen war, mich um sie zu kümmern und sie zu reparieren.

Das zu erklären war unmöglich, aber ich würde dieser Frage nicht für immer ausweichen können. Vielleicht konnte ich die zumindest ein wenig aufschieben.

»Kundschafter werden viel besser bezahlt«, sagte ich schließlich – eine vereinfachte Version der Wahrheit.

»*Nur deshalb?*«

»Nur deshalb.«

»*Hmm.*« Malia klang nicht besonders überzeugt, doch das war mir egal. Wenn sie tatsächlich so nīele war, sollte sie doch ruhig noch ein bisschen in meiner Akte herumstochern. Vielleicht würde sie noch etwas herausbekommen.

Ich ging weiter Richtung Ausgang. »Sag Angel, dass ich bald zurück bin.«

Als ich eine halbe Stunde später in unserem Hauptquartier eintraf, hatten sich dort bereits alle versammelt. Tatiana spielte mit einem Autodialer herum. Aus ihren Ohrstöpseln dröhnte Musik. Sara redete aufgeregt auf Cy ein und versuchte, ihn in ein Gespräch zu verwickeln. Duke und Nakano gingen ungeduldig in der Nähe des Bildschirms auf und ab. Malia lümmelte in einem Sessel und bevölkerte ihren Bildschirm mit einer Codezeile nach der anderen. Angel war nirgends zu sehen.

Nach unserem Streit auf dem Friedhof vor ein paar Tagen hatte ich nichts mehr von ihr gehört und mich auch nicht mehr bei ihr gemeldet. Ich hatte keine Ahnung, was sie gerade trieb, ging aber davon aus, dass ich es schon erfahren würde, wenn es etwas Wichtiges mitzuteilen gab. Ansonsten würden wir nun eben auf Abstand bleiben. Das war mir mehr als recht.

»Wie gehts?«, rief ich in den Raum.

»Und selbst?«, erwiderten Malia, Duke und Cy.

Die anderen begrüßten mich ebenfalls und ich ließ mich auf einer Sofalehne nieder. »Wo ist Angel?«

»Die ist noch bei der Arbeit eingespannt«, antwortete Malia. »Irgendein sicherheitstechnischer Notfall.«

»Oh, gut«, erwiderte ich. »Scheint ja alles ganz prima zu laufen.«

»Das könnte ja zu unserem Vorteil sein«, sagte Nakano. »Vielleicht hat jemand eine neue Sicherheitslücke gefunden.«

»Eher nicht«, sagte Malia. »Die SSA ist mit einem Durchsuchungsbefehl erschienen. Sie interessieren sich für die Geldflüsse der klinischen Studien zu AXON. Atlas ist stinksauer.«

»Aber was wollen die damit?«

Malia zuckte mit den Schultern. »Vermutlich hat er ein bisschen was in seine eigenen Taschen wandern lassen. So was kennt man ja.«

»Müssen wir uns deswegen Sorgen machen?«, wollte Duke wissen.

Es widerstrebte mir zwar ein wenig, das zuzugeben, aber Angel war gut im Improvisieren. Wenn es irgendwelche Probleme gab, würde sie damit fertigwerden.

»Nein«, sagte ich. »Angel hat das schon im Griff.«

»Danke für dein Vertrauen. Das weiß ich sehr zu schätzen.«

Wir drehten uns alle zum Eingang um und sahen Angel in den Raum marschieren. Sie nickte uns zu und wirkte dabei so ruhig und gelassen wie immer. »Danke, dass ihr alle gekommen seid. Bitte entschuldigt meine Verspätung.«

»No problemo, Brah«, sagte Malia.

Angel stellte sich auf ihren üblichen Platz neben dem Bildschirm und sah uns erwartungsvoll an. Ich nickte Duke und Nakano zu. »Ihr zuerst.«

»In Ordnung«, sagte Angel und wandte sich dem Pärchen zu. »Wie besprochen sollt ihr Atlas ablenken und seine betrügerischen Geschäftspraktiken auffliegen lassen.«

Mit einer Geste in Richtung Bildschirm ließ sie darauf zwei Files erscheinen. »Duke, du wirst als Kalei Harden auftreten, CEO des erfolgreichen Tech-Startups Clairvoyant, das Gesundheits- und Wellness-Apps für AXON-Mods entwickelt und kurz vor dem Durchbruch steht. Du wurdest auf Elysium geboren, hast auf dem Reine College studiert und dort einen Abschluss in Psychologie und Betriebswirtschaft gemacht. Malia hat ein paar Berichte über deinen Werdegang entworfen, bräuchte dafür aber noch etwas Input von dir.

Nakano, du bist Ella Abe, Dukes Geschäftspartnerin und Chefin der Entwicklungsabteilung. Zurzeit arbeitest du an Algorithmen zur Therapie von Gedächtnisverlust, die in Dukes Apps zum Einsatz kommen sollen. Du stammst von Caelestis und hast einen Abschluss in Informatik sowie in Kognitions- und Neurowissenschaften von der Caelestis University und außerdem einen Doktortitel in Angewandter Neurowissenschaft von der Etria University. Malia hat ein paar dir verliehene Preise und Ehrungen sowie Profile für die Websites der Universitäten für dich erstellt.«

»Okay, und was sollen wir tun?«, fragte Duke und lehnte sich gegen das Sofa.

»Atlas wird versuchen, euer Startup aufzukaufen, um an die von euch entwickelten Algorithmen zu kommen. Ihr werdet sein Angebot ablehnen, was er sich – so, wie ich ihn kenne – schon aus Prinzip nicht gefallen lassen wird.«

»Das war's schon?«

»Nein, das ist erst der Anfang. Atlas hat gerade eine Sammelklage am Hals. Ihm wird vorgeworfen, dass seine Mods für irreversible körperliche Schäden und seelisches Leid verantwortlich sind, weil sie unzureichend getestet und schlampig produziert wurden. Er ist auf der Suche nach einem Ausweg – und da käme ihm ein Unternehmen wie eures gelegen, dem er die Schuld zuschieben kann. Clairvoyant wäre dann nicht nur wegen der Algorithmen, sondern auch als Sündenbock sehr brauchbar für ihn.«

»Also erklären wir uns doch bereit zu verkaufen? Und wie kriegen wir die Kurve dorthin?«, fragte Nakano.

»Du bist Dukes unzufriedene Geschäftspartnerin. Atlas wird das schnell merken und dich davon überzeugen wollen, hinter Dukes Rücken zu verkaufen. Da er unter Zeitdruck steht, wird er dafür das Kapital seiner Shareholder verwenden, ohne sich vorher deren Zustimmung zu holen. Nach dem Deal wird es nicht lange dauern, bis die Shareholder und die SSA Wind davon bekommen. Das wird seine Karriere ruinieren ... Und uns noch ein paar mehr Credits für unsere Mühen bescheren.«

Ich war überrascht. »Das klingt nach ziemlich viel Aufwand, nur um ihn ein bisschen abzulenken.«

Angel sah mich mit ihren dunklen Augen an, in denen die blauen Ringe ihrer Mods kälter als je zuvor leuchteten. »Nicht zufrieden mit meinem Plan?«

»An dem Plan ist nichts auszusetzen«, gab ich zu. »Ich frage mich nur, ob er notwendig ist.«

»Glaub mir, das ist er«, erwiderte Angel. »Männer wie Atlas sind wie Unkraut. Man muss sie mit Stumpf und Stiel ausrotten, sonst wird man sie nie los.«

»Aber warum ist das unser Problem?«

»Möchtest du ungeschoren davonkommen oder nicht?«

»Ja, ich mein ja nur ...«

»Hör mal gut zu«, sagte Angel in einem eisigen Tonfall. »Ich habe ziemlich viel Zeit in meine Planung gesteckt, und ich werde ganz bestimmt nicht zulassen, dass mir deine Skepsis im Weg steht.«

Warum beharrte sie nur so sehr auf diesen Teil des Plans? Angel war immer vorsichtig, maßvoll und logisch, präzise wie eine Chirurgin. Sie tat eigentlich nie etwas Überflüssiges, und dass sie Atlas ohne Not derart böse mitspielen wollte, wunderte mich. Was hatte er getan, dass sie ihn so unbedingt vernichten wollte? Dass sie ihre Karriere und damit all das aufs Spiel setzte, was sie sich in den letzten acht Jahren aufgebaut hatte?

»Und wie kommen wir an ihn ran?«, wollte Nakano wissen.

»Im Yamato Hotel in Ward 7 findet eine Konferenz mit dem Titel ›Jenseits des Humanismus‹ statt«, sagte Angel. »Atlas wird dort über seine Forschungen zur Wiederherstellung von im episodischen Gedächtnis gespeicherten Erinnerungen sprechen. Ihr werdet nach dem Vortrag auf ihn zugehen. Weckt sein Interesse, dann wird er ein persönliches Gespräch vorschlagen. Dabei könnt ihr dann den Köder auswerfen.«

»Und was ist mit dir?«, wollte Duke wissen.

»Ich werde ebenfalls bei der Konferenz sein«, erwiderte Angel. »Ich tue so, als würde ich euch überprüfen, und sorge dafür, dass Atlas euch vertraut. Und falls es Probleme geben sollte, kann ich eingreifen.«

»Aber was ist, wenn wir auffliegen?«, fragte Nakano.

»Es werden auch noch ein paar andere von uns vor Ort sein. Wenn wir intervenieren sollen, reicht es, die Tanzstunden der Tochter zu erwähnen, dann wissen wir Bescheid.« Angel schwieg kurz. »Bekommt ihr das hin?«

Nakano nahm Dukes Hand. »Ja, wir schaffen das.«

»Gut.« Angel nickte. »Dann lasse ich euch jetzt in Ruhe eure Tarnidentitäten vorbereiten.«

Die beiden setzten sich auf das Sofa und unterhielten sich leise miteinander. Angel wandte sich mir zu. »Edie, du wolltest mich sprechen?«

»Ich habe einen Weg hinein und einen hinaus ausgekundschaftet«, sagte ich und hüpfte von der Sofalehne. »Aber der Fluchtweg wird dir nicht gefallen.«

Angel verzog keine Miene. »Raus damit.«

»Da reinzukommen ist ziemlich einfach«, sagte ich und ließ mit einer Geste den Turm von Atlas Industries erscheinen. »Zwischen dem Tresorraum und den Katakomben verlaufen Versorgungstunnel, die normalerweise unzugänglich sind, da Leeway teilweise zerstört ist und abgeriegelt wurde.« Ich markierte ein paar Tunnel, die sich oberhalb des Tresorraums verzweigten. Dann zoomte ich näher an einen heran, der direkt an einem langen Aufzugschacht endete. »Dieser Tunnel ist mit einem Aufzug in Atlas' Turm verbunden.«

»Zu dem Aufzug kann ich euch leicht Zugang verschaffen«, sagte Angel.

»Das größere Problem ist der Fluchtweg«, fuhr ich fort. Ich scrollte zu den Katakomben unterhalb des Tresorraums. »Leeway ist nach wie vor weitgehend unpassierbar. Ein Teil ist von dem Druckabfall betroffen und die Zugänge wurden versiegelt. Sich da durchzuquälen, wäre ein absoluter Albtraum.«

»Okay«, sagte Angel langsam.

»Reinzukommen ist bereits schwierig genug. Rund um den Tresorraum wurden die Wände und Decken verstärkt. Wir müssen durch den Boden, aber mit einem Bohrer oder Ähnlichem brauchen wir da gar nicht erst anfangen. Wenn wir den

Tresorraum durch die Katakomben verlassen wollen, bleibt uns nichts anderes übrig als ...« Ich hielt inne und wartete, bis Angel von selbst auf die Lösung kam.

»Du willst ein Loch in den Boden des Tresorraums sprengen, um durch den vom Druckabfall betroffenen Teil von Leeway zu fliehen«, stellte sie schließlich in einem nüchternen Tonfall fest.

Ein paar Köpfe drehten sich in meine Richtung.

»Ich will den Boden aufsprengen, um in eine der noch übrigen Passagen von Leeway zu gelangen, die nicht so stark vom Druckabfall betroffen sind«, korrigierte ich. »*Dann* will ich durch *diese* vom Leck stärker betroffene Passage hindurch« – ich zeigte auf einen weiteren Tunnel – »und von dort raus aus Leeway und in die Katakomben.«

Angel sah mich ausdruckslos an. »Du bist völlig verrückt.«

Malia kicherte hinter ihrem Laptop.

»Malia hat die Passage überprüft. Sie ist zwar beschädigt, aber es gibt dort einen Rest Atmosphäre«, sagte ich. »Die Lebenserhaltungssysteme funktionieren nicht, aber wenn wir schnell genug sind, schaffen wir es dort hindurch und dann durch die letzte funktionierende Luftschleuse aus Leeway heraus. Wir machen hinter uns dicht, damit uns niemand auf diesem Weg folgen kann. Wer immer dann hinter uns her ist, muss erst aus dem Tresorraum wieder nach oben und auf einem anderen Weg in die Katakomben. Bis dahin haben wir uns schon lange aus dem Staub gemacht.«

»Nein«, sagte Angel. »Überleg dir einen anderen Fluchtweg.«

»Es gibt keinen anderen«, sagte ich gereizt. »Es sei denn, du möchtest auf demselben Weg raus, über den wir auch reingehen, und noch mal durch die beschissenen Sicherheitssperren.«

Angel schwieg und dachte nach. Duke und Nakano sahen sich an. Tatiana tat erfolglos so, als würde der Autodialer ihre ganze Aufmerksamkeit beanspruchen, während Malia uns mit unverhohlener Neugier anstarrte. Sogar Sara und Cy hörten nun aufmerksam zu.

Das Ganze war ein völlig idiotischer Plan. Aber Angel wusste ganz genau, dass meine Pläne immer zumindest ein bisschen idiotisch waren.

»Und was brauchst du dafür?«, fragte sie schließlich.

Ich grinste. »Etwa zehn Meter Thermitdraht. Und eine Menge Glück.«

Das Yamato war die wohl exklusivste Location auf der ganzen Station. Das Hotel in Ward 7 erstreckte sich über einen ganzen Turmabschnitt. Dort tummelte sich die Elite, machte Urlaub in den teuren Suiten oder in der frisch renovierten Wohnanlage. Vom Penthouse aus hatte man freien Ausblick auf den Park von Ward 7 und bis hinunter in die Lower Wards. Hier war ich meilenweit von meiner Heimat entfernt, und das beinahe im wörtlichen Sinne.

Ich kannte das Yamato nicht besonders gut. Einmal, vor neun Jahren, hatten Angel, Cy und ich zusammen mit unserer damaligen Crew hier etwa ein Dutzend Copter vom bewachten Parkplatz gestohlen und an einen Hehler außerhalb der Station verkauft.

Das war ein lustiger Tag gewesen.

Die Konferenz fand in einem der schicken Veranstaltungssäle statt, die mit floralen Teppichen, Wandpaneelen und bodentiefen Fenstern ausgestattet waren, durch die man die spektakuläre Aussicht bewundern konnte. Etwa hundert gut angezogene Gäste tummelten sich im Foyer, tranken Kaffee und aßen Gebäck. Ich lehnte etwas abseits in der Nähe eines offenen Fensters an der Wand. Duke und Nakano waren mittendrin und unterhielten sich angeregt mit anderen Gästen. Wenn ich es nicht besser gewusst hätte, hätte ich die beiden nicht vom Rest der fieberhaft networkenden Anwesenden unterscheiden können.

»Nur weiter so«, sagte Malia über das Comm. »*Eine Menge Leute schauen gerade auf eurer Website nach, wer ihr überhaupt seid. Das ist super für ein überzeugendes Cover.*«

Ich biss in den leuchtend grünen, säuerlichen Apfel, den ich mir am Frühstücksbuffet geholt hatte. Wir hatten uns immer nur rehydriertes Obst leisten können, daher ließ ich mir das Original schmecken, wenn sich die Gelegenheit bot.

»*Isst du etwa bei der Arbeit?*«, fragte Malia genervt.

»Hier gibt es kostenloses Obst«, sagte ich mit vollem Mund.

»*Aber ich höre dich kauen. Das ist widerlich.*«

»Dann schalt mich halt auf stumm.«

»*Aber du kannst doch nicht ...*«

»Moment mal«, unterbrach ich sie. Ich streckte mich und spähte über die Köpfe der Menge zur anderen Seite des Raums, den gerade eine kleine Gruppe betreten hatte. Etwa die Hälfte der Neuankömmlinge waren schlecht getarnte Bodyguards, die andere aufgeregt wirkende Wissenschaftlerinnen und Wissenschaftler. Dazu kamen zwei makellos gekleidete Personen, von denen eine ein freundliches Gesicht und ergrauendes Haar hatte, die andere eine ausdruckslose Miene und einen akkuraten blonden Bob. »Atlas ist da.«

Atlas und seine Entourage betraten den Vortragssaal. Über das Comm konnte ich hören, wie Angel die Bodyguards herumkommandierte und im Raum verteilte. Ich merkte mir ihre Positionen: zwei hinter der Bühne, einer an jedem Ausgang. Ein paar Minuten später öffneten sich die Türen und die Gäste strömten herein. Ich folgte ihnen und hielt mich weiter im Hintergrund.

»*Behalte Duke und Nakano im Auge*«, sagte Angel leise in mein Ohr.

Ich setzte mich ein paar Reihen hinter die beiden, die sich immer noch mit anderen Gästen unterhielten. Als eine Frau die Bühne betrat, wurde es still im Raum.

»Verehrte Gäste«, sagte die Frau ins Mikrofon, »es ist mir eine große Freude, sie zur fünfundzwanzigsten jährlichen ›Jenseits des Humanismus‹ zu begrüßen.« Die Menge applaudierte, und die Frau lächelte. »Danke. Ich danke Ihnen allen sehr. ›Jenseits des Humanismus‹ begann als kleine Versammlung von gleichgesinnten Wissenschaftlerinnen und Wissenschaftlern. Im letzten Vierteljahrhundert sind einige der brillantesten Köpfe der Gegenwart hinzugekommen. Und deswegen erscheint es mir mehr als angemessen, wenn diese Konferenz nun von dem vielleicht größten Pionier des Transhumanismus in der Geschichte der Menschheit eröffnet wird. Ihm haben wir das Universal Communication Device und das AXON Human Modification zu verdanken. Er ist nicht nur Gründer und CEO von Atlas Industries, sondern auch ein großzügiger Wohltäter, der bereits Milliarden Credits aus eigener Tasche für gute Zwecke gespendet hat. Bitte begrüßen Sie mit mir zusammen: Joyce Atlas.«

Applaus brandete auf, als ein lächelnder und winkender Atlas die Bühne betrat. Sein Bild wurde gleichzeitig auf einen größeren Bildschirm hinter ihm übertragen. In der Großaufnahme wirkten die Augen unnatürlich blau und im ergrauenden Haar an den Schläfen war ein pyramidenförmiges Mod sichtbar. Feine, nahtartige Narben auf seiner Haut verrieten weitere Veränderungen. Doch trotz seines Maßanzugs und der Mods gelang es ihm, bescheiden und ungezwungen zu wirken und das Gefühl zu erwecken, einer von uns zu sein. Genau diese Fähigkeit brachte Horden von Anhängern dazu, ihm überallhin zu folgen und ihn grundsätzlich gegen alles und jeden in Schutz zu nehmen – egal, welcher Abscheulichkeiten er sich schuldig machte.

Eigentlich war er nicht mehr als ein Trickbetrüger. Der Schaden, den Atlas Industries den Bewohnerinnen und Bewohnern der Lower Wards zufügte, sprach für sich selbst – dass er sie nicht als Menschen betrachtete, war mir völlig klar. Und ich war mir ziemlich sicher, dass die meisten der ach so vornehm gekleideten Konferenzbesucher genau wussten, dass er ein Betrüger war, und trotzdem bereitwillig mitmachten. Diese scheinheiligen Arschlöcher.

Trotzdem verzog ich keine Miene und klatschte wie alle anderen.

Atlas stand nun in der Mitte der Bühne und wartete darauf, dass der Applaus nachließ.

»Danke. Ganz herzlichen Dank für die Einladung. Es ist mir eine Ehre – und eine Freude –, mich heute mit Ihnen unterhalten zu dürfen.« Atlas sah sich mit einem warmherzigen Lächeln im Saal um. »Ganz besonders freue ich mich, Ihnen von den neuesten Forschungsergebnissen von Atlas Industries berichten zu können. Wir arbeiten sehr hart daran, die AXON-Mods immer weiter zu verbessern.

Der menschliche Geist hat mich schon immer fasziniert, denn er gehört zu den letzten großen Rätseln. Ist es nicht interessant, was für Geschichten wir uns ausdenken, wenn wir über Geschehenes reflektieren? Oder welchen Erinnerungen wir besonders viel Wert beimessen? Wir haben den Weltraum erobert, jetzt ist es an der Zeit, ein weiteres großes Rätsel zu lösen: das des menschlichen Geistes.« Die Menge applaudierte erneut, und ein grinsender Atlas wartete, bis wieder Ruhe einkehrte. »Ich danke Ihnen. Aber in aller Bescheidenheit: Für unsere Fortschritte in diesem Bereich kann ich nicht die ganzen Lorbeeren für mich allein beanspruchen.« Malia schnaubte in meinem Ohr. »Ich kann unsere Wissenschaftlerinnen und Wissenschaftler, die so viel Zeit und Mühe in die Entwicklung neuer Technologien gesteckt haben, gar nicht genug loben. Sie teilen meine Zukunftsvision, und ich hoffe, dass Sie nach diesen vierzig Minuten meine Begeisterung ebenfalls teilen werden.«

Wieder ertönte Applaus.

»*Vierzig Minuten?*«, zischte ich in mein Comm.

»*Du wirst wohl so lange stillsitzen müssen*«, erwiderte Angel.

Das war völlig unmöglich.

»Ich bring dich um«, knurrte ich. Malia kicherte in ihr Comm. Angel würdigte mich keiner Antwort.

Das Licht wurde gedimmt, Atlas gestikulierte mit der rechten Hand und die Nähte an seinen Händen und im Gesicht leuchteten strahlend blau auf. Die Menge schnappte nach Luft und tuschelte beeindruckt.

Mit einer weiteren Geste ließ Atlas Bilder auf dem Monitor erscheinen, dann begann er mit seinem Vortrag.

Der Vortrag war pure Folter. Ich hielt nur durch, weil ich – so unauffällig wie möglich – an meinem Comm herumspielte. Als es endlich vorbei war, sprang ich als einer der Ersten auf und applaudierte – so froh war ich, endlich wieder meine Beine ausstrecken zu dürfen.

»Und jetzt beantworte ich gerne Ihre Fragen«, ließ Atlas sein Publikum wissen.

Ich sah, wie Nakanos Hand in die Höhe schoss, wobei sie ihr Handgelenk so bewegte, dass das goldene Band ihres Comms im Licht glänzte. Atlas bemerkte sie sofort. »Ja, bitte, dort in der mittleren Reihe.«

Nakano stand auf. »Mr. Atlas, vielen Dank, dass Sie die Ergebnisse Ihrer Forschungen mit uns teilen. Es war mir eine Ehre, Ihren Vortrag hören zu dürfen«, hauchte sie schüchtern und strich ihre Bluse glatt. »Meine Frage bezieht sich auf das Potenzial der neuen AXON-Mods in Bezug auf das Umschreiben von Erinnerungen.« Im Publikum war Gemurmel zu hören. Nakano drückte den Rücken durch und fuhr fort. »Eignen sich die AXON-Mods zur Implementierung von Erinnerungen?«

»Vielen Dank für Ihre Frage«, antwortete Atlas. »Im Moment forschen wir an der Wiederherstellung von Erinnerungen, aber das noch in einem sehr frühen Stadium. Es ist also noch zu früh, über die Erschaffung von Erinnerungen nachzudenken.«

»Aber diese Mods sind doch bereits in der Lage, Erinnerungen zu erschaffen«, antwortete Nakano, »wenn auch nur im semantischen Gedächtnis. Wäre es nicht möglich, dieses Verfahren auch auf das episodische Gedächtnis anzuwenden?«

»In der Theorie: ja. Man könnte dieselbe Stimulationstechnologie dazu verwenden, episodische Erinnerungen zu erschaffen.«

»Dann geht es also nur noch darum, Algorithmen zu entwickeln, die in der Lage sind, episodische Erinnerungen zu identifizieren, richtig?«

»Ja, das ist richtig.«

»Mit dieser Technologie könnte man dann – zum Beispiel – eine traumatische Erinnerung zu einer erträglicheren umschreiben.«

Atlas lachte. »Das ist alles noch Zukunftsmusik.«

»Ich bewege mich gedanklich gerne in der Zukunft«, sagte sie schüchtern und lächelte.

»Wie war doch gleich Ihr Name?«

»Ich hatte mich noch nicht vorgestellt«, erwiderte Nakano. »Ich bin Dr. Ella Abe.«

»Dr. Abe«, wiederholte Atlas. »Bleiben Sie doch gerne nachher noch da, dann würde ich mich über einen weiteren Einblick in Ihre Hirnwindungen freuen, wenn ich das so sagen darf.« Das Publikum kicherte und Nakano setzte sich. Atlas wandte sich an die anderen Anwesenden. »Gibt es noch weitere Fragen?«

»*Gute Arbeit*«, sagte Angel über ihr Comm.

Ich hatte keine Ahnung, wovon Nakano und Atlas da gesprochen hatten, mit Wissenschaft hatte ich einfach nichts am Hut. Dafür besaß ich eine gute Menschenkenntnis, und mir war nicht entgangen, wie angetan Atlas von Nakano gewesen war. Atlas beantwortete zwar noch etwa eine Viertelstunde lang Fragen und wirkte dabei weiterhin interessiert und äußerst zugänglich, aber niemand anderes schien sein Interesse so zu fesseln wie Nakano. Er hatte ihren Köder geschluckt und würde schon bald am Haken hängen.

Nachdem die Fragerunde mit weiterem Applaus zu Ende gegangen war, verließen die Gäste den Vortragssaal wieder in Richtung Foyer. Duke, Nakano und ein paar andere blieben zurück in der Hoffnung auf eine Privataudienz bei Atlas. Ich drückte mich weiter allein hinten im Saal herum und hörte über mein Comm das weitere Gespräch zwischen Atlas, Nakano und Duke.

»*Dr. Abe*«, sagte Atlas und streckte Nakano die Hand entgegen. »*Es freut mich wirklich sehr, Sie kennenzulernen. Man trifft nicht oft jemanden, der seiner Zeit gedanklich derart weit voraus ist. Sie haben da äußerst interessante Fragen aufgeworfen.*«

»*Mr. Atlas, die Freude ist ganz auf meiner Seite*«, erwiderte Nakano und schüttelte ihm die Hand. Hinter ihr räusperte sich Duke. »*Und das ist meine Kollegin, Kalei Harden*«, ergänzte Nakano daraufhin.

»*Ich bin Ellas Geschäftspartnerin*«, sagte Duke und lachte. Dann nahm sie Atlas' Hand und schüttelte sie. »*Freut mich sehr, Sie kennenzulernen.*«

»*Erzählen Sie mir doch ein bisschen von sich*«, sagte Atlas und schob die Hände in die Taschen. »*Was hat Sie in dieses Forschungsgebiet verschlagen?*«

»*Ich habe Clairvoyant vor zwei Jahren gegründet*«, sagte Duke, noch bevor Nakano wieder das Wort ergreifen konnte. »*Um ehrlich zu sein: Dieser Bereich interessiert mich, seit AXON auf den Markt gekommen ist. Ich sah das Potenzial für neue Therapieformen und wusste sofort, dass ich mir das nicht entgehen lassen darf.*« Sie lachte wieder. »*Tja, und hier bin ich!*«

»*Wow, Duke ist voll das Arschloch*«, murmelte Malia über das Comm.

Da konnte ich ihr nicht widersprechen.

»*Und was ist mit Ihnen, Dr. Abe?*«, fragte Atlas.

»*Ich habe mich seit jeher für diese Problemstellung interessiert*«, erklärte Nakano. »*In meiner Doktorarbeit ging es um Gedächtnisbildung.*«

»*Sie sagten auch etwas über Traumata.*«

Nakano öffnete den Mund, um zu antworten, aber Duke

kam ihr wieder zuvor, und Nakano klappte den Mund wieder zu. »*Das ist richtig. Wir arbeiten an einer Therapie zur Veränderung traumatischer Erinnerungen. Reingehen und die Verknüpfungen ändern, verstehen Sie? Früher hat man das mit Gesprächstherapie gemacht, aber mit Ihren Mods ginge das mit einem Klick.*«

»*Erste Tests waren durchaus vielversprechend*«, ergänzte Nakano.

So langsam glaubte ich auch, dass Duke und Nakano tatsächlich akademische Titel besaßen – vielleicht über Nacht aus dem Netz geladen. Die beiden waren Profis, das musste man ihnen lassen.

»Verstehe«, sagte Atlas. »*Und Sie forschen gerade an den zugehörigen Algorithmen?*«

»*Jep!*«, antwortete Duke. »*Wir sind in der Lage, die jeweiligen Erinnerungen zu lokalisieren und arbeiten daran, ihre Charakteristika zu identifizieren. Dann geht es nur noch darum, neue, adaptive Verknüpfungen zu kreieren.*« Sie grinste. »*Und dabei kommt Ihre Technologie ins Spiel.*«

»Faszinierend«, sagte Atlas. »*Sie müssen mir unbedingt mehr darüber erzählen. Sind Sie noch länger hier?*«

»Zwei Wochen«, sagte Nakano. »*Ich besuche Verwandte hier auf der Station.*«

»*Würden Sie beide dieses Wochenende mit mir zu Abend essen?*«

»*Ich brauche ein oder zwei Tage für einen Background-Check*«, sagte Angel, die gerade von hinter der Bühne hervortrat.

Atlas runzelte die Stirn. »*Das wird wohl nicht nötig sein. Es ist nur ein Abendessen.*«

»*Sie besprechen dabei aber hochsensible Themen*«, erwiderte Angel. »*Es schadet nicht, auf Nummer sicher zu gehen.*«

»*Angel, ich denke, man kann es auch übertreiben.*«

»*Mr. Atlas, ich muss Sie ja wohl nicht an die* ...« Angel warf Duke und Nakano einen kurzen Blick zu. »*Herausforderungen erinnern, die wir zurzeit haben.*«

Atlas sah genervt aus. »*Na schön, wenn es unbedingt sein muss. Dann mach eben einen Background-Check.*« Er grinste. »*Ach, und apropos: Wenn dir Sicherheit schon so wichtig ist, dann sichere uns doch bitte für das Abendessen einen Platz in einem schönen Restaurant.*«

»*Das gehört wohl kaum zu meinem Aufgabenbereich*«, erwiderte Angel nüchtern.

»*Oh, aber natürlich tut es das. Bist du nun meine Stellvertreterin, oder etwa nicht?*«

Angel ließ sich bewundernswerterweise nichts anmerken. »*Nun gut, Sir, ich werde für Sie etwas Angemessenes reservieren.*«

»*Wunderbar.*« Atlas deutete in Richtung Ausgang. »*Warte bitte draußen auf mich. Ich komme gleich.*«

»*Aber natürlich, Sir.*« Angel warf Duke und Nakano mit ihrem unterkühlten Gesichtsausdruck einen misstrauischen Blick zu und marschierte nach draußen.

»*Sie müssen meine Sicherheitschefin entschuldigen*«, sagte Atlas. »*Sie ist einfach furchtbar humorlos.*« Er schwieg kurz und lächelte. »*Aber vielleicht finde ich irgendwann mal heraus, wie man sie ein bisschen auftaut.*«

Duke lachte, Nakano lächelte, und ich ärgerte mich – seltsamerweise – darüber.

»*Ich gebe Ihnen meine Privatnummer.*« Atlas spreizte kurz die Hand, um sein Mod mit dem Comm an seinem Handgelenk zu verbinden. Er tippte etwas ein, dann piepten die Comms von Duke und Nakano bestätigend. »*Ich lasse einen Termin vereinbaren.*«

Duke lächelte. »*Das freut mich sehr.*«

Duke, Nakano und Atlas schüttelten sich noch einmal die Hände, dann eskortierten die Bodyguards Atlas aus dem Saal. Zurück blieben nur ich, Duke und Nakano und ein paar andere versprengte Gäste.

»Nicht schlecht«, sagte Malia. »*Mit Atlas' Privatnummer könnte ich so einiges anfangen, zum Beispiel Anrufe von ihm fälschen oder auf seine Nachrichten zugreifen.*« Sie lachte boshaft. »*Was für einen Skandal soll ich ihm denn anhängen?*«

Ich schüttelte nur mit dem Kopf. Mittlerweile wusste ich, dass man Malia sowieso von nichts abhalten konnte.

»*Wir verschwinden jetzt von hier*«, sagte Duke, »*und kommen ins Hauptquartier.*«

»Okay«, antwortete ich.

Ich stand auf und ging zurück in das Foyer, wo die Hotelbediensteten gerade die Frühstückstische abräumten. Ich nahm zwei Äpfel und eine Orange aus dem Früchtekorb und steckte sie ein. Andie würde ausflippen, wenn sie echtes Obst bekam.

Dann beobachtete ich Duke und Nakano dabei, wie sie sich von dem Grüppchen verabschiedeten, das sich im Verlauf der Konferenz um sie gebildet hatte. Kurz bevor sie das Foyer verließen, berührte Nakano ganz leicht Dukes Hand.

Selbst Profis hatten ihre Schwächen.

Ich ging ebenfalls in Richtung Ausgang. In der Lobby reflektierten Kronleuchter das künstliche Sonnenlicht Keplers auf die Bodenplatten. Eine Frau in einem edlen, maßgeschneiderten Kleid eilte an mir vorbei zu ihrem wartenden Edelcopter, ließ sich vom Parkservice den Schlüssel geben, stieg ein und knallte die Tür zu.

Das erinnerte mich an den Tag vor neun Jahren, den ich hier mit Angel und Cy verbracht hatte. Damals hatten wir Leute wie diese Frau bestohlen, was einfach war, weil für derart reiche Leute jeder andere im Prinzip unsichtbar war. Ich wusste noch, dass Cy damals ein blaues Auge gehabt und sich deswegen im Hintergrund gehalten hatte – für den Fall, dass etwas schiefging. Angel hatte ein rotes Kleid getragen, ihre Lieblingsfarbe.

Ich fragte mich, wie es wohl wäre, im Luxus des Yamato Hotels zu leben, einen schnellen Copter zu besitzen und wann immer man wollte teures Essen serviert zu bekommen. Neid stieg in mir auf. Schließlich hätte das genauso gut auch ich sein können, wenn ich nur das Glück gehabt hätte, eine Meile weiter oben geboren zu werden. Oder wenn ich nur das eine große Ding gedreht hätte. »Wenn, wenn, wenn ...« Es konnte einen förmlich in den Wahnsinn treiben.

Angel und ich hatten gerne in Tagträumen geschwelgt und uns ausgemalt, was wir tun würden, wenn uns einmal der ganz große Coup gelänge und wir es in die Upper Wards schafften. Angel wollte sich vor allem einen Namen machen. Und ich? Ich wollte alles.

Aber tief in mir drin hatte ich immer gewusst, dass ich es niemals dorthin schaffen würde. Nicht mit dem bisschen Geld, das wir uns damals ergaunerten.

Aber mit 125 Milliarden? Vielleicht.

»ICH DACHTE, DASS ICH HEUTE ABEND VIELLEICHT NOCH EINE EXTRA-schicht einschiebe«, sagte Andie, als wir am Sonntag nach dem Mittagessen den Tisch abräumten. »Könntest du vielleicht so lange auf die Kinder aufpassen?«

Ich sah sie über den Stapel Teller in meinen Händen hinweg mit tadelndem Blick an. »Aber du hast doch heute Vormittag schon gearbeitet.«

»Ja, aber eine zweite Schicht schaff ich schon.«

Ich stellte den Tellerstapel in die Spüle und krempelte die Ärmel hoch. »Hat die Hebamme nicht gesagt, dass du dich schonen sollst?«

»Aber das können wir uns einfach nicht leisten.« Sie griff nach einem Teller und hielt ihn unter das laufende Wasser. »Es ist doch nur eine Schicht. Ich habe schon mehr Beihilfe vom Krebshilfefonds beantragt, aber wir können jeden noch so kleinen Betrag brauchen.«

Als sie das sagte, fiel mir das Geld ein, das mir Angel überwiesen hatte und über das ich nach eigenem Ermessen verfügen konnte, um für jobrelevante Ausgaben aufzukommen.

»Vielleicht kann ich ja was beisteuern?«

Andie stellte den Wasserhahn ab und sah mich erstaunt an. »Hast du etwa die Stelle bekommen?«

Ich setzte ein schüchternes Lächeln auf. »Ich wollte dich eigentlich mit meinem ersten Lohn überraschen, aber wenn ich dich davon abhalten kann, zur Arbeit zu gehen, sage ich es dir lieber gleich.«

Andie strahlte übers ganze Gesicht und zog mich mit spülschaumbedeckten Händen an sich. »Edie! Das ist fantastisch. Ich bin so stolz auf dich!«

Ich drückte sie und schluckte meine Gewissensbisse herunter. »Danke, Tita.«

Es tat weh, sie anzulügen. Ich versuchte mir einzureden, dass das nicht anders war als die Lügen von früher. Aber damals hatte Andie nicht die Illusionen gehabt, ich würde ein ehrliches Leben anfangen. Jetzt dagegen schien sie es zu glauben. Oder zumindest glauben zu wollen.

»Bleibst du dann zu Hause?«, fragte ich. »Ruhst dich aus und verbringst ein bisschen Zeit mit den Kindern?«

Sie trat einen Schritt zurück. Ihr Gesicht war noch immer von einem Lächeln erhellt. »Wäre das denn in Ordnung für dich?«

»Aber natürlich. Du bist hochschwanger, ich will nicht, dass du dein Kind im Supermarkt bekommst.«

Sie lachte. »Schon gut, schon gut. Aber darf ich wenigstens auf die Kinder aufpassen, wenn du arbeiten gehst?«

Ich sah sie mit zugekniffenen Augen an. »Na gut, ich gestatte es.«

Andie umarmte mich noch einmal und legte ihre Wange an meine Schulter. »Du bist die Allerbeste.«

Wieder überkamen mich Schuldgefühle. Die Lügen, die Heimlichkeiten – Angels Plan musste einfach aufgehen, damit es das am Ende alles wert war. Mit 125 Milliarden Credits würde Andie nie wieder arbeiten müssen. Ich würde nie wieder lügen müssen. Uns würde es nie wieder an irgendetwas fehlen. Wir würden alles haben, was wir wollten.

Ich konnte nur hoffen, dass mir Andie vergeben würde – eines Tages, wenn alles vorbei war.

Ich hatte keine Ahnung, was ich sonst tun sollte.

»Nachdem wir den ersten Teil des Plans nun erfolgreich in die Wege geleitet haben, können wir uns dem nächsten zuwenden: wie wir Zugang zum Tresorraum bekommen«, sagte Angel.

Wir hatten uns alle um sie herum auf der Sitzgruppe im Hauptquartier versammelt. Duke hatte zusammen mit Nakano auf einer kleinen Couch Platz genommen und den Arm um sie gelegt. Sara saß mit aufmerksamem Blick auf der Kante eines Sessels, Cy neben mir auf dem Sofa. Tatiana hatte sich im Schneidersitz auf der Ottomane niedergelassen und ließ geschickt eine Münze über ihre Fingerspitzen wandern. Malia hatte sogar ihren Laptop zugeklappt. Angel stand wie immer vor uns, ihr Bildschirm zeigte einen Bauplan des Turms von Atlas Industries.

»Atlas' interne Systeme laufen auf einem separaten Netzwerk. Ich habe nicht die Berechtigung, vollständig darauf zuzugreifen, aber ich kann unser internes Sicherheitssystem für Malia freischalten. Zusätzlich brauchen wir dann noch Zugang zur Buchhaltung, den Forschungsdatenbanken und Atlas' persönlichen Files«, sagte sie.

»Physisch in den Tresorraum einzudringen ist schwieriger.« Sie zoomte näher an die Route heran, die ich ausgekundschaftet hatte. »Edie hat herausgefunden, dass wir durch den Aufzug im Turm und über einen Versorgungstunnel zwischen den Stockwerken zum Tresorraum gelangen können. Wir sorgen dafür, dass Cy an dem Tag für die Wachmannschaft beim Tresorraum eingeteilt wird und das Sicherheitspersonal ausschaltet. Das Magnetschloss der Stahltür werden wir mit einem gezielten EMP unbrauchbar machen.«

Sara hob den Arm.

»Ja?«

»Und wie kommen wir durch die Sicherheitskontrollen in den Turm?«

»Ich habe bereits drei Personen im Auge, deren Zugangsberechtigungen wir verwenden könnten«, antwortete Angel und ließ mit einer Geste drei Files erscheinen: Eines zeigte eine schüchterne blonde Frau mit Brille und Laborkittel, das zweite einen jungen Mann im Anzug mit akkurat geschnittenem braunen Haar und das dritte einen älteren Mann mit grauem Haar und Hausmeisterkittel. »Eine Produktentwicklerin, einen Waffeningenieur und einen Hausmeister«, erklärte sie. »Wir werden ihre Betriebsausweise klonen und uns ihre Zugangscodes beschaffen.«

»Aber was passiert dann mit diesen Leuten? Werden sie Ärger bekommen?«

Angels Gesicht blieb ausdruckslos. »Ist das wichtig?«

Sara wirkte wie vor den Kopf gestoßen. »Ich ... Ich weiß nicht. Ich dachte nur ...«

»Tu das nicht«, fiel Angel ihr ins Wort. »Hör auf, dir Gedanken über sie zu machen. Sie sind irrelevant. Völlig bedeutungslos. Wenn dir schon bei so unwichtigen Details Bedenken kommen, solltest du noch einmal genau überlegen, ob das hier das Richtige für dich ist. Verstanden?«

Sara presste die Lippen aufeinander und nickte.

»Na schön«, Angel bedachte uns alle mit einem kalten Blick. »Was ist mit euch? Hat noch irgendjemand ein Problem damit?«

Wir sahen uns an und schüttelten dann reihum den Kopf. Bei jedem Job gab es Kollateralschäden, so war das nun mal. Aber Angel und ich hatten immer darauf geachtet, diese möglichst gering zu halten. Oder dafür zu sorgen, dass möglichst wenig Unbeteiligte in Mitleidenschaft gezogen wurden. Drei Leute, die für Atlas Industries arbeiteten, waren für mich noch nicht Grund genug, das Ganze abzublasen. Spaß machte mir so etwas allerdings auch nicht.

Angel dagegen ...

»Noch Fragen?«, wollte sie wissen.

»Was ist mit dem Magnetschloss?«, fragte ich. »Wie bekommen wir die EMP-Bombe da rein?«

»Wir benutzen die geklauten Zugangsdaten und schmuggeln sie auf demselben Weg über den Aufzug in den Versorgungstunnel. Dann ...«

»Das wird nicht klappen«, unterbrach ich sie.

Normalerweise hätte ich nichts gesagt – nicht mein Plan, nicht meine Verantwortung –, aber ich wusste, dass solche Details fatal sein konnten, so manini sie auch sein mochten, und ich durfte nicht zulassen, dass Angels Plan fehlschlug.

»Wir können den Weg über den Aufzug nicht mehrmals benutzen«, fuhr ich fort. »Das Risiko, an den Sicherheitsschranken oder im Gebäude aufzufliegen, ist viel zu groß. Wenn sie etwas merken, machen sie unseren Zugang dicht und wir sind im Arsch.«

Ihr Unterkiefer spannte sich an. »Was schlägst du also vor?«

»Durch Leeway führt ein Kabelschacht, über den Elektrizität abgeleitet wird. Der Schacht führt zu einem kleinen Tunnel direkt unter dem Tresorraum. Wir könnten die EMP-Bombe dort anbringen.«

»Warum hast du das bislang nicht erwähnt?«

»Weil es nicht unbedingt eine gute Idee ist, sich dort aufzuhalten«, sagte ich genervt. »Alle zwanzig Minuten pulsiert da ein Stromstoß mit einer Spannung durch, die ausreicht, um dich dreimal umzubringen. Außerdem ist der Schacht so schmal, dass nur eine Person auf einmal hindurchpasst. Allein dahinzukommen ist ein ziemlicher Albtraum.«

»Klingt ja spaßig«, sagte Tatiana trocken.

»Und warum erwähnst du das dann überhaupt?«, fragte Angel, jetzt genauso genervt wie ich.

»Weil es vielleicht unsere einzige Chance ist, das Magnetschloss außer Betrieb zu setzen, ohne die ganze Operation zu gefährden.«

»Es ist ein unnötiges Risiko.«

»Willst du wirklich eine Billion Credits aufs Spiel setzen, indem du zweimal denselben Weg benutzt?«, fragte ich herausfordernd.

Angel schwieg einen Moment lang und dachte nach. Pläne schmieden war nicht mein Ding, aber dafür hatte ich genug Erfahrung im Auskundschaften und wusste, dass man niemals zweimal hintereinander denselben Weg nahm. Deswegen verkaufte man auch nie dieselbe Route an zwei verschiedene Crews. Das Risiko war viel zu groß, entdeckt oder vielleicht sogar getötet zu werden – entweder von den Cops oder von den eigenen Leuten. Bei einem Plan, bei dem so viel auf dem Spiel stand, wäre das unser aller Untergang.

»Ich werde darüber nachdenken«, sagte sie schließlich.

Das bedeutete wohl, dass ich diese Auseinandersetzung

gewonnen hatte. Ich bemühte mich, nicht allzu selbstzufrieden zu wirken.

Angels Gesicht nahm wieder den wie üblich völlig ruhigen, geradezu eiskalten Ausdruck an. Sie sah uns der Reihe nach an. »Das wäre alles. Malia, du bleibst hier und arbeitest weiter daran, uns Zugang zu Atlas' Files zu verschaffen. Cy, Duke und Nakano werden dich morgen in Bezug auf deine Tarnung briefen. Duke und Nakano, ihr meldet euch vor dem Abendessen mit Atlas noch einmal bei mir. Alle anderen halten sich bereit. Ich werde mich nächste Woche mit jedem von euch noch einmal einzeln treffen, bevor wir in die nächste Phase eintreten.«

Angel wollte, dass ich die nächsten Tage ebenfalls in der Nähe blieb, falls es etwas Wichtiges zu tun gab – was für eine billige Ausrede.

Ich richtete mich in einem noch im Bau befindlichen Ladengeschäft im Erdgeschoss häuslich ein. Der Boden bestand noch aus nacktem Beton, die Türöffnungen waren mit Plastikplanen verhängt und das Gerüst war auch noch nicht abgebaut worden. Mehr brauchte ich eigentlich nicht. Hauptsache, ich konnte irgendwo herumklettern. Wie früher als Kind.

Ich warf meine Tasche, meine Jacke und mein Hemd auf den Boden und trainierte ein bisschen. Als ich gerade bei den Klimmzügen war, hörte ich das Klicken von High Heels auf dem Betonboden. Ich sah mich kurz um und sah Angel in der Türöffnung. Sie hatte eine Hüfte vorgeschoben und die Arme verschränkt.

»Was willst du?«, fragte ich.

»Reden. Über uns.«

Das war mal eine Ansage.

Ich machte ungerührt mit meinen Pull-ups weiter. »Worüber denn?«

»Über unseren Umgang«, sagte sie. »Wie wir miteinander reden.«

»Und was ist damit?«

»Wir müssen immer professionell bleiben. Vor allem vor den anderen.«

»Und warum?«, knurrte ich.

Ich konnte Angels wütenden Blick im Rücken spüren. »Die anderen sehen dich zunehmend als meine rechte Hand«, erklärte sie. »Sie nehmen sich an dir ein Beispiel und fragen dich, was sie tun sollen, wenn ich nicht da bin.«

Darüber hatte ich noch nicht nachgedacht. Innerhalb meiner bisherigen Crews hatte ich noch nie irgendeine Führungsrolle eingenommen, sondern nur Anweisungen befolgt. Dass man mir irgendwelche Führungsqualitäten zusprach, war ungewohnt.

»Wir müssen mit einer Stimme sprechen«, fuhr sie fort. »Wenn wir unterschiedlicher Meinung sind, müssen sich die anderen entscheiden, wem sie folgen. Und das ist schlecht für die Crew.«

Ich machte einen letzten Klimmzug, sprang leichtfüßig zu Boden, kramte ein Handtuch aus meinen Sachen und wischte mir damit den Schweiß von der Stirn. »Ich soll also in Zukunft meine Meinung für mich behalten.«

»Du sollst aufhören, dich mit mir zu streiten. Es ist ein Unterschied, ob man seine Meinung äußert oder einfach nur bockig ist.«

Ich warf ihr einen finsteren Blick zu. »Ich bin nicht bockig.«

»Wirklich?«

Ich ließ das Handtuch auf den Boden fallen und nahm mir

mein Hemd. Dann drehte ich mich zu ihr um. »Wenn du mir vielleicht mal zuhören würdest, müsste ich auch nicht so sehr auf meinem Standpunkt herumreiten.«

Mir entging nicht, wie Angel mich ansah. Als würde sie etwas Wertvolles begutachten, das sie gerade gestohlen hatte. Wie sehr hatte ich mich wohl in ihren Augen verändert? Ich fragte mich auch – aber nur ganz kurz –, ob ihr die Veränderung gefiel. Doch dann schob ich diesen Gedanken mit aller Macht beiseite.

Angel sah mir in die Augen. »Okay, ich höre.«

»Lass mich da allein reingehen«, sagte ich und zog das Hemd über. »Allein bin ich schneller. Wenn ich mich nicht um zwei andere kümmern muss, brauche ich nicht länger als eine Viertelstunde hin und zurück – das reicht locker, um dem Stromstoß zu entgehen. Im schlimmsten Fall fliege ich auf, bevor ich am Tresorraum bin. Das wäre immer noch besser, als wenn gleich drei Leute auffliegen.«

»Schlimmstenfalls bringt dich der Strom um«, stellte Angel nüchtern fest.

»Und das käme dir ja unglaublich ungelegen.«

Angel sah mich an und schwieg.

»Du weißt ganz genau, dass ich das kann«, sagte ich. »Und du weißt, dass ich recht habe.«

Angel blickte mich weiter aufmerksam an, aber sie konnte nicht das kleinste Anzeichen von Zögern oder Nervosität entdecken. Wenn ich mir erst einmal etwas in den Kopf gesetzt hatte, gab es nichts, was mich davon abbringen konnte. Das wusste sie ganz genau.

»In Ordnung«, sagte sie schließlich. »Aber du wirst ständig Kontakt mit Malia halten. Sie wird dir da drin helfen.«

Ich salutierte sarkastisch. Sie drehte sich auf dem Absatz

um und ging, während ich mich wieder meinem Training zuwandte. In der Tür blieb sie noch einmal stehen.

»Edie.«

Ich sah auf. Sie hatte die Hand an den Türrahmen gelegt und sah mich über die Schulter mit einem kaum zu deutenden Ausdruck an. »Sei vorsichtig.«

»Bin ich«, erwiderte ich leicht überrascht.

»Sonst muss ich mich am Ende noch nach einem mittelmäßigen Ersatz umsehen«, sagte sie. »Das wäre schade.« Sie ging und ich blieb mehr als nur ein bisschen verwirrt zurück.

Um zu dem Kabelschacht in Leeway zu gelangen, musste man etwa zwanzig Minuten lang dem Haupttunnel folgen und dann noch zehn Minuten durch ein Labyrinth aus Entlüftungsrohren und Gängen kriechen. Nachdem man drei weitere Minuten den Schacht selbst hinaufgeklettert war, hatte man den kleinen Tunnel unterhalb des Tresorraums erreicht. Ich ging davon aus, dass dieser Weg unversperrt sein würde, weil niemand, der bei klarem Verstand war, in diesen Schacht klettern würde. Das war der reinste Wahnsinn.

Keine Ahnung, was das über meinen eigenen Geisteszustand aussagte.

Ich betrat die Katakomben durch eine nicht weit von unserem Hauptquartier entfernte Einstiegsluke in Ward 1 und folgte im Licht meiner Taschenlampe dem sich windenden Haupttunnel. Je näher ich Leeway kam, umso maroder wirkte alles um mich herum. Neben dem Stampfen der Maschinen war tropfendes Wasser zu hören, und meine Schritte hallten durch den Tunnel. An einer Kreuzung, an der viele Kabel eine Art keltischen Knoten bildeten, blieb ich stehen, nahm meinen Tasche ab und holte mein Werkzeug hervor.

Ich löste die Schrauben eines Bodenpaneels und klappte es hoch. Dann ließ ich mich in den Gang darunter gleiten, schloss das Paneel über mir wieder und machte mich auf allen vieren auf den Weg in Richtung Keplers Außenhülle.

Hier unten war es noch lauter. Die Kabel summten und die Maschinen gaben stotternde Geräusche von sich. Ich konnte Malia kaum hören. »*Hey, wo bist du gerade?*«

»Auf halbem Weg zum Kabelschacht«, antwortete ich und zwängte mich durch einen Wirrwarr aus Kabeln. »Bin grad ziemlich beschäftigt.«

»*Angel hat gesagt, dass ich ständig Kontakt mit dir halten soll*«, sagte Malia. »*Nur für den Fall, dass du ... naja, stirbst oder so.*«

Ich verzog das Gesicht. »Ich sterbe schon nicht. Ich geh da rein und bin lange vor der nächsten Entladung wieder draußen.«

»*Wenn du das sagst.*«

»Was würdest du von da oben aus dann überhaupt tun können?«

»*Ich hab hier deine Zugangscodes, Brah. Dein Leben liegt in meinen Händen.*« Ich konnte ihr kolohe Grinsen direkt vor mir sehen. »*Also sei lieber nett zu mir.*«

Ich schüttelte den Kopf und kroch weiter.

Nach weiteren fünf Minuten bog ich an einem kaputten Plexiglaspaneel rechts ab. An der nächsten Kreuzung warf ich einen Blick auf die Karte der Katakomben in meinem Comm. Mit deren Hilfe erreichte ich ein Gitter, hinter dem sich ein anderer, breiterer Durchgang befand. Ich schraubte es auf, schob den Oberkörper hindurch und richtete mich auf.

Anschließend ließ ich das Licht meiner Taschenlampe über den Boden und die Wände gleiten, an denen Monitore und

Steuerungselemente hingen, gut isoliert gegen die Spannung, die sich regelmäßig hinter den Türen an der gegenüberliegenden Wand entlud. Die Luft vibrierte und summte, die Härchen auf meinen Armen und in meinem Nacken stellten sich auf, und als ich mich aus dem Schacht nach oben stemmte, bekam ich einen elektrischen Schlag.

Vorsichtig näherte ich mich der gegenüberliegenden Tür. Daneben war ein Monitor befestigt, auf dem ein roter Kontrollstreifen die sich aufbauende Elektrizität und ein Timer die Zeit anzeigte, die seit der letzten Entladung vergangen war. Der Timer sprang auf siebzehn Minuten und ich trat wieder ein Stück zurück von der Tür.

»Ich bin jetzt am Kabelschacht«, sagte ich. »Die nächste Entladung ist in drei Minuten. Danach geh ich rein.«

»*Roger. Der Zugangscode wird alle dreißig Minuten geändert, aber bis dahin bist du ja zurück.*«

»Und was passiert, wenn der Code vorher geändert wird?«, fragte ich, obwohl ich mir ziemlich sicher war, dass ich das gar nicht wissen wollte.

»*Dann steckst du fest, Brah. Aber dann besorg ich mir den aktuellen, und du bist da in null Komma nichts wieder draußen. Ehrenwort.*«

Das hoffte ich auch.

Der Timer sprang auf zwanzig Minuten und dann folgte die Entladung. Das Rauschen und Knistern der Elektrizität war auch diesseits der Tür deutlich hörbar.

Ich atmete tief durch und richtete den Blick auf die Tür. Mein Herz raste und Adrenalin schoss durch meine Adern. Ich war mir der Gefahr vollkommen bewusst. Die Station konnte einen jeden Moment töten, und ich steckte ihr gerade bereitwillig den Kopf ins Maul. Die Station wollte, dass man sie respektierte – und auch ein wenig fürchtete. Trotzdem packte mich die Abenteuerlust.

Als die Anzeige auf Grün schaltete, drückte ich meine Zugangskarte gegen den Sensor und die Tür glitt auf. Der lange, schmale und von schwachem weißem Licht erhellte Gang dahinter, der zum eigentlichen Kabelschacht führte, war gerade einmal breit genug für eine Person. Ich rannte los und der Klang meiner Schritte auf dem Bodenrost hallte von den Metallwänden wider. Am Ende des Gangs blieb ich stehen.

Der Kabelschacht reichte von der Ward-1-Unterseite bis ganz hinunter zur Außenhülle von Kepler, wo sich die Elektrizität im All entlud. Auch hier war alles in dasselbe schwache, weiße Licht getaucht. Zwei Steigleitern waren gegenüber an den Wänden angebracht. Ich ging zu der nächstbesten und stieg daran hinauf.

»*Wo bist du jetzt?*«, wollte Malia wissen.

»Beschäftigt. Bin am Klettern«, erwiderte ich kurzangebunden. So nah am Vakuum des Weltalls herrschten eisige Temperaturen. Selbst durch meine Handschuhe spürte ich die Kälte der Metallleiter. Als ich nach drei Minuten die oberste Sprosse erreichte, zitterte ich am ganzen Körper. Ich sah nach oben und bemerkte, dass sich der Steg, der am Eingang des Tunnels zwischen den beiden Leitern von der einen zur anderen Seite führte, gefährlich zur Seite neigte.

Ich fluchte und sah mich nach einem anderen Weg um, aber außer der Leiter auf der anderen Seite gab es keinen. Ich streckte vorsichtig die Hand danach aus, aber sie war gerade eben außer Reichweite.

Mit einem weiteren Fluch drehte ich mich um und sprang zu der anderen Leiter hinüber. Sie klapperte, aber sie hielt.

»*Was war das?*« Malia klang leicht besorgt.

»Bin gleich da«, grunzte ich.

Dann stieg ich die letzten paar Sprossen hinauf und zog mich in den kleinen Tunnel hoch. Ich seufzte vor Erleichterung.

»Ich bin jetzt im Tunnel direkt unter dem Tresorraum«, sagte ich zu Malia. Der Tunnel war so schmal und so niedrig, dass ich mich beim Gehen bücken musste. Nach ein paar Metern hielt ich an und ließ den Strahl meiner Taschenlampe auf ein Zugangspaneel direkt über mir fallen. Ich holte mein Werkzeug und schraubte es ab.

Hier war die Decke nicht verstärkt worden. Wahrscheinlich hatte man Atlas untersagt, so dicht an der Maschinerie von Kepler Chaos zu riskieren. Das hier waren alles Backup-Systeme der Belüftungsanlage von Ward 1, niemandem würde auffallen, wenn diese kurz ausfielen. Und der EMP war ohnehin nicht von Dauer, danach konnte das System einfach wieder hochfahren.

Er würde uns also gerade genug Zeit verschaffen, um den Tresorraum zu betreten.

Ich schob ein paar Kabelbündel beiseite und schraubte auf der Suche nach der Stromquelle des Magnetschlosses noch ein paar weitere Abdeckungen ab. Ich jubelte innerlich, als ich sie schließlich entdeckte – ein erster Schritt in Richtung 125 Milliarden Credits. Und in Richtung Schuldenfreiheit. Ganz zu schweigen davon, dass ich reicher als in meinen kühnsten Träumen sein würde. Ich grinste. »Gefunden.«

»Gratuliere. Jetzt musst du nur noch die EMP-Bombe festmachen und dann: *hele on*.«

Ich nahm die in einer schlichten schwarzen Kiste verpackte Bombe aus der Tasche. Mit der ganzen Vorsicht eines ausgebildeten Stationsmechanikers brachte ich sie mit Klebeband an der Unterseite der Kabel an, die das Magnetschloss mit Energie versorgten.

Ich griff gerade nach meinem Schraubenzieher, um die Abdeckung wieder zuzuschrauben, als mir eine Messanzeige ins Auge fiel.

»Moment noch.«

»*Was ist?*«

»Das hier ist auch die Stromzufuhr für einen CO_2-Abscheider. Der gehört zu einem Luftfilter.«

»*Und?*«

»*Und* da hängt das ganze Ward 1 dran. Wenn wir das hier mit abschalten, wird der Luftfilter für etwa eine Stunde ausfallen.«

»*Und?*«

»*Und* ich nehme nicht an, dass du eine Stunde lang die Luft anhalten kannst.«

»*Was machen wir da?*«

»Wir müssen die Stromleitungen voneinander trennen«, sagte ich und griff nach meinen Werkzeugen.

Ich öffnete die Abdeckung hinter der Anzeige und wühlte in den Kabeln dahinter herum. »Hast du Zugriff auf Keplers Lebenserhaltungssysteme?«

»*Ja, aber ...*«

»Kannst du für fünf Minuten alle Warnsignale von hier unterbinden, damit niemandem auffällt, dass ich das System ausschalte?«

»*Fünf Minuten ... Das wird aber echt knapp, Brah.*«

»Mach einfach.«

Einen Moment lang herrschte Stille. »*Okay, erledigt*«, sagte Malia dann.

Ich kappte die Verbindung und die Anzeige fiel auf null. Dann machte ich mich daran, die Stromversorgung der Belüftung von der für das Magnetschloss zu trennen. Dabei wurde ich plötzlich ganz ruhig. Alles schien weit weg, ich war vollkommen auf meine Tätigkeit konzentriert und löste ein Problem nach dem anderen.

»*Setz deinen Arsch in Bewegung, Cuz. Du hast weniger als zehn Minuten*«, sagte Malia schließlich.

»Ich hab's gleich«, presste ich durch zusammengebissene Zähne.

Die Station wollte, dass man sie respektierte – und auch ein wenig fürchtete. Und nun schloss sich ihr Maul um mich, während eine Minute nach der anderen verrann und meine Angst wuchs und wuchs. Ich versuchte, sie nicht zu beachten und mich auf meine Aufgabe zu konzentrieren.

Ich schloss ein weiteres Kabel an. »Ich hab die Stromzufuhr jetzt einfach an die Klimaregulierung von Ward 1 drangebastelt. Könntest du Strom von der Klimaregulierung auf die Lebenserhaltungssysteme umleiten?«

Malia murmelte leise vor sich hin. »*So, jetzt*«, sagt sie schließlich.

Die Anzeige erwachte wieder zum Leben und sprang auf volle Auslastung.

»Es klappt!«

»*Super. Jetzt verpiss dich. Und zwar schnell.*«

Zufrieden ließ ich alles stehen und liegen – ich hinterließ ein Kabelwirrwarr und offene Abdeckungen –, knallte das Zugangspaneel zu und warf meine Werkzeuge in meine Tasche. Dann rannte ich den niedrigen Tunnel zurück. Als ich nach der Metallleiter griff, holte ich mir einen elektrischen Schlag. Ich hängte mir meine Tasche über die Schulter und kletterte los.

»*Brah, wo bist du jetzt?*«, fragte Malia schon wieder.

»Beschäftigt. Bin am Klettern«, fuhr ich sie an.

Etwa auf halbem Weg hörte ich um mich herum ein immer lauter werdendes elektrisches Wimmern. Ich umfasste die Holme der Leiter und ließ mich den Rest hinuntergleiten.

Sobald meine Füße den Boden berührten, rannte ich los.

Meine Schritte hallten metallisch in dem langen, schmalen Gang wider, während das Wimmern immer lauter wurde. Die Härchen auf meinen Armen und in meinem Nacken stellten sich auf, teils wegen der elektrisch aufgeladenen Luft, teils wegen des Adrenalins, das durch meine Adern pulsierte.

Ich kam schlitternd vor der Tür zum Stehen, holte mit zitternden Händen meine Zugangskarte hervor und klatschte sie gegen den Sensor, was dieser mit einem durchdringenden Piepen und einem roten Blinken quittierte.

»*Scheiße*«, sagte Malia.

»*Scheiße?*«, wiederholte ich.

»*Der Zugangscode wurde ausgetauscht. Moment.*«

»Malia! Ich habe aber keinen Moment!«, schrie ich in mein Comm.

Ich riss eine Abdeckung links neben der Tür auf und betrachtete das Kabelwirrwarr und die Chips und Sicherungen dahinter. Ich riss einen Chip und ein paar Kabel heraus und steckte sie an anderer Stelle wieder hinein. Ohne die Abdeckung wieder zu schließen, sprang ich in Richtung Sensor. Dasselbe markerschütternde Piepen ertönte.

Ich grunzte frustriert und blickte in dem Gang hinter mir. Mit lautem *Klonk* ging ein Licht nach dem anderen aus.

»*Malia!*«, schrie ich noch einmal.

Sie murmelte etwas Unverständliches.

Ich warf mich mit meinem ganzen Gewicht gegen die Tür. Ein scharfer Schmerz zuckte durch meine Schulter. Ich versuchte es noch einmal. Diesmal fuhr der Schmerz durch meinen gesamten Arm. Noch einmal. Jetzt schmerzte mein ganzer Körper.

Das letzte Licht ging aus. Eine Sirene heulte los, das elektrische Surren in der Luft steigerte sich zu einem Kreischen.

Ich warf mich ein letztes Mal gegen die Tür.

Sie öffnete sich. Ich segelte hindurch und landete unsanft auf dem Bauch während hinter mir die Tür wieder zufiel.

Mit einem Krachen entlud sich die Elektrizität.

Dann herrschte Stille.

Ich blieb lange am Boden liegen. Mein Körper zitterte vor Adrenalin und Erschöpfung. Ich atmete stoßweise und keuchend. Die Stille dröhnte in meinen Ohren.

»*Hey ...?*«, sagte Malia schließlich.

Ich stöhnte.

»*Gibt's dich noch?*«

Ich stöhnte noch einmal, diesmal als Zustimmung.

»*Wahnsinn!*«, jubelte Malia. »*Was immer du da eben getan hast, hat mir eine Backdoor geöffnet! Mann, hast du aber ein Glück, Cuz!*«

Ich antwortete nicht. Stattdessen stützte ich mich auf meine zittrigen Arme, stand vorsichtig auf, fuhr mir mit der Hand durchs Haar und strich es mir aus der verschwitzten Stirn. Dann hob ich meine Tasche auf und hängte sie mir über die Schulter. Ich griff nach der Schachtel mit meinen letzten Zigaretten, aber sie war völlig zerdrückt. Ich fuhr mir mit der Hand über das Gesicht und machte mich auf den Rückweg.

»*Hey, wohin des Wegs?*«

»Scheiße, ich geh jetzt heim«, antwortete ich mit rauer Stimme und trat das Gitter über dem Gang unter mir weg. »Sag Angel, dass ich mich morgen früh bei ihr melde.«

12

»ANGEL HAT UNS GEBETEN, DEINE TARNIDENTITÄT NOCH EINMAL MIT DIR ZU besprechen«, sagte Duke. Mit verschränkten Armen und Nakano an ihrer Seite stand sie vor dem Bildschirm. Cy saß auf dem Sofa und hörte aufmerksam zu. Tatiana hatte es sich auf dem Spieltisch bequem gemacht und spielte mit einer Safetür, an die sie einen mit ihrem audioverstärkenden Mod verbundenen Ohrstöpsel angebracht hatte. Sara saß im Schneidersitz auf einem Sessel und beobachtete sie neugierig. Ich hatte mich an einen der Sessel gelehnt und war entschlossen, Cy moralisch zu unterstützen.

»Bevor wir dich da reinschicken, gibt es ein paar Dinge zu beachten«, fuhr Duke fort.

»Nämlich?«, fragte Cy.

»Malia hat deinen Lebenslauf in deine Tarnidentität kopiert«, erklärte Nakano. »Allerdings mit ein paar Änderungen.« Mit einer Geste erschien ein File auf dem Bildschirm, von dem uns Cy mit finsterer Miene entgegenblickte.

»Du heißt Makaio Iwata«, fuhr Nakano fort, »und du stammst aus einer Schneiderfamilie in Ward 2. Du hast die First District High School besucht, diese aber mit siebzehn ohne Abschluss verlassen. Dann hast du eine Weile im Ward herumgehangen, bis man dich für ein paar kleinere Jobs als Mann fürs Grobe angeheuert hat.«

»Das ist alles?«, fragte Cy.

»Noch nicht«, erwiderte Duke. »Ab hier weichen wir nun ein bisschen von deinem echten Lebenslauf ab: Makaio Iwata hat mit einundzwanzig bei der Stationspolizei angeheuert.« Nakano hob ein paar Stellen in dem File hervor. »Da hast du dich auch ganz gut gemacht, bis deine Vorgesetzten herausgefunden haben, dass du dich hast schmieren lassen.«

»Ho, dann war ich also ein ziemlich linker Hund von einem Cop«, sagte Cy. »Und dieser Atlas mag solche Leute in seiner Mannschaft?«

»Oh ja, das tut er«, antwortete Nakano. »Malia hat dir einen ganz grandiosen Lebenslauf zusammengestellt. Der Job ist dir sicher, du musst ihn dann nur auch behalten.«

»Und das bringt ihr mir bei?«

»Ja. Wir bringen dir bei, wie man überzeugend lügt und wie man sich benimmt.«

»Soll ich dann auch ordentlich sprechen?«, fragte Cy, wobei er sich Mühe gab, seinen Akzent zu verbergen.

Ich musste lachen. »Übernimm dich nicht, Cuz.«

»Keine Sorge, Brah«, sagte Duke. »Sei soweit möglich ganz du selbst, dann läuft alles wie geschmiert.«

»Aber ein bisschen Übung schadet sicher nicht«, warf Nakano ein.

»Und wie üb ich das?«, wollt Cy wissen.

»Mit einem Rollenspiel.« Nakano blickte in die Runde. »Wer meldet sich freiwillig?«

Sara hob die Hand. »Ich, bitte!« Sie grinste. »Ich könnte auch ein bisschen Nachhilfe als Trickbetrügerin brauchen.«

»Prima, komm nach vorn. Cy, du auch bitte.«

Duke und Cy stellten sich voreinander auf. Duke trat neben Cy, Nakano neben Sara.

»Selbstsicheres Auftreten ist am allerwichtigsten«, sagte Duke. »Du gehörst hierher. Das ist dein Platz. Du verdienst diesen Job.« Sie machte es vor: aufrechte Haltung, Schultern nach hinten, breitbeinig. Cy ahmte ihre Pose nach. »Nein, das wirkt zu steif. Versuch dich ein bisschen zu entspannen, denk nicht so viel nach.« Cy änderte ein weiteres Mal die Haltung, schüttelte die Hände aus und lockerte den Nacken. »So ist es viel besser.«

»Perfekt«, sagte Nakano mit Blick auf Sara. Ich sah zu den beiden hinüber. Sara imitierte Dukes Pose bis hin zur Haltung des Kiefers. Beeindruckt zog ich die Augenbrauen hoch.

»Sara, du empfängst jetzt Cy zum Vorstellungsgespräch«, fuhr Nakano fort. »Denk dabei immer an deine eigenen Motive: Du bist auf der Suche nach jemandem, der verlässlich und tough ist, jemand, der bereit ist, für dich die Drecksarbeit zu machen. Und vergiss nicht, dass du überhaupt nicht krampfhaft auf der Suche bist, sondern Bewerber aussieben möchtest. Bekommst du das hin?« Sara nickte und setzte eine ernste Miene auf.

»Cy, du willst diesen Job unbedingt haben, das ist deine Motivation«, sagte Duke. »Du wurdest entlassen und das macht dich ziemlich sauer. Das Einzige, was du wirklich kannst, ist Kleinholz aus allem Möglichen zu machen. Du willst diesen Job nicht nur, um deine Familie zu ernähren, sondern auch, damit du weiter tun kannst, was du am liebsten tust: Kleinholz aus allem Möglichen machen. Klar?« Cy nickte und wiegte sich hin und her, als würde er gleich in einen Boxring steigen. »Okay, los gehts.«

»Vielen Dank, dass Sie sich die Zeit für mich genommen

haben«, sagte Sara mit rauer, tiefer Stimme zu Cy. »Sie haben bestimmt viel zu tun.«

»Jep, aber für das hier hab ich Zeit«, antwortete Cy. »Ist ja schließlich wichtig und alles.«

»In der Tat.« Sara sah über Cys Schulter zu seinem Lebenslauf. »Sie waren fast zehn Jahre bei der Stationspolizei, ist das richtig?«

»Jep.«

»Welcher Aspekt Ihrer Arbeit dort hat Ihnen am meisten Spaß gemacht?«

Cy ließ die Fingerknöchel knacken. »Ich arbeite gern mit den Händen.«

»Nicht schlecht«, kommentierte Duke.

»Und was hat Ihnen am wenigsten gefallen?«, fragte Sara.

»... Papierkram.«

»Okay, einen Moment«, unterbrach Duke die beiden. Sie ging zu Cy und tippte mit ihren Stiefeln gegen seine. »Du hast das Gewicht verlagert, als hättest du das Gleichgewicht verloren. Das wirkt nervös und unsicher.« Duke stellte sich noch einmal demonstrativ mit beiden Füßen fest auf den Boden. »Du musst immer so stehen, als wärst du mit beiden Beinen im Boden verwurzelt, wie ein Baum, Braddah. Versuchs noch mal.«

Cy nahm die breitbeinige Pose ein, die Duke ihm vorgemacht hatte. Nun übernahm Sara wieder. »Verstehe«, fuhr sie dann fort. »Was halten Sie für Ihre größten Stärken?«

»Ich bin verlässlich, verantwortungsvoll, loyal ...«

»Aber Sie haben Ihre ehemaligen Vorgesetzten betrogen. Würden Sie das loyal nennen?«

Cys Augen wurden groß vor Schreck. Ich musste lachen und versuchte, es als Husten zu tarnen. Dennoch starrte er mich böse an.

»Autsch«, sagte Tatiana und nahm den Ohrstöpsel aus dem Mod in ihrem Ohr. Sie grinste Cy an. »Da hat sie dich aber kalt erwischt, Cuz.«

»Warum musst du mich auch sowas fragen?« Cy starrte nun Sara böse an. Die lächelte schuldbewusst.

»Sie fühlt dir nur etwas auf den Zahn«, erklärte Duke. »Du musst dich auf derartige Fallen einstellen.«

»Ich weiß aber noch nicht mal, was das sein soll, meine Stärken, Cuz«, maulte Cy.

»Manchmal ist es am einfachsten, sich an einem Vorbild zu orientieren«, schlug Nakano vor. »Denk an all die korrupten Cops, die dir schon begegnet sind. Wie waren die? Wie haben die geredet? Wie haben sie sich bewegt?«

»Hey«, sagte ich und alle sahen mich an. »Weißt du noch, der Cop, der uns immer geholfen hat? Du weißt schon. Der, mit dem Mikey immer vor einem Job geredet hat.«

»Mikey Mastermind?«, rief Tatiana.

Ich zog die Augenbrauen hoch. »Nennt der sich jetzt Mastermind?«

»Oh ja.« Tatiana drehte sich auf ihrem Sitz um. »Ich hab ein paarmal mit ihm zusammengearbeitet. Der Cop heißt Officer Ripley.«

»Ist das der mit der miesen Laune und dem kaputten Bein?«, fragte Cy.

»Genau der.«

»Und was hast du mit Mikeys Leuten zu tun?«, fragte ich ungläubig.

Tatiana zuckte mit den Schultern. »Vermutlich dasselbe, was du da mal gemacht hast.« Sie steckte den Ohrstöpsel zurück in das Mod und widmete sich wieder der Safetür. »Nur dass ich jünger und sexier bin.«

»Nichts, worauf man sich etwas einbilden sollte«, erwiderte ich genervt.

»Darauf, jung und sexy zu sein?« Sie grinste mich an. »Wenn ich dich so ansehe, wird mir schon klar, warum du das sagst ...«

Ich holte tief Luft für eine gepfefferte Antwort, aber Cy kam mir zuvor. »Ich soll also immer schlechte Laune haben und durch die Gegend humpeln?«

»Kann ja nicht so schwer sein«, witzelte Duke.

»Naja, das mit dem Bein würde ich weglassen«, sagte Nakano. »Aber denk vielleicht einfach an Officer Ripley als Inspiration. Versuchs noch mal.«

Cy richtete sich zu voller Größe auf und stellte beide Füße fest auf den Boden, dann verschränkte er die Arme so, dass der kybernetische den natürlichen verdeckte. Bewundernswerterweise zuckte Sara mit keiner Wimper, obwohl sie nun einem über eins achtzig großen, muskelbepackten Moke gegenüberstand.

»Ich habe Ihnen eine Frage gestellt«, sagte sie kühl.

»Ich bin nicht mehr bei der Stationspolizei, weil die dort nicht mit der Realität klarkommen«, sagte Cy. »So, wie sie das da machen, geht das nicht. Wir brauchen mehr als das bisschen Kālā, das wir als Gehalt bekommen. Ich tu nur, was sein muss, um die Station sauber zu halten.« Er dachte kurz nach. »Und vielleicht finde ich, dass ich ab und zu auch mal einen kleinen Bonus verdient habe.« Er blickte auf Sara herab. »So verhält sich das.«

»Ho, Wahnsinn!«, jubelte Tatiana und nahm den Ohrstöpsel wieder aus dem Mod im Ohr. »Ganz genau wie Ripley! Jemand sollte Mikey anrufen und ihm sagen, dass ein Zombie unterwegs ist.«

»Ripley gibts nicht mehr?«, fragte ich überrascht.
»Ripley ist tot und Mikey im Gefängnis«, sagte Tatiana. »Aber das weißt du natürlich nicht, alter Knacker.«
»Wen nennst du hier einen alten Knacker, du kleine ...«
»Könnt ihr beide mal die Klappe halten?«, fuhr Cy uns an.
»Ich versuch nachzudenken.«
»Nein, das ist gut als Training!«, sagte Duke. »In der Realität wird man ja auch ständig abgelenkt. Du musst das so gut es geht ausblenden.«
Cy wandte seine Aufmerksamkeit wieder Sara zu. »War die Antwort brauchbar?«
Sie sah beeindruckt aus. »Auf jeden Fall.«
»Lieber ein alter Knacker als ein kleiner Scheißer«, zischte ich Tatiana zu.
»Dafür habe ich wenigstens noch meine Jugend und alle Tassen im Schrank.« Sie wedelte mit ihren magnetverstärkten Fingerspitzen in meine Richtung. »Du dagegen steckst in der Steinzeit fest.«
»Und was würden Sie als Ihre größten Schwächen bezeichnen?«, fragte Sara.
»Ich reg mich schnell auf«, sagte Cy. »Schon als kleines Kind hab ich mich immer geprügelt. Und Ärger mit dem Chef hab ich auch immer gehabt. Aber dann hab ich gelernt, meine Wut für was Gutes einzusetzen.«
»Ich bin noch nicht mal *dreißig*!«, fuhr ich Tatiana an.
»Und trotzdem schon ein Wrack«, gab sie zurück.
»Nun, bei uns haben Sie tatsächlich die Möglichkeit, Gutes zu bewirken«, sagte Sara. Sie faltete die Hände hinter dem Rücken und stellte sich ein wenig breitbeiniger hin. »Wie sind Sie auf Atlas Industries aufmerksam geworden?«
»Ich bin alles andere als am Ende«, knurrte ich.

»Und wofür bin ich dann wohl hier?«, gab Tatiana zurück und grinste. »Traut Angel dir etwa nichts zu?«

Darauf fiel mir keine Entgegnung ein.

»Na also, merkste ja selber«, sagte Tatiana triumphierend. Dann widmete sie sich wieder ihrer Safetür. »Das wissen alle hier, du musst es dir nur noch selbst eingestehen.«

Ich spürte, wie mir die Zornesröte ins Gesicht stieg. Für wen hielt sich diese kleine Rotznase eigentlich? Und was zum Teufel wusste sie schon über Angel und mich?

Aber trotzdem wollte mir keine passende Erwiderung einfallen.

»Ich bewundere mächtige Männer«, sagte Cy und ich wandte meine Aufmerksamkeit wieder dem Rollenspiel zu. »Jemand mit Macht kann viel Gutes auf Kepler bewirken. Und da will ich dabei sein.«

»Prima«, sagte Duke. »Ich habt euch beide gut geschlagen.«

Sara schlüpfte wieder aus ihrer Rolle und grinste. Sie war wie ausgewechselt. Dann warf sie die Arme um Cy und drückte ihn. Er erwiderte die Geste etwas steif.

»Das hat Spaß gemacht!«, sagte sie und löste sich von Cy. Dann sah sie ihn etwas schuldbewusst an. »Sorry, dass ich dich so in die Mangel genommen hab.«

»Aber nicht doch«, sagte Duke. »Das war doch eine gute Übung.«

Cy rieb sich die Stirn. »Ho, das ist aber echt nicht einfach, Cuz!«

»Alles nur eine Frage der Übung«, versicherte ihm Duke.

»Bei dir sieht das alles so einfach aus!«, rief Cy.

Nakano lächelte. »Wir machen das auch schon ziemlich lange.«

»Wie lange denn?«, fragte Sara und nahm auf einer Sofalehne Platz.
»Zehn Jahre, glaube ich«, erwiderte Duke und warf Nakano einen Blick zu. »Wann hast du mit der Geschlechtsangleichung angefangen, Babe?«
»In einem Monat feiere ich mein Zehnjähriges«, erwiderte Nakano.
»Dann machen wir das schon seit elf Jahren.«
»Oh! Gratuliere!«, sagte Sara.
»Danke. Aber das habe ich alles nur Duke zu verdanken«, sagte Nakano und nahm Dukes Hand.
»Ach was, das haben wir doch alles gemeinsam durchgestanden«, sagte Duke und lächelte sie liebevoll an.
Vor elf Jahren hatte auch ich mit meinen krummen Touren so richtig losgelegt. Vielleicht waren wir uns schon einmal über den Weg gelaufen.
»Wie habt ihr angefangen?«, fragte ich neugierig.
»Wir stammen aus den Kolonien«, erklärte Nakano. »Pelias gehört zwar zu den größeren, aber trotzdem ist es eine Kolonie. Wir hätten eigentlich in den Minen für Seltene Erden arbeiten sollen, aber die Firma wollte nicht für meine Geschlechtsangleichung aufkommen, deswegen ...«
»... haben wir uns eben selbst darum gekümmert«, vollendete Duke den Satz. »Und dann hat eins zum anderen geführt, wie das halt so läuft. Am Anfang waren es nur kleine Betrügereien, weil wir schnell etwas Geld brauchten. Aber bald schon haben wir mit anderen Crews größere Jobs durchgezogen. Ab da haben wir nicht mehr bloß Touristen und kleine Leute über den Tisch gezogen, sondern Investoren, CEOs und korrupte Politiker. Wir sind nie lange am selben Ort geblieben und haben nie zweimal mit denselben Leuten gearbeitet.

Deswegen haben wir so lange überlebt.« Duke drückte Nakanos Hand, wobei sich die Narben zwischen ihren Fingern beinahe berührten. »Und sind immer noch zusammen.«

»Oooh, das ist sooo süß.« Sara legte eine Hand auf die Brust.

»Zusammen andere Leute abziehen ist anscheinend gut für die Beziehung«, sagte Tatiana, ohne von der Safetür aufzusehen.

»Na los«, sagte Duke und deutete mit dem Kinn Richtung Ausgang. »Machen wir doch eine Pause. Wie wärs mit Kau Kau? Ich kenn da ein nettes Restaurant in der Nähe.«

Duke und Nakano gingen Richtung Tür, Cy folgte ihnen. Sara stand von dem Sofa auf und zog ihren Rock glatt. Tatiana sprang vom Tisch und schloss sich ihnen an.

Ich konnte mir nur schwer vorstellen, elf Jahre lang immer mit derselben Crew zusammenzuarbeiten. Angel, Cy und ich waren niemandem verpflichtet gewesen und hatten mit vielen verschiedenen Crews zusammengearbeitet, manchmal länger, manchmal kürzer. Cy war immer gekommen und gegangen, wie es ihm passte, aber Angel und ich waren eine Konstante gewesen. Wir hatten schon zusammen Jobs durchgezogen, noch bevor wir angefangen hatten, unseren Lebensunterhalt damit zu verdienen. Und wenn man die Zeit davor mitzählte, in der wir einfach nur ein bisschen Blödsinn angestellt hatten, waren wir sogar noch länger gemeinsam unterwegs.

Ich rechnete nach und das Ergebnis überraschte mich: Selbst als wir mit einundzwanzig getrennt worden waren, hatten wir bereits zehn Jahre lang miteinander gearbeitet. Fast so lang wie Duke und Nakano.

»Kommst du?«, fragte Duke und riss mich aus meinen Gedanken.

»... Ja, bin schon da.« Ich folgte den anderen nach draußen. Duke und Nakano gingen voran, Sara und Cy folgten ihnen, vertieft in ein Gespräch über ihr Rollenspiel. Tatiana hatte die Arme hinter dem Kopf verschränkt und schlenderte hinter den anderen her. Sie wirkte vollkommen sorglos. Ich ließ mich ein bisschen zurückfallen und fragte mich, wie lang sie wohl schon in diesem Geschäft war und ob sie jemals mit anderen zusammengearbeitet hatte. In ihrem Lebenslauf war keine Crew erwähnt worden, offenbar arbeitete sie auf eigene Faust. Kein Wunder, ich konnte mir nicht vorstellen, dass es irgendwer lang mit ihr aushielt, so unmöglich, wie sie sich aufführte.

Ohne eine Crew oder einen Partner war es ein sehr einsames Geschäft. Nichts für mich. Allein hielt ich es nicht lange aus, erst recht nicht, nachdem ich acht Jahre von allen Menschen, die mir etwas bedeuteten, getrennt gewesen war. Von meiner Familie und meinen Freunden.

Von Angel.

Wir hatten gemeinsam unsere Kindheit verbracht, zehn Jahre unseres Lebens. Zehn weitere Jahre hatten wir zusammengearbeitet. Acht Jahre waren wir getrennt und verfeindet gewesen. In meinem Bauch bildete sich ein dicker Klumpen aus Wut, Trauer und Schmerz. Wenn ich arbeitete, konzentrierte ich mich immer nur auf eine einzige Sache. Ich mochte keine Ablenkung. Aber jetzt gerade gelang mir das nicht. Der Schmerz war so überwältigend, dass ich an nichts anderes denken konnte. Ständig grübelte ich darüber nach, was wohl aus uns geworden wäre, wenn das Ganze eine andere Entwicklung genommen hätte.

Oder was noch aus uns werden würde.

Duke und Nakano waren für denselben Abend mit Atlas verabredet. Atlas hatte sie ins Starlight eingeladen, ein Restaurant, welches das gesamte oberste Stockwerk eines Turms in Ward 7 einnahm und – was noch eindrucksvoller war – sich um die eigene Achse drehte, damit die Gäste einen atemberaubenden Ausblick auf Keplers Skyline genießen konnten. Wieder einer dieser schicken Orte, an denen ich noch nie gewesen war. Und an die ich auch nie kommen würde, wenn es nicht um einen Job ging.

Angel und Malia befanden sich in sicherer Entfernung im Transporter und hörten mit. Tatiana und Cy hatten für den Fall, dass etwas schiefging, vor den Eingängen Posten bezogen.

Sara und ich spielten ein Pärchen bei einem Date. So konnten wir alles im Blick behalten.

Das Licht war gedämpft, in kleinen kristallenen Schälchen flackerten echte Kerzen auf weißgedeckten Tischen mit glänzendem Geschirr. Allein der Porzellanteller mit dem Goldrand war sicher einen Wochenlohn im Laden wert – also bloß nichts davon zerbrechen. Das gesamte Restaurant war mit bodentiefen Fenstern ausgestattet, durch die man einen beeindruckenden Ausblick auf die tiefer liegenden Wards hatte. Draußen neigte sich der Kepler-Tag dem Ende zu und ließ die Skyline im künstlichen Licht des Sonnenuntergangs erstrahlen.

Ich zupfte an dem Handschuh meiner rechten Hand – ich war mir des Chips, der dort unter meiner Haut steckte, nur zu bewusst.

Sara streckte den Arm über den Tisch hinweg nach mir aus und legte ihre Hand auf meine. In ihrem schulterfreien schwarzen Kleid und mit dem pflaumenfarbenen Lippenstift sah sie einfach umwerfend aus. »Du musst nicht nervös sein.«

Ich lachte. »Sollte das nicht eher ich zu dir sagen?«

Sie lächelte. »Jeder wird mal nervös. Sogar ich, wenn ich auf der Bühne oder früher auf dem Schwebebalken stehe. Es ist okay, nervös zu sein.«

»Ich bin wirklich nicht nervös«, versicherte ich ihr. »Es ist nur ...« Ich verstummte. Was war mit mir los? Nervös war ich tatsächlich nicht, aber dafür wurde mir gerade in aller Deutlichkeit bewusst, dass ich nicht hierhergehörte. Ich hatte mehr mit dem Personal gemeinsam als mit den Leuten, die hier zu Abend aßen. Ich war oft genug in Ward 7 gewesen, um mich dort unerkannt unter die Leute mischen zu können. Bislang hatte mir das gereicht, jetzt aber nicht mehr. Jetzt wollte ich dazugehören.

Ich war mir nicht sicher, wie ich das Sara erklären sollte. Da meldete sich Angel. »*Wir sind alle auf dem Posten und bereit. Ihr könnt loslegen.*«

»*Alles klar*«, antwortete Duke. »*Wir kommen.*«

Die Türen des Aufzugs öffneten sich mit einem leisen *Ding*, dann betraten Duke und Nakano das Restaurant und gingen direkt zum Oberkellner, der sie bereits zu erwarten schien. Duke sprach kurz mit ihm, dann führte der Kellner die beiden an uns vorbei zu ihrem Tisch, an dem Atlas bereits saß. Dieser stand auf, um sie zu begrüßen.

»Ms. Harden, Dr. Abe«, sagte Atlas. »Welch eine Freude, Sie beide wiederzusehen.«

»Das Vergnügen ist ganz unsererseits«, erwiderte Duke und schüttelte ihm die Hand. »Danke, dass Sie sich noch einmal Zeit für uns nehmen.«

Atlas machte eine einladende Handbewegung und alle drei nahmen Platz.

»Dr. Abe, ich habe mich ein bisschen mit Ihrer Dissertation beschäftigt«, sagte Atlas. »Faszinierend.«

»Wirklich? Sie haben meine Dissertation gelesen?«, fragte Nakano mit vor Aufregung dezent bebender Stimme.

Atlas lachte leise. »Oh ja. Und die Anwendungsmöglichkeiten Ihrer Forschung scheinen mir geradezu grenzenlos.«

»Das kann man wohl laut sagen«, mischte sich nun Duke mit einem Lachen ein. »Clairvoyant ist ganz vorne mit dabei, wenn es um Gedächtnisforschung geht.«

»Das stimmt«, sagte Atlas. »Ich habe mich auch ein bisschen über Sie und Clairvoyant informiert, Ms. Harden.«

»Ich hoffe, meine kleine Firma hat Ihr Interesse geweckt«, erwiderte Duke. »Nennen Sie mich doch bitte Kalei.«

»Ihre Firma ist hochinteressant, Kalei! Was Sie sich da in so kurzer Zeit aufgebaut haben, ist unglaublich.«

Duke grinste breit. »Danke, das weiß ich zu schätzen.«

Eine Kellnerin füllte die Wassergläser nach. Angel nutzte die Gelegenheit: »*Malia, gute Arbeit.*«

»*Kinderspiel, Brah*«, antwortete Malia. »*Ist alles aus einer Doktorarbeit geklaut.*« Sie lachte boshaft. »*Allerdings gibt es da auf Caelestis jetzt eine ziemlich verwirrte Doktorandin.*«

»Werden wir ihr ihre Arbeit zurückgeben?«, fragte Sara. Ich sah sie über den Tisch hinweg streng an. »Oh.« Sie errötete im Kerzenlicht.

»Wie ich sehe, forschen Sie im Moment vor allem auf dem Gebiet der Gedächtniswiederherstellung«, fuhr Atlas fort, nachdem sich die Kellnerin entfernt hatte. »Wollen Sie mir dazu noch ein bisschen was erzählen?«

Nakano wollte das Wort ergreifen, aber Duke kam ihr zuvor.

»Im Moment entwickeln wir Algorithmen, die episodische Erinnerungen von anderen unterscheiden können. Aber die Forschung an sich ist nicht mein Bereich.«

»Nein, sondern meiner«, sagte Nakano. Kalei strapazierte nun sichtlich ihre Geduld. »Wir benutzen maschinelles Lernen, um die feinen Unterschiede zwischen den neuronalen Mustern verschiedener Erinnerungen zu erkennen – vor allem solche, die mit psychischen Traumata zusammenhängen.«

»Mit Erfolg?«

»Die Ergebnisse sind äußerst vielversprechend!«, antwortete Nakano erfreut. »Wir sind mittlerweile in der Lage, verschiedene Erinnerungen mit siebenundneunzig Prozent Wahrscheinlichkeit voneinander zu trennen.«

Eine Bedienung kam an unseren Tisch. »Guten Abend. Möchten Sie bestellen oder brauchen Sie noch einen Moment?«

»Ähm, vielen Dank«, sagte ich mit einem Lächeln. Ich öffnete die Speisekarte und musste mir dann große Mühe geben, meinen Schock zu überspielen. Im Starlight gab es echtes Fleisch und frisches Gemüse, importiert aus den Kolonien in den Äußeren Welten. Kein Nahrungsmittel aus dem Labor. Nichts Rehydriertes. *Echtes* Essen.

Sara bemerkte meine Aufregung. »Ich glaube, wir brauchen noch ein paar Minuten«, sagte sie völlig ruhig.

Die Bedienung nickte und ging.

»Und was ist das Ziel, wenn Sie dann in der Lage sind, traumatische Erinnerungen einwandfrei zu identifizieren?«, fragte Atlas.

»Wir möchten sie nicht nur identifizieren, sondern auch umschreiben«, antwortete Nakano. »Wenn wir traumatische

Erinnerungen gezielt aufspüren können, können wir sie auch verändern, ohne andere, damit verbundene Erinnerungen zu beeinflussen.«

Nun meldete sich Duke wieder zu Wort: »Wir wollen keine anderen Erinnerungen überschreiben, die sich möglicherweise in Verbindung mit der traumatischen Erfahrung gebildet haben«, sagte sie. »Vor allem dann nicht, wenn das adaptive Gedächtnisprozesse betreffen könnte.«

Dieselbe Bedienung kam nun zu Atlas' Tisch, um dort die Bestellungen aufzunehmen. Ich nutzte die Pause in der Unterhaltung: »Was zur Hölle soll ich bestellen?«, zischte ich in mein Comm.

»*Was Teures*«, sagte Malia.

Tatiana: »*Was Ausgefallenes.*«

Cy: »*Was mit Ono.*«

»Bitte denk an das Budget«, sagte Angel.

»Verstehe«, sagte Atlas, als die Bedienung die Bestellungen aufgenommen und sich entfernt hatte. »Wie weit sind Ihre Forschungen in Bezug auf das Überschreiben von Erinnerungen?«

»Nun ja, die verschiedenen Erinnerungen zu identifizieren, ist nur der erste Schritt«, antwortete Duke. »Im nächsten Schritt nehmen wir dann die neuronalen Muster auseinander, um herauszufinden, wie sie mit den charakteristischen Details der Erinnerungen verknüpft sind. Erst dann lassen sich spezifische Bestandteile der Erinnerungen so verändern, dass neue Verknüpfungen entstehen.«

»Was ist ›Kalb‹?«, fragte ich in mein Comm.

»*Eine Baby-Kuh*«, antwortete Malia prompt.

»*Woher weißt du das?*«, fragte Tatiana.

»*GhostNet, Brah! Der Chefkoch hier hat auch ein Mod!*«

»Ich gehe davon aus, dass es sich nur um minimale Eingriffe handelt«, sagte Atlas.

»Aber sicher«, sagte Duke, ohne sich von unserem Gespräch über das Comm ablenken zu lassen. »Schließlich wollen wir ja nicht verklagt werden, weil sich bei jemandem anschließend die Persönlichkeit oder die kognitiven Fähigkeiten verändern.«

»Soll ich etwas anderes bestellen?«, fragte Sara.

»*Unbedingt. Wir essen es schon, wenn es dir nicht schmeckt*«, sagte Cy.

Sara blätterte in der Speisekarte und kaute dabei auf ihrer Lippe herum. »Ach, ich weiß nicht, Kalb klingt schon echt gut.«

»*Eh, Edie, dann bestell du eben was anderes.*«

»Faszinierend.« Atlas sah erst Duke, dann Nakano an. »Und wie wollen Sie es bewerkstelligen, in so einem Muster gezielt nur eine Erinnerung zu ändern?«

»Das ist wirklich noch Zukunftsmusik«, sagte Duke und lachte. Die Unterhaltung, die wir über die Comms führten, brachte sie wirklich kein bisschen aus der Ruhe.

»Ich habe mir schon ein paar Gedanken dazu gemacht«, fiel ihr nun Nakano ins Wort. Duke drehte sich mit gerunzelter Stirn zu ihr um, woraufhin Nakano schüchtern den Blick senkte und ihr Wasserglas anstarrte.

»Bitte. Ihre Gedanken dazu würden mich tatsächlich sehr interessieren«, sagte Atlas in einem ermunternden Tonfall und hob sein Wasserglas.

»Oh ja, mich aber auch«, sagte Duke und klang dabei ziemlich überrumpelt.

Nun meldete sich Angel. »*Edie, such dir einfach irgendetwas aus.*« Sie klang sauer. »*Du blockierst die Comms.*«

Ich blätterte in der Speisekarte. Die Bedienung war bereits im Anmarsch, und ich merkte, dass ich wieder panisch wurde. Verzweifelt suchte ich nach irgendeinem Gericht, von dem ich wenigstens schon mal gehört hatte.

Nakano fuhr mit dem Finger am Rand ihres Glases entlang. »Also gut. Mr. Atlas, seit Ihrem Vortrag habe ich mir Gedanken darüber gemacht, wie ich das neue AXON-Model für meine Forschungen verwenden könnte. Wenn man ein neuronales Muster vollständig identifiziert hat, könnte man mit AXON eine veränderte Erinnerung simulieren. Wenn man diesen Vorgang nur oft genug wiederholt, könnte diese die alte Erinnerung irgendwann komplett überschreiben.«

»Du meinst damit aber doch wohl nicht, dass du das Gedächtnis an sich verändern willst?«, fragte Duke sichtlich schockiert.

»Würden Sie jetzt gerne bestellen?«, fragte die Bedienung mich und Sara.

Sara lächelte. »Ich hätte gerne das in Portwein geschmorte Kalbfleisch.«

»Für mich bitte den Schwertfisch«, sagte ich. Ich hatte in einer von Caseys Tierdokus mal so einen gesehen. Dass man die auch essen konnte, war mir neu, und ich kam mir ziemlich verwegen vor.

Als die Bedienung wieder gegangen war, atmete ich erleichtert aus. Hoffentlich hatte uns das genug Zeit verschafft, um auch den Rest des Gesprächs zwischen Duke, Nakano und Atlas verfolgen zu können.

Ich riskierte einen Blick zu ihrem Tisch. Atlas hatte sein Wasserglas fest umklammert. Wenn mir das schon auffiel, war es Duke und Nakano ganz sicher nicht entgangen.

»Aber das ist ja nur eine Idee«, sagte Nakano schnell. »Ich bin mir nicht einmal sicher, ob das zurzeit technisch überhaupt möglich wäre.«

»Dr. Abe, wie würden Sie so etwas testen?«, fragte Atlas gespielt beiläufig.

Nakano sah Atlas misstrauisch an. »Nun ja, wie Kalei schon sagte: Im ersten Schritt müssen die betreffenden Erinnerungen bei den einzelnen Testpersonen identifiziert werden. Dann kann man deren neuronale Muster miteinander vergleichen, idealerweise nimmt man dafür dieselbe, unter kontrollierten Bedingungen entstandene Erinnerung. So könnten wir die Gemeinsamkeiten dieser Erinnerungen identifizieren und in objektive Fakten und subjektive Interpretation unterteilen ...« Sie brach sichtlich verunsichert ab.

»Und dann?«, fragte Atlas interessiert.

»Wenn wir dann das Muster identifiziert haben, das den objektiven Fakten entspricht«, fuhr sie langsam fort, »wäre es möglich, ein anderes Gehirn damit zu stimulieren und ihm auf diese Weise eine neue Erinnerung einzupflanzen.«

»Aber damit beschäftigt sich Clairvoyant ja nicht«, fiel ihr Duke ins Wort. »Wir wollen die Verknüpfungen zwischen den Erinnerungen verändern, keine völlig neuen Erinnerungen einpflanzen.«

»Es ist ja bloß eine Idee«, sagte Nakano leise.

»Gut, denn das wäre ein juristischer Albtraum«, sagte Duke mit einem nervösen Lachen.

»Dennoch ist es ein interessantes Gedankenexperiment, oder etwa nicht?«, sagte Atlas. Seine freundlichen blauen Augen glänzten im Kerzenlicht. »Sofern es technisch überhaupt möglich wäre.«

Einen Moment lang schwiegen alle drei. Atlas trommelte

mit den Fingern auf dem Tisch herum. Es war unübersehbar, dass es in seinem Hirn arbeitete.

»*Er ist interessiert*«, sagte Angel leise. »*Aber lasst ihn noch ein bisschen zappeln.*«

Schließlich setzte Atlas der unangenehmen Stille ein Ende. »Also, ich bin jedenfalls gespannt, was die Zukunft noch so für uns bringen wird.« Er hob sein Glas.

»Ja, lassen Sie uns darauf anstoßen«, sagte Duke begeistert. Sie und Nakano hoben ebenfalls ihre Gläser.

»Kalei, was sind Ihre Pläne für Clairvoyant?«

»Außer reich und berühmt werden?« Duke lachte.

Atlas lächelte. »Das versteht sich natürlich von selbst.«

»Ich hoffe auf ein fünfprozentiges Wachstum im dritten Quartal, um ein paar von meinen Investoren ausbezahlen zu können«, erwiderte Duke.

»Das sind aber recht bescheidene Ziele«, sagte Atlas.

»Wirklich?« Duke sah überrascht aus.

»Ja.« Atlas beugte sich vor und stützte sich auf die Ellenbogen. »Ich könnte Ihnen etwas Besseres anbieten, als nur kostendeckend zu arbeiten.«

»Anbieten?« Duke klang nun vorsichtig.

»Lassen Sie mich Ihnen mal etwas sagen. Ihnen beiden: Ihre Algorithmen sind sehr wertvoll. Sie sind viel mehr wert als das, was Sie von Ihren Investoren bekommen haben. Und ich würde Ihnen gerne ein Angebot dafür machen.«

»Und über was für eine Summe sprechen wir da?«

Atlas griff in seine Brusttasche und zog eine Karte und einen Stift hervor. Dann notierte er mit einer entschlossenen Handbewegung eine Zahl auf der Karte und schob sie Duke über den Tisch zu. »*Das ist nur ein Eröffnungsangebot.*«

Duke nahm die Karte und betrachtete sie. Ich konnte nicht

genau erkennen, was darauf stand, aber es war eine Zahl mit ziemlich vielen Nullen. Mit dieser Summe konnte man sicher locker unseren ganzen Wohnturm kaufen und hätte immer noch eine Menge übrig.

Nakano wollte nach der Karte greifen, aber Duke schob sie zurück zu Atlas, bevor sie sie ansehen konnte. »Mr. Atlas, das ist sehr freundlich von Ihnen, aber es tut mir leid. Wir können das Angebot nicht annehmen. Wir sind nicht daran interessiert zu verkaufen.«

Atlas blieb völlig unbeeindruckt. »Ich verstehe sehr gut, dass Ihnen das nicht leichtfällt«, sagte er. »Schließlich ist das Ihr erstes Unternehmen. Oder zumindest Ihr erstes erfolgreiches. Und ich werde Ihnen keinen Quatsch erzählen: Sie haben sich da etwas Besonderes aufgebaut. Aber ohne meine Technologie werden Sie mit Ihren Algorithmen nicht viel anfangen können.«

»Heißt das, dass wir nicht mehr mit Ihren Mods arbeiten können?«

»Ich kann da für die Zukunft nichts versprechen«, sagte Atlas gelassen.

Nakano sog hörbar die Luft ein. Atlas' Blick huschte zu ihr, dann wieder zu Duke.

»Es gibt da andere Möglichkeiten ...«, sagte Duke.

»Ach ja?«, unterbrach sie Atlas. »In der ganzen Galaxis gibt es keine mit AXON vergleichbare Technologie. Es gibt ein paar billige Imitationen, mit denen man *vielleicht* zum Übermenschen wird, sich vielleicht aber auch nur das Hirn kocht. Fragen Sie mal Ihre Rechtsabteilung, was die *davon* hält.«

Duke schwieg, als wüsste sie nichts darauf zu erwidern.

Atlas strich die Zahl auf der Karte durch und schrieb eine

neue darunter. Dann schob er die Karte wieder Duke über den Tisch zu.

Duke schob die Karte zurück, ohne sie überhaupt anzusehen. »Kein Interesse.«

Atlas' Kiefermuskeln zuckten. »Ich würde Ihnen wirklich raten, dieses Angebot anzunehmen«, sagte er. »Sie werden sonst mit Ihren Forschungen nicht mehr besonders weit kommen.«

»Soll das eine Drohung sein?«

»Aber auf gar keinen Fall.« Atlas lächelte, doch seine blauen Augen sprühten vor Bösartigkeit. »Nur eine kleine Warnung.«

»Kalei ...«, sagte Nakano, doch Duke brachte sie mit einem Blick zum Schweigen.

Duke stand abrupt auf, wobei sie gegen den Tisch stieß. »Ich denke, wir haben weiter nichts mehr zu besprechen. Mr. Atlas. Wir danken Ihnen für die Einladung.«

Duke verließ den Tisch, drehte sich aber nach ein paar Schritten um, als sie merkte, dass Nakano immer noch wie angewurzelt auf ihrem Platz saß. Sie bedeutete ihr mit einer Geste, dass sie ihr folgen sollte. Nakano faltete langsam ihre Serviette zusammen, legte sie auf den Tisch, dann stand sie auf und strich ihr Kleid glatt. Sie warf Atlas noch einen letzten Blick zu, bevor sie Duke aus dem Restaurant in den Aufzug folgte.

Als sich die Türen schlossen, atmeten wir alle miteinander erleichtert auf. »*Das war's*«, sagte Duke. »*Gute Arbeit, Babe.*«

»*Ho, Atlas ist ganz schön hūhū.*« Malia lachte.

»*Ja, der Buggah ist stinksauer*«, stimmte ihr Cy zu.

»*Angel, was meinst du, hat er es ihnen abgekauft?*«, fragte ich.

Im selben Moment leuchteten Atlas' Mods hellblau im Kerzenlicht auf. Er öffnete sein Comm mit einem Fingertippen.

»*Ruhe*«, kommandierte Angel, woraufhin wir sofort verstummten. »*Ja, Sir?*«

Nun hörte ich Atlas' Stimme zweimal: Einmal im Restaurant, einmal über das Comm. »Ich benötige die Ergebnisse deines Background-Checks«, sagte er. »Schick mir alles, was du über Ella Abe hast.«

»*Aber natürlich, Sir*«, antwortete Angel. »*Ich leite es Ihnen zur Sekunde weiter.*«

Atlas unterbrach die Verbindung, woraufhin das Licht seiner Mods verblasste. Eine Kellnerin brachte eine Flasche Wein und hielt sie ihm hin. Atlas nickte zustimmend, dann lehnte er sich zurück und ließ sich einschenken. Er sah sehr zufrieden mit sich aus.

»*Seid in einer halben Stunde am Treffpunkt*«, sagte Angel in die Runde. Ich hörte ihrer Stimme an, dass sie lächelte. »*Er hat angebissen.*«

NACHDEM DUKE UND NAKANO ATLAS ERFOLGREICH GEKÖDERT HATTEN, TRAT die nächste Phase des Plans in Kraft – und die sah vor, dass Tatiana, Malia und ich uns Zugang zu den internen Systemen von Atlas Industries verschaffen sollten, um die Daten des Prototyps zu stehlen. Außerdem mussten wir uns physischen Zutritt zum Firmengebäude verschaffen. In den nächsten drei Tagen würde es deswegen auch um die Aufzüge gehen. Ich freute mich nicht gerade darauf, mir dabei dauernd die blöden Sprüche der beiden Teenies anhören zu müssen. Aber Job ist nun mal Job, dachte ich.

»Ich hab da was für dich«, sagte Malia. Sie kramte in dem Haufen aus Computerteilen, Technikschrott und 'Ōpala herum, der sich um ihren Sessel herum angehäuft hatte. »Moment«, sagte sie. »Was für ein Hammajang – komplettes Durcheinander.«

»Keine Eile«, erwiderte ich, verschränkte die Arme und lehnte mich gegen einen Tisch. »Ich hab ja sonst nichts vor.«

»Echt jetzt? Ich hätte gedacht, dass du ziemlich beschäftigt bist«, sagte Tatiana im Plauderton und ließ sich in Malias Sessel fallen. »Jetzt, wo du wieder draußen bist, kannst du dich doch bestimmt vor Angeboten kaum retten.«

»Ich mach immer nur einen Job auf einmal«, erwiderte ich genervt.

»Das mache ich auch so, jedenfalls bei einem Job, der mir so viel einbringt, wie dieser hier.« Sie grinste. »Ich musste mittlerweile schon ein paar andere Angebote ablehnen.«

»Das ist dir sicher nicht leichtgefallen«, sagte ich.

»Aber da erzähl ich dir ja bestimmt nichts Neues, oder?«

»Was soll das heißen?«

Tatiana setzte sich auf. »Du warst mal der beste Kundschafter hier auf Kepler, und ein guter Safeknacker dazu.«

»Das stimmt ...«, sagte ich in einem misstrauischen Tonfall.

»Dann muss es doch echt beschissen für dich sein, wenn plötzlich jemand wie ich kommt, die jung und sexy ist und dir deinen Platz wegnimmt.«

»Du nimmst mir meinen Platz nicht weg«, knurrte ich.

»Bist du dir da wirklich so sicher? Du warst so lang weg vom Fenster – da sind Fehler unvermeidlich, ist doch klar. Und Angel hat wirklich hohe Ansprüche ...« Sie ließ den Satz unvollendet.

»Angel vertraut mir«, sagte ich und klang dabei weniger überzeugt als beabsichtigt.

»Noch«, erwiderte Tatiana.

»Versuch nicht, mir ans Bein zu pissen ...«, warnte ich sie.

»Funktioniert's?«

»Aha!«, rief Malia dazwischen. Sie richtete sich mit einer Pappschachtel in der Hand auf und gab sie Tatiana. »Das ist für dich.«

Tatiana öffnete die Schachtel und zog überrascht die Augenbrauen hoch. Dann griff sie hinein und holte einen Anstecker heraus, auf dem »Helft unserer Erde!« geschrieben stand.

»Was zum Teufel soll das sein?«, fragte sie.

»Deine Tarnung!«, sagte Malia. »Der Hausmeister soll uns dabei helfen, in den Bürotrakt zu kommen. Und der engagiert sich sehr für Naturschutz und Tierrechte. Du musst an sein RFID-Tag kommen, damit wir es klonen können. Und dann musst du ihm diesen Anstecker hier unterschieben.« Malia gab ihr noch einen Button, der genauso aussah wie die anderen in der Schachtel. »In dem hier ist eine Kamera, damit finden wir dann seinen Zugangscode heraus.«

»Kommst du damit klar?«, fragte Malia.

»Aber sicher doch«, sagte Tatiana und nahm Malia die Schachtel ab. »Bis morgen ist das erledigt.« Tatiana warf mir einen vielsagenden Blick zu, woraufhin ich sie böse anstarrte.

»Und was ist mit der Produktentwicklerin und dem Waffeningenieur?«, fragte ich Malia.

»Angel arbeitet gerade an den Details für den Waffeningenieur. Deine Aufgabe ist es, uns Zugang zum Forschungstrakt sowie zu den internen Systemen zu verschaffen. Dafür musst du den Betriebsausweis der Entwicklerin stehlen und klonen.«

»Okay, und wie mach ich das?«

»Hier«, sagte Malia und drückte mir ebenfalls eine Schachtel in die Hand. »Du musst deine Zielperson dazu bringen, das hier in ihren Computer zu stecken.«

Ich öffnete die Schachtel. »Was soll das? Das ist ein scheiß Dildo.«

Tatiana kreischte und krümmte sich vor Lachen, wobei sie fast ihre Buttons auf dem Boden verteilt hätte.

»Das ist nicht einfach nur ein Dildo!«, rief Malia über Tatianas Gelächter hinweg. »Das ist ein Dildo, randvoll mit Malware.«

Ich sah Malia irritiert an. »Du erwartest von mir, dass ich meine Zielperson dazu bringe, einen Dildo voller Malware in ihren Computer zu stecken?«

»Aber nicht doch. Du tauschst einfach diesen Malware-Dildo gegen ihren normalen aus. In den Computer stecken tut sie ihn dann von allein.«

»Aber warum?«, fragte ich verwirrt.

Malia nahm mir die Schachtel ab, holte den Dildo heraus, drehte ihn um, sodass der Anschluss sichtbar wurde. »Weil er dafür gedacht ist! Er synchronisiert sich mit der zugehörigen App, und man kann sich ein Profil anlegen, die Einstellungen verändern, neue Programme herunterladen, Hackern Zugang zu eigentlich gesicherten Informationen verschaffen ...« Sie grinste mich an. »Ziemlich cool, was?«

»Malia, das ist mehr, als ich jemals über Dildos wissen wollte.«

»Ich finde das cool«, sagte Tatiana, die endlich mit dem Lachen aufgehört hatte. »Ich bin immer ein Fan von neuen technischen Errungenschaften.« Sie warf mir einmal mehr einen Seitenblick zu. »Man muss ja schließlich mit der Zeit gehen.«

»Eben! Du hast den Durchblick, Cuz!« Malia und Tatiana klatschten sich ab.

Ich blickte finster drein. »Sonst noch was?«

Malia gab mir die Schachtel mit dem Dildo zurück und zuckte mit den Schultern. »Leg ihn ihr einfach auf den Schreibtisch.«

Ich nahm ihr die Schachtel ab. »Wieso bist du dir eigentlich so sicher, dass sie ihn an ihren Bürocomputer anschließt?«

»Du würdest dich echt wundern, was Leute für Scheiß mit

ihren Arbeitscomputern anstellen. Völlig lōlō.« Malia kicherte boshaft. »Einmal ...«

»Danke, nein, 'a'ole, mir reichts.« Ich schob mir die Schachtel unter den Arm und sah zu, dass ich wegkam.

Die erste Zielperson war Yusef Saab, der als Hausmeister Zugang zum Bürotrakt von Atlas Industries hatte. Tatiana postierte sich auf seinem Arbeitsweg und tat so, als wollte sie Passanten für ihre Tierschutzprojekte gewinnen. Dabei hielt sie die Schachtel mit den Ansteckern in der Hand. Malia und ich sahen ihr über die Kamera in dem Button an ihrem T-Shirt vom Transporter aus zu.

»*Die Flyer gehen weg wie warme Semmeln*«, sagte Tatiana. »*Wenn das so weitergeht, brauche ich bald Nachschub.*«

»Schade, dass Angel uns nicht erlaubt hat, auch ›Spenden‹ zu sammeln«, erwiderte Malia voller Bedauern.

»Konzentriert euch«, sagte ich. »Wir sind nicht zum Spaß hier.«

»*Jaja*«, erwiderte Tatiana. »*Keine Sorge, alles kein Ding.*«

»So darfst du nie an einen Job rangehen«, sagte ich. »So wird man erwischt.«

»*Aber nur, wenn man immer noch analog unterwegs ist*«, spottete Tatiana.

»Analog?«, wiederholte ich gequält.

»Oha.« Malia drehte sich auf ihrem Stuhl zu mir um. »Das hat gesessen, Cuz.«

»Mods machen doch alles nur viel komplizierter«, hielt ich dagegen. »Analog ist mir wesentlich lieber als das nutzlose Zeug.«

»*Ich wette mit dir um zwanzig Credits, dass ich mit meiner Zielperson schneller fertig bin als du mit deiner.*«

Ich wollte schon ablehnen. Aber dann griff ich nach der Zigarettenschachtel in meiner Tasche und überlegte es mir anders. »Okay.«

»*Cool, dann sieh zu und lerne ... Sir!*« Tatiana bemühte sich, Yusefs Aufmerksamkeit zu erregen. »*Haben Sie einen Augenblick Zeit für die Tiere der Erde?*«

»*Ich bin gerade auf dem Weg zur Arbeit*«, antwortete Yusef.

»*Aber es dauert wirklich nur eine Minute.*« Tatiana hielt ihm einen Flyer hin, auf dem eine Walkuh mit ihrem Kalb abgebildet war. »*Sie können ihr Leben retten!*«

Yusef sah kurz auf sein Handy. Dann trat er mit misstrauischem Blick näher.

»*Wussten Sie, dass auf der Erde jetzt gerade so viele Tierarten aussterben wie zuletzt am Ende der Kreidezeit?*«, sagte Tatiana.

»Was ist die Kreidezeit?«, fragte ich Malia.

»Brah, das war, als die Dinosaurier den Löffel abgegeben haben«, antwortete sie.

»*Ja, ich weiß*«, antwortete Yusef. »*Das geht ja auch schon seit geraumer Zeit so.*«

»*Es freut mich, dass Sie sich für dieses Thema interessieren*«, sagte Tatiana. »*Das ist nicht selbstverständlich, schließlich sind wir viele Tausend Lichtjahre von der Erde entfernt. Aber die Erde braucht uns, und wir sind immer noch ihre Kinder.*«

»Trag nicht so dick auf«, sagte ich genervt.

Yusef seufzte schwer. »*Es ist eine Tragödie. Aber was können wir von hier aus schon tun?*«

»*Wählen gehen!*«, sagte Tatiana und nahm einen anderen Flyer von ihrem Stapel. »*Wir haben eine Liste derjenigen Kandidaten für den Senat zusammengestellt, die sich für Artenschutz einsetzen*«, sagte sie und gab ihm den Flyer. »*Wählen Sie einfach bei der nächsten Wahl entsprechend!*«

Yusef nickte. »*Das mach ich gern.*«

»*Großartig!*« Tatiana streckte Yusef die Hand entgegen. »*Wir wissen das wirklich sehr zu schätzen.*«

Er nahm lächelnd ihre Hand. Das RFID-Lesegerät in Tatianas Hand las den Chip in Yusefs Hand aus. Malias Laptop piepte zufrieden. »Hat geklappt«, sagte Malia.

»*Oh, einen Moment. Ich hab da noch etwas für Sie!*«, sagte Tatiana. Sie nahm den Anstecker von ihrem T-Shirt und das Videobild wackelte stark, als sie ihn Yusef reichte. Yusef steckte sich den Button an, das Bild wurde wieder klar und zeigte nun eine lächelnde Tatiana. »*Tragen Sie ihn mit Stolz! Schließlich retten Sie die Tiere!*«

Der Mann lachte. »*Das werde ich!*« Er drehte sich um und machte sich wieder auf den Weg.

»Nicht schlecht, Cuz«, sagte Malia. »Jetzt können wir zusehen, wenn er seinen Türcode eingibt.«

»*Wie gesagt: alles kein Ding*«, erwiderte Tatiana. »*Ich bin gleich wieder bei euch.*«

Die zweite Zielperson hieß Vera Decker. Als Entwicklerin hatte sie Zugang zum Forschungstrakt sowie zu den Prototypdaten. Malia hatte ihr Konsumverhalten der letzten Monate verfolgt und herausgefunden, dass sie sich sämtliche Päckchen an ihren Arbeitsplatz schicken ließ – darunter auch den Dildo, der uns den Weg in den Tresorraum öffnen sollte. Was für ein Anfängerfehler!

Als ich am Eingang von Atlas Industries ankam, wartete Vera dort bereits auf den Zusteller. Sie wirkte hibbelig.

»*Also gut, du mit deinem analogen Getue ... Dann zeig mal, was du draufhast*«, sagte Tatiana über das Comm.

Als Antwort grunzte ich nur.

Vera wirkte erleichtert, als sie den Zusteller mit einem Stapel Pakete auf sich zukommen sah. Ich klemmte die Schachtel unter meinem Arm fest und ging schneller. Als sie gerade nach dem Paket greifen wollte, das ihr der Zusteller hinhielt, eilte ich so nah an ihm vorbei, dass ich gegen ihn prallte und das Paket zusammen mit den anderen auf den Boden fiel.

»Oh Mist, tut mir leid«, sagte ich. Vera sah mich an, als hätte ich gerade ihre Karriere ruiniert. Sie fiel auf die Knie und suchte zwischen den Paketen nach ihrer Lieferung.

»Warten Sie, ich helfe Ihnen«, sagte ich und ging neben ihr und dem leise schimpfenden Zusteller in die Knie. Zuerst griff ich nach einem Paket, das nahe bei Vera lag, wobei ich ihr den an ihrem Laborkittel befestigten Betriebsausweis abnahm und schnell an das Lesegerät in meiner Tasche hielt.

»*Hat geklappt*«, bestätigte Malia.

Ich ließ den Ausweis auf den Boden fallen. Dann suchte ich aus dem Haufen der dort verstreuten Pakete dasjenige heraus, das Vera hatte fallen lassen, und tauschte es gegen das aus, das ich unter dem Arm hatte.

»Hier bitte, das ist wohl Ihres«, sagte ich und hielt ihr das ausgetauschte Paket hin. Sie riss es mir förmlich aus der Hand. »Und ich glaube, das da haben Sie auch verloren«, sagte ich und deutete auf den am Boden liegenden Betriebsausweis. Vera nahm ihn schnell wieder an sich.

Dann half ich noch dem Postboten, die restlichen Pakete aufzusammeln, während Vera wieder eilends im Gebäude verschwand. Ich entschuldigte mich noch einmal bei dem Mann und machte mich dann auf den Rückweg.

»Wie liege ich in der Zeit?«, fragte ich.

»*Brah, das war echt knapp*«, sagte Malia, »*aber Tati war einen Hauch schneller.*«

»*Ha!*«, rief Tatiana. »*Maschine – Mensch 1–0! Wie gefällt dir das, Analoser?*«

»Nenn mich nicht so«, knurrte ich.

»*Sollen wir dich lieber mit deinem vollen Namen ansprechen, Edith Jay Melehau'oliokalani Morikawa?*«, kicherte Malia boshaft.

»*Edith?!*«, kreischte Tatiana.

»Nein!«, fuhr ich sie an.

Ich starrte finster vor mich hin. Ich hatte die ganze Aktion einwandfrei durchgezogen, das hätte mir jeder Safeknacker bestätigt. Ich hätte mich darauf berufen können, dass Tatiana und ich verschiedene Aufgaben hatten bewältigen müssen und dass es dabei verschiedene externe Faktoren zu berücksichtigen gab – aber ich wusste, was die beiden Teenies dann von mir halten würden. Ich war verdammt noch mal fast dreißig und sollte mich nicht aufregen, nur weil irgendein Teenager in einer Sache mal etwas besser war als ich.

Aber vielleicht waren Mods wirklich besser als mein »analoges Getue«?

Ich schob den Gedanken beiseite.

»Ich schick euch ein Telegramm, wenn ich wieder zurück bin«, motzte ich stattdessen. Dann sah ich das Päckchen in meinen Händen an. »Und was zum Teufel soll ich jetzt damit machen?«

»*Behalten*«, sagte Malia. »*Als Trostpreis von Atlas Industries.*«

»Atlas Industries?«, wiederholte ich. »Woher soll ich wissen, dass das Ding dann nicht zuhört?«

»*Halt es an einen Magneten, so wird alles gelöscht*«, sagte sie. Dann hörte ich die beiden kichern. »*Es sei denn, du stehst drauf.*«

»Oh Mann, ganz bestimmt nicht.« Ich blieb bei einem Mülleimer stehen, um das Päckchen wegzuschmeißen, hielt dann aber inne.

Naja, immer noch besser als *nichts*.

Ich seufzte, klemmte mir das Päckchen wieder unter den Arm und ging weiter in Richtung unseres Hauptquartiers.

Die dritte Zielperson, der Waffeningenieur Craig Burns, hatte auch zu den am stärksten gesicherten Abteilungen von Atlas Industries Zugang. Malia hatte sein Bewegungsprofil der letzten Wochen erstellt und ein Muster erkannt: Er ging jeden Mittwochabend mit seinen Kumpels zur Happy Hour in eine protzige Lounge in Ward 7. Die Kumpels waren dieses Mal jedoch kurz vorher mit ein paar gefälschten Mails zu nicht existenten Meetings geschickt worden, weshalb Craig allein in der Lounge saß.

»Warum Sara? Kann das nicht jemand anderes machen?«, fragte ich.

Wir hatten uns alle um die geöffnete Seitentür des Transporters versammelt, in dem Angel saß und auf uns herabschaute. Unsere Blicke trafen sich. »Wer hier würde denn gerne mit einem Mann flirten?«

»Nein, danke«, murmelte die Gruppe geschlossen.

»Was ist mit Nakano?«, sagte ich. »Sie flirtet ja schon mit Atlas. Sie kann das.«

Duke stieß Nakano mit der Schulter an. »Ja, sie könnte das wirklich.«

»Nakano ist aber nun mal schon mit Atlas beschäftigt. Und mich kennt Craig«, sagte Angel. »Außerdem: Burns hat einen etwas ... speziellen Geschmack.« Sie kräuselte verächtlich die Lippen.

»Dann denk dir was anderes aus«, sagte ich. »Wir können Sara da nicht allein reinschicken.«

»Aber ich bin doch gar nicht allein«, meldete sich nun Sara selbst zu Wort. Sie lächelte. »Ihr seid doch auch alle da.«

»Stimmt«, sagte Angel. »Ihr werdet auch alle vor Ort sein, falls etwas schiefgehen sollte. Und Malia hat sie per Kamera im Blick.«

»Aber sie hat so etwas noch nie allein gemacht«, sagte ich.

»Sie hat Erfahrung. Schließlich hat sie im Venus gearbeitet«, erwiderte Angel. »Einmal ist immer das erste Mal. Und sie ist ein Naturtalent.«

Sara strahlte.

»Bekommst du das hin?«, fragte Nakano und legte Sara die Hand auf den Arm.

Sara nahm sie und tätschelte sie beruhigend. »Keine Sorge, ich kann das.«

»Achte auf deine Körpersprache«, fügte Duke hinzu.

»Ich werde nicht mit dem Bein wippen oder auf meiner Lippe rumkauen«, sagte Sara.

»Dann fangen wir jetzt an«, sagte Angel. »Wenn ihr alle auf eurer Position seid, schicken wir sie rein.«

Ich seufzte. Hier kämpfte ich auf verlorenem Posten. »Na gut. Cy und ich gehen zuerst rein.«

Cy sah Sara an. »Wenn der Buggah dir blöd kommt, werd ich ihm den Arsch aufreißen.«

»Danke.« Sara lächelte ihn an.

Ich klopfte Cy auf die Metallschulter. »Na, dann los.« Wir machten uns auf den Weg in die Lounge.

Der Raum war nur spärlich durch niedrig hängende Lampen beleuchtet, und vor den Fenstern waren schwere Vorhänge angebracht. An der Bar am hinteren Ende war für einen

Dienstagabend ziemlich viel los. Rote Plüschsofas und Sessel standen in Wandnischen oder standen als Sitzgruppen arrangiert in Senken. Ich sah mich um und entdeckte Craig, der allein an einem Bartisch in der Nähe der Theke saß und gelangweilt auf seinem Comm herumtippte. Ein paar Plätze waren noch frei. Ich entschied mich für eine der Sitzgruppen, und Cy ging an die Bar, um uns Drinks zu besorgen.

Ich sank auf ein rotes Sofa und berührte meinen Ohrstöpsel. »Wir sind auf Posten.«

Duke und Nakano kamen als Nächste herein und ließen sich auf einer weiteren Sitzgruppe am anderen Ende der Lounge nieder. Schließlich erschien Tatiana und setzte sich an einen leeren Tisch. Nun gab es in der gesamten Lounge keinen freien Platz mehr.

»Achtung, Sexbombe im Anmarsch«, sagte Malia und Sara kicherte.

Kurz darauf kam Sara in die Lounge marschiert. Sie trug ein kurzes schwarzes Kleid, das viel Bein zeigte, einen hohen Pferdeschwanz und leuchtend roten Lippenstift. Cool und selbstbewusst sah sie sich um.

Ich erschrak, als mir plötzlich bewusst wurde, wie sehr sie mich an Angel erinnerte.

Sara glitt gegenüber von Craig auf einen Stuhl und ließ ihre Handtasche auf den Tisch fallen, als wäre sie hier zu Hause. Er sah sie überrascht an. »Ist hier noch frei?«, fragte sie.

»Ich warte noch auf ein paar Freunde«, erwiderte Craig.

»Sie sehen aber trotzdem ein bisschen einsam aus«, erwiderte sie mit einem verschmitzten Lächeln.

»Sie werden bald hier sein«, sagte er und klang beinahe ein wenig gekränkt.

»Macht doch nichts«, sagte Sara. »Ich bin auch versetzt

worden. Aber da hatte ich mich schon in das Kleid gezwängt und war auf dem Weg hierher. Warum soll ich mir also nicht trotzdem einen schönen Abend machen?«

Craig sah aus, als würde er verschiedene Optionen gegeneinander abwägen. Sara wartete geduldig mit amüsiert hochgezogenen Augenbrauen. Natürlich bestand die Möglichkeit, dass er sie abblitzen ließ. Das konnte immer passieren, egal, wie gut man sein Handwerk beherrschte. Darauf hatte man keinen Einfluss. Aber ich war mir ziemlich sicher, dass es ihm nicht gelingen würde, diesen bezaubernden grünen Augen zu widerstehen.

Schließlich breitete sich ein Grinsen auf Craigs Gesicht aus. »Sich einen schönen Abend machen klingt gut.«

»Prima.« Sara lehnte sich zurück und schlug die Beine über. »Wollen Sie mir nicht zuerst mal einen Drink spendieren?«

»Nur, wenn Sie mir Ihren Namen verraten«, antwortete er.

»Aria Monahan.« Sara streckte ihm die Hand entgegen. »Und Sie sind?«

Er nahm ihre Hand. »Craig Burns.«

»Angenehm.« Sara lächelte. »Und was ist jetzt mit dem Drink?«

»Aber unbedingt«, sagte er und erhob sich. »Was darf ich Ihnen bringen?«

»Ich nehme dasselbe wie Sie.«

»Bin gleich wieder da«, sagte er und ging Richtung Bar.

»*Sara, gute Arbeit*«, sagte Angel. »*Beschäftige ihn, bis Tatiana von ihm hat, was wir brauchen.*«

Ich musste zugeben, dass Sara sich großartig schlug. Sie war ein Naturtalent – und vielleicht hatte sie auch mehr Erfahrung mit so etwas, als ich gedacht hatte. Bis jetzt lief jedenfalls alles reibungslos, ganz anders als bei Angels und meinem ersten Job – einem simplen Trickbetrug in einer Bar. Ich hatte nur gerade so geschafft, Ruhe zu bewahren, während Angel die ganze Zeit über völlig cool blieb. Was das betraf, war sie ebenfalls ein Naturtalent.

Ein paar Minuten später kam Craig mit zwei Drinks zurück, setzte sich und gab einen davon an Sara weiter.

»Danke.« Sie lächelte ihn an.

»*Frag ihn nach seiner Arbeit*«, sagte Angel. »*Solche Typen machen sich gerne wichtig.*«

»Was machen Sie denn beruflich?«, fragte Sara und nahm einen kleinen Schluck von ihrem Drink.

»Ich bin Ingenieur bei Atlas Industries«, antwortete Craig.

»Oh wow. Programmieren und so was?«

»Ich entwickle Algorithmen für autonome Raumkampfwaffensysteme. Wissen Sie, was das ist?«

»Nein, eigentlich nicht. Erklären Sie es mir?«

»Ich sorge dafür, dass die Waffen im All zielgenauer sind. Damit wir die bösen Jungs besser treffen.« Er formte mit der Hand eine Pistole und richtete sie auf Sara. »Bumm.«

Ich vergrub den Kopf in den Händen. Was für ein widerlicher Typ.

»*Fuck, ich kotz gleich*«, stöhnte Tatiana.

»*Können wir den Faka nicht einfach um die Ecke bringen?*«, fragte Malia.

»Aber echt«, sagte Cy.

»*Sieh zu, dass er sich weiter selbst beweihräuchert*«, sagte Angel, ohne auf unsere Kommentare einzugehen. »*Das sollte nicht allzu schwierig sein.*«

»Wow, das klingt anspruchsvoll«, sagte Sara beeindruckt. »Woher weiß man denn, was man wo und wie treffen will?«

»Also, das ist so ...« Greg gestikulierte und stieß dabei

Saras Tasche vom Tisch. »Oh, tut mir leid. Kommen Sie dran?«

»Jaja, aber natürlich ...«, murrte Sara wenig erfreut und bückte sich nach ihrer Tasche.

»*Oha. Moment*«, sagte Tatiana. »*Sara, er hat dir gerade etwas in den Drink geschüttet. Fass den bloß nicht mehr an.*«

Cy und ich wollten aufspringen.

»*Halt. Das können wir ausnutzen*«, sagte Angel.

»Angel ...«, sagte ich scharf.

»*Edie, setz dich. Sie kommt schon klar.*«

Ich warf einen Blick in Saras Richtung. Sie kramte in ihrer Tasche, um sich zu vergewissern, dass nichts kaputtgegangen war. Und um kurz nachdenken zu können. Wie ein Profi.

Ich hätte diesem selbstverliebten Faka am liebsten die Fresse poliert. Und ich wusste, dass es Cy da nicht anders ging. Aber es stand einfach zu viel auf dem Spiel. Also musste ich darauf vertrauen, dass Sara schon wusste, was sie tat. Und Angel auch.

Und so atmete ich tief durch und setzte mich wieder.

»*Sara*«, meldete sich nun Angel wieder. »*Auf mein Kommando vertauschst du die Drinks. Nakano, du sorgst für Ablenkung. Alle anderen sind neugierige Zuschauer. Los.*«

»Du *Arschloch*!«, schrie Nakano. Ich drehte mich in Richtung des Lärms um, genauso wie Tatiana und Cy und alle anderen Gäste der Lounge inklusive Craig. Nakano stand so abrupt auf, dass Duke sich tatsächlich zu erschrecken schien. Dann kippte Nakano Duke ihren Drink ins Gesicht. Alle in der Lounge schnappten hörbar nach Luft.

»*Sara. Jetzt*«, sagte Angel.

Sara tauschte die Drinks.

»Ruf mich bloß nicht an!«, schrie Nakano und heulte los. »Ich will nie wieder was von dir hören!«

»Aber Liebes ...«, sagte Duke.

Nakano drehte sich auf dem Absatz um und stürmte weinend aus der Lounge. Duke blieb mit einem schockierten Gesichtsausdruck sitzen.

»Sara, sehr gut«, sagte Angel. »Und jetzt proste ihm zu.«

»Wow, na sowas«, sagte Sara und zog damit Craigs Aufmerksamkeit wieder auf sich. Sie lachte. »Na, ich hoffe, dass ich Ihnen nicht auch meinen Drink ins Gesicht kippen muss.«

Craig zupfte an seinem Jackett herum. »Aber natürlich nicht.«

Sara hob ihr Glas. »Auf alle glücklichen Beziehungen!«

»Darauf trinke ich!«, sagte Craig und sie stießen miteinander an.

Sara hob ihr Glas an die Lippen und nahm gleich einen großen Schluck, woraufhin Craig es ihr nachtat und sie dann erstaunt ansah.

»Sie sollten das nicht so schnell trinken«, sagte er, als sie ihre Gläser wieder abgestellt hatten.

»Ich vertrage wohl ein bisschen mehr, als Sie mir zutrauen«, erwiderte Sara mit einem listigen Lächeln.

Dann unterhielten sie sich noch etwa eine halbe Stunde lang, wobei Craig bereits nach etwa fünfzehn Minuten aussah, als ginge es ihm nicht besonders gut. Als die beiden fast fertig mit ihren Drinks waren, entschuldigte er sich und ging auf die Toilette. Wir alle warteten gespannt. Als er fünf Minuten später immer noch nicht zurück war, stand Cy auf, um nach ihm zu sehen. Dabei lief er an Saras Tisch vorbei und sie reichte ihm unauffällig ihre Handtasche.

»*Der ist k.o.*«, sagt Cy. »*Ich klone jetzt seinen Betriebsausweis und schieb ihm die Wanze unter.*«

»*Perfekt*«, antwortete Angel. »*Dann lasst uns von hier verschwinden. Wir treffen uns am Transporter.*«

Cy und ich liefen zu Sara, wobei uns völlig egal war, ob das jemandem auffiel. Cy legte seinen kybernetischen Arm um ihre bebenden Schultern und wir führten sie aus der Lounge. Tatiana und Duke folgten uns kurze Zeit später.

Angel, Malia und Nakano warteten am Transporter auf uns. Mittlerweile war Keplers Sonne untergegangen, und Angels Silhouette zeichnete sich deutlich gegen die Innenbeleuchtung ab. Nakano kam uns entgegen und zog die zitternde Sara in ihre Arme »Tut mir so leid, Liebes«, sagte sie.

Sara lehnte sich an sie und brach in Tränen aus.

Wir drängten uns alle um sie und nahmen sie abwechselnd in den Arm. Als sie gegen meine Schulter gelehnt weinte, musste ich an eine Nacht vor zehn Jahren denken, als Cy und ich Robbie Mattias aus einer Bar gezogen und auf offener Straße verprügelt hatten, nachdem Angel uns erzählt hatte, dass er sie belästigt hatte. Ich war so wütend, dass ich gerade am liebsten etwas Ähnliches getan hätte.

Schließlich beruhigte sich Sara. Ich drückte sie noch einmal und ließ sie dann los, woraufhin Cy sie an sich zog, sodass sie fast vollständig in der Umarmung seines massigen Körpers verschwand. »Dem Faka werde ich noch ordentlich eine reinhauen«, knurrte er.

»Mach das nicht«, schniefte Sara und drückte sich an seinen echten Arm. »Davon geht es mir auch nicht besser. Und wenn er die Cops ruft, kommen sie uns am Ende noch auf die Schliche. Wir haben ihm bereits sein eigenes Teufelszeug verabreicht, belassen wir es dabei.«

»Ich könnte ihm seine Altersvorsorge wegnehmen und alles an die Frauennothilfe spenden«, bot Malia an.

»Das finde ich eine gute Idee, da würde ich mich besser fühlen«, schniefte Sara.

»Sara«, kam von Angel, die bislang geschwiegen hatte. Sie stieg leichtfüßig aus dem Transporter und ging zu Sara, die sich von Cy löste und sich über die Augen wischte. Angel sah Sara mit unergründlicher Miene an.

»Gut gemacht«, sagte sie schließlich. »Es tut mir leid, dass das passiert ist. Damit hatte ich nicht gerechnet.«

»Schon okay, das konntest du ja nicht ahnen«, sagte Sara.

»Aber ich hätte es ahnen müssen«, erwiderte Angel mit einer Unerbittlichkeit, die mich überraschte. »Schließlich ist es mein Plan, und deswegen bin ich auch für eure Sicherheit zuständig.«

Sara lächelte, was ihr Gesicht selbst unter ihrem tränenverschmierten Make-up regelrecht zum Strahlen brachte. Dann zog sie Angel fest an sich. Angel versteifte sich erst, entspannte sich aber dann und erwiderte die Umarmung.

»Schon okay«, sagte Sara. »Danke, dass ihr mich da rausgeholt habt.«

Dann ließ sie Angel los. Die trat einen Schritt zurück, glättete ihren Blazer, setzte die übliche unbewegte, durch nichts zu erschütternde Miene auf. »Ihr habt alle gute Arbeit geleistet«, sagte sie. »Ich denke, wir können jetzt alle eine Pause brauchen. Ruht euch ein bisschen aus.«

Ich tippte Sara auf die Schulter. »Soll ich dich nach Hause bringen?«

Sara lächelte. »Ja, das wäre nett.«

Wir gingen an Cy und Angel vorbei, die sich noch weiter über unsere Aktion austauschten. Tatiana und Malia suchten auf Malias Laptop nach Frauennothilfezentren auf Kepler. Nakano tupfte Dukes Gesicht mit einem Taschentuch ab.

»Musstest du mir wirklich deinen Drink ins Gesicht schütten?«, maulte Duke.

»Tut mir leid, Babe«, sagte Nakano, sah dabei allerdings dezent amüsiert aus.

Vom Hauptquartier ging jeder stets allein nach Hause. Ich wusste nicht, wo die anderen wohnten – ausgenommen natürlich Cy, der noch nie in seinem Leben umgezogen war. Ich begleitete Sara zu einem Wohnturm in Ward 2, in dem früher hauptsächlich Bekleidungsindustrie ansässig gewesen war. Damals hatten wir dort viele Botengänge für Cys Tūtū erledigt. Sara zufolge war der Turm vor drei Jahren zu einem riesigen Lager für Atlas Industries umgebaut worden.

Unterwegs erzählte sie mir auch ein paar Dinge über sich, die nicht in ihrem Lebenslauf gestanden hatten. Sie war wie ich in Ward 2 aufgewachsen. Ihre Mutter hatte jeden Credit in Saras Turnerinnenkarriere gesteckt, in der Hoffnung, dass diese ihnen zu einem besseren Leben verhelfen würde. Saras knallharter Sportlehrer hatte ihr beigebracht, dass sich beim Sport alles nur um Fehler drehte. Und dass das einzige Mittel dagegen Training war – man musste alles einfach so lange üben, bis man keine Fehler mehr machte. Sie erzählte mir auch, dass eine Freundin ihr anvertraut hatte, vom gemeinsamen Trainer der beiden missbraucht worden zu sein. Als dieser dann versuchte, sich auch an ihr zu vergreifen, deckte sie alles auf und landete auf einer schwarzen Liste – genau wie ich. Schließlich hatte sie keine Sponsorenverträge mehr bekommen und den Job im Venus angenommen. Dort konnte sie zumindest tanzen. Trotzdem war sie der Meinung, dass es das alles wert gewesen war. Sie hatte Gerechtigkeit für die anderen Mädchen erreichen wollen. Und das war es auch, was sie sich von diesem Job hier versprach: Gerechtigkeit – auch wenn das Geld natürlich nicht zu verachten war. Sie wollte damit eine Kette von Sportstudios eröffnen, das erste in ihrem Viertel, um dort junge Talente zu fördern. Auch wenn ihr eigener Traum von einer Karriere als Turnerin ausgeträumt war, konnte sie immer noch anderen helfen.

Wir hatten alle unsere Gründe, bei diesem Job mitzumachen, und für uns alle stand einiges auf dem Spiel. Wenn wir Erfolg hatten, würden nicht nur ich und meine Familie, sondern auch viele andere Familien auf Kepler, vielleicht sogar in der ganzen Galaxis, davon profitieren.

Sara war ihr ganzes Leben lang gescheitert – aber nur, um am Ende doch erfolgreich zu sein. Hoffentlich konnte ich auch meinen Teil dazu beizutragen, dass der Erfolg auch tatsächlich kam und sich dieser beschissene Job auszahlte.

14

ALS ICH AM DONNERSTAG IM HAUPTQUARTIER ERSCHIEN, ERKANNTE ICH den Raum nicht wieder. Die Tische waren zur Seite geschoben, Sessel und Sofas bildeten ein Rechteck, in dem die Lederkissen auf dem Boden lagen. Das Ganze erinnerte mich an Caseys Kissenburgen.

Noch während ich mich verwundert umsah, öffnete sich hinter mir die Tür.

»Ho, Cuz«, sagte Malia. »Da warst du aber ganz schön fleißig.«

»Ich nicht«, erwiderte ich und drehte mich zu ihr um. »Ist das nicht dein Werk?«

»Warum das denn? Nur weil ich die Jüngste bin?«, Malia tat furchtbar beleidigt. »Das ist ja wohl Altersdiskriminierung, Brah.«

Ich schüttelte nur mit dem Kopf, ließ meine Tasche auf einen Sessel fallen und ging um die Polsterburg herum. Malia setzte sich auf die Rückenlehne eines Sofas und sah sich ebenfalls um.

»Ich wette, man könnte da einen Salto schlagen, ohne sich wehzutun«, sagte Malia.

»Vermutlich.«

»Wahrscheinlich könntest *sogar du* da einen Salto schlagen, ohne dir wehzutun«, stichelte sie weiter.

»Mach ich aber nicht.«

»Hast du etwa Angst?«

»Nö.«

»Auch nicht für zwanzig Credits?«

Ich dachte kurz darüber nach. Zwanzig Credits wären immerhin ein Einkauf in der Bodega, plus Zigaretten. Zugegebenermaßen ein verlockendes Angebot.

»Warum steht hier denn plötzlich ein Boxring?«

Ich sah mich wieder um. Duke und Nakano kamen Arm in Arm herein. Duke wirkte amüsiert.

»Frag nicht mich«, sagte ich. »Keine Ahnung.«

Nakano ging neugierig zu dem Sofaarrangement hinüber, während sich Duke neben mich stellte. »Willst du etwa gegen mich antreten?«

»Warum sollte ich?«, fragte ich genervt zurück.

»Um die Ehre deiner Femme«, schlug Nakano vor.

»Zwei Butches geh'n rein, eine Butch geht raus«, sagte Malia mit tiefer Stimme.

Ich hatte keine Femme an meiner Seite, und zwar schon seit langer Zeit. Vermutlich war Angel das, was dem noch am nächsten kam. Aber diesen Gedanken verbannte ich schnell in die Dunkelheit meines Unterbewusstseins.

»Oh!«

Wir drehten uns alle zur Tür um, wo nun Sara mit einem Pappträger voller Kaffeebecher in jeder Hand stand und erstaunt in die Runde blickte. »Was wird das denn?«

Ich zuckte mit den Schultern. »Das war schon so, als wir gekommen sind.«

Sara stellte den Kaffee ab, ging zu den Sofas, stupste

eines der Kissen mit dem Absatz ihres High Heels an und wandte sich dann mir zu. »Ist das ein Test? Hat Angel das gemacht?«

Ich runzelte die Stirn. »Warum fragst du mich das?«

»Weil du ihr näherstehst als wir«, antwortete Sara.

»So könnte man das auch nennen«, murmelte Duke.

»Was soll das denn ...«

»Oh, gut, ihr seid schon da.«

Wir drehten uns wieder um. Cy stand in der gegenüberliegenden Seite des Raums, die Arme voller Kampfsport-Schutzkleidung.

»Ist das dein Werk?«, fragte ich.

»Jep«, sagte er, ging zu einem Tisch und ließ die Schutzkleidung darauf fallen. »Heute wird trainiert.«

»Trainiert?«, fragte Duke und zog eine Augenbraue hoch.

»Du nicht, Cuz.« Cy deutete mit dem Kinn auf Sara und Malia. »Die zwei.«

»Ich?«, erwiderten die beiden im Chor.

»Ihr müsst lernen, euch selbst zu schützen«, erklärte er. Dann sah er Sara ernst an. »Dass das nötig ist, haben wir ja gestern Abend gesehen.«

»Aber ihr habt doch alle auf mich aufgepasst«, erwiderte Sara.

»Aber wenn wir mal nicht da sind?«, fragte Cy. »Was dann?«

Sara steckte sich eine Locke hinters Ohr, die sich aus ihrem Zopf gelöst hatte. »Keine Ahnung.«

»Und du ...« Er sah Malia streng an. »Was machst du ohne einen Computer?«

»Brah, du hast da einen Denkfehler«, erwiderte Malia, »wenn du glaubst, dass ich jemals ohne einen Computer unterwegs sein könnte. Erstens ist der hier oben eingebaut, vergiss das nicht.« Sie tippte sich an die Schläfe. »Und zweitens gibt es nichts, was sich nicht hacken lässt.« Malia grinste teuflisch. »Mit dem GhostNet bin ich immer auf alles vorbereitet.«

»Und was hilft dir das bei einer Schlägerei? Wehrst du dich dann mit einem DDoS-Angriff?«

Ich musste lachen. »Weißt du überhaupt, was das ist, Cuz?«

Er warf mir einen bösen Blick zu. »Weißt du's denn, Cuz?«

»Äh ...«, stammelte ich.

Cy kniff die Augen zusammen. »Der ganze Quatsch hilft nicht gegen jemanden wie mich, mehr muss ich nicht wissen.«

Ich hob kapitulierend die Hände.

»Und was ist mit ihr?«, protestierte Malia und zeigte auf Nakano. »Warum muss sie nicht mitmachen?«

»Weil ich seit zehn Jahren Jiu-Jitsu mache«, sagte Nakano lapidar. Malia und ich sahen sie erstaunt an. Sie zuckte nur mit den Schultern. »Steht in meinem Lebenslauf.«

»Sie hat viele Talente«, sagte Duke liebevoll.

»Egal!« Cy streifte seine Schuhe ab, betrat den behelfsmäßigen Ring und signalisierte Sara und Malia, es ihm gleichzutun.

Sara zog vorsichtig ihre High Heels aus und ließ sie am Rand des Rings stehen. Dann trat sie auf die Kissen und hüpfte ein bisschen darauf herum, um ein Gefühl dafür zu bekommen, wie elastisch sie waren. Sie grinste. »Ein bisschen wie eine Turnmatte!«

»Genau so ist es gedacht.« Cy sah an ihr vorbei zu Malia, die sich nicht von der Stelle gerührt hatte. »Was ist? Hast du Angst?«

Malia versteifte sich. »Nein, hab ich nicht.«

»Wenn du keine Angst hast, warum sitzt du dann da wie eine beleidigte Leberwurst?«, sagte ich herausfordernd.

Malia warf mir einen bösen Blick zu. »Mich von meinen eigenen Leuten verdreschen zu lassen, gehört nicht zu meinem Job.«

»Ich will dich nicht verdreschen«, sagte Cy genervt. »Ich bring dir bei, wie du andere verhaust.«

»Ist doch eine gute Idee«, sagte Nakano aufmunternd. »Nur für den Fall, dass dein Computerkram dich mal im Stich lässt.«

Malia sah verärgert aus. »Aber ...«

»Was ist denn hier los?«

Tatiana stand im Eingang und nahm gerade ihre Sonnenbrille ab. »Hat Angel das gemacht?«, fragte sie mich.

»Warum denkt jeder, dass ich weiß, was Angel so tut?«, maulte ich.

»Du machst auch mit, Cuz.« Cy zeigte auf Tatiana.

»Wobei denn?«, fragte sie.

»Selbstverteidigung«, sagte er. »Ich bring euch bei, wie ihr einem Buggah, der euch blöd kommt, so richtig in den Arsch tretet.«

Tatiana sah beleidigt aus. »Wie kommst du darauf, dass ich das lernen muss?«

»Nix für ungut, aber du siehst nicht gerade aus, als hättest du dich schon mal geprügelt.«

»Hab ich auch nicht.« Sie griff in ihre Manteltasche, holte ein Springmesser hervor und ließ es aufschnappen. »Ich schlitz die Bitches einfach auf.«

»Gut!«, sagte Cy anerkennend. »Das ist die richtige Einstellung.« Er winkte Malia und Tatiana noch einmal zu sich in den Ring. »Los gehts, wir haben nicht den ganzen Tag Zeit.«

»Na los, das formt den Charakter«, sagte Duke, bevor Tatiana noch einmal widersprechen konnte.

»Du hörst dich an wie mein Dad«, maulte sie.

»Und? Hat der auch immer recht?«, fragte Duke mit einem Grinsen.

Tatiana seufzte aus tiefster Seele. Dann steckte sie das Messer weg und betrat den Ring. Malia jedoch blieb immer noch sitzen. »Was ist mit dir?«, fragte Tatiana.

»Nö«, sagte Malia. »Ihr könnt mich nicht zwingen.«

»Ich mach einen Salto, wenn du mitmachst«, schlug ich vor.

Malia dachte kurz nach. Dann grinste sie, sprang vom Sofa, zog die Schuhe aus, warf sie in die Ecke und betrat den Ring.

»Das Wichtigste zuerst: Ein Kampf ist immer nur der letzte Ausweg. Wenn's nicht mehr anders geht.« Cy sah Tatiana an. »Wir suchen keinen Streit.«

Tatiana zuckte mit den Schultern.

»Und was auch noch wichtig ist: Fair kämpft man nur im Boxring. Wenn euch irgendein Buggah was tun will, ist jeder schmutzige Trick recht. Und jetzt sucht euch erstmal eine Waffe.«

Sara holte einen High Heel und hob ihn drohend. Tatiana wickelte sich die Kette ihres Portemonnaies um die Fingerknöchel. »Sehr gut!« Cy sah Malia an. »Eh! Und was ist mit dir?«

Malia machte ein konzentriertes Gesicht. Das Licht im Raum flackerte und ging dann aus.

»Schnappt ihn euch!«, schrie Malia.

Plötzlich waren lautes Rufen, Gelächter und Schläge zu hören. Im schwachen Licht, das durch die Plastikplanen vor den Fenstern in den Raum drang, konnte ich Cys riesenhafte Gestalt und dazu die drei kleineren der Frauen erkennen. Eine schlug ihm gerade ein Kissen gegen den Kopf, eine andere hing an seinem Arm. Die dritte – und kleinste – sprang auf seinen Rücken. Sie bildeten einen zappelnden, schwankenden Haufen, bis Cy alle drei mit einem Brüllen abschüttelte. Sie landeten mit entrüstetem Geschrei auf dem Boden.

Ich kringelte mich vor Lachen. Das Ganze erinnerte mich an die Prügeleien in meiner Kindheit, von denen ich heute nicht mal mehr wusste, wer dabei überhaupt angefangen hatte und warum. Aber damals war das alles furchtbar wichtig gewesen. Cy und ich gegen den Rest der Welt – so war es gewesen, seit ich mich erinnern konnte. Er hatte mich nie im Stich gelassen, und ich ihn auch nicht.

Bis ich im Gefängnis gelandet war.

Bei dem Gedanken daran verging mir das Lachen. Natürlich hatten wir uns während meiner Haft über Videoanruf immer viel erzählt. Aber über alles hatte er nicht gesprochen. Er hatte seinen Großvater verloren und seine Tūtū wurde auch nicht jünger. Er hatte sich einer Geschlechtsangleichung unterzogen, sich eine Menge Mods zugelegt und dabei ziemlich verschuldet. Und er hatte ein ehrliches Leben angefangen – nur um gleich wieder in kriminelle Machenschaften hineingezogen zu werden. Wie viel von seinem Leben hatte ich eigentlich verpasst? Wie oft war ich nicht für ihn da gewesen, als er meine Hilfe gebraucht hätte? Bevor ich weiter darüber nachdenken konnte, ging das Licht wieder an.

»Was ist denn hier los?«

Die plötzliche Helligkeit ließ mich blinzeln. Cy stand mitten im Ring und versuchte gerade, Sara ein Kissen aus den Händen zu winden. Malia tippte auf ihrem Comm herum und Tatiana lag benommen am Boden. Angel stand im Eingang.

Erwischt.

»Cy bringt uns gerade Selbstverteidigung bei«, sagte Sara fröhlich. Cy ließ das Kissen los und sie stolperte mit einem leisen Aufschrei nach hinten.

»Selbstverteidigung«, wiederholte Angel.

Malia grinste. »Ja, wir haben eine Menge gelernt.«

Tatiana, die immer noch auf dem Boden lag, reckte einen Daumen in die Höhe.

»Na gut«, sagte Angel. »Cy, wenn ihr euren ... Unterricht kurz unterbrechen würdet. Du bekommst nämlich gleich einen Anruf von der Personalabteilung.«

»Alles klar. Wir räumen auf.«

Die vier hoben die Kissen vom Boden auf und verteilten die Sofas wieder im Raum. Ich sprang vom Tisch herunter, um ihnen zu helfen, Duke und Nakano folgten mir. Wir waren gerade dabei, ein Sofa wieder an seinen Platz zu schieben, als sich Cys Comm meldete.

Alle verstummten, während er den Anruf entgegennahm. »Hallo?«

»Mr. Iwata?«, fragte eine leise Stimme.

»Am Apparat«, antwortete Cy.

»Mr. Iwata, mein Name ist Adam Alba, ich arbeite für Atlas Industries Security. Hätten Sie einen Moment Zeit für mich?«

»Jep, was gibts?«

»Gut. Wir hier bei Atlas Industries waren sehr angetan von Ihrem Lebenslauf und uns gefällt Ihre Arbeitsmoral. Wir würden Ihnen gerne eine Stelle in unserem Unternehmen anbieten.«

»Ho, mahalo! Besten Dank!«, rief Cy. »Ich bin dabei.«

»Wunderbar. Ich schicke Ihnen gerade den Arbeitsvertrag und Sie können sofort morgen bei uns anfangen. Ich erwarte Sie im Turm in Ward 5, um 0800 dort am Empfang.«

»Geht klar.«

»*Dann bis morgen, Mr. Iwata. Auf Wiederhören.*«

»Aloha«, sagte Cy. Dann legte er auf und grinste uns an.

»Ich hab den Job.«

Alle jubelten, sogar Angel wirkte erfreut. Allerdings war ich mir nicht sicher, ob sie sich über den Erfolg eines Freundes freute oder darüber, dass ihr Plan funktionierte.

»Das muss gefeiert werden«, sagte Cy. »Wir gehen Pūpūs essen.«

Dagegen hatte niemand etwas einzuwenden, nur Angel lehnte dankend ab. Wir rückten die restlichen Möbel wieder an ihren Platz und packten unseren Kram zusammen. Tatiana und Cy gingen voran und diskutierten dabei gutgelaunt, wo wir hingehen sollten. Duke und Nakano folgten den beiden lachend und Händchen haltend. Sara suchte auf der Karte ihres Comms nach passenden Restaurants. Ich bildete das Schlusslicht, bis Malia hinter uns hergerannt kam.

»Hey«, sagte sie, als sie zu mir aufgeholt hatte. »Du schuldest mir noch einen Salto.«

Ich öffnete den Mund, um zu protestieren, aber sie rannte bereits weiter, um sich an Cys und Tatianas Diskussion um die Restaurants zu beteiligen.

Am Freitag meldete Atlas sich bei Nakano, um ein weiteres Treffen mit ihr zu vereinbaren. Ohne Duke.

Alle versammelten sich im Hauptquartier um den Bildschirm. Über die Knopflochkamera an Nakanos Bluse würden wir stumme Beobachter von Nakanos großem Auftritt sein. Atlas hing an der Angel, jetzt musste sie den dicken Fisch nur noch einholen. Und wenn sie erst einmal in seinem Büro war, konnte sie Malia Zugang zu Atlas' Computer mit seinen persönlichen Files verschaffen – darauf hatte nicht einmal Angel Zugriff. Es war ein entscheidender Moment: Nun würde sich zeigen, ob Duke und Nakano mit ihrer Masche erfolgreich waren.

»Du kannst das, Babe«, ermutigte Duke sie. »Mach dir keine Sorgen.«

»Keine Sorge, ich mache mir nie Sorgen«, scherzte Nakano auf der Treppe zum Turm von Atlas Industries. »Ich geh jetzt rein.«

Malia schaltete von der Knopflochkamera zu den Aufnahmen der Sicherheitskameras innerhalb des Turms um. Helle Bodenplatten, Designermöbel, ein Kronleuchter aus herabhängenden Glasstäben, in denen sich Keplers Licht brach: Alles war so luxuriös, wie man es von Ward 7 erwartete. Sobald sie durch die Tür trat, verwandelte sie sich in Dr. Abe, wobei Nakano etwas kleiner zu werden schien. Unsicher trippelte sie durch das Foyer.

Angel empfing sie in ihrer üblichen Uniform aus schwarzem Bleistiftrock und einer weiten weißen Bluse. Das blonde Haar war makellos gestylt. Sie sah aus wie das Paradebeispiel einer leitenden Angestellten. »Dr. Abe. Mein Name ist Angel Huang. Ich bin Mr. Atlas' Sicherheitschefin. Es freut mich, Sie kennenzulernen.«

»Wir haben uns ja schon einmal kurz gesehen«, erwiderte Nakano. »Aber es freut mich, nun ganz offiziell Ihre Bekanntschaft zu machen.«

Angel nickte und verschwendete keine Zeit mit weiterem Smalltalk. Stattdessen drehte sie sich um und ging zielstrebig auf den Aufzug zu. »Bitte folgen Sie mir. Mr. Atlas erwartet Sie in seinem Büro.«

Malia schaltete auf die Bilder von der Sicherheitskamera im Aufzug um. Die beiden Frauen standen einen Moment lang schweigend nebeneinander. »Wie lange arbeiten Sie schon für Mr. Atlas?«, fragte Nakano dann.

Angel hatte Nakano davor gewarnt, dass Atlas seine Angestellten im Aufzug belauschte, um herauszufinden, ob irgendjemand hinter seinem Rücken schlecht über ihn sprach.

»*Ich bin seit vier Jahren bei Atlas Industries, seit fast zwei Jahren als Sicherheitschefin.*«

»*Eine steile Karriere.*«

Allerdings. Angel hatte mir erzählt, dass sie direkt nach dem Studium bei Atlas angefangen hatte. Aber ich hatte keine Ahnung, wie sie es in nur zwei Jahren von der Berufsanfängerin zur leitenden Angestellten geschafft hatte. Aber wie immer sie das auch angestellt hatte – es hatte wunderbar funktioniert.

»*Mein Vorgänger hat mich unter seine Fittiche genommen.*«

Nakano warf Angel einen Seitenblick zu. »*Sie scheinen mir eine Frau der Tat zu sein.*«

»*Mr. Atlas wünscht, dass ich immer überall dabei bin*«, sagte Angel in einem betont neutralen Tonfall.

»*Er vertraut also darauf, dass Sie alles im Blick haben.*«

»*So könnte man es sicher formulieren.*«

Nakano warf Angel einen weiteren Seitenblick zu, aber bevor sie noch weiter nachbohren – und damit unsere Neugier befriedigen – konnte, öffneten sich die Türen zur Vorstandsetage.

Als die beiden den Aufzug verließen, wechselte Malia wieder zu Nakanos Knopflochkamera. Teure Gemälde hingen an den makellos weißen Wänden, auf dem dicken Teppich lagen geometrische Muster in verschiedenen Grauschattierungen. Angel führte Nakano zu einer Tür ganz am Ende eines langen Flurs und klopfte. »*Herein*«, rief eine gedämpfte Stimme.

Angel öffnete die Tür und trat ein, Nakano folgte ihr. Atlas saß an einem Schreibtisch aus schwerem, echtem Holz, hinter ihm erhellte ein bodentiefes Fenster mit Aussicht auf die tiefer liegenden Wards den Raum. Atlas blickte von seinem Monitor auf und lächelte. »*Dr. Abe, wie schön, Sie wiederzusehen.*«

»*Die Freude ist ganz meinerseits.*« Nakano verschränkte nervös die Hände. »*Ich hatte nicht damit gerechnet, noch einmal von Ihnen zu hören, nachdem ...*«

Atlas winkte ab. »*Machen Sie sich keine Gedanken. Das war nicht die erste Abfuhr, die man mir erteilt hat.*« Er lächelte wieder. »*Und es ist auch nicht das erste Mal, dass ich deswegen ein bisschen kreativ werden musste.*«

»*Kreativ?*«

Atlas lehnte sich zurück. »*Dr. Abe, mir ist nicht entgangen, dass bei Clairvoyant nicht alles zu Ihrer vollen Zufriedenheit läuft. Sie haben Talent. Ich fände es schade, das zu verschwenden.*«

»Oh, danke«, erwiderte Nakano. Sie hob die Stimme wie bei einer Frage.

»*Hier bei Atlas Industries könnten Sie Ihr volles Potenzial entfalten. Ihnen würde die Expertise meines ganzen Forschungsteams zur Verfügung stehen, ein praktisch unbegrenztes Budget und meine persönliche Unterstützung. Sie könnten vollkommen frei arbeiten.*«

Nakano schwieg überrascht. »*Mr. Atlas, das ist sehr freundlich von Ihnen. Aber ich fürchte, ich bin an Kalei und Clairvoyant gebunden. Meine Position dort kann ich nicht so einfach aufgeben.*«

»Nun ja«, sagte Atlas und beugte sich über den Tisch vor. »*Was, wenn ich Ihnen da heraushelfe?*« Er lachte leise. »*Oder besser gesagt: hier hereinhelfe?*«

»Verzeihung, aber ich kann Ihnen nicht ganz folgen.«

»Verkaufen Sie mir Ihre Anteile. Dann müssten Sie Clairvoyant nicht verlassen, sondern Clairvoyant kommt zu uns.«

Nakano atmete hörbar ein. Wir alle starrten Atlas' erwartungsvolles Gesicht auf dem Bildschirm an, beugten uns vor und wagten kaum zu atmen. Er hatte angebissen. Das hatte Nakano wirklich geschickt eingefädelt.

»Was muss ich dafür tun?«, fragte Nakano schließlich.

Atlas lehnte sich mit einem erleichterten Grinsen wieder zurück. »Sie und Kalei besitzen jeweils vierzig Prozent von Clairvoyant. Es fehlen demnach nur elf Prozent der Anteile für eine Mehrheit. Sie müssten bloß genug andere Shareholder dazu bringen, ebenfalls zu verkaufen ... Und schon können wir tun und lassen, was wir wollen.«

»Aber was wird dann aus Kalei?« Nakano rang die Hände.

Atlas lächelte. »Was Kalei nicht weiß, macht sie auch nicht heiß, oder?«

»Aber das lässt sich doch nicht auf Dauer vor ihr geheim halten ...«

»Deswegen müssen wir uns auch beeilen und den ganzen Vorgang etwas beschleunigen. Sie kümmern sich um die fehlenden elf Prozent, und ich kümmere mich um die Finanzierung.«

»Aber mit welchen Mitteln genau wollen Sie das finanzieren?«, fragte Angel dazwischen.

Atlas warf Angel einen finsteren Blick zu. »Ich wüsste nicht, was dich das angeht.«

»Es geht mich etwas an, weil ich wie Sie zum Firmenvorstand gehöre.«

Atlas stand abrupt auf. »Dann lassen Sie uns das doch kurz diskutieren, werte Vorstandskollegin.« Er umrundete seinen Schreibtisch und ging quer durch den Raum. »Komm mit.«

Angel folgte ihm hinaus, dann war Nakano allein im Büro.
»Dein Einsatz, Sis«, sagte Malia. »Platzier den Keylogger, wie ich es dir gezeigt habe.« Auf diese Weise würde Malia Zugang zu Atlas' Passwörtern bekommen, und damit auch zu seinen ganz persönlichen Files.

Nakano griff in ihre Handtasche und holte einen kleinen Stecker hervor. Dann ging sie zielstrebig zu Atlas' Schreibtisch und schloss ihn an seinen Computer an.

Malia warf uns einen Blick zu, dann – niele, wie sie nun mal war – drehte sie die Audioübertragung von Angels Comm lauter.

»*... Ich möchte nur die Interessen der Shareholder vertreten wissen*«, sagte Angel gerade. »*Und ich würde meine Sorgfaltspflicht verletzen, wenn ich meinen Bedenken in Bezug auf diese Übernahme nicht Ausdruck verleihen würde ...*«

Atlas fiel ihr ins Wort. »*Deine Bedenken sind hiermit zur Kenntnis genommen, Angel. Wir haben die Untersuchung der SSA und einen Prozess am Hals, deswegen liegt es in unser aller Interesse, Clairvoyant aufzukaufen. Und als CEO – und als Gründer, wie ich hinzufügen möchte – gibt es wohl niemanden, dem Atlas Industries mehr am Herzen liegt als mir. Und niemanden, der geeigneter wäre, diese Firma zu führen.*«

»*Ich stelle Ihre Kompetenz ja auch nicht infrage*«, erwiderte Angel kühl, »*aber sehr wohl Ihr Urteilsvermögen.*«

»*Dazu besteht kein Anlass. Ich kenne die Shareholder und weiß, was sie wollen. Und, ganz nebenbei ...*« – Atlas' Stimme wurde lauter, als wäre er näher an sie herangetreten – »*... ist es doch immer besser, sich hinterher zu entschuldigen, als vorher um Erlaubnis zu bitten. Oder etwa nicht?*«

Mir drehte sich vor Abscheu fast der Magen um. Dieser Mann war schon aus der Ferne kaum zu ertragen. Wie hatte es Angel nur geschafft, seit mittlerweile vier Jahren mit ihm zusammenarbeiten? Unvorstellbar. Immerhin konnte ich so etwas besser nachvollziehen, warum sie ihren Plan ausgeheckt hatte. Ganz zu Anfang hatte sie mich gefragt, ob ich jemanden wie Atlas nicht gerne vernichten würde. Damals hatte ich kein Interesse daran gehabt. Aber jetzt erwärmte ich mich allmählich für diese Idee.

Eine Weile herrschte Schweigen. Die eiskalte Anspannung war auch über das Comm deutlich spürbar.

»*Na, wer sagt's denn*«, sagte Atlas schließlich voller Selbstzufriedenheit. Dann entfernte sich seine Stimme wieder. »*Irgendwann wirst du damit aufhören, meine Entscheidungen infrage zu stellen. Aber lass dir nicht zu viel Zeit damit.*«

Als Atlas und Angel zurück ins Büro kamen, befand sich Nakano wieder genau am selben Platz wie vorher. Atlas strahlte über das ganze Gesicht. »*Also? Was halten Sie davon?*«

Nakano holte nervös Luft. »*Ich bin dabei*«, sagte sie schließlich entschlossen.

»*Wunderbar! Dann sind wir uns also einig.*«

Angel schwieg.

»*Sie besorgen die elf Prozent und ich kümmere mich um den Rest*«, sagte Atlas. »*Haben Sie nächsten Samstag Zeit?*«

»*Das lässt sich einrichten*«, erwiderte Nakano.

»*Sehr schön. Dann kommen Sie bitte gegen 2000 wieder hierher. Atlas Industries richtet eine Wohltätigkeitsgala zugunsten des Kulturfonds der Äußeren Welten aus. Bei dieser Gelegenheit können wir uns noch ein bisschen eingehender unterhalten. Vielleicht könnten Sie mir dann auch ein paar Ihrer Forschungsergebnisse vorstellen?*«

»*Das klingt ganz wunderbar. Haben Sie vielen Dank.*«

»*Dr. Abe, es ist mir ein Vergnügen.*« Atlas lächelte freundlich. »*Sie treffen die richtige Entscheidung. Das versichere ich Ihnen.*«

»*Ja.*« Ich konnte ihr niedliches Lächeln förmlich vor mir sehen. »*Davon bin ich überzeugt.*«

An diesem Abend musste ich auf die Kinder aufpassen. Andie ging direkt nach dem Abendessen schlafen, und ich ließ mich dummerweise von den beiden beschwatzen, sie länger aufbleiben zu lassen.

Casey schlief irgendwann auf dem Sofa über seiner Zeichentrickserie ein. Ich hatte meinen Arm auf den Tisch gelegt und Paige bemalte ihn mit ihren Filzstiften. Sie fand, dass meine Tattoos zwar hübsch waren, mit Farbe aber noch besser aussehen würden. Ich hatte sie einfach machen lassen und das hatte ich jetzt davon: Meine dreizehnjährige Nichte verwandelte das Spinnennetz an meinem Ellbogen in einen Regenbogen.

Geschah mir völlig recht.

»Warum hast du dir das stechen lassen?«, fragte sie, während sie das Netz mit Farbe ausmalte.

»Hab ich aus dem Gefängnis. Und es bedeutet, dass ich ziemlich lange dort war.«

»Das ist ja traurig«, erwiderte sie.

»Naja, das ist so eine Gefängnissache. Viele im Gefängnis haben so eines.«

»Und du hast dir das machen lassen, weil die anderen auch eins haben?«, fragte sie ungläubig.

»Nein«, sagte ich, ein wenig beleidigt. »Ich hab mir das machen lassen, weil es mir wichtig ist. Es zeigt, wo ich war und was ich alles durchgemacht habe. Und wozu mich das gemacht hat.«

»Hmm.« Das schien ihr einzuleuchten.

»Außerdem ist es ziemlich cool, oder?«, fügte ich dann noch hinzu. Paige schnaubte vor Lachen und ich grinste.

»Ich will auch ein Tattoo«, verkündete sie dann.

»Ach ja?«

»Ich will so eins wie die Eluin in ›Der Geist des Waldes‹ haben.«

»Sind das auch sprechende Drachen?«

»Nicht in jeder Fantasy-Serie kommen Drachen vor!«, erwiderte sie genervt.

»Sorry, das ist wohl ein Klischee ...«

»Die Eluin sind am ganzen Körper tätowiert«, erklärte sie, legte den lila Stift weg und nahm dafür einen grünen. »Sie brauchen sie für ihre Geistermagie.«

»Und das willst du auch?«

»Jep.«

»Das findet deine Mom bestimmt super.«

»Mom hat gesagt, dass ich warten muss, bis ich achtzehn bin«, erwiderte sie, und ich konnte geradezu spüren, wie sie die Augen verdrehte. »Aber ich bin doch kein Kind mehr.«

»Trotzdem bist du erst dreizehn«, korrigierte ich sie.

»Ich bin *schon* dreizehn«, erwiderte sie säuerlich.

Ich lachte. »Und du kannst auf keinen Fall bis achtzehn warten?«

»Nein.«

»Aber warum nicht?«

»Weil ich die achtzehn vielleicht nicht mehr erlebe.«

Diese schlichte Feststellung brach mir das Herz. Wenn ich mich mit Paiges Krankheit beschäftigte, dann überlegte ich meistens, wie ich ihr bessere Behandlungsmöglichkeiten verschaffen konnte, oder wie wir den Schuldenberg abbezahlen sollten, wenn es ihr erst besser ging. Die Möglichkeit, dass die Behandlung keinen Erfolg haben könnte, hatte ich bewusst ausgeklammert.

»Das denkst du aber doch nicht wirklich, oder?«, fragte ich leise.

Paige zuckte mit den Schultern. »Ich muss realistisch sein.« Ich rutschte auf meinem Platz herum. Wem sollte das helfen?

»Macht dir das keine Angst?«

»Natürlich macht mir das Angst. Aber ich mag keine Lügen.«

»... Ja. Das versteh ich.«

Wir schwiegen einen Moment lang, dann lehnte sie sich zurück und begutachtete ihr Werk. Offenbar zufrieden mit dem Ergebnis machte sie sich wieder an die Arbeit. »Ich will nicht sterben«, sagte sie nüchtern. »Aber wenn es doch passiert, dann weiß ich zumindest, dass ich bei Opa und Tūtū sein werde.«

Das versetzte mir einen weiteren Stich. Der Gedanke, dass Paige dann mit meinen Eltern vereint sein würde, war nur ein schwacher Trost. Schlimmer würde die Leere sein, wenn wir auch noch sie verlieren würden.

»›Niemand, den man wirklich liebt, ist jemals tot‹«, zitierte Paige. »›Wir können ihn jeden Tag mit jeder schönen Erinnerung wieder zum Leben erwecken.‹«

Ich musste lachen. Woher hatte eine Dreizehnjährige solche Weisheiten? »Das ist ja sehr tiefsinnig.«

»Das ist aus ›Der Weg des Schwertes‹«, erklärte sie.

»Ist das die Serie mit den sprechenden Drachen?«

»Jep.« Paige lächelte.

Ich drehte mich zu ihr um. »Es gibt nichts, das ich nicht für euch tun würde. Das weißt du doch, oder?«

»Aber sicher doch.« Paige sah mich überrascht an.
»Das ist mein Ernst. Ich würde alles für dich tun, genau wie für deine Mom und für deinen Bruder. Absolut alles.«
»Aber warum sagst du das?«
Ich schwieg und dachte nach. Gute Frage, *warum* sagte ich das?
Dann fuhr ich mir mit der Hand durchs Haar und seufzte. »Vielleicht wollte ich es einfach nur mal gesagt haben.«
Nur für den Fall, dass mir etwas zustoßen sollte.
»Aber das weiß ich doch.« Paige lächelte. Dann bedeutete sie mir, mich wieder umzudrehen. »Bin fast fertig.«
Ich lächelte zurück und tat wie befohlen. Paige machte sich wieder mit ihren Filzstiften an die Arbeit und malte die restlichen Felder des Spinnennetzes mit allen Farben des Regenbogens aus. Schließlich sah mein Arm aus, als hätte mich eine lesbische Schwarze Witwe angefallen. Aber das behielt ich lieber für mich.

Am nächsten Tag war im Laden nicht viel los. Paige hatte mir eines ihrer Bücher geliehen – oder besser gesagt aufgedrängt –, als ich mich über Langeweile beschwert hatte. Überraschenderweise gefiel es mir. Es war nett geschrieben, und ich konnte mich mit der Hauptfigur identifizieren. Allerdings fand ich, dass am Anfang ein bisschen zu viel von der Familiengeschichte die Rede war.

Ich hatte mich mit dem Stuhl hinter der Ladentheke zurückgelehnt, als ich die Türglocke hörte. Als ich von meinem Buch aufsah, kamen drei Haole mit Sonnenbrillen und makellosen Anzügen hereinmarschiert. In den schmalen Gängen unseres Ladens wirkten sie völlig fehl am Platz.

Mich überkam ein ungutes Gefühl.

Ich kippte vor, sodass der Stuhl wieder auf allen vier Beinen stand, und schloss mein Buch. »Kann ich etwas für Sie tun?«

Ein Haole drückte den Schalter, woraufhin das Neonlicht mit dem Schriftzug »Geöffnet« flackerte und dann erlosch.

Nun hatte ich ein *wirklich* schlechtes Gefühl.

Ich wollte gerade etwas sagen, als zwei der drei Typen, die sich wie eine Mauer vor mir aufgebaut hatten, zur Seite traten und eine ältere Frau in einem eleganten Hosenanzug mit akkurater Bügelfalte und schwarzen Heels aus Lackleder hervortrat. Ihr braunes, an den Schläfen bereits graues Haar war zu einem strengen Dutt frisiert. Sie hatte aufmerksame braune Augen und helle Haut, und sie sah nicht so aus, als wäre sie zum Scherzen aufgelegt.

»Kann ich Ihnen helfen?«, fragte ich noch einmal.

Die Frau lächelte. »Das hoffe ich doch sehr.«

Ich sah von der Frau zu den drei Haole und wieder zurück. Mein Dad hatte – auf den Wunsch meiner Mutter – für den Notfall immer einen Baseballschläger unter der Theke gehabt. Soweit ich wusste, befand er sich dort immer noch. Aber so etwas lag mir nicht, und ich bezweifelte, dass ich mit allen dreien fertig werden würde. Möglicherweise waren sie auch bewaffnet.

»Wer sind Sie?«, fragte ich.

»Agentin Leah McKay«, sagte die Frau und zeigte mir den an der Innenseite ihres Blazers befestigten Dienstausweis. »System Security Administration, Abteilung für Wirtschaftskriminalität.«

Die SSA.

Fuck. Jetzt war ich dran.

Ich hatte keine Ahnung, wie die SSA auf mich gekommen war. Oder wie sie mich mit Angel und ihrem Plan in Verbindung gebracht hatten. Aber jetzt waren sie hier. Eindringlinge an dem Ort, an dem ich mich am sichersten fühlte. Und ich hatte sie selbst hierhergeführt. Hierher zu meiner Familie. Hatte ich damit den Familienfrieden ruiniert? Und das letzte bisschen Normalität gleich mit? War das nun alles vorbei? Nur wegen Angel?

Nein. So durfte es nicht enden. Das durfte ich nicht zulassen.

Meine Hände schlossen sich zu Fäusten. Jetzt musste ich alles auf eine Karte setzen und lügen, was das Zeug hielt.

»Was wollt ihr von mir?«, fragte ich.

Agentin McKay bedachte mich mit einem kühlen Blick. »Mx. Morikawa, soweit ich weiß, wurden Sie auf Bewährung entlassen. Weshalb hat man Sie verurteilt?«

»Wissen Sie das nicht längst?«, zischte ich mit zusammengebissenen Zähnen.

»Ich würde es gerne von Ihnen hören.«

Ich schwieg einen Moment lang. »Schwerer Diebstahl, Einbruchsdiebstahl, unerlaubtes Betreten eines Grundstücks, Betrug, tätlicher Angriff auf einen Polizisten und Behinderung der Justiz. Wenn man dann noch ein bisschen was für schlechte Führung aufschlägt, kommt man auf insgesamt acht Jahre Haft.«

»Nicht zu vergessen der Verstoß gegen Ihre Bewährungsauflagen«, fügte Agentin McKay hinzu.

»Wie bitte?«

»Sie haben Kontakt zu einer Kriminellen«, antwortete sie nüchtern. »Angel Huang.«

»Aber Angel ist keine Kriminelle. Die Anklage gegen sie wurde fallengelassen.«

»Das ist richtig. Und stattdessen hat man Sie eingesperrt.«

»Sie haben meine Frage noch nicht beantwortet: Was wollen Sie von mir?«

Agentin McKay schlenderte durch die ordentlich bestückten Regalreihen wie eine Kundin. »Sie haben sich mit Angel Huang in Zusammenhang mit einer Verschwörung getroffen, bei der es darum geht, Joyce Atlas zu betrügen und zu bestehlen. Genau wie Sie beide unzählige andere betrogen und bestohlen haben.« Sie richtete den Blick wieder auf mich. »Ich glaube, dass Sie gerade wieder in Ihre alten Gewohnheiten verfallen.«

»Können Sie das auch beweisen?«

Sie zuckte mit den Schultern. »Nein.«

»Dann sollten Sie jetzt besser gehen«, knurrte ich.

»Lassen Sie mich etwas deutlicher werden: Joyce Atlas hintergeht seit Jahren seine Investoren, und Angel Huang verwischt für ihn die Spuren. Wir sind nicht hinter Ihnen her, sondern hinter den beiden.«

Aber natürlich. Es ging um Atlas' Investoren. Menschen mit Geld. Wie immer interessierte sich die SSA nicht für jene, die unter Atlas litten. Da drückte sie die Augen zu, solange die Kohle stimmte. Aber wehe, er hinterging seine Investoren ... Da traten sie sofort in Aktion.

Aus welchem Grund also hätte ich der SSA helfen sollen? Ich schnaubte. »Und was hab ich damit zu tun?«

»Soweit ich weiß, hat Ihre Familie beträchtliche Schulden. Sie haben hohe medizinische Kosten zu tragen, dadurch sind bereits etwa dreißigtausend Credits zusammengekommen. *Und* Sie schulden noch die Miete für drei Monate.« Agentin McKay schnalzte missbilligend mit der Zunge. »Wenn hier dauernd die Schuldeneintreiber vor der Tür stehen, ist das sicher nicht gut fürs Geschäft.«

»Warum sollte sich die SSA für meine Familie interessieren?«

»Die SSA kümmert sich sehr gut um ihre Informanten«, erklärte sie. »Wir tun alles, was in unserer Macht steht, um sie zu schützen ... Und, nun ja, lassen Sie es mich so formulieren: Wir haben eine Menge Einfluss in der Finanzwelt.«

Informant. Das klang wie ein Schimpfwort. Aber wie ein Kind, das ein Schimpfwort zum ersten Mal hört, war ich mir nicht sicher, was es bedeutete. Damit war meine Neugier geweckt.

»Was erwarten Sie von mir?«, fragte ich vorsichtig.

»Sie haben Zugang zu von Joyce Atlas unter Verschluss gehaltenen Dokumenten. So könnten wir an belastendes Material gegen ihn und Huang kommen.«

»Aber warum ich? Sie hätten jeden anderen fragen können.«

Die Agentin lächelte. »Weil Sie ausreichend motiviert sind.«

Schutz. Das klang zugegebenermaßen ziemlich verlockend. Nie wieder den Vermieter um einen Monat Aufschub anbetteln müssen. Nie wieder irgendwelche Almosen annehmen müssen. Nie wieder rund um die Uhr Angst vor Schuldeneintreibern. Wäre es nicht eine Riesenerleichterung, diese Sorgen endlich los zu sein? Und das, ohne wieder krumme Dinger drehen zu müssen? Ich könnte ein ehrliches Leben führen. Ich könnte Angel und ihren Verrat endlich zu den Akten legen. Dieses Kapitel schließen und ein neues Leben anfangen.

Aber das war unmöglich. Das konnte ich meiner Crew nicht antun. Ich war kein Verräter.

Agentin McKay schien meine Gedanken zu lesen. »Wenn das nicht reicht, um Sie zu motivieren: Ihre Schwester Andrea scheint ja gerade viel um die Ohren zu haben. Zwei Jobs, hochschwanger und außerdem noch eine ganze Familie und den Haushalt am Hals ... Da fragt man sich schon, ob sie sich im Moment so optimal um ihre zwei Kinder kümmern kann.«

»Lassen Sie Andie da raus«, fauchte ich. »Das ist eine Sache zwischen Ihnen und mir.«

»Ich denke, diese Angelegenheit ist weit wichtiger als wir beide, Mx. Morikawa.«

So lange ich in diesem Geschäft war, hatte ich immer dafür gesorgt, dass Andie außen vor blieb. Ich hatte sie nie mit reinziehen oder irgendeiner Gefahr aussetzen wollen. Diese Vorstellung machte mir mehr Angst als aufzufliegen oder wieder im Gefängnis zu landen.

War das eine leere Drohung oder nicht?

Agentin McKays Miene war unergründlich.

»Was immer Sie da gerade mit Huang aushecken – Sie werden keinen Erfolg damit haben«, sagte Agentin McKay. »Und ich garantiere Ihnen, dass Sie dieses Mal die ganze Härte des Gesetzes treffen wird, wenn Sie auffliegen. Ohne Aussicht auf Bewährung.«

Plötzlich hatte ich das Gefühl, in der Falle zu sitzen. Ich würde mich nicht weiter bedrohen lassen. »Ich denke, es gibt hier nichts mehr zu besprechen«, sagte ich leise.

Agentin McKay seufzte. »Nun gut.« Sie berührte ihr Comm und kurz darauf piepte mein eigenes bestätigend. »Hier meine Nummer für den Fall, dass Sie in Schwierigkeiten geraten und dann vielleicht etwas gesprächsbereiter sind.«

Die Haole marschierten aus dem Laden. Agentin McKay sah mich noch einmal eindringlich an. »Überlegen Sie es sich gut, Mx. Morikawa. Noch ist dafür Zeit, aber die Uhr tickt.«

Dann schaltete sie das »Geöffnet«-Schild wieder ein und ließ die Tür mit einem Klingeln der Glocke hinter sich zufallen.

Ich ließ den Kopf in die Hände sinken und stöhnte. Fuck. Wie war mir die SSA auf die Spur gekommen? Wieso hatten sie mich mit Angel und ihrem Plan in Verbindung gebracht? Zumindest hatte ich es geschafft, cool zu bleiben und nichts zu verraten – immerhin schienen sie überhaupt keine Beweise zu haben. In dieser Hinsicht konnten sie mir nichts anhaben, aber ich war mir nicht sicher, was es mit den anderen Drohungen auf sich hatte. Es ging um die Interessen der Reichen und Mächtigen und die SSA schien diesen Fall mit vollem Einsatz zu verfolgen. Sie hätte sicher kein Problem damit, einen Niemand wie mich ans Messer zu liefern. Und ich konnte mir nicht sicher sein, dass das Ganze tatsächlich nur ein Bluff gewesen war.

Aber für 125 Milliarden Credits musste ich alles auf eine Karte setzen und darauf vertrauen, dass es wirklich nur eine Finte war.

Dabei war ich so vorsichtig gewesen. Ich hatte nie zweimal denselben Weg zu unserem Hauptquartier genommen. Hatte mich so wenig wie möglich mit Angel in der Öffentlichkeit gezeigt. Hatte zur Tarnung brav im Laden gearbeitet. Ich fragte mich, wann und wo ich einen Fehler gemacht hatte.

Dann fiel mir ein, wie Tatiana mir vorgehalten hatte, dass ich bei diesem Plan entbehrlich wäre. Würde Angel mir diesen Fehler verzeihen? Ich war mir nicht sicher. Wenn der Plan nicht funktionierte, war alles, was ich jemals getan hatte, völlig umsonst gewesen. Es war meine einzige Chance auf ein Leben, wie ich es mir immer gewünscht hatte. Die durfte ich nicht vertun. Ich konnte das nicht alles einfach aufgeben für eine mittelmäßige Existenz, wie sie mir Agentin McKay angeboten hatte. Ich war so nah dran.

Mit Angel konnte ich darüber nicht sprechen. Das musste ich mit mir allein ausmachen.

Ich schloss den Laden früh und machte das Licht aus.

»WARUM DARF ICH MICH EIGENTLICH NIE SCHICK MACHEN?«, MAULTE MALIA beleidigt.

Atlas' Wohltätigkeitsgala sollte in zwei Stunden beginnen, und wir befanden uns gerade in den verschiedensten Stadien der Vorbereitung. Wir würden zwar alle dabei sein, aber nicht für jeden von uns würde ein piekfeines Abendessen dabei herausspringen.

»Ich bleib ja auch bei dir im Transporter.« Duke ließ sich neben der schmollenden Malia nieder und lachte. »Schließlich hab ich bei Atlas verschissen.«

»Aber du darfst wenigstens etwas Schönes anziehen«, quengelte Malia weiter und deutete auf Dukes geschmackvollen dunkelblauen Anzug. »Ich dagegen muss weiter wie der letzte Nerd rumlaufen.«

»Sei froh, dass du nicht zum Personal gehörst«, murrte nun Cy und zog sich die Krawatte glatt. Ich musste lachen und er warf mir einen finsteren Blick zu.

»Ich dachte, du wirst am liebsten überhaupt nicht gesehen«, sagte ich.

»Ja, bei *der Arbeit*! Da bin ich schließlich auch Obake und lasse meinen Zauber aus der Ferne wirken«, erwiderte Malia grimmig. »Aber das heißt ja nicht, dass ich dabei nicht gut aussehen kann.«

»Niemand verbietet dir, dich aufgebrezelt in den Transporter zu setzen«, sagte Tatiana, die sich gerade die Lippen tiefrot schminkte.

»Aber ich habe ja nichts anzuziehen«, fuhr Malia sie an. »Angel hat sich nicht die Mühe gemacht, mir auch etwas zu besorgen.«

»Wie wärs damit?«

Wir drehten uns alle zu Sara um, die mit triumphierender Geste einen Kleidersack hochhielt.

»Was ist das denn, Cuz?«, fragte ich.

Sara grinste und kam zu uns. »Angel hat doch jedem von uns ein Spesenkonto eingerichtet«, erklärte sie. »Ich wusste sowieso nicht so recht, was ich damit tun soll, also hab ich eine kleine Shoppingorgie veranstaltet.« Sie hielt Malia den Kleidersack hin. »Als ich gehört hab, dass du nicht mitkommst, wollte ich, dass du dich trotzdem nicht ausgeschlossen fühlst!«

Malia griff nach dem Kleidersack und zog strahlend ein Kleid daraus hervor. Neugierig drängten wir uns alle um sie. Es war schwarz und teilweise durchsichtig und hatte einen langen, mit Sternen und schimmernden Galaxien bestickten Rock.

»Der lange Rock ist praktischer, falls du rennen musst«, sagte Sara fröhlich.

Malia grinste Sara an. »Mahalo, Sis! Wow!« Dann machte sie ein ernstes Gesicht. »Sorry für das Catfish-Manöver auf Sporty Singles.«

Sara zog die Augenbrauen hoch. »Bitte was?«

Malia runzelte nachdenklich die Stirn. »Und wie geht das mit dem Schminken?«

»Da kann ich dir helfen«, meldete sich nun Nakano zu Wort. »Zieh dich um, dann mach ich dir das Make-up.«

Malia sprang auf. »Gleich wieder da!« Dann rannte sie mit dem hinter ihr her flatternden Kleid aus dem Raum.

Ich grinste. Vor einem Einsatz wie diesem fühlte man sich immer ein bisschen wie vor dem Abschlussball. Ich fragte mich, wie Malias wohl gewesen war. Der Glamour und die Gefahr machten alles gleich noch aufregender, besonders wenn so viel auf dem Spiel stand. Angel hatte solche Einsätze immer gemocht. Sie hatte Spaß daran, allen den Kopf zu verdrehen und ein paar Herzen zu brechen. Mir hatte es auch immer gefallen, aber wohl vor allem deswegen, weil ich dabei Angel in ihrem Element erleben durfte.

»Edie.«

Ich drehte mich um. Angel stand im Eingang und sah mich erwartungsvoll an. »Ich würde gerne mit dir reden.«

Ich stand auf und knöpfte meinen Mantel zu. Duke sah auf, als ich an ihr vorbeiging. Einen kurzen Moment lang verfiel ich in Panik. Wusste Angel etwa, dass die SSA bei mir gewesen war? Und wenn ja: Würde sie mich überhaupt zur Rede stellen? Oder würde sie dabei zusehen, wie ich mich immer weiter in Lügen verstrickte, bevor sie mich schließlich auffliegen ließ?

Ich richtete mich auf und strich den Mantel glatt. Wenn ich schon lügen musste, wollte ich dabei wenigstens eine gute Figur machen.

Angel ging mit mir in einen Nebenraum, in dem sie sich eingerichtet hatte. Ihre Sachen waren dort auf einem Spieltisch ausgebreitet: teures Make-up, Kleidung zum Wechseln und eine lange silberne Kette.

»Ich muss dich etwas fragen«, sagte sie und griff nach der Kette.

Nun war es also so weit.

Angel trug ein langes, hochgeschlossenes und langärmeliges Kleid aus leuchtend roter Seide, das sich eng an ihre Silhouette schmiegte. Ohne das Rückendekolleté, das bis hinunter zum Ansatz der Wirbelsäule reichte, hätte es geradezu züchtig gewirkt.

Als ich den Blick wieder hob, sah sie mich völlig ungerührt über die Schulter an.

»Könntest du mir bitte damit helfen?«, sagte sie und hielt mir die Enden der Silberkette entgegen.

Ich trat vorsichtig näher. »Ich werde mich heute Abend in erster Linie um Atlas und seine Gäste kümmern müssen«, fuhr sie fort. »Deswegen musst du die Situation vor Ort im Blick behalten.«

Ich entspannte mich. Damit kam ich klar.

Ich fädelte das eine Ende der Kette durch die Öse am anderen und entwirrte den langen Silberstrang. Er war mit kleinen kristallenen Tautropfen besetzt, die nun ihren Rücken hinunterfielen. Als meine Fingerknöchel kurz ihre Wirbelsäule streiften, erbebte sie kaum wahrnehmbar.

»Du willst wirklich, dass ich das Kommando übernehme?«

»Du sollst nicht das Kommando übernehmen«, korrigierte mich Angel, »sondern meine Befehle ausführen.«

»Seit wann delegierst du denn? Das sieht dir aber so gar nicht ähnlich.« Ich grinste. »Wirst du etwa faul?«

»Wage es bloß nicht, an meinem Engagement zu zweifeln«, erwiderte Angel. Sie drehte sich zu mir um und in ihren dunklen Augen brannte die Entschlossenheit. »Ich plane das hier schon seit Jahren. Das ist das Einzige auf der Welt, was mir wichtig ist.«

»Tut mir leid«, sagte ich erschrocken.

»Ich werde dabei sein, wenn sich Atlas mit Nakano trifft«, sagte Angel. »Du musst währenddessen dafür sorgen, dass sich Malia und Tatiana auf ihre Aufgaben konzentrieren. Sie müssen sich Atlas' Netzhautscan besorgen und sich dann Zugang zu den Geheimdokumenten in seinem Büro verschaffen.«

»Ich soll also die Teens babysitten.« Ich dachte kurz nach. »Wieso glaubst du, dass die auf mich hören werden?«

»Sie mögen dich. Dein Problem ist, dass sie dich nicht respektieren.«

Ich verzog das Gesicht. »Na besten Dank.«

»Du musst bestimmter auftreten. Autoritärer. Zeig ihnen, dass du Respekt verdienst, dann werden sie auch auf dich hören.«

Ich dachte darüber nach. Mit Andies Kindern hatte ich nie solche Probleme, auch nicht mit meinen anderen Nichten und Neffen. Da war ich die coole Tante – und darauf bildete ich mir eine Menge ein –, musste aber zugegebenermaßen nie irgendwelche Regeln aufstellen und durchsetzen. Wer hätte gedacht, dass ich bei diesem Job auch noch lernen würde, wie man Teenies erzieht.

»Okay, das bekomme ich hin«, sagte ich.

Angel nickte. »Gut. Und du musst Atlas' Fingerabdrücke besorgen. Ich vertraue darauf, dass du das hinbekommst.«

»Du vertraust mir?«, wiederholte ich. »Sicher, dass es dir gut geht?«

Angel sah genervt aus. »Ich habe noch nie an deinen Fähigkeiten gezweifelt. Du bist gut, vielleicht sogar besser als alle anderen. Deswegen wollte ich dich auch dabeihaben. Und ich weiß, dass du alles tun würdest, damit unser Plan Erfolg hat.« Sie schwieg kurz. »Was das angeht, warst du schon immer verdammt hartnäckig.«

Nun war ich wirklich überrascht. Die Teens respektierten mich nicht, Angel tat es dagegen schon. Immer noch, nach so vielen Jahren.

Vielleicht hatte Tatiana doch nicht recht.

»Danke.« Ich brachte das Wort kaum heraus.

Angel sah auf ihrem Comm nach der Uhrzeit. »Ich muss mich jetzt um die Sicherheitsmaßnahmen der Gala kümmern: Sorgst du dafür, dass alle um 1900 fertig und auf Position sind?«

»Jep. Kein Problem.«

»Gut.« Sie sah von ihrem Comm auf und mich dann lange an, als ob sie mit ihren dunklen Augen etwas in meinen suchte. Doch was? Vielleicht ein Zögern? Nervosität? Aber wie sie ja selbst schon gesagt hatte: Ich würde alles tun, damit der Plan funktionierte. Wenn wir gut miteinander auskamen, hatte sie mich dafür gelobt, dass ich zu ehrgeizig war, um eine Niederlage zu akzeptieren. Wenn es zwischen uns kriselte, hatte sie meine Erfolge wiederum als das Glück der Dummen bezeichnet.

Wie sie das jetzt gerade sah, wusste ich nicht.

Anscheinend entdeckte sie schließlich, wonach sie in meinen Augen gesucht hatte. »Alles Gute, Edie.« Sie ging an mir vorbei zur Tür.

»Du kennst mich doch«, sagte ich und sah ihr hinterher. »Ich hab immer Glück.«

Angel blieb in der Tür stehen. »Auch ein Grund, warum ich dich dabeihaben wollte.« Sie sah mich noch einmal an. »Glück können wir nämlich brauchen.«

Dann ging sie und überließ mir das Kommando.

Die Wohltätigkeitsgala des Kulturfonds der Äußeren Welten fand im Turm von Atlas Industries statt. In den Jahren seit seiner Gründung war die Zentrale des Tech-Unternehmens den Turm Stück für Stück weiter hinaufgeklettert. Von den Forschungseinrichtungen in Ward 1 über die Produktentwicklung in Ward 5 bis hin zur Vorstandsetage ganz oben in Ward 7 – Atlas Industries hatte die kleineren Unternehmen vertrieben, die billigen Mietwohnungen aufgekauft und schließlich den gesamten Turm übernommen. Im Kleinen war dort geschehen, was sich nun auf ganz Kepler abspielte.

Für die Gala hatte man die Turmlobby über Nacht völlig umgestaltet. Statt der unbequemen geometrischen Möbel standen rote Spieltische für Roulette, Karten- und Würfelspiele auf dem hellen Steinboden. Dunkle Vorhänge unterteilten den Raum und an den Wänden war zusätzliche Beleuchtung angebracht worden. Der riesige Kronleuchter reflektierte das schummrige Licht.

Aber so schillernd die Lobby auch war – die Gäste waren noch spektakulärer.

Alle waren in den neuesten Moden der Inneren Welten gekleidet: makellose Anzüge und lange Abendkleider aus schimmernder Seide mit geschmackvollen Cutouts. Und nicht nur die Kleidung war trendig, die Mods waren es ebenfalls: Es gab biolumineszierende Tattoos, subdermale LEDs und Biofeedback-Schmuck. Die Menschenmenge leuchtete in allen möglichen Farben, die sich je nach Stimmung der einzelnen Gäste beständig veränderten.

Als ich dem Wachpersonal am Eingang meine Einladung zeigte, war mir nur zu bewusst, dass nichts an mir echt war. Der schwarze, mit glänzenden Silberfäden durchzogene Anzug fühlte sich an wie die Haut eines anderen. Die klimpernden Casino-Chips in meiner Jacketttasche erinnerten mich daran, dass ich nichts weiter war als ein*e Hochstapler*in, aber das war für mich nun mal der einzige Weg in eine solche Veranstaltung. Ich musste lügen und betrügen und stehlen, denn anders kam ein armer Schlucker wie ich hier nicht rein. Also hatte ich auch genau das vor: lügen und betrügen und stehlen.

Duke und Malia blieben in dem ein paar Straßen weiter geparkten Transporter. Sara und Tatiana saßen ein paar Plätze voneinander entfernt an der Bar. Sara trug ein rosa Chiffonkleid, Tatiana ein tief ausgeschnittenes Trägerkleid in tiefem Indigoblau, das im Licht schimmerte. Der Barkeeper war zum Verdruss der anderen Gäste völlig hingerissen von Sara. Cy patrouillierte im Obergeschoss, um im Notfall eingreifen zu können. Ich stand weiter hinten an einer Cocktailbar. Angel hatte sich unter die Vorstandsmitglieder und deren Gattinnen gemischt. Sie lauschten dem COO, der gerade von seinem Urlaub erzählte. Angel stand neben einem älteren Mann, vielleicht Mitte sechzig, mit heller Haut, kurzem grauen Haar und einem faltigen Gesicht. Die ganze Gruppe brach in Gelächter aus und der Mann lehnte sich näher zu Angel und flüsterte ihr etwas ins Ohr.

Ich bekam Gänsehaut, obwohl ich nicht recht hätte sagen können, wieso.

Also konzentrierte ich mich wieder auf das Hier und Jetzt. »Alle sind in Position. Los gehts«, sagte ich in mein Comm.

»Verstanden«, antwortete Nakano. »*Stelle jetzt Kontakt her.*«

Ich sah sie die Eingangstreppe heraufkommen. In ihrem langen weißen, mit blauen Chrysanthemen bedruckten Seidenkleid war sie wirklich ein traumhafter Anblick.

»*Du siehst fantastisch aus, Babe.*« Duke klang schwer beeindruckt.

Nakano lächelte und griff nach der Einladung in ihrer Clutch, doch Atlas hatte sie bereits entdeckt und ging Richtung Eingang, um sie persönlich in Empfang zu nehmen.

»Dr. Abe. Wie schön, dass Sie es einrichten konnten«, begrüßte er sie mit einem warmen Lächeln. Nakano blickte von ihrer Clutch auf und setzte eine freudig-überraschte Miene auf.

»Das wollte ich mir natürlich auf keinen Fall entgehen lassen«, erwiderte Nakano. Atlas verscheuchte das Wachpersonal, das die Einladungen kontrollierte, und bot Nakano den Arm an. Die ließ sich von ihm in die Lobby führen.

»Darf ich Ihnen etwas zu trinken anbieten?«, fragte Atlas und lachte. »Geht natürlich aufs Haus.«

Nakano lachte höflich. »Aber sehr gerne.«

»Sara, sie sind unterwegs zu dir«, sagte ich gerade, als Atlas bereits neben Tatiana an die Bar trat.

»Wie spannend!« Sara rührte mit dem Trinkhalm in ihrem Drink herum. »Dann waren Sie bestimmt der Jahrgangsbeste bei den Barkeepern, oder?«

»Nein, das nicht, aber ich war nah dran«, antwortete der Barkeeper voller Eifer.

Atlas trommelte leicht genervt mit den Fingern auf die Theke. Tatiana wandte sich zu ihm um und grinste. »Niemand von uns dringt zu ihm durch, das geht jetzt schon seit bestimmt einer Stunde so.« Sie senkte die Stimme. »Aber auf Sie hört er sicher«, fügte sie in vertraulichem Tonfall hinzu.

»Na, dann lassen Sie mich mal machen«, sagte Atlas und beugte sich vor. »Entschuldigung!«

Der nun aufgeschreckte und um seinen Job fürchtende Barkeeper entschuldigte sich bei Sara und eilte zu Atlas, um dessen Bestellung entgegenzunehmen. Nun drängten sich auch andere Gäste nach vorne, in der Hoffnung, ebenfalls endlich ihre Drinks zu bekommen. Tatiana fixierte Atlas mit einem Grinsen. »Mr. Atlas, wir sind Ihnen alle zutiefst zu Dank verpflichtet.« Sie streckte ihm die Hand entgegen.

Atlas nahm sie und lachte. »Aber immer gerne.«

»*Ich hab sein RFID-Tag*«, teilte uns Malia mit.

Tatiana schüttelte Atlas kräftig die Hand und lächelte ihn an. Dann glitt sie mit ihrem Drink in der Hand von dem Barhocker herunter und schlenderte gemächlich zu meinem Tisch an der Cocktailbar.

»Gute Arbeit«, sagte ich. »Läuft alles nach Plan.«

»Und dabei sind wir den Plan auf dem Weg hierher ja nur dreimal durchgegangen«, erwiderte Tatiana frech.

Ich verkniff mir eine bissige Antwort. Die würde mir bei ihr auch nicht zu mehr Respekt verhelfen.

Ein paar Minuten später gesellte sich Atlas mit Nakano zu den anderen Vorständen. Der COO erfreute die Gruppe immer noch mit weiteren Details von seinem Urlaub an den Luxusstränden von Elysium, die anscheinend noch völlig frei von jener Umweltverschmutzung waren, wegen der die Menschheit einst die Erde verlassen hatte. Als er Atlas' erwartungsvollen Blick sah, verstummte er.

»Ich darf Ihnen Dr. Ella Abe vorstellen, einer der genialsten Köpfe auf dem Gebiet des Transhumanismus.«

Nakano lief rot an. »Sie sind zu freundlich.«

Als Atlas sie sämtlichen Vorstandsmitgliedern einzeln vorstellte, blendete ich ihn aus und konzentrierte mich stattdessen auf Angel und den Mann neben ihr. »Das ist Angel Huang, meine derzeitige Sicherheitschefin – aber Sie haben sich ja bereits kennengelernt«, sagte Atlas. Dann wies er auf den älteren Mann. »Und das hier ist Raleigh Hodson, mein ehemaliger Sicherheitschef und außerdem ein guter Freund von mir.«

»Ehemaliger Sicherheitschef?«, hakte Nakano nach. Zum Glück, denn ich brannte vor Neugier.

»Und mein erster überhaupt«, sagte Atlas und lachte. »Hodson war von Anfang an dabei.«

»Und wir vermissen ihn alle sehr!«, warf der COO ein.

Hodson lachte leise. »Ich vermisse meine Arbeit zwar, aber im Ruhestand geht es mir auch nicht schlecht. Und ganz nebenbei«, er stieß Angel mit dem Ellbogen an, »bin ich mir sicher, dass meine Nachfolgerin einen fantastischen Job macht.«

»Sie gibt sich alle Mühe«, sagte der COO.

Ich blickte zu Angel. Ihre Miene war stoisch und so unergründlich wie immer.

»Ihr Wissen ist Gold wert«, sagte Hodson. »Wir bekommen nicht oft Einblicke in die andere Seite.« Er lachte. »Und sie hat sich ja wirklich mit einem Paukenschlag bei uns eingeführt.«

Es widerstrebte mir zwar, es zuzugeben, aber irgendwie mochte ich den Typ.

»Oh, sie hat definitiv eine schillernde Vergangenheit«, sagte Atlas und musterte Angel von oben bis unten.

Wut stieg in mir auf. Wie ich diesen Typ hasste!

»Nun gut!« Atlas klatschte in die Hände. »Ich müsste die Vorstände mal für einen Augenblick entführen. Würden Sie alle Dr. Abe und mich bitte in den Konferenzraum begleiten?«

»Aber natürlich, Sir«, sagte Angel und stellte ihren Drink ab.

»Mach dich bereit, ihnen zu folgen«, sagte ich zu Tatiana.

Die Gruppe setzte sich in Richtung Aufzüge in Bewegung. Die Vorstandsmitglieder nahmen den ersten, Atlas, Angel und Nakano den zweiten. Als die drei eingestiegen waren, hielt Atlas die Hand an den Sensor und drückte dann den Knopf für das oberste Stockwerk. Die Türen schlossen sich.

»Los«, sagte ich zu Tatiana. Sie blieb noch einen Moment lang stehen, erwiderte ungerührt meinen Blick und trank aus.

»Du freches kleines Miststück ...«, begann ich, aber sie ließ mich einfach mitten im Satz stehen.

»*Es hat mich wirklich gefreut, dass Sie sich noch einmal bei mir gemeldet haben*«, sagte Nakano. Ich hörte dem Gespräch über das Comm zu.

Atlas schmunzelte. »*Selbstverständlich. Sie sind eine außergewöhnliche Frau.*«

»Bäh«, sagte Malia. »*Was für ein ekliger Typ.*«

»*Ich habe ein paar meiner Forschungsergebnisse auf dem Datapad mitgebracht*«, sagte Nakano. »*Die würde ich Ihnen gerne zeigen.*«

Malia hatte das Datapad modifiziert, um bei Atlas einen Netzhautscan durchführen zu können, während er die von Malia gefälschten Dokumente betrachtete.

»*Die würde ich mir gerne ansehen*«, sagte Atlas. »*Ich hoffe, es macht Ihnen nichts aus, dass meine Sicherheitschefin ebenfalls anwesend ist. Ich habe selbstverständlich volles Vertrauen in Sie, aber ...*«

»*... sie misstraut mir*«, beendete Nakano den Satz.

»*Vorsicht ist besser als Nachsicht*«, sagte Angel mit ausdrucksloser Stimme.

»*Das stimmt natürlich*«, sagte Atlas.

Während sich die Aufzugtür zur Vorstandsetage ganz oben öffnete, stieg Tatiana in der Lobby in den nächsten Aufzug ein und hielt den gefälschten RFID-Tag an den Sensor. Die Türen schlossen sich hinter ihr.

»*Dr. Abe, wenn Sie mir bitte folgen würden*«, sagte Angel. »*Der Konferenzraum ist gleich hier.*«

Ich hörte ein Keypad piepen, dann öffnete sich eine Tür.

»*Danke, dass Sie sich alle Zeit für uns genommen haben*«, begrüßte Atlas die Anwesenden. »*Es ist mir eine große Freude, dass wir uns nun ein wenig mit Dr. Ella Abe unterhalten können.*«

»*Hallo zusammen*«, begrüßte nun auch Nakano etwas schüchtern den versammelten Vorstand. »*Ich habe eine Auswahl meiner Forschungsergebnisse mitgebracht. Sie befinden sich hier auf meinem Datapad ...*«

Plötzlich war nichts mehr zu hören.

»Cy, sie sind jetzt im Konferenzraum, also können wir sie nicht mehr empfangen«, sagte ich in mein Comm. »Wenn das so bleibt, schau bitte in fünf Minuten mal nach dem Rechten.«

»*Roger.*«

»*Ich bin jetzt vor Atlas' Büro*«, meldete sich Tatiana.

»Ich pass auf«, erwiderte Cy. »Keine Sorge.«

»*Super.*« Tatiana hielt ihre Hand an den Sensor, die Tür piepte und öffnete sich. »*Ich bin drin. – Okay, wenn ich ein Multi-Billionär und Tech-Gott wäre ... Wo würde ich meinen Safe verstecken?*«, dachte sie laut nach.

»*Im Buchregal, das wäre ein Klassiker*«, schlug Malia vor.

»Was hat er denn alles so in seinem Büro?«, fragte ich.

»*Einen protzigen Schreibtisch, Riesenbücherregale, gruselige Bilder ...*«

»*Gruselig?*«, hakte Duke nach.

»*Eine Küstenansicht, eigentlich hübsch, aber mit einer großen, unheimlichen Höhle in der Mitte.*«

»*Oh, das klingt aber wirklich gruselig*«, sagte Malia. »*Wie aus dieser einen Geisterjäger-Serie im Fernsehen.*«

»»*Paranormale Begegnungen*‹?«

»*Genau die! Ich kann dir nachher die passende Episode zeigen, wenn du ...*«

»Konzentriert euch!«, unterbrach ich die beiden. »Was ist mit dem Boden? Irgendwelche auffälligen Stellen am Teppich? Gibt es irgendwo Unebenheiten?«

Ich hörte den dumpfen Laut ihrer High Heels, als Tatiana durch den Raum ging. »*Aha, hier klingt es anders*«, sagte sie schließlich.

»Schau den Teppich an, da müsste irgendwo eine Naht zu sehen sein.«

»Jep.«

»Zieh den Teppich hoch. Der Safe ist darunter.«

»*Oh Mann, dann verknittere ich mir doch das Kleid*«, maulte Tatiana. Ich verkniff mir einen bissigen Kommentar. Schließlich wollte ich ja respektiert werden.

»Da ist er«, sagte Tatiana. »*Sieht aus wie ein Ironside 450. Mechanisch. Wer hätte gedacht, dass er auf so altes Zeug steht.*«

»Kommst du damit klar?«, fragte ich.

»*Der ist zwanzig Jahre alt.*«

»Also nicht.«

»*Von denen gibt es nun mal nicht mehr viele*«, sagte sie abwehrend.

Ich ging nicht darauf ein. »Die Ironsides haben eine Schwachstelle«, sagte ich stattdessen. »Falls man die Kombination vergisst, kann man ihn auch mit einem analogen Schlüssel öffnen. Das Schloss müsste an der Unterseite unter einer Abdeckung versteckt sein – es ist einfacher, das Schloss zu knacken als die Kombination herauszufinden.«

Tatiana sagte nichts mehr, und wir schwiegen ebenfalls. Sie musste das mechanische Schloss öffnen. Ein Bohrer würde zu viel Lärm machen, ein Autodialer wäre zu langsam und jeder sichtbare Schaden an seinem Safe würde Atlas alarmieren. Ich hätte es vorgezogen, den Safe selbst zu knacken, aber Angel hatte mir das Kommando übertragen. Sie vertraute mir. Zumindest für den Moment. Doch wenn ich das hier aus Eitelkeit vergeigte, würde sie mir vielleicht nie wieder vertrauen.

Wir warteten noch eine Minute, die sich wie eine Ewigkeit anfühlte. Malia holte schon Luft, um etwas zu sagen, als sich der Safe öffnete. »*Geschafft!*«, jubelte Tatiana.

»*Nicht schlecht, Cuz!*«, sagte Malia.

»Und jetzt scannen«, sagte ich.

»*Oh Mann*«, erwiderte Tatiana. Papier raschelte. »*Das sind ein Haufen Dokumente. Das wird ewig dauern.*«

»Cy, sieh nach, ob Atlas immer noch beim Vorstand im Besprechungsraum ist. Wenn du ihn davon abhalten musst, in sein Büro zu gehen, tu so, als wäre irgendwas passiert, und sag Angel, dass sie dir nach draußen folgen soll. Atlas ist so nīele, dass er sicher mitkommen wird.«

»Okay«, erwiderte Cy.

»*Ho*«, sagte Malia. »*Ein paar der Dokumente scheinen noch von den ersten Tests mit AXON zu stammen.*«

»*Warum sind sie dann nicht in der Forschungsabteilung?*«, fragte Duke.

»*Keine Ahnung*«, erwiderte Malia. »*Die sind auch garantiert nirgendwo öffentlich einsehbar.*«

»Scann einfach weiter«, wies ich Tatiana an.

»*Atlas kommt allmählich zum Ende, das Meeting ist gleich vorbei*«, meldete sich Cy. »*Tati, ich komm zu dir.*«

»*Wir fühlen uns geehrt, dass Sie uns Einblick in Ihre Forschung gegeben haben.*« Nun war Atlas' Stimme wieder zu hören.

»*Ich freue mich immer über einen Austausch unter Gleichgesinnten*«, erwiderte Nakano.

»*Ich hab Atlas' Netzhautscan*«, sagte Malia zu Nakano. »*Gute Arbeit, Sis.*«

»*Gehen wir wieder in die Lobby*«, sagte Atlas.

»*Aber sehr gerne*«, erwiderte Nakano.

»Beeil dich mit den Dokumenten«, sagte ich zu Tatiana. »Ich bin gleich auf Position.«

Ich stieß mich von dem Stehtisch an der Cocktailbar ab und hielt nach einem Tisch Ausschau, an dem Atlas auf seinem Weg vorbeikommen würde. Schließlich entdeckte ich zwei freie Plätze an einem Pokertisch nicht weit vom Aufzug. Ich nahm meinen Drink und schlenderte durch die Schar gut angezogener Gäste dorthin. Soeben hatte ein neues Spiel begonnen. Ich tat interessiert, doch meine ganze Aufmerksamkeit galt dem Aufzug, den ich aus dem Augenwinkel im Blick behielt.

Als sich die Türen öffneten, spitzte ich die Ohren.

Aus dem ersten Aufzug traten die Vorstände, aus dem zweiten Atlas, Nakano und Angel. Letztere dirigierte die Gruppe unauffällig in Richtung meines Tischs.

»Ich werde Ihre Files einer Überprüfung unterziehen«, sagte Angel. »Bestimmt hat alles seine Richtigkeit, aber ...«

»... Vorsicht ist besser als Nachsicht«, beendete Nakano amüsiert den Satz.

»Ja, gründlich bist du, das muss man dir lassen«, sagte Atlas, der ebenfalls amüsiert wirkte.

Angel deutete auf meinen Pokertisch, an dem gerade ein Spiel zu Ende ging. »Ich komme sofort zurück, sobald ich mit der Überprüfung fertig bin.«

Atlas stellte sich neben Angel und beobachtete das Spiel. »Gute Idee.« Er lächelte.

Während er sprach, schob er ihre Kette beiseite und legte

die gespreizte Hand unten auf ihren Rücken. Sie ließ sich nichts anmerken.

Ich setzte mich auf.

»Sag mir Bescheid, wenn du fertig bist«, sagte er zu ihr.

Angel drehte sich so, dass er die Hand von ihrem Rücken nehmen musste. »Aber natürlich, Sir.«

Sie eilte an mir vorbei zu dem Cocktailtisch, an dem sich der Vorstand versammelt hatte. Dabei trafen sich kurz unsere Blicke. Ihre dunklen Augen loderten – es war derselbe entschlossene Blick, den ich bereits früher am Abend wahrgenommen hatte.

Dann gesellte sie sich wieder zum Vorstand.

Atlas neben mir lachte leise und ich drehte mich zu ihm um. Anscheinend war ihm mein Blick nicht entgangen, denn nun sah er mich verschwörerisch an. »Man will nicht, dass sie geht, so gerne man ihr auch dabei zusieht.«

»*Igitt*«, sagte Malia.

Wut stieg in mir auf. Mein Hass auf diesen Typen wurde nur noch größer. Wie konnte er es wagen, Angel so zu behandeln. Wie konnte er es wagen, sie anzugrapschen. Ich hätte ihm am liebsten die Hand gebrochen, stattdessen zwang ich mich zu einem Lachen. »Da kann ich nur zustimmen.«

Wenn ich ihm schon keine reinhauen durfte, dann konnte ich ihn zumindest beim Poker eins reinwürgen. Mein Dad hatte mir dieses Spiel schon als Kind beigebracht und seitdem hatte ich unzählige Male am Küchentisch mit verschiedenen Onkeln gespielt. Vielleicht kam mir das heute, zwanzig Jahre später, zugute. Ich konnte es nur hoffen, denn so hoch wie jetzt waren die Einsätze nie gewesen.

Atlas klatschte in die Hände. »Wollen wir?«

»Der Mindesteinsatz ist hundert Credits«, sagte die Dealerin.

Atlas pfiff durch die Zähne. »Nicht gerade wenig.«
Ich lächelte. »Ist ja schließlich für einen guten Zweck.«
Er lächelte zurück. Dann griff er in die Tasche, holte einen Hundert-Credit-Chip hervor und legte ihn in die Mitte des Tischs. Als neuer Spieler hätte er das nicht tun müssen, aber vermutlich war ihm jeder Vorwand recht, um mit seinem Geld anzugeben.

Ich musste den Big Blind setzen, also warf ich zwei Hundert-Credit-Chips auf den Tisch. Die verdeckten Karten wurden ausgeteilt und ich bekam nichts Brauchbares: Karo-Zwei und Pik-Zehn. Trotzdem wollte ich nicht nur zusehen, sondern gegen Atlas spielen, um ihn besser einschätzen zu können.

Der Spieler zu meiner Linken schob. Der zweite ebenfalls. Der dritte erhöhte noch einmal um zweihundert Credits. Als Atlas wieder an der Reihe war, warf er einen Blick auf sein Blatt und erhöhte dann um fünfhundert Credits.

Ich wusste ganz genau, dass es besser gewesen wäre, jetzt auszusteigen, aber ich wollte ihm ja auf den Zahn fühlen.

»Ich gehe mit«, sagte ich und schob drei Hundert-Credit-Chips und einen Fünfhundert-Credit-Chip nach vorn.

Die anderen beiden Spieler schieden aus, was sicher das Vernünftigste war.

Atlas erhöhte auch jeweils bei Flop, Turn und River noch einmal. Zum Glück hatte mich Angel mit ausreichend Chips versorgt – Atlas würde mich noch völlig ruinieren. Aber ich machte weiter. Entweder hatte er zwei Asse auf der Hand oder er bluffte, was das Zeug hielt.

Beim Showdown musste ich schließlich offenbaren, dass ich nur zwei Zweien hatte. Atlas hatte ein Fünferpärchen.

Wir hatten beide geblufft, was das Zeug hält.

Aber es hatte sich gelohnt. Selbstzufrieden raffte Atlas die Chips in der Mitte des Tisches zusammen. »Ihr Mut ist dennoch beeindruckend«, sagte er zu mir. »Sie bräuchten nur ein bisschen mehr Glück.«

Ich zwang mich zu einem weiteren Lachen. »Wir werden sehen, ob sich das Blatt noch wendet.«

Auch bei den nächsten Spielen bekam ich ähnlich schlechte Karten. Doch dieses Mal war ich ein bisschen vorsichtiger. Atlas stieg so gut wie nie aus und erhöhte in beinahe jeder Runde den Einsatz. Das allein reichte, um die meisten Spieler zum Aufgeben zu bewegen. Einige verließen sogar den Tisch. Es gelang mir, einen Teil meiner Verluste wieder einzuspielen, wenn Atlas doch einmal hinwarf, aber trotzdem türmte sich der Löwenanteil der Chips an seinem Platz. Es kostete mich viel Konzentration, nicht den Kopf zu verlieren, obwohl die auf den billigen Plätzen in meinem Ohr durcheinanderquasselten.

Gerade wurden wieder die Karten verteilt, als Angels Stimme das Geschnatter übertönte. »*Edie, ich bin fast fertig mit den Files. Ich bräuchte demnächst Atlas' Fingerabdrücke.*«

Nun meldete sich auch Tatiana: »*Jep. Ich mach mich hier auch gleich vom Acker.*«

Fast wie auf Kommando spreizte Atlas die Hand, um sich die Uhrzeit anzeigen zu lassen. »Ich denke, das ist mein letztes Blatt für heute.« Er lächelte in die Runde. »Sorgen wir dafür, dass es sich auch lohnt.«

»*Ich hasse diesen Typ*«, sagte Duke.

»*Umso besser, schließlich wollen wir ihn ja auch ausnehmen!*«, erwiderte Sara fröhlich.

Ich lächelte. »Na, dann versuchen wir mal unser Bestes.«

Die beiden Spielerinnen zu meiner Linken machten ihre

Einsätze, die Dealerin verteilte die Karten und wir besahen uns unsere Blätter. Dieses Mal war meine Hand etwas besser: Karo-Königin und Kreuz-Acht.

Der dritte Spieler ging mit, und Atlas erhöhte wie immer den Einsatz. »Zweihundert Credits«, sagte er und warf leichthin zwei Chips in den Pot.

Ich sah kurz meine Karten an. »Bin dabei.«

Überraschenderweise gingen auch die anderen mit.

Atlas' Lächeln wurde zu einem breiten Grinsen. »Sehr gut! Das verspricht interessant zu werden.«

Die Dealerin legte drei Karten offen auf den Tisch: Herz-Acht, Kreuz-Neun und der Pik-König.

Die Spielerin zu meiner Linken entschied sich dazu, abzuwarten – ihre Nachbarin ebenfalls. Der nächste Spieler erhöhte um zweihundert Credits. Atlas, dieser selbstgefällige Faka, erhöhte um dreihundert Credits auf insgesamt fünfhundert.

»*Die anderen werden passen, wenn nicht in dieser, dann spätestens in der nächsten Runde*«, sagte Angel. »*Schmeiß den Chip in den Pot und steig aus.*«

Ich griff in meine Tasche. Malia hatte den Chip mit einem Scanner für Fingerabdrücke versehen. Atlas musste ihn nur anfassen.

»Ich gehe mit«, sagte ich und schmiss Chips im Wert von fünfhundert Credits in den Pot, darunter auch den mit dem Scanner. Die Spielerin zu meiner Linken ging ebenfalls mit, die nächste stieg aus. Der Dritte ging wieder mit.

In der dritten Runde deckte die Dealerin die Karo-Acht auf.

Mein Herz klopfte. Ein Drilling war kein schlechtes Blatt, aber ich sollte hier ja nicht gewinnen, sondern dafür sorgen, dass Atlas den Chip in die Hand nahm.

Die erste Spielerin schied aus, der dritte erhöhte prompt den Einsatz noch einmal um zweihundert Credits. Atlas wirkte amüsiert und ging mit. Ich wollte eigentlich passen, aber der Gesichtsausdruck des dritten Spielers hielt mich davon ab. Er hatte die Lippen zusammengepresst und betrachtete immer wieder die Karten in seiner Hand. Derweil dachte ich über meinen nächsten Schritt nach. Unser Mitspieler hatte offensichtlich ein gutes Blatt. Anders konnte ich mir nicht erklären, dass er gegen Atlas zu erhöhen wagte.

Ich musste ihm Angst einjagen.

»*Edie, steig aus*«, sagte Angel.

»Ich erhöhe um fünfhundert Credits«, sagte ich.

»*Ach du Scheiße!*«, sagten Malia und Tatiana im Chor.

»*Was soll das?*«, zischte Angel. »*Das ist Atlas' letzte Runde. Du darfst ihn nicht schlagen.*«

»Kein Mut zum Risiko?«, sagte Atlas und blickte zu meinem arg geschrumpften Chipshäufchen.

Ich lächelte zurück und widerstand dem Drang, die Zähne zu fletschen. »Wer nicht wagt, der nicht gewinnt.«

Der dritte Spieler sah noch einmal seine Karten an und ging dann mit.

Dann war Atlas an der Reihe. Er sah sich noch einmal sein Blatt an, zog die Augenbrauen hoch und warf einen Tausend-Credit-Chip in den Pot. »Ich erhöhe.«

»*Wie viel ist denn jetzt in diesem verdammten Pot?*«, wollte Duke wissen.

»*Sechstausendeinhundert Credits*«, antwortete Malia wie aus der Pistole geschossen.

Dann war wieder ich an der Reihe. Atlas sah mich amüsiert mit seinen stahlblauen Augen an. Ich blickte mit ausdrucksloser Miene noch einmal auf meine Karten herab.

»Ich gehe mit«, sagte ich schließlich und warf noch einen Chip in den Pot.

Der dritte Spieler ging ebenfalls mit.

»*Edie, ich befehle dir, das Spiel sofort zu beenden!*«, sagte Angel scharf.

Ich ignorierte sie.

Mittlerweile hatte sich eine kleine Menschentraube um den Tisch gebildet: Die Vorstandsmitglieder hatten sich um Atlas versammelt, Tatiana, Sara und Nakano standen neben mir.

Die Dealerin deckte die letzte Karte auf: Es war die Herz-Königin. Es fiel mir nicht gerade leicht, meine Hände ruhig zu halten und keine Miene zu verziehen.

Der dritte Spieler schob. Atlas behielt mich im Auge, während er einen Dreitausend-Credit-Chip in den Pot warf. »Ich erhöhe.«

»Ich gehe mit«, sagte ich und stapelte ein paar Chips übereinander.

»*Edie!*«, fauchte Angel.

Atlas lachte. »Die meisten wären jetzt ziemlich eingeschüchtert.«

»Wovon?«, fragte ich.

»Von mir.« Er beugte sich über den Tisch und sah mich misstrauisch an. »Aber auf Sie trifft das offensichtlich nicht zu.«

Ich hielt seinem Blick stand. »Ich bin kein ängstlicher Typ.«

»Nein, Sie wirken vielmehr wie jemand, der die Gefahr sucht.«

Ich erwiderte weiterhin ungerührt seinen Blick. Dann legte ich noch zwei weitere Chips auf meinen Stapel und schob sie in den Pot. »Ich erhöhe um zweitausend Credits.«

Der dritte Spieler gab auf.

Atlas lachte herzhaft und warf zwei weitere Chips in den Pot. »Glauben Sie wirklich, dass Sie gegen mich gewinnen können?«

Ich konnte Angels Stimme fast hören. Was würde sie jetzt wohl zu mir sagen? War ich zu ehrgeizig, um eine Niederlage zu akzeptieren oder einfach nur dumm und hatte Glück?

»Im Gegensatz zu Ihnen hab ich wenigstens Eier«, sagte ich.

»*Eier?!*«, kreischte Malia.

Ich zeigte mein Blatt: ein Full House, Damen und Achten.

»Yo!«, rief Tatiana hinter mir.

Auf Atlas' Gesicht breitete sich langsam ein Lächeln aus. Ich hatte die schweißnassen Hände zu Fäusten geballt.

Dann zeigte er sein Blatt: zwei Paare.

»*Yoooo!*«, jubelte Tatiana. Ein paar Leute applaudierten.

Atlas schmunzelte. »Das war Glück.«

»Hab ich immer«, sagte ich.

Ich griff nach dem Pot und pickte Malias Chip heraus. Atlas sah mir dabei zu, wie ich den Chip über meine tätowierten Fingerknöchel tanzen ließ. Dann schnippte ich ihn in seine Richtung. »Ein kleiner Trostpreis.«

Atlas fing den Chip auf, drehte ihn kurz in der Hand hin und her und warf ihn mir dann zurück. »Das hier ist zwar eine Wohltätigkeitsveranstaltung, aber nicht zu meinen Gunsten.«

»*Hab den Fingerabdruck*«, rief Malia erfreut.

Ich wartete darauf, von Angel angeschrien zu werden, aber sie schwieg. Dann hörte ich das Klackern von High Heels, blickte auf und sah sie mit dem Datapad in der Hand auf Atlas zukommen. Ihr Gesicht war eine eisige Maske. »Hier sind Ihre Files, Sir.«

»Danke, Angel«, sagte Atlas. Er musterte sie lange von oben bis unten und grinste mich dann an. »Wie Sie sehen, brauche ich gar kein Glück im Spiel.«

Wut stieg in mir auf.

Atlas hob sein Glas in meine Richtung, um mit mir anzustoßen. Ich hätte es ihm am liebsten gegen den Kopf geknallt. Stattdessen schluckte ich meine Wut herunter und berührte sein Glas mit meinem. »Auf Erfolg und Wohlstand.«

Atlas lachte. »Das wünsche ich Ihnen auch.«

Er erhob sich und bedeutete Nakano und Angel, ihm zu folgen. »Dann wollen wir uns mal diese Files ansehen.«

Nachdem sie verschwunden waren, kamen Sara und Tatiana zu mir. Beide grinsten breit. »Da helfe ich dir doch gerne beim Tragen«, sagte Tatiana und schaufelte einen Haufen Chips in ihre Handtasche.

Zu dritt machten wir uns auf den Weg ins Foyer, wo ich die Chips gegen über sechzehntausend Credits tauschte. Selbst wenn wir den Gewinn unter uns acht aufteilten, blieb mir immer noch genug für eine Monatsmiete.

Während die Dame am Schalter meine Bezahlkarte einlas, um das Geld auf mein Konto zu transferieren, sah ich mich noch einmal in der Lounge um. Die opulente Einrichtung, die elegante Kleidung der Gäste, die allgegenwärtigen Mods. Ich gehörte nicht hierher, aber an dem Pokertisch hatte ich mich wie zu Hause gefühlt. Vielleicht konnte das hier doch meine Welt werden – wenn sich mir bloß die Chance bot, hineinzugelangen.

Als das Lesegerät piepte und die Bedienstete mir meine Karte wiedergab, war mir eines klar geworden: Ich wollte hierhergehören, und zwar mehr als alles andere. Dafür war ich bereit, bis zum Äußersten zu gehen.

Auch wenn das bedeutete, dass ich Angel noch etwas länger anlügen musste.

»Alle zum Hauptquartier«, sagte ich in mein Comm. »Und wartet dort auf Nakano, Cy und Angel. Gute Arbeit von euch allen!«

»*Und von dir auch, Cuz!*«, sagte Malia. »*Total krass!*«

»Aber absolut!«, stimmte ihr Tatiana zu. »Wir wussten ja, dass du's draufhast!«

Ich verkniff mir einen bissigen Kommentar, um den neu gewonnenen Respekt nicht gleich wieder zu verspielen. Trotzdem musste ich grinsen, während sie sich weiter über ihre Comms unterhielten. Ich dachte daran, wie es damals für mich gewesen war, am jüngsten zu sein und neu in der Crew und das Gefühl zu haben, allen unbedingt etwas beweisen zu müssen. Ich erinnerte mich noch genau, wie ehrgeizig ich gewesen war – immer auf der Suche nach einer Gelegenheit, mich zu profilieren, nach noch riskanteren Jobs, noch fetterer Beute, noch mehr Ruhm und Ehre. Und Angel war dabei immer an meiner Seite gewesen.

Was würden die Kids von damals wohl jetzt, nachdem ich zum ersten Mal das Kommando übernommen hatte, von mir halten?

16

BINNEN EINER STUNDE NACH ENDE DER GALA TRUDELTEN WIR ALLE IN UNSErem Hauptquartier ein. Duke und Malia waren bereits da, als ich zusammen mit Tatiana und Sara eintraf. Schließlich kam auch Nakano. Cy und Angel würden die Letzten sein, sie mussten bis zum Ende der Gala und der Nachbesprechung des Sicherheitsteams bleiben.

Die Aufregung des Abends blieb, auch nachdem wir wieder unsere Alltagsklamotten angezogen hatten. Alle redeten durcheinander, vor allem die beiden Teenager. Ich wusste nicht, wie ich mich fühlen sollte. Nachdem das Adrenalin sich verflüchtigt hatte, fragte ich mich, wie Angel auf meine Improvisation reagieren würde. Es tat mir kein bisschen leid, dass ich ihre Befehle missachtet hatte, trotzdem war ich mir nicht sicher, ob ich deswegen so angespannt war.

Schließlich hatte ich den Fingerabdruck besorgt, und dazu noch sechzehntausend Credits. War es nicht egal, wie ich das gemacht hatte?

»Und dann Atlas so: ›Behandelst du Frauen auch wie Scheiße, Bro?‹« Malia imitierte Atlas' tiefe Stimme. »Und dann Edie so: ›Aber klar doch, da kannst du einen drauf lassen!‹«

Ich machte eine finstere Miene. »Das hab ich nie so gesagt.«

»Doch, Brah. Mit deinen Augen.«

»Keine Ahnung, warum er dachte, ich wäre auch so ein Arschloch wie er.«

»Weil du so aussiehst«, sagte Tatiana und deutete auf meine Tattoos.

»Aber ich behandle Frauen mit Respekt!«, erwiderte ich entnervt.

»Angel aber nicht«, sagte Duke leise.

Ich sah sie wütend an. »Was zum Teufel soll das ...«

Das Geräusch einer sich öffnenden Tür ließ uns verstummen.

Cy und Angel traten ein und alle applaudierten.

Angel hatte auch wieder ihre normalen Klamotten an, was bei ihr natürlich ein Business-Outfit bedeutete. Sogar ich sah sofort, dass ihr Lächeln aufgesetzt war. Sie trat nach vorn und drehte sich zu uns um. »Tolle Arbeit, ich danke euch allen«, sagte sie. »Atlas hat angebissen und wird sich bald noch einmal bei Nakano melden, um den Deal zu besiegeln. Wir werden am selben Tag in den Tresorraum einbrechen, an dem Nakano und er die Papiere für die Übernahme unterschreiben. Wir haben alle nötigen biometrischen Daten von Atlas erfasst und müssen jetzt einfach nur noch abwarten.«

»Und wir haben außerdem noch die sechzehntausend Credits!«, rief Malia. Alle applaudierten noch einmal, und zwar noch lauter. Tatiana stieß einen Jubelschrei aus, Duke klopfte mir auf die Schulter und ich grinste. Nicht schlecht für mein erstes Mal als Anführer.

Angel verzog das Gesicht. »Ich fürchte, daraus wird leider nichts.«

Mir verging das Lachen. »Wie bitte?«

»Ich habe die Transaktion gecancelt«, erklärte Angel. »Atlas könnte über dein Konto deine Identität herausbekommen. Ich kann den Erfolg des Plans nicht wegen einer so kleinen Summe riskieren.«

»Kleine Summe?«, wiederholte ich. »Angel! Damit hätte ich die Miete für einen Monat bezahlen können.«

»Sechzehntausend Credits sind nichts im Vergleich zu dem, was wir alle am Ende bekommen«, erwiderte Angel verärgert. »Hab Geduld.«

»*Geduld?*«, wiederholte ich wütend. Die anderen warfen sich unbehagliche Blicke zu. »Unser Vermieter kann uns jeden Moment rausschmeißen«, fuhr ich stinksauer fort, »und du erwartest von mir, dass ich einfach so auf dieses Geld verzichte?«

»Ja«, erwiderte Angel kühl.

»Du kannst nicht ...«

»Edie, es reicht«, fiel mir Angel ins Wort. »Wir werden noch darüber sprechen. Unter vier Augen.«

Sie sah die anderen nacheinander an. »Ruht euch aus. Ihr habt es euch verdient. Wir sehen uns dann morgen früh.«

Die anderen suchten ihre Sachen zusammen, verabschiedeten sich und gingen. Ich blieb zurück, immer noch kochend vor Wut. Was zum Teufel war Angels Problem? Ich hatte diese Credits ganz legal gewonnen, und Atlas keinen Grund, mich mit Angels Plan in Verbindung zu bringen. Und wenn doch jemand eine Verbindung herstellen sollte, ließ sich das Geld sehr schnell und einfach waschen und jede Spur verwischen – so etwas konnte Malia im Schlaf. Angel wollte mich nur dafür bestrafen, dass ich ihre Befehle nicht befolgt hatte. Damit hatte ich ihr Vertrauen wohl verspielt.

Von mir aus konnte sie mich bestrafen, so viel sie wollte, aber hier ging es nicht um mich, sondern um Andie und die Kinder. Ich wollte nicht, dass sie auf der Straße landeten. Wusste sie das nicht? War Angel nur zu sehr mit ihrem Plan beschäftigt oder war es ihr tatsächlich völlig egal?

Angel bedeutete mir, ihr zu folgen. Ich lief hinter ihr her aus dem Gemeinschaftsraum, wobei ich Dukes vielsagenden Blick ignorierte.

Sie marschierte schnellen Schrittes in ihr Zimmer. Ich drängte mich an ihr vorbei. Bis auf die flackernden Neonschilder vor dem Fenster herrschte in Ward 1 finstere Nacht.

Angel schlug die Tür hinter uns zu und ich drehte mich zu ihr um. »Wage es bloß nicht, noch einmal einen meiner Befehle zu missachten«, fuhr sie mich an.

»Deine Befehle?« Ich lachte ungläubig. »Wenn ich deinen Befehlen gehorcht hätte, könnten wir jetzt den ganzen Plan in die Tonne treten.«

»Ich hatte alles unter Kontrolle.«

»Du hast nicht mit am Tisch gesessen!«

»Ich hatte alles unter Kontrolle«, wiederholte sie durch zusammengebissene Zähne.

»Das redest du dir gerne ein, stimmts?« Ich machte einen Schritt auf sie zu. »Du willst nur zu gerne glauben, dass du alles und jeden unter Kontrolle hast. Aber mich kannst du nicht kontrollieren, Angel. Das konntest du noch nie.« Ich machte noch einen Schritt auf sie zu. »Und das treibt dich in den Wahnsinn.«

Sie stand stocksteif da und starrte mich an. »Wir sind keine Kinder mehr. Ich bin hier der Chef, und du tust, was ich dir sage.«

»Und was, wenn ich da nicht mitspiele?«

»Dann bist du raus.«

»Ist das deine schlimmste Drohung?«

Ihre dunklen Augen glühten in der Dunkelheit. »Du weißt genau, dass ich auch noch ganz anders kann.«

Mein Gesicht verzerrte sich vor Wut. »Fick dich doch.«

»Fick dich selber«, fuhr sie mich an. »Du hast mich in dieses Leben mit reingezogen und mit meinen Gefühlen gespielt. Du hast mir echt genug angetan.«

»Du hast mir mein Leben ruiniert«, sagte ich leise.

»Und was willst du dagegen tun?«

Heißes Adrenalin rauschte durch meine Adern.

Ich sprang auf sie zu und drückte mit dem Unterarm so fest gegen ihre Kehle, dass sie zurückstolperte und ihr Hinterkopf gegen die Tür knallte. Sie schrie überrascht auf und sah mich mit großen Augen an.

»Weißt du, was wir im Knast mit Verrätern machen?«, knurrte ich.

Angels hübsches Gesicht verzerrte sich ebenfalls zu einer wütenden Fratze. »Willst du mir etwa drohen?«, knurrte sie.

»Was denkst du denn?«, fauchte ich sie an. »Ich sollte dich töten für das, was du mir angetan hast.«

Ich konnte Angels Atem in meinem Gesicht spüren, das Pochen ihrer Schlagader unter meinem Arm. »Dazu bist du nicht fähig«, sagte sie dann. »Das konntest du noch nie.«

»Ich habe mich verändert. Der Knast hat mich verändert.« Ich drückte noch fester zu und sie rang nach Luft. »*Du* hast mich verändert.«

»Ach ja?«, fragte sie. »Ich habe dich nämlich beobachtet und du bist genau dieselbe Person wie immer.« Ihr Blick wanderte über mein Gesicht. »Und ich kenne dich besser als irgendwer sonst.«

»Ich war acht beschissene Jahre im Knast. Du hast absolut keine Ahnung, wer ich bin oder wozu ich fähig bin.«

Angels dunkle Augen blitzten trotzig. »Dann tu es doch.«

Mein Herz pochte in meiner Brust, der Atem brannte mir in der Lunge. So hatte ich sie noch nie gesehen – die blauen Ringe ihres Mods hoben sich gegen die fast schwarzen, großen Pupillen ab, die leicht geöffneten leuchtend roten Lippen, durch die sie stoßweise atmete, ihre schlanken Hände, die meinen Arm umklammerten. In meinen Adern brannte ein weiterer Adrenalinstoß und entfachte tief in mir ein Feuer.

Sie keuchte auf, als ich sie noch fester gegen die Tür drückte.

Dann küsste ich sie. Hart.

Und sie erwiderte den Kuss.

Genauso heftig.

Genauso hungrig.

Ich presste meinen Körper noch enger an ihren, spreizte ihre Beine mit meinem Knie und schob ihren Rock bis zur Taille hoch. Sie stöhnte in meinen Mund, als ich meinen Schenkel gegen sie drückte. Das Feuer brannte immer heller, angefacht durch ihren Körper, der auf meine Berührung reagierte, ihre Hüften den Druck zwischen ihren Beinen erwiderten.

Sie schob die Jacke von meinen Schultern. Ich zog sie ganz aus und warf sie zur Seite. Ihre Hände glitten unter mein Hemd, und ich löste mich von ihr, um es mir über den Kopf zu ziehen und zu der Jacke auf den Boden zu werfen. Ihre Nägel gruben sich in meine nackten Schultern, als ich sie erneut küsste. Der Schmerz verwandelte sich in Verlangen.

Ich strich mit der Hand über ihre Wange und fuhr mit den Fingern durch das blonde Haar, dann packte ich es am Hinterkopf und riss ihn nach hinten. Sie schrie auf vor Schmerz. Ich presste meinen Mund auf ihre entblößte Kehle und spürte ihren rasenden Puls unter meinen Lippen. Mein Herz pochte genauso wild und schnell.

Ich saugte hungrig an ihrem zarten, blassen Hals und fuhr mit den Zähnen darüber. Der Gedanke, meine Spuren auf ihr zu hinterlassen, jagte mir einen Schauer über den Rücken.

Ich arbeitete mich ihren Hals hinunter bis zum Schlüsselbein vor, dann griff ich nach der Bluse und riss daran. Nähte platzten und Knöpfe regneten zu Boden. Halb fürchtete ich schon, sie würde mich dafür anschreien, aber stattdessen stieß sie nur ein erregtes Keuchen aus. Meine Hand glitt in ihre offene Bluse, an ihrem Brustkorb hinunter und in ihren schwarzen Satin-BH.

Ihr Stöhnen wurde immer drängender, sie drückte sich immer verzweifelter an mich. Ich spürte ihre heiße Haut, das Auf und Ab ihres Atems, ihren Herzschlag. So verriet mir ihr Körper, was er von meinem wollte, und ich gewährte es ihm nur zu gerne.

So war es immer bei uns gewesen – wir waren im Einklang, jetzt mehr denn je.

Ich küsste mich über ihre Brust und ihren Bauch hinunter, bis ich am Boden kniete. Ich schob ihren Rock höher, und als ich ihre Strapse entdeckte, erfasste die Hitze meinen ganzen Körper.

Ich schob einen Finger darunter und ließ das Strumpfband schnalzen. Sie gab einen leisen Schrei von sich. Beim zweiten Mal stöhnte sie.

Ich griff nach dem Slip und zog ihn ihre langen Beine hinunter. Sie trat mit einem Schritt vorsichtig aus ihm heraus, um sich mit den High Heels nicht in den Spitzen zu verfangen. Er war nass, und sicher war meiner in einem ähnlichen Zustand.

Langsam glitt ich mit meinen Händen ihre Schenkel hinauf und genoss erst das Gefühl ihrer Nylonstrümpfe und dann der weichen Haut. Dabei wandte ich den Blick nicht von ihrem Gesicht ab, auf dem sich Erwartung, dann Verzweiflung und Frustration abzeichneten.

»Edie ...«, sagte sie mit warnendem Unterton.
»Sag mir, dass du es willst«, unterbrach ich sie.
»Edie ...«, sagte sie, noch schärfer.
»Sag es. Sag, dass du es willst«, keuchte ich durch zusammengebissene Zähne.

Angel sah wütend aus, so wie immer, wenn ich sie geärgert und es zu weit getrieben hatte. Früher war es lustig gewesen. Jetzt machte es mich scharf.

Nach einer langen Pause flüsterte sie: »Ich will es.«
Ich zog zwei Finger durch ihren feuchten Schoß und entlockte ihr ein gehauchtes Stöhnen. »Noch mal.«
Ihre Lippen kräuselten sich. »Ich will es.«
Sie atmete scharf ein, als ich meine Finger in sie schob. »Lauter.«
Sie drückte sich gegen meine Hand. Und als sie nicht bekam, was sie wollte, stieß sie hervor: »Ich will es.«
»Jetzt sag es mit etwas mehr Überzeugung«, knurrte ich.
»Fick mich doch einfach«, knurrte sie zurück.
Das musste sie mir nicht zweimal sagen.

Ich setzte mich auf, tauchte meine Finger in sie, presste meinen Mund in ihren Schoß. Angel schrie auf, als ich sie mit Mund und Fingern bearbeitete. Sie packte mein Haar, und ich stöhnte, als sie daran zog, doch ich höre nicht auf, im Gegenteil wollte ich sie nur noch mehr – mehr von ihrem verzweifelten Stöhnen, mehr von ihren flehenden Schreien. Sie wollte es so sehr, und ich wollte es auch. Vielleicht für immer. Vor ihr hatte es andere gegeben – Freundinnen, One-Night-Stands und Gefängnisabenteuer. Aber das war nicht dasselbe, denn sie waren nicht Angel gewesen. Denn das war Angel, *meine* Angel. Und als sie meinen Namen schrie, wusste ich, dass es niemals eine andere geben würde.

Als sie kam, krümmte sie sich und drückte sich fest gegen mich. Ich verlangsamte mein Tempo, während sie sich beruhigte und sich mit einer Hand an meiner Schulter festhielt. Ich stand auf und sah sie an. Ihr Lippenstift war verschmiert, ihr Haar zerzaust, ihr Blick weich und glasig. Ich küsste sie heftig, wollte, dass sie sich selbst in meinem Mund schmeckte.

Allmählich kam sie wieder zu sich und erwiderte meinen Kuss. Ich stöhnte vor Schmerz auf, als sie mir auf die Unterlippe biss. Noch bevor ich reagieren konnte, lagen ihre Hände auf meinem Gürtel und öffneten meine Hose mit der Geschicklichkeit einer Diebin. Ihre Hand glitt in meine Jeans.

Ich stöhnte in ihren Mund, als sie die Hand zwischen meine Beine schob. Im Gegensatz zu mir verschwendete Angel keine Zeit mit dem Vorspiel. Wie immer kam sie direkt zur Sache.

Ich stützte meinen Arm gegen die Tür, während sie mich streichelte, atmete schwer, unterdrückte ein Stöhnen und fluchte stattdessen. Das Feuer in mir brannte heißer und heißer, so heiß, dass mir der Schweiß auf der Haut stand. Es breitete sich in jedem Muskel und entlang meiner Nervenbahnen aus. Mein ganzer Körper spannte sich an, ich ballte die Hand zur Faust. Dann riss etwas in mir, und ich hatte das Gefühl, mich völlig aufzulösen. Diesmal stöhnte ich wirklich – laut, tief, bebend, animalisch. Vielleicht wurde ich sogar kurz ohnmächtig.

Als ich wieder zu mir kam, war sie das Erste, was ich erblickte.

Wie sie mich mit ihren dunklen Augen betrachtete.

Eine Zeit lang standen wir Stirn an Stirn, und sahen uns an, während sich unser Herzschlag und unsere Atmung wieder verlangsamten. Ich spürte ihren Atem auf meinem Gesicht, die Wärme ihrer Haut, ihren leicht zitternden Körper an meinem.

»Wie lang wolltest du das schon tun?«, fragte sie mich nach einer Weile.

»Seit der zehnten Klasse«, antwortete ich. »Ich hab in der Sportumkleide mal deine Titten gesehen. Den Anblick habe ich nicht mehr vergessen. Und du?«

Sie schwieg einen Moment lang. »Vielleicht war mir schon immer klar, dass es so enden würde.«

»Jetzt fühl ich mich wie der letzte Arsch.«

Das brachte sie tatsächlich zum Lachen. »Musst du nicht.«

Dann schwiegen wir wieder, sahen uns an und lauschten unserem Atem. Mir wurde klar, dass ich solche Momente am meisten vermisst hatte. Wir hatten uns schon immer gestritten und dann wieder gemeinsam gelacht, aber dazwischen hatte es viele, viele Momente wie diesen hier gegeben. Wenn wir im Bus zusammen Musik gehört, gemeinsam auf dem Gemeindeplatz zu Mittag gegessen oder schweigend zusammen auf meinem Bett gelegen hatten. Wie viele dieser Momente hatten wir in den letzten acht Jahren verpasst? Wie viele Gelegenheiten, das zu tun, was wir wirklich tun wollten? Zu sagen, was wir wirklich sagen wollten?

»Warum hast du es getan?«, fragte ich leise.

Die Frage hing schwer in der Luft. Angel hatte ihre dunklen Augen weiter auf mich gerichtet, als würde sie in meinem Gesicht etwas suchen. Aber was, das wusste ich nicht.

»Das spielt jetzt keine Rolle mehr«, sagte sie schließlich.

»Was geschehen ist, lässt sich sowieso nicht mehr ändern. Dieser Job ist alles, was zählt.«
»Und danach?«
»Dann kannst du tun, was immer du willst. Du hast endlich Ruhe vor mir und ich vor dir. Wir müssen uns nie wieder sehen.«
Keine Ahnung, warum, aber das tat höllisch weh.
»Du willst, dass wir uns nie wieder sehen?«
»Du nicht?«
Ich wusste nicht, was ich darauf antworten sollte. Sie war schon so lange Teil meines Lebens, dass ich mich selbst in den ganzen acht Jahren nicht daran gewöhnt hatte, ohne sie zu sein. Und die Vorstellung, Angel vielleicht nie wiederzusehen – das fühlte sich nicht gut an.
Mein Schweigen war ihr wohl Antwort genug. Sie legte die Hände auf meine Schultern und schob mich von sich weg. Ich machte einen Schritt zurück und sah ihr wie erstarrt dabei zu, wie sie ihren Slip wieder hochzog und ihre Kleidung glattstrich.
Als sie nach ihrem Mantel und ihrer Handtasche griff, erwachte ich aus meiner Erstarrung. »Angel ...«
»Wir haben keine Zukunft«, sagte sie. »Nicht mehr.«
Dann ließ sie mich in ihrem Zimmer stehen und schloss die Tür hinter sich.

ALS ICH ZU HAUSE ANKAM, WAR ES BEREITS FRÜHER MORGEN. ICH HATTE Andie zwar angekündigt, dass ich erst spät zurück sein würde, aber nicht unbedingt so spät. Sie war auch so schon enttäuscht gewesen, weil sie einen gemeinsamen Filmabend mit mir und den Kindern geplant hatte. In letzter Zeit enttäuschte ich sie ziemlich oft.

Ich öffnete die Tür und betrat die dunkle Wohnung. Als ich meine Schuhe abstreifte und in Richtung meines Zimmers ging, merkte ich plötzlich, was für einen Riesenhunger ich hatte. Das Letzte, was ich gegessen hatte, war eine Bentobox aus der Bodega gewesen. Bei der Gala war ich dann viel zu aufgeregt dafür gewesen.

Ich ging also in die Küche, öffnete den Kühlschrank und entdeckte darin eine Plastikdose mit Chicken Katsu und einem Zettel daran, auf dem »Edie :)« stand.

Ich lächelte gerührt, nahm die Plastikdose und schloss leise den Kühlschrank. Dann kramte ich zwei nicht zueinander passende Stäbchen aus der Besteckschublade und ließ mich auf einen Küchenstuhl fallen.

Ein paar Minuten lang saß ich nur da und verschlang völlig beseelt mein kaltes, aber trotzdem noch knuspriges Katsu.

Erst als ich den schlimmsten Hunger gestillt hatte und nun wieder mit der Geschwindigkeit eines zivilisierten Menschen aß, stürzten all die Gedanken auf mich ein, die ich auf der Heimfahrt in der Monorail zu verdrängen versucht hatte.

Ich wusste nicht, was ich tun sollte. Natürlich war mir jetzt klar, dass ich Angel begehrte, dass ich sie schon immer begehrt hatte. Überhaupt nicht klar war mir dagegen, was ich jetzt tun sollte. Jede mögliche Alternative erschien mir schlimm und schmerzhaft. Ich hatte nicht erwartet, sie jemals wiederzusehen nach allem, was sie mir angetan hatte. Ich hatte sogar meinen Frieden damit gemacht – zumindest soweit mir das möglich gewesen war. Ich war bereit gewesen, ein neues Leben anzufangen.

Aber warum zum Teufel hatte ich mich dann von ihr rekrutieren lassen?

Bei dem Gedanken daran ließ ich den Kopf auf den Tisch sinken. Was zur Hölle machte ich da? Ich war vor gerade einmal einem Monat auf Bewährung entlassen worden. Ich hatte die Chance auf einen Neuanfang bekommen – etwas, was ich mir gar nicht vorzustellen gewagt hatte. Und dann hatte ich das alles weggeworfen – nur weil Angel das so wollte. Aber was hätte ich auch anderes tun sollen? Schließlich stand ich auf der schwarzen Liste und hatte eine Menge Schulden. Ich hatte keine andere Wahl gehabt.

Zumindest hatte ich mir das eingeredet.

Nach dem Streit, dem Kuss und dem Sex war mir zu meiner Schande klargeworden, dass ein Teil von mir sie nie hatte aufgeben wollen.

Beim leisen Trippeln kleiner Füße hob ich den Kopf. Casey stand mit einem Plüscheinhorn im Arm vor dem Küchentisch.

»Hey, Casey. Wieso bist du denn schon wach? Kannst du nicht schlafen?«

Er nickte.

»Hattest du einen Albtraum?« Er schüttelte den Kopf. »Zu viel Zucker?« Er schüttelte den Kopf. »Bist du ein Superheld und warst im Einsatz?« Er kicherte und schüttelte den Kopf. Ich dachte nach und wurde plötzlich ernst. »Du hast doch nicht etwa auf mich gewartet?«

Er nickte.

Eine Flut aus Schuldgefühlen überkam mich und ich ließ den Kopf in die Hände sinken. »Tut mir leid, Kleiner. Ich musste länger arbeiten.«

Naja, eigentlich hatte ich es mit meiner Chefin getrieben. Aber das war ja noch schlimmer.

Ich spreizte die Finger vor meinem Gesicht und sah meinen Neffen dadurch an. Vielleicht bildete ich es mir nur ein, aber ich hatte das Gefühl, dass er enttäuscht von mir war.

»Tut mir leid, dass ich so lange weg war«, sagte ich. »Ich wünschte, ich hätte mehr Zeit für euch alle.«

Casey zuckte mit den Schultern.

»Glaubst du mir, wenn ich dir verspreche, dass sich das alles am Ende für uns lohnen wird? Und dass ich in ein paar Wochen alle Zeit der Welt für euch haben werde? Casey, ich werde ein ehrliches Leben anfangen.«

Casey grinste. Vielleicht bildete ich mir das auch wieder ein, aber ich hatte nicht das Gefühl, dass er mir glaubte. Und wenn ich ehrlich war, hatte er völlig recht damit. Ich log ihm ins Gesicht. Ich hatte ihm weisgemacht, dass ich einen Job hätte und ein ehrliches Leben führen würde. Dass alles in Ordnung war.

Warum log ich, wenn ich es eigentlich nicht musste?

Was würde mein schweigender Neffe dazu sagen?

»Wirklich«, sagte ich. »Nur noch dieser eine letzte Job.«

Casey legte verwirrt den Kopf schief.

»Deine Mom hat gesagt, dass ich einen schlechten Einfluss auf dich habe« fuhr ich fort. »Das war zwar nur ein Scherz, aber vielleicht hat sie ja recht. Ich will nicht, dass ihr tun müsst, was ich tue. Trotzdem mache ich das alles für euch. Und wenn es vorbei ist, ist es auch wirklich vorbei. Dann muss deine Mom nie mehr arbeiten. Paige wird es besser gehen. Wir werden es nicht mehr so schwer haben. Deshalb wird sich das alles lohnen.«

Das alles sagte ich nicht nur zu Casey, sondern auch zu mir selbst. Ich musste einfach daran glauben, dass es das alles wert war. Dass Angels Plan funktionieren würde. Dass Angels Verrat eines Tages aufhören würde zu schmerzen. Dass Andie nicht für immer und ewig enttäuscht von mir sein würde. Dass die Kinder auf keinen Fall so enden würden wie ich.

Ich ließ den Kopf wieder in die Hände sinken und fluchte leise. Ich musste das einfach glauben. Alles andere war undenkbar.

»Schon okay«, sagte eine leise Kinderstimme.

Ich hob ruckartig den Kopf. Casey sah mich immer noch an, aber nun mit mitleidiger Miene. »Alles wird gut«, sagte er.

Ich starrte ihn an. »Du ... du sprichst ja.«

Casey kletterte auf einen Stuhl neben mir und legte sein Plüschtier auf den Tisch. »Ja.«

»Aber was ist mit deinem Schweigegelübde?«

Casey zuckte mit den Schultern. »Das gilt nicht mehr.«

»Weil ich dir mein Geheimnis verraten habe?«, fragte ich ängstlich.

»Nein, weil mein Wunsch in Erfüllung gegangen ist«, erwiderte er.

Trotz meiner gedrückten Stimmung musste ich grinsen. Natürlich war es wegen eines Wunsches gewesen! »Was hast du dir denn gewünscht?«

»Dass wir alle wieder zusammen sind«, erklärte er. »Und jetzt bist du hier und hast gesagt, dass Mom nicht mehr arbeiten muss und dass es Paige besser gehen wird. Das alles habe ich mir gewünscht.«

»Und du glaubst mir?« Ich lächelte.

Casey lächelte zurück und nickte.

Ich weiß nicht, wieso mir das so naheging, aber ich zog den kleinen Jungen auf meinen Schoß und schlang die Arme um ihn. Aus unerfindlichen Gründen musste ich plötzlich lachen. Mein Neffe vertraute mir und nahm mich beim Wort. Mein kleiner Neffe, dem ich in sechs Jahren nur einmal persönlich begegnet war. Der sich immer so gefreut hatte, mich zu sehen, auch wenn es nur über eine pixelige Videoübertragung war. Mein Neffe, der mich trotz der großen Entfernung zwischen uns ins Herz geschlossen hatte.

Ich ließ ihn los und sah ihn mit ernster Miene an. »Du wirst mich doch nicht verpetzen, oder?«

Casey schüttelte energisch den Kopf.

»Kannst du dein Schweigegelübde noch ein bisschen weiter durchhalten?«

Casey nickte entschlossen.

Ich grinste und verwuschelte ihm das Haar. »Danke, Kleiner. Ich kauf dir einen ganzen Zoo voller Plüschtiere.«

Casey strich sich die Haare wieder glatt. »Zuerst einen Tiger.«

»Deal«, sagte ich. Dann drückte ich ihn noch einmal, setzte

ihn wieder ab und schob ihn in Richtung Kinderzimmer. »Ab ins Bett, du brauchst deinen Schlaf. Ich esse noch fertig, dann leg ich mich auch hin.«
»Versprochen?«
»Versprochen.«
»Okay.« Casey nahm sein Schmusetier und ging.
»Ich hab dich lieb«, sagte ich.
»Ich dich auch«, erwiderte er.
Als sich die Tür hinter ihm schloss, war ich wieder allein mit meinem kalten Katsu. Aber nun konnte ich meine Mahlzeit beruhigter beenden. Als ich fertig war und die leere Plastikdose ins Spülbecken stellte, merkte ich plötzlich, wie müde ich war. Ich schleppte mich in mein Zimmer und ließ mich ins Bett fallen. Kurze Zeit später schlief ich tief und fest.

Ich stand früh auf, um den Vormittag mit Andie, Casey und Paige verbringen zu können. Zuerst machte ich zusammen mit den Kindern Frühstück – was Andie zu schätzen wusste, auch wenn wir die Eier vielleicht etwas zu kurz und den Schinken dafür etwas zu lang in der Pfanne gebraten hatten. Andie erzählte ich, dass ich heute eine Extraschicht einlegen und trotzdem versuchen würde, zum Abendessen wieder da zu sein. Casey wirkte völlig entspannt, und es schien kein Problem für ihn zu sein, mein Geheimnis für sich zu behalten. Der Kleine war ein echter Profi. Da war es doch fast schade, dass ich schon bald keine krummen Dinger mehr drehen würde ...
Ich kam als Letzter im Hauptquartier an. Als ich den Gemeinschaftsraum betrat, hatten sich alle um einen Spieltisch versammelt. Sara sah mich und winkte mir freudig zu.

Die leise Unterhaltung verstummte. »Edie!«, rief sie. »Wir pokern!«

Ich musste grinsen. Natürlich pokerten sie, war ja klar.

»Wisst ihr denn überhaupt, wie das geht?«

»Malia bringt es uns bei!«

»Malia kann pokern?«, fragte ich ungläubig.

»Aber klar doch«, sagte Malia und tippte sich an die Schläfe.

»Solltest du dir nicht gerade Atlas' Dokumente ansehen?«, fragte ich.

»Keine Sorge, Brah. Tue ich doch.« Malia deutete auf einen Sessel, auf dem ihr Laptop lag. Der Monitor flackerte, während Atlas' Dokumente eins nach dem anderen eingeblendet wurden. Das verwirrte mich. Daran würde ich mich nie gewöhnen.

»Eins kann einem GhostNet nicht beibringen, nämlich die menschliche Komponente«, sagte Nakano. Ich blickte wieder auf den Spieltisch.

»Du solltest nicht auf jedes Blatt setzen«, maulte Duke.

»Aber so macht es mehr Spaß!«, erwiderte Tatiana.

»Also gut, rückt mal ein Stück, dann zeig ich euch, wie es geht.«

Es dauerte nicht besonders lange, bis ich sie alle durchschaut hatte. Dass Cys kybernetisches Auge zu zucken anfing, wenn er ein gutes Blatt hatte, wusste ich bereits. Tatiana warf nie hin, egal, was für ein Blatt sie hatte – sie behauptete, die anderen Spieler damit zu verwirren –, doch wenn sie bluffte, konnte sie ihre Beine unter dem Tisch nicht stillhalten. Bei Malia tat ich mich ein bisschen schwerer, aber sie neigte dazu, auch auf mittelmäßige Blätter hohe Summen zu setzen. Sara war sehr vorsichtig und ging nur mit, wenn sie ein wirklich gutes Blatt hatte. Duke und Nakano hatten sich gut im Griff – sie verrieten sich durch nichts und setzten zurückhaltend. Dafür wussten sie nicht, wie man Gewinnwahrscheinlichkeiten berechnete, aber das war Übungssache.

Ich nahm sie alle aus wie die Weihnachtsgänse. Nach ein paar Runden hatten sie die Nase voll, scheuchten mich weg und spielten ohne mich weiter. Ich nahm etwas abseits auf einem Sofa Platz und sah auf meinem Comm nach, wer sich bei mir gemeldet hatte. Keine Ahnung, warum – außer Andie und Angel rief mich ja nie jemand an.

Während ich noch ziellos auf meinem Comm herumscrollte, verließ Duke das Spiel und setzte sich zu mir. Sie sah mich amüsiert an.

»Was ist los?«, fragte ich.

»Ich wollte mal hören, wie es gestern mit Angel noch so gelaufen ist«, erwiderte sie.

»Sie hat mich zur Sau gemacht, weil ich mich nicht an ihren Plan gehalten hab«, sagte ich, öffnete eine drei Wochen alte Nachricht von Andie und schloss sie wieder. »Mehr nicht.«

»Sicher?«

Ich runzelte die Stirn. »Natürlich bin ich mir sicher, wieso?«

»Weil du einen Knutschfleck am Hals hast.«

Ich griff mit der Hand nach meinem Hals, wobei der virtuelle Bildschirm meines Comms zuklappte, und spürte, wie ich rot wurde. »Wie lang hab ich den denn schon?«

»Vermutlich seit gestern Abend, als du mit Angel rumgemacht hast«, sagte sie augenzwinkernd.

»Ich hab nicht mit Angel rumgemacht«, log ich.

»Aber das ist doch nicht schlimm, im Gegenteil«, sagte sie. »Bist du jetzt entspannter?«

»Entspannter?«

Duke zog eine Augenbraue hoch. »Nur Anfänger wiederholen Fragen, um Zeit zu schinden. Du weißt ganz genau, was ich meine.«

Ich starrte sie böse an. »Nein, weiß ich nicht.«

Duke seufzte. »Können wir uns mal kurz auf Augenhöhe von Butch zu Butch unterhalten?« Ich sah sie weiter böse an, was sie aber nicht davon abhielt, weiterzusprechen. »Weißt du, was man sagt, wenn kleine Jungs kleine Mädchen an den Haaren ziehen?« Ich antwortete nicht. »Edie, du magst sie.«

»Ganz bestimmt nicht.«

»Du willst also behaupten, dass eure gemeinsame Vergangenheit keine Rolle für dich spielt?«

»Ja, absolut nicht.«

»Das überzeugt mich kein bisschen.«

»Zum Glück ist mir deine Meinung dazu egal.«

»Aber ich bin nicht die Einzige, die sich Gedanken darüber macht. Die anderen schließen schon Wetten ab, wann ihr beiden zusammenkommt.« Sie grinste. »Und wie es aussieht, hab ich gewonnen.«

»Ich ziehe Angel nicht an den Haaren«, fuhr ich sie an.

Die Unterhaltung am Spieltisch verstummte abrupt, als meine Worte durch den Raum hallten. Ich wurde noch röter.

Duke breitete die Arme aus. »Hey, was du im Schlafzimmer treibst, geht mich nichts an.«

Tatiana sah so aus, als würde sie gleich einen blöden Spruch loslassen, doch im selben Moment warf Malia ihre Karten hin und sprang auf. Sie ging zu ihrem Laptop. Der Durchlauf hatte gestoppt und es war nun ein einzelnes Dokument zu sehen.

»Malia? Was ist?«, fragte ich.

Sie antwortete nicht sofort. Auf dem Bildschirm erschienen ein paar andere Dokumente, dann war wieder das erste zu sehen. Malia überflog es und sah mich mit einem Blick an, den ich nicht recht deuten konnte. Sie wirkte beinahe besorgt. »Seht euch das an.«

Mit einem Blick ließ sie verschiedene Dokumente auf dem großen Monitor neben ihr erscheinen. Alle versammelten sich davor.

»Die meisten Dokumente sind in etwa das, was man von einer halbseidenen Firma so erwarten würde. Da geht es um Schmiergelder, Bestechung, Insidergeschäfte.« Sie deutete auf den Monitor und zoomte eine Liste mit Kontonummern und Geldbeträgen heran. »Das hier sind Transaktionen aus den letzten sechs Jahren. Beginnend nach den ersten klinischen Tests von AXON. Hier wurden viele Millionen Credits an die Testpersonen und ihre Familien ausbezahlt.«

»Zusätzlich zu der eigentlichen Entlohnung für die Tests?«, fragte Nakano.

»Das sind zusätzliche Zahlungen und außerdem hohe Summen. Ich habe in den Dokumenten aus der Forschungsabteilung gesucht und die Aufzeichnungen zu den ersten Tests gefunden. Die sind gruselig, Brah.« Auf dem Bildschirm waren nun einige anonymisierte Patientenakten zu sehen. »Fast alle Testpersonen der ersten Versuchsreihe haben gesundheitliche Probleme bekommen. Migräne, Koordinationsstörungen, Gedächtnisverlust, verminderte kognitive Fähigkeiten – manche haben dauerhafte Schäden davongetragen.« Malia schwieg kurz. »Viele sind gestorben. Wenn nicht sofort, dann später, auch noch Jahre nach dem Ende der Versuchsreihe.«

»Dann ist das Schweigegeld«, sagte ich leise. Ich war außer mir vor Wut. All diese Leute, *meine* Leute, die bei den

Testreihen mitgemacht hatten in der Hoffnung auf Geld und ein besseres Leben für ihre Familien. Ich konnte mir gar nicht vorstellen, wie es war, seinen Verstand zu verlieren, den Körper – die Fähigkeit, für seine Familie zu sorgen.

Malia warf mir einen ängstlichen Blick zu. »Atlas hat viele Versuchskaninchen aus Ward 1 und Ward 2 rekrutiert. Ich habe die Datenbank mit den Testpersonen gehackt und mit den Patientenakten und den Zahlungen abgeglichen. Und dabei habe ich ... etwas gefunden.«

Drei Dokumente erschienen nun auf dem Bildschirm. Eine Patientenakte, eine Liste mit Namen und Ausweisnummern und eine Liste mit Überweisungen. In der Patientenakte wurde die erfolgreiche Implantation eines AXON-Mods beschrieben, allerdings auch gravierende Nebenwirkungen, darunter Koordinationsstörungen, Amnesie und das Nachlassen kognitiver Fähigkeiten. Die Ausweisnummer in der Akte war die eines gewissen »Huang, Daniel« und zunächst gingen Zahlungen an ihn – nach dessen Tod jedoch an sein einziges Kind: »Huang, Angelica«.

Mir war, als würde mir der Boden unter den Füßen weggezogen, und obwohl ich auf dem Sofa saß, hatte ich das Gefühl, gleich wegzukippen. Duke legte mir beruhigend die Hand auf den Arm. Ich ließ den Kopf in die Hände sinken und kämpfte gegen den Brechreiz an.

Dass Angels Vater zwielichtige Dinge getrieben hatte, wusste ich. Wir hatten es alle nicht leicht gehabt, aber ich hätte nie gedacht, dass er so wenig Selbsterhaltungsinstinkt hatte, dass er auf Atlas' Versprechungen hereinfiel.

Andererseits war er verzweifelt gewesen.

Das Sofa bewegte sich, als sich Cy neben mich setzte. »Wusstest du davon?«, fragte er leise.

»Nein«, sagte ich. »Ich weiß nur, was Angel mir erzählt hat – und das war nicht viel.«

»Sie hat niemandem von uns etwas davon gesagt«, brummte Duke.

»Aber ändert das denn irgendetwas für uns?«, sagte Tatiana.

»Wie meinst du das?«, fragte Nakano.

Tatiana zuckte mit den Schultern. »Deswegen ist doch jetzt eigentlich nichts anders, oder? Für Angel hängt vielleicht ein bisschen mehr an dem Job, als wir dachten, aber an sich ändert sich nichts.«

»Im Gegenteil, das ändert alles«, wandte Duke ein. »Was wird wohl am Ende mit unserer Beute passieren?«

»Ist der Plan nicht, alles gegen Lösegeld wieder rauszurücken?«, fragte Tatiana.

»Das können wir nicht machen«, sagte Nakano.

»Wie bitte? Was hast du da gerade gesagt?«, fragte Tatiana entsetzt.

»Wir können es ihm nicht zurückgeben«, wiederholte nun Sara anstelle von Nakano. Alle sahen sie an. »Wenn es so gefährlich ist, und Atlas das neue Mod dazu benutzen will, die Nutzer zu kontrollieren, können wir das nicht tun. Wir dürfen nicht zulassen, dass er noch weiteren Menschen schadet.«

»Aber was machen wir dann damit?«, bohrte Tatiana nach.

»Wir zerstören den Prototypen der nächsten AXON-Generation«, sagte Duke.

Schweigen breitete sich im Raum aus. Alles zerstören? Aber was würde dann aus uns werden?

Cy war der Erste, der die Sprache wiederfand. »Nein.« Alle sahen ihn an. »Wenn wir das tun, macht uns das zu Freiwild. Atlas wird uns auf ewig verfolgen.« Er setzte eine grimmige Miene auf.

»Aber was wäre dabei so groß anders als vorher?«, fragte Nakano. »Wir alle sind geübt darin, unterzutauchen, und Angel kümmert sich darum, dass das Lösegeld gewaschen wird.«

»Cy hat recht«, sagte Malia mit untypischem Ernst. »Ein Lösegeld würde Atlas sicher zahlen, aber wir wissen nicht, was er tun wird, wenn wir seinen Prototypen vernichten.«

»Aber ist das denn so wichtig?«, fragte Duke. Sie wirkte verstört. »Was sind wir denn für Menschen, wenn wir nichts dagegen tun? Wenn wir weiter zulassen, dass Atlas Leute einsperren und sterben lässt?«

»Wir sind Diebe«, erwiderte Tatiana abwehrend. »Wir sind keine Moralapostel.«

»Vielleicht sollten wir das aber sein«, sagte Sara.

»Nein«, sagte Cy. »Zu gefährlich. Wir kassieren die Kohle und verschwinden.«

»Dann sind wir Feiglinge«, sagte Duke herausfordernd.

»Ich bin kein Feigling ...« Cy wurde lauter.

Alle begannen durcheinanderzureden, und ich wusste nicht, was ich denken sollte. Was änderte sich, wenn Angel einen persönlichen Rachefeldzug gegen Atlas führte? Würde sie Atlas' Prototypen tatsächlich gegen Lösegeld wieder rausrücken? Die Angel, die ich einmal gekannt hatte, hatte immer Wort gehalten, zumindest mir gegenüber. Aber zu was sie heute fähig war, wusste ich nicht.

Und ich fragte mich, was ich wohl tun würde, wenn es meine Entscheidung wäre. Vermutlich das, was am besten für das Ward war. Aber *was* war denn am besten für das Ward? Atlas' Konzern war der größte Arbeitgeber der Station und es gab kein Geschäft, in dem er nicht seine Finger hatte. Wenn wir ihn ruinierten, ruinierten wir alle anderen gleich mit. Wäre es das wert?

Ich schob diese Gedanken beiseite und versuchte, mich wieder auf das Hier und Jetzt zu konzentrieren. Alle anderen waren weiter wie wild am Diskutieren. »Schluss damit! Was wir am Ende mit dem Prototypen tun, ist doch erst mal egal. Wir müssen uns erst einmal darauf konzentrieren, ihn überhaupt in unseren Besitz zu bringen. Wenn wir uns hier gegenseitig zerfleischen, wird da nichts draus.«

Widerstrebend verstummten sie.

»Ich werde mit Angel reden« – ich stand auf – »und herausfinden, was sie vorhat. Vielleicht fällt es uns dann leichter, eine Entscheidung zu treffen.«

Alle schwiegen, während ich durch den unfertigen Flur nach draußen ging.

Ich war immer noch geschockt. Warum hatte ich das nicht gewusst? Warum hatte sie mir nichts davon gesagt? Hatten wir uns nicht immer alles erzählt – von den kleinsten unwichtigen Alltagserlebnissen bis hin zu lebensverändernden Ereignissen? Wir hatten alles geteilt: erste und letzte Male. Glück und Unglück. Geheimnisse und Lügen. Sie wusste alles über mich, auch die hässlichsten Wahrheiten. Ich dagegen schien sie kaum zu kennen.

Vielleicht hatte ich sie noch nie richtig gekannt.

Ich hörte leise Schritte hinter mir. Als ich mich umdrehte, sah ich, dass Malia mir gefolgt war.

»Was gibts denn?«

»Ich ...« Sie brach ab und wirkte irgendwie erstaunt, so als wäre sie sich selbst nicht ganz sicher, was sie gerade von mir wollte. »Wegen der Sache mit Angels Dad ...«, sagte sie schließlich.

»Ja?«

»Wie ist er gestorben?«

Ich zog die Augenbrauen hoch. »Keine Ahnung, da war ich im Gefängnis. Vermutlich weißt du darüber mehr als ich.«

Malia öffnete den Mund und schloss ihn dann wieder, unsicher, ob sie einen blöden Spruch loslassen sollte.

Sie seufzte.

»Ich hab meine Mods schon sehr früh bekommen«, sagte sie. »Viel früher als erlaubt.«

»Wie alt warst du denn?«

»Vierzehn.«

Ich versuchte, nicht schockiert zu wirken, aber Malias gesenktem Blick nach zu urteilen gelang es mir nicht. Mit vierzehn ein Mod im Hirn? Wenn mir nicht bereits schlecht gewesen wäre, wäre es jetzt so weit gewesen.

»Wie hast du das denn geschafft?« Ich bemühte mich, meine Mimik wieder unter Kontrolle zu bekommen.

Sie wich meinem Blick aus. »Ich bin doch schließlich Obake. Ich bin dafür geschaffen.«

»Oh.«

Ich verstand nicht wirklich, was sie mir damit sagen wollte, wusste aber, dass es keinen Sinn hatte, weiter nachzubohren.

»Egal. Jedenfalls dachte ich, wenn du etwas über Angels Dad weißt, dann weißt du vielleicht auch ...«

Ich sah sie verwundert an. »Du willst wissen, ob dir das auch passieren kann?«

Malia lief rot an. »Ich bin ja nur nīele ... Nicht weil ich Angst habe ...«

»Aber natürlich«, sagte ich. »Ist klar.«

Wieder herrschte Schweigen. Ich dachte fieberhaft nach. Was zur Hölle sollte ich ihr nur sagen? Trösten lag mir nicht. Wenn eines der Kids zu weinen anfing, übergab ich es schnell an Andie. Und Malia war eigentlich nichts anderes: ein Kind.

Und zwar ein verängstigtes, auch wenn sie das hinter einem tapferen Gesichtsausdruck verbarg.

Ich fuhr mir mit der Hand durchs Haar und seufzte. »Angels Dad hat das Mod vor zehn Jahren bei der ersten Testreihe bekommen. Seitdem wurden sie enorm weiterentwickelt und sind heute viel sicherer. Und sollte etwas nicht richtig funktionieren, lässt sich das reparieren. Außerdem hast du im Gegensatz zu ihm Leute um dich, die für dich da sind.«

Malia nickte langsam und nachdenklich, ein ungewohnter Anblick: Nichts an Malia war jemals langsam. Ich stand nur da und bemühte mich, Ruhe und Selbstsicherheit auszustrahlen. Als ob ich wüsste, wovon ich da redete. Ich musste so tun, als wäre ich erwachsen.

»Cool, gut zu wissen. Danke.« Sie nickte entschlossen.

»Klar doch«, erwiderte ich. »Immer gern.«

»Dann gehe ich jetzt weiter die Dokumente durch. Meld dich, wenn du mit Angel über den Prototyp gesprochen hast.«

»Mach ich.«

Malia hob die Hand zu einem halbherzigen Shaka. »Prima.«

»Prima.« Ich sah ihr hinterher, während sie wieder in den Gemeinschaftsraum ging.

Angel war in ihrem Zimmer und beschäftigte sich gerade mit ein paar vor ihr auf dem Spieltisch ausgebreiteten Dokumenten. Ich klopfte an den Türrahmen.

»Herein«, rief sie.

»Hey«, sagte ich zögerlich. Als sie den Kopf hob, glaubte ich einen Funken Überraschung in ihrem Blick zu entdecken, doch als sie mich direkt ansah, war davon nichts mehr übrig. Sie trug eine hochgeschlossene Bluse, dennoch konnte ich durch den Stoff die Spuren sehen, die ich auf ihrer Haut hinterlassen hatte. Bei dem Anblick durchfuhr mich ein Schauer wie ein Stromstoß.

»Was gibts?«, fragte sie.

Ich schob sämtliche ablenkenden Gedanken beiseite. »Malia hat sich Atlas' Dokumente angesehen«, sagte ich. »Und sie hat deinen Namen unter den Begünstigten von Atlas' Zahlungen gefunden. Wir wissen jetzt, dass dein Dad eine der Versuchspersonen war.«

Angel blieb völlig ungerührt. »Und das hat euch gewundert?«

»Ja, verdammt, wir hätten dazu ein paar Fragen.«

Sie verschränkte die Arme. »Dann frag mich doch.«

Ich überlegte, wie ich anfangen sollte. »Wann hast du es erfahren?«, fragte ich schließlich.

»Dass er an den Versuchen teilgenommen hat? Seit er diese Anfälle bekam. Davor hatte er immer alles abgetan und auf den Stress geschoben. Als ich ihn schließlich ins Krankenhaus bringen musste, haben die Ärzte mir dann die Wahrheit gesagt. Er hat sich sehr dafür geschämt.«

Er hatte also wieder Mist gebaut. Dafür hätte ich mich auch geschämt.

»Warum hast du mir das damals nicht erzählt?«, fragte ich leise.

»Dad hat mit dem Geld seine Schulden bezahlt. Bei den Banken, bei Kredithaien, bei Freunden und Familie ...«

»Aber wir hätten euch doch helfen können«, sagte ich. »Wir hätten etwas tun können ...«

»Was denn? Da gab es nichts mehr zu tun. Er hat mich angefleht, ich solle mich an die Geheimhaltungsvereinbarung halten und niemandem etwas verraten. Sonst wären wir ruiniert, hat er gesagt.« Sie schwieg kurz. »Das hat er mir noch auf dem Sterbebett abverlangt. Also musste ich das respektieren.«

Einen Moment lang herrschte Stille. Bei dem Gedanken an Onkel Daniel wurde mir das Herz schwer. Und ebenso, wenn ich mir vorstellte, wie entsetzlich das für Angel gewesen sein musste. Ich hatte meinen Dad völlig überraschend verloren. Wie schlimm musste es sein, mitanzusehen, wie sich jemand langsam auflöste.

»Seit wann planst du diesen Job?«, fragte ich.

»Seit etwas mehr als acht Jahren – nachdem ich das alles herausgefunden hatte. Aber ich wusste nicht, wie ich nah genug an Atlas herankommen konnte. Als ich – dank deines idiotischen Plans – festgenommen wurde und in Untersuchungshaft landete, machte Hodson mir ein Angebot. Da wusste ich plötzlich ganz genau, was ich tun musste.«

»Hodson?«, wiederholte ich. »Atlas' ehemaliger Sicherheitschef?«

»Genau der. Er hat mir einen Deal angeboten.«

Das wusste ich alles bereits aus dem Gerichtsverfahren. Aber es noch mal aus ihrem Mund zu hören, war etwas anderes. Diese Wunde war noch nicht verheilt und nun riss sie sie wieder auf und es tat höllisch weh. Aber vor allem war ich wütend.

»Und was für ein Deal war das genau?«, fragte ich leise.

»Er hat mir angeboten, die Anzeige zurückzuziehen, wenn ich kooperiere.«

»Verdammt großzügig.«

»Nicht nur das. Er war von meinen Fähigkeiten und von meiner Kenntnis seines Sicherheitssystems beeindruckt. Deswegen hat er angeboten, mich einzustellen und außerdem alle

Rückschlüsse auf eine Verwandtschaft mit meinem Vater zu verschleiern – vorausgesetzt, dass ich einen Collegeabschluss mache und keine krummen Dinger mehr drehe.«

»Und dafür hast du mich verkauft«, knurrte ich. »Du hast den Deal nicht nur gemacht, um nicht im Gefängnis zu landen. Du wolltest auch an Atlas rankommen.«

»Ich hab dich verkauft, weil du umgekehrt dasselbe getan hättest. Wage es bloß nicht, etwas anderes zu behaupten, das wäre eine glatte Lüge.«

»Das hätte ich nicht, und das ist keine beschissene Lüge«, fuhr ich sie an.

»Du warst gerade acht Jahre lang im Gefängnis und weißt, wie das ist. Willst du wirklich behaupten, dass du das auf dich nehmen würdest, nur um mich zu schützen?«

»Vor acht Jahren hätte ich das getan!«, sagte ich voller Überzeugung. »Damals hätte ich alles für dich getan, für dich und für Andie. Angel, du warst Teil meiner Familie.« Meine Stimme begann zu zittern, ich konnte nichts dagegen tun. »Du hast zu unserer Familie gehört, und wir hätten ...«

Wir hätten noch so viel mehr sein können.

Angels Augen weiteten sich kaum merklich, so als wäre sie überrascht. Wusste sie das nicht? Aber warum? Anscheinend konnte sie sich nicht vorstellen, so etwas für jemand anderen zu tun. Oder dass sie jemandem so viel bedeuten konnte. Dass sie *mir* so viel bedeutete.

Heiße Wut stieg in mir auf. Dachte sie so schlecht von mir, dass sie glaubte, dass ich sie genauso verraten würde wie sie mich? Blutsverwandt oder nicht – sie gehörte doch zur Familie. Wie hätte ich sie da verraten können?

»Du hast zur Familie gehört«, wiederholte ich. »Und ich würde alles für meine Familie tun. Um nichts in der Welt würde ich sie verraten. Aber ich bin ja auch keine hinterlistige Schlange!«, sagte ich voller Verachtung.

Angels Augen wurden immer größer. Ich wusste, dass ich zu weit ging. Und dass ich das, was ich gerade sagte, später bereuen würde. Ich kannte sie gut genug, um zu wissen, wie ich sie verletzen konnte. Tief in mir wusste ich, dass das falsch war. Aber meine Wunde war wieder aufgerissen worden, und unter all meiner Wut tat es furchtbar weh. Und das hier fühlte sich gut an. Wirklich gut.

»Wie hast du mich gerade genannt?«, fragte sie mit gefährlich leiser Stimme.

»Du bist eine Schlange.« Ich wurde noch lauter. »Du bist eine Schlange, weil du mir das angetan hast. Uns allen.«

Angels Gesicht verzerrte sich. »Ich bin keine Schlange«, fauchte sie.

»Doch, das bist du! Wir haben dich aufgenommen und uns um dich gekümmert. Du hast zur Familie gehört – und wie hast du es uns gedankt? Ich hätte ahnen sollen, dass du mir meinen Gewinn wieder abnimmst, wir waren dir doch schon immer egal. Andie war dir schon immer egal.«

»Das ist nicht wahr«, sagte Angel voller Wut.

»Warum hast du sie dann im Stich gelassen? Acht Jahre lang musste sie kämpfen und war vom gutem Willen anderer Leute abhängig. Du bist einfach abgehauen und hast sie im Stich gelassen. Warum?« Ich schnaubte verächtlich. »Um reich und berühmt zu werden? Um so zu tun, als ob du was Besseres bist? Du kommst aus der Gosse, Angel. Genau wie ich. Und das wird sich auch nicht ändern.«

»Ich habe nur getan, was jeder andere auch tun würde!«

Ich lachte ungläubig. »Siehst du, genau das ist dein Scheißproblem. Nicht jeder ist so wie du. Andie nicht. Ich nicht. Und niemand in unserer Crew.« Ich dachte einen Moment lang nach. »Aber das ist für dich ja durchaus praktisch, oder? Du musst nicht damit rechnen, dass dir irgendjemand in den Rücken fällt, sollte etwas schiefgehen. Während du umgekehrt natürlich kein Problem damit hättest, uns im Stich zu lassen.«

»Wie kannst du es wagen!«, zischte sie. »Ich würde nie jemanden von uns verraten.«

»Aber *mich* hast du verraten«, schrie ich. »Warum? Warum mich? *Du herzloses Miststück!*«

Angel sah aus, als würde sie gleich losschreien. Ihre Lippen zitterten und ihre Augen glänzten, ihr ganzer Körper bebte. So hatte ich sie noch nie erlebt. Und trotz all meiner Wut begehrte ich sie. Ganz gegen meinen Willen. Wie gerne hätte ich keine Gefühle mehr für sie gehabt! Aber das war unmöglich. Nicht bei Angel. Es ging nicht.

»Raus«, flüsterte sie.

»Angel ...«

»Raus, hab ich gesagt!«

Dann schob sie mich rückwärts aus der Tür. Ich stolperte und blieb stehen.

»Angel ...«

Sie knallte mir die Tür vor der Nase zu.

Schwer atmend und mit brennenden Augen blieb ich auf der Schwelle stehen. Mein ganzer Körper bebte vor Wut und Schmerz. Ich hatte keine Ahnung, was ich nun tun sollte. Nicht den blassesten Schimmer.

Und genau in diesem Moment klingelte mein Comm. Als ich sah, dass es Tyler war, hätte ich es am liebsten einfach klingeln lassen, aber ein Teil von mir war auf der Suche nach einem Ziel, an dem ich meine Wut und meinen Schmerz abreagieren konnte.

Also ging ich dran.

»Was willst du?«

Einen Moment lang herrschte Schweigen. Tyler war offensichtlich etwas geschockt von meinem Tonfall. »Andie hat Wehen bekommen. Wir sind im Krankenhaus. Mach gefälligst, dass du herkommst«, sagte er schließlich mit ausdrucksloser Stimme und legte auf.

18

WER IN DEN DUNKLEN, FEUCHTEN LOWER WARDS AUFWUCHS, WO DIE STARKE Schwerkraft die Menschen beständig zu Boden drückte, war wesentlich häufiger krank. Wenn man es sich leisten konnte, fuhr man lieber weiter nach oben und bezahlte aus eigener Tasche für bessere Ärzte und Medikamente. Dabei war der Bedarf an ärztlicher Versorgung in den Upper Wards gar nicht so hoch, schließlich war die Luft dort sauberer, es gab mehr Licht und die Schwerkraft entsprach in etwa der auf der Erde.

Für die Lower Wards war das Progress General Hospital zuständig. Dort war schon mein Vater zur Welt gekommen, genau wie ich und Andie. Dorthin hatte mich meine Mutter gebracht, als ich mir bei einem Sturz aus dem Fenster meines Zimmers das Handgelenk gebrochen hatte. Ich selbst hatte Cy nach einer üblen Schlägerei dorthin gebracht, bei der schließlich jemand ein Messer gezogen hatte. Paige hatte ich dort in die Onkologie begleitet, wo die Ärztin uns die weitere Behandlung erklärt hatte – im Gegensatz zu Paige hatte ich ihr kaum folgen können.

Und nun bekam Andie hier gerade ihr drittes Kind – und ich kam eine halbe Stunde zu spät.

Ich drängte mich durch die Menschenmenge im Eingangsbereich und drückte ungeduldig den Rufknopf für den Aufzug. Ich war allein in der Kabine und tigerte ruhelos auf und ab, bis er endlich im sechsten Stock hielt. Ich stürmte zur Entbindungsstation und entdeckte Tyler und die Kinder dort im Wartebereich.

Tyler bedachte mich mit einem bösen Blick. »Du kommst zu spät.«

Ich warf ihm einen ebenso bösen Blick zu. »Auf der Hauptstrecke ist ein Zug entgleist, ich saß zwanzig Minuten lang fest.«

Tyler zuckte nur mit den Schultern. Offensichtlich glaubte er mir nicht.

Ich stellte mich neben die Kinder und legte Casey eine Hand auf die Schulter. »Wie gehts eurer Mom?«

»Gut«, antwortete Tyler für sie. »Es ist ihr drittes Kind, sie weiß, wie der Hase läuft.«

»Dank deiner selbstlosen Unterstützung hat sie es natürlich auch wirklich leicht«, erwiderte ich kühl.

Er warf mir einen geringschätzigen Blick aus Augen mit blauen Ringen um die Iris zu. »Ich war bei jeder einzelnen Geburt dabei – was man nicht von jedem hier behaupten kann.«

Noch bevor ich etwas erwidern konnte, wandte er sich ab und winkte eine Krankenpflegerin zu sich. »Entschuldigung! Ich bin der Mann von Andrea Morikawa. Darf ich jetzt zu ihr?« Er besprach sich kurz mit der Pflegerin und drehte sich dann zu mir um. »Es wird sicher noch drei oder vier Stunden dauern. Geh mit den Kindern zum Mittagessen, okay?«

»Natürlich«, erwiderte ich mit zusammengebissenen Zähnen.

Er nickte. »Seid brav und hört auf eure Tante«, wies er die

Kinder an. »Ich rufe an, wenn eure Mom so weit ist.« Dann folgte er der Krankenpflegerin durch den Flur und um die Ecke.

Ich atmete langsam aus und fuhr mir mit der Hand durchs Haar. Ich hatte Tyler schon immer gehasst. Vom ersten Moment an, als er sich im Laden an Andie rangeschmissen hatte. Er tat immer so, als wäre er etwas Besseres als ich, als wir alle. Als ob Andie ihm dankbar sein müsste, dass er sie aus diesem Leben erlöst hatte. Dieser selbstgefällige Faka.

Und was hatte ihr das alles gebracht?

Ich riss mich zusammen, als ich Caseys und Paiges erwartungsvolle Blicke sah. »Wie gehts euch beiden?«, fragte ich.

»Gut«, sagte Paige und schloss ihr Buch. »Casey ist ein bisschen nervös, aber mir geht's gut.«

Casey warf seiner Schwester einen finsteren Blick zu.

»Nervös?« Ich ging vor Casey in die Hocke und sah ihm in die Augen. »Warum denn?«

»Wegen Mom«, antwortete Paige für ihn. »Aber Mom war ganz ruhig.«

»Deine Mom bringt so schnell nichts aus der Fassung.« Ich lächelte. »Es ist alles okay mit ihr. Versprochen.«

Sichtlich beruhigt, erwiderte Casey mein Lächeln.

»Er bekommt ein kleines Geschwisterchen«, erklärte Paige. »Das ist etwas Neues für ihn. An ein Neugeborenes muss er sich erst noch gewöhnen.«

»Kannst du dich denn noch an Caseys Geburt erinnern?«

»Kaum. Die meiste Zeit war ich da bei Tūtū.«

Stimmt, damals war meine Mom ja noch am Leben gewesen.

»Das war hauptsächlich langweilig«, fuhr Paige fort. »Aber ich durfte Zeichentrickfilme schauen, das war cool.«

»Na gut, ich schau mal, ob du hier deine Serie gucken darfst«, versprach ich ihr. »Aber jetzt erstmal Kau Kau, okay?« Casey nickte und sprang vom Stuhl. Ich nahm seine Hand und ging in Richtung Aufzug. Paige folgte uns.

»Freust du dich darauf, ein Geschwisterchen zu bekommen?« Ich sah zu Casey hinunter.

Der kleine Junge grinste und nickte.

Dann drehte ich mich zu Paige auf der anderen Seite um. »Und was ist mit dir?«

»Naja, schon«, sagte sie und drückte den Rufknopf für den Aufzug. »Aber wahrscheinlich muss ich mich dann auch um das Baby kümmern, weil ich schon so erwachsen bin.«

»Aber du bist doch erst dreizehn«, sagte ich.

Sie warf mir einen bösen Blick zu. »Mom hat gesagt, dass sie Tūtū mit dir und Tante Angel auch immer helfen musste.«

Mich schüttelte es. »Tante Angel« klang ganz grauenhaft, und ich war mir sicher, dass es ihr auch nicht gefallen würde.

»Na ja, deine Mom ist eigentlich auch nur drei Jahre älter als ich«, erwiderte ich. »Sie tut nur gerne so, als ob sie viel erwachsener und weiser wäre.«

»Sie musste dich also nicht *jedes Wochenende* vom Nachsitzen abholen?«, fragte Paige ungläubig.

»Nicht *jedes* Wochenende ...« Ich verstummte. »Meistens hat das Angel gemacht.«

Die Aufzugtüren öffneten sich und wir stiegen ein. Ich ließ Casey den Knopf drücken.

Paige sah mich mit unbewegter Miene an. »Tante Angel musste sich also auch um dich kümmern?«

»Niemand musste sich ›um mich kümmern‹. Ich bin sehr gut allein zurechtgekommen.«

Paige öffnete wieder ihr Buch. »Schon klar.«

»Im Ernst!«, protestierte ich. »Wir waren eben meistens zu dritt unterwegs. Kann sein, dass deine Mom das als ›Babysitten‹ bezeichnet hat, aber eigentlich haben wir immer alles gemeinsam gemacht.«

»Und was habt ihr so gemacht?«, fragte Paige und blätterte um.

Ich zuckte mit den Schultern. »Oft haben wir einfach nur irgendwo herumgehangen. Aber das war vor den automatischen Bußgeldern fürs Herumlungern.«

Paige sah mich irritiert an. »Sonst habt ihr nichts gemacht? Einfach nur herumgehangen?«

»Hey, das ist ein ganz großartiger Zeitvertreib für Teenager, die keine Kohle und auch sonst nichts zu tun haben.«

Die kleinen Betrügereien und Diebstähle erwähnte ich lieber nicht.

Andie war mir immer sehr nahe gewesen, viel näher als die meisten meiner Freundinnen und Freunde – Angel ausgenommen. Wir drei hatten schon als Kinder zusammen gespielt. Wir hatten uns immer alles erzählt und hatten uns zusammen in unserem Viertel herumgetrieben. Und dann hatte Andie plötzlich erwachsen werden müssen – so ist das eben, wenn man schon als Teenager Mutter wird. Und dafür hasste ich Tyler. Dafür, dass er mir vor dreizehn Jahren meine Schwester gestohlen hatte, als ich sie am meisten gebraucht hätte. Wenn sie für mich dagewesen wäre, wäre vielleicht alles anders gekommen.

»Na gut – wir haben jetzt vier Stunden ganz für uns«, sagte ich, als wir auf die Straße traten. »Dann zeige ich euch mal, wie man ganz professionell herumhängt.«

Wir waren wirklich fast vier Stunden unterwegs. Zuerst aßen wir in Aunty Selenes Diner das beste Loco Moco im ganzen Ward. Dann gingen wir zu Uncle Pedro's, einer winzigen Eisdiele, wo es mein Lieblings-Shave-Ice gab. Ich ließ Paige so lange in einer Secondhand-Buchhandlung herumstöbern, bis Mx. Yanagi uns böse ansah. Danach war Casey hungrig und Paige müde. Also holten wir bei einer der Burgerketten, die man überall in der Galaxis findet, etwas zu essen und setzten uns im Licht, das zwischen zwei Plattformen hindurchfiel, unter einen der strubbligen Bäume. Als wir fertig waren, schrieb Tyler, dass das Kind nun kam.

Wir eilten zurück ins Krankenhaus, mussten dort aber weiter warten. Paige las in einem neu erworbenen Buch und Casey sah sich im Fernsehen Zeichentrickfilme an. Ich tigerte ruhelos im Wartebereich auf und ab, genauso nervös wie bei den anderen beiden Geburten.

Es dauerte ewig. Andie lag noch neun Stunden lang in den Wehen, bis das Kind schließlich um 2207 das Licht der Welt erblickte.

Als man uns endlich zu ihr ließ, war bis auf leise Musik nichts zu hören. Andie und Tyler unterhielten sich flüsternd. Als wir hereinkamen, blickten sie auf. Andie sah erschöpft aus, aber sie strahlte, als sie uns sah.

»Hey«, sagte sie. »Kommt her und begrüßt das Baby.«

Ich ließ Paige den Vortritt und hob Casey an das hohe Bett. Andie drehte sich zu uns herum, damit wir das Kind in ihren Armen sehen konnten. »Das ist Madeline.«

Madeline. Baby Maddie. Ehrfürchtig betrachtete ich das in Andies Armen schlafende Kind. Sie hatte schon ein paar Büschel weiches schwarzes Haar, und als sie mit den Wimpern schlug, sah ich blaue Augen. Sie war so klein, so schön, so absolut perfekt. Ein Lächeln breitete sich auf meinem Gesicht aus, Tränen brannten mir in den Augen.

»Willst du sie mal halten?«, fragte Andie.

»Darf ich?«

Sie lachte. »Aber natürlich.«

Ich setzte Casey ab und sie legte Maddie vorsichtig in meine Arme. Das Baby gab einen Laut von sich, als ich es ein wenig bewegte, um den Kopf sicher zu halten.

Als ich die Kleine hielt, breitete sich Wärme in mir aus, Zuneigung, Zuwendung, Staunen. Ich hatte sie jetzt schon ins Herz geschlossen. Als ich ihr Gesichtchen ansah, wusste ich, dass ich alles für sie tun würde. Für sie, für Andie, für Paige und Casey. Absolut alles.

»Du bist ein Naturtalent«, sagte Andie liebevoll.

»Ich habe ja auch schon ein bisschen Übung«, wiegelte ich ab. »Schließlich war ich auch bei Paiges Geburt dabei, weißt du noch?«

»Und hoffentlich bleibst du dieses Mal auch ein bisschen länger«, sagte Tyler.

Mit diesem Kommentar brach er Maddies Zauber und alle warmen Gefühle waren wie weggewischt. »Was soll das denn heißen?«

Tyler zuckte mit den Schultern. »Du warst acht Jahre lang im Gefängnis. Als du reinkamst, war Paige gerade mal im Kindergarten, jetzt ist sie in der Mittelstufe. Du hast ziemlich viel verpasst. Ich mein ja nur.«

»Ich bin doch dabei, es wiedergutzumachen«, erwiderte ich wütend.

»Geht das denn?«

»Tyler ...« Andie versuchte, ihn zurückzuhalten.

Das Baby in meinen Armen wurde unruhig.

»Ich sage nur, wie es ist«, sagte Tyler gleichmütig. »Paige wird diese acht Jahre nicht wieder zurückbekommen. Und du auch nicht.«

»Wenn du ein Problem mit mir hast, dann lass uns das draußen klären«, knurrte ich.

»Edie!« Andie versuchte noch einmal, den Streit zu schlichten.

»Das würde dir gefallen, oder?«, erwiderte Tyler. »Einmal Gangster, immer Gangster.«

Maddie begann zu weinen und vor Schreck vergaß ich meinen Ärger. Ich versuchte, sie zu beruhigen, doch Andie gestikulierte so lange ungeduldig, bis ich ihr die Kleine wieder gab.

»Es reicht.« Sie nahm das Baby wieder in die Arme. »Ihr seid beide erwachsene Menschen, also erwarte ich von euch, dass ihr euch in Anwesenheit der Kinder auch so benehmt.«

Ich warf Paige und Casey einen Blick zu. Beiden war das alles sichtlich unangenehm.

»Einer von euch geht jetzt raus, damit sich alles wieder beruhigt«, sagte Andie in einem Ton, der keinen Widerspruch duldete.

»Aber ...«, protestierte ich.

»Ich bin dein Ehemann ...«, sagte Tyler.

»Einer *verzieht sich jetzt.*«

Tyler sah mich erwartungsvoll an. Er war zwar ein Drecksack, aber er war auch Maddies Vater. Und irgendwie kam es mir nicht richtig vor, die beiden in einem solchen Augenblick zu trennen.

Ich gab einen frustrierten Laut von mir.

»Ich geh ja schon.« Ich zog meinen Mantel über. »Ich muss sowieso mal eine rauchen.«

»Die bringen dich noch um, das ist dir doch klar, oder?«, bemerkte Tyler kühl.

»Hey«, sagte ich zu Paige und Casey und zeigte auf etwas hinter ihnen. »Was ist das denn da?«

Als sie sich beide in Richtung Tür umdrehten, zeigte ich Tyler den Mittelfinger.

»Edie!«, sagte Andie scharf.

»Bin bald wieder da.« Ich marschierte hoch erhobenen Hauptes zur Tür.

Auf dem ganzen Weg nach unten kochte ich immer noch. Tyler hatte kein Recht, so überheblich daherzukommen. Schließlich hatte er Andie und die Kinder im Stich gelassen. Ich tat gerade mehr für diese Familie, als er jemals getan hatte. Oder jemals tun würde. Und wenn wir erst 125 Milliarden Credits auf dem Konto hatten, würde Andie ihn nie wiedersehen müssen. Damit hätte ich doch alles wiedergutgemacht, oder nicht?

Ich seufzte. Nein, das hätte ich nicht. Und das Schlimmste an der ganzen Sache war, dass Tyler recht hatte: Er war in jenen acht Jahren da gewesen, ich nicht. Und nichts auf der Welt – und sei es noch so viel Geld – würde diese acht Jahre zurückbringen. Und das tat wirklich scheiß weh.

Ich verließ das Krankenhaus, betrat Ward 2 und stürmte sofort in den nächstbesten Laden: eine bunte kleine Bodega, die einer koreanischen Familie gehörte, die etwas weiter oben im Turm wohnte.

»Edie!«, rief Tante Yeo, als ich durch die Tür kam. »Ich hab schon gehört, dass du zurück bist!«

Trotz meiner miesen Laune musste ich lächeln. Als Andie mit Paige schwanger gewesen war, hatte ich sie oft zu Arztterminen begleitet und dabei der Bodega einen Besuch abgestattet. »Hey, Tante Yeo.«

»Bist du mit Andie da?«, fragte sie. »Das letzte Mal, als ich sie gesehen habe, war sie so hāpai, dass ich dachte, sie platzt gleich!«

»Ist gerade passiert.« Ich lehnte mich gegen die Ladentheke. »Ein Mädchen.«

»Ho, wie süß! Hier ...« Tante Yeo verschwand hinter der Theke und holte einen Anhänger in Form einer kleinen Plüschkatze hervor. »Für die Kleine«, sagte sie und drückte ihn mir in die Hand.

»Danke, Tantchen.«

»Brauchst du sonst noch was?«

Ich deutete mit dem Kinn auf die Zigaretten hinter der Ladentheke. Sie drehte sich um und seufzte. »Die bringen dich noch mal um.«

Ich verzog das Gesicht. »Ja, das hab ich schon mal gehört.«

Tante Yeo schnalzte missbilligend mit der Zunge und scannte die Zigaretten. Ich gab ihr meine Bezahlkarte. Bald würde ich hoffentlich mehr als genug haben, um mein Konto wieder auszugleichen.

Während ich bezahlte, stellte sich plötzlich ein ungeduldig wirkender Haole mit einer Tüte Chips in der Hand hinter mich. Ein zweiter hing am Eingang herum. Beide trugen Anzüge und Sonnenbrillen.

Irgendetwas stimmte nicht.

Ich lächelte Tanta Yeo an, als sie mir meine Bezahlkarte wiedergab. Auf meinem Weg nach draußen drängte ich mich absichtlich dicht an Haole #1 vorbei. Er machte einen Schritt nach hinten und stieß gegen ein Regal, woraufhin Chipstüten zu Boden regneten. Tante Yeo schimpfte auf Koreanisch und zeigte auf die Chips. Haole #1 bückte sich, um sie wieder aufzuheben, ich schob mich schnell an ihm vorbei und lief hinaus auf die Straße, während Haole #2 zwischen uns beiden hin und her schaute.

Beim Hinausgehen zog ich mir die Kapuze meines Mantels über den Kopf und bemühte mich, in der Menge zu verschwinden. Hinter mir hörte ich schnelle Schritte, dann rief jemand etwas. Ich schlüpfte in eine schmale, mit Maschendraht abgesperrte Gasse zwischen zwei Türmen.

Als jemand rief, ich solle stehenbleiben, fing ich an zu rennen. Ich sprintete die Gasse hinunter und sprang auf den Deckel eines Müllcontainers neben dem Turm. Von dort hechtete ich über den Zaun und ließ mich in die Gasse dahinter fallen. Haole #1 und #2 erreichten nun ebenfalls den Zaun und machten sich ans Klettern.

Ich drehte mich um und rannte los. Doch zwei weitere Haole in Anzügen verstellten mir den Weg.

»Edith Morikawa?«, sagte Haole #3.

»Scheiße, es klingt einfach furchtbar, wie ihr meinen Namen aussprecht.«

Die beiden sahen sich an.

»Würden Sie bitte mitkommen«, sagte Haole #4.

Ich blickte die beiden finster an. »Nehmen Sie mich fest?«

»Glauben Sie mir: Es ist in Ihrem Interesse«, sagte Haole #3. »Die Alternativen sind viel unschöner.«

Auf der Suche nach einer Fluchtmöglichkeit sah ich vom einen zum anderen. Kurz überlegte ich, ob ich eine Chance hätte, mir den Weg freizukämpfen, aber als ich Haole #1 und #2 hinter mir über den Zaun springen hörte, wusste ich, dass ich hoffnungslos in der Unterzahl war.

»... Also gut«, sagte ich.

Haole #3 und #4 nickten und führten mich aus der Gasse auf die Straße. Haole #1 und #2 gingen hinter mir her. Sie keuchten vor Erschöpfung. Dann eskortierten die vier mich zu einem windschnittigen schwarzen Copter mit Behördenkennzeichen. Die SSA. Schon wieder.

Einer der Haole öffnete mir die hintere Tür. Ich warf einen letzten Blick in Richtung Krankenhaus und dachte an das, was Tyler über verlorene Zeit gesagt hatte. Was, wenn ich niemals die Gelegenheit bekam, es wiedergutzumachen? Wenn ich meine Chance bereits verspielt hatte? Wenn Angels Plan meine Zukunft und die meiner Familie längst zerstört hatte?

Nein. Es konnte nicht einfach so vorbei sein. Es stand einfach viel zu viel auf dem Spiel.

Ich wappnete mich, zog den Kopf ein und stieg in den Copter. Haole #3 schloss die Tür hinter mir.

Der Copter war mit schicken Ledersitzen und einer Wandvertäfelung ausgestattet und roch neu. So etwas wurde sicher nicht irgendeinem x-beliebigen Sesselpupser zugeteilt. Und das bedeutete nichts Gutes.

»Mx. Morikawa.«

Die Stimme gehörte Agentin McKay, die genauso elegant und professionell wie bei unserem letzten Treffen wirkte.

»Sie schon wieder.«

Agentin McKay lächelte. »Freut mich sehr, Sie wiederzusehen, Mx. Morikawa.«

»Gleichfalls«, erwiderte ich kurz angebunden. »Nehmen Sie mich diesmal fest?«

»Nein«, antwortete sie. »Oder zumindest noch nicht.«

»Was wollen Sie dann von mir?«

Agentin McKay schlug die Beine über. »Ich will mein Angebot noch einmal wiederholen: Geben Sie mir die Dokumente, die Atlas unter Verschluss hält, und ich werde dafür sorgen, dass Ihre Familie keine Schulden mehr hat.« Sie lächelte. »Ich kann Ihnen sogar Straferlass zusichern.«

»Es hat sich nichts geändert«, sagte ich. »Es gibt keinen Deal.«

»Oh, es hat sich durchaus etwas geändert«, erwiderte sie. »Mein Team hat etwas herausgefunden, was Sie sicher interessieren wird.«

Mit einer Geste ließ Agentin McKay einen virtuellen Bildschirm aus ihrem Comm erscheinen und zwischen uns schweben. Sie schob ihn vorsichtig näher zu mir. Die Tonwellen der Audioaufnahme erwachten zum Leben, als eine Stimme zu sprechen begann.

»*Ich habe noch einen Neuzugang für die Liste. Ich leite Ihnen die Informationen gerade weiter.*«

Ich fuhr zusammen. Auch wenn es eine schlechte Aufnahme war – diese glatte und äußerst angenehme Stimme hätte ich überall erkannt, denn sie gehörte Angel Huang.

»*Edith J. M. Morikawa, 20. Dezember 2141, 760–04–1720. Leiten Sie das umgehend an alle unsere Vertragspartner weiter. Morikawa ist aktiv auf Arbeitssuche. Achten Sie darauf, dass sier damit keinen Erfolg hat. Etwaige Bewerbungs- oder Einstellungsvorgänge sind sofort abzubrechen. Die Ursache dafür kann übrigens klar kommuniziert werden: Die schwarze Liste ist ein offenes Geheimnis und sier wird es so oder so herausfinden.*«

Die schwarze Liste? Atlas' schwarze Liste? Was hatte Angel mit Atlas' schwarzer Liste zu tun? Vielleicht gehörte das zu den Aufgaben einer Sicherheitschefin.

Aber warum ließ sie mich daraufsetzen?

»*Danke, das war's. Geben Sie mir Bescheid, falls es Probleme geben sollte, dann kümmere ich mich darum.*«

Die Aufnahme brach ab.

Ich starrte den Bildschirm an. Es stimmte, dass die schwarze Liste ein offenes Geheimnis war, von dem jeder wusste, auch wenn man nicht unbedingt offen darüber sprach. Ich war nicht die erste Person, die damit zu tun hatte, aber vielleicht die Einzige, die einen Weg gefunden hatte, deswegen nicht die Station verlassen zu müssen. Warum hatte ich überhaupt bei Angels Plan mitgemacht? Aus Verzweiflung. Weil mir der Gedanke unerträglich war, nicht länger auf Kepler bleiben zu können.

Die Erkenntnis traf mich wie ein Schlag. Angel hatte mich auf Atlas' schwarze Liste gesetzt. Nun wurde mir alles klar. Sie hatte meine Liebe zu meiner Familie und dass ich alles für Andie und die Kinder tun würde gegen mich eingesetzt. Sie hatte mit meinem Verstand und meinen Gefühlen gespielt. So, wie sie auch die anderen mit der Aussicht auf Reichtum, Status oder Gerechtigkeit geködert hatte. Und wir hatten alle angebissen.

Meine Hände ballten sich zu Fäusten. Ich war in die Scheißfalle gelaufen.

Mit einem Wink ließ Agentin McKay den Bildschirm wieder verschwinden. Dann sah sie mich mit kühler Miene an. »Mx. Morikawa, Angel Huang hat Sie verraten und zugunsten ihrer eigenen Ziele geopfert, so wie sie es bereits vor acht Jahren schon einmal getan hat. Und wenn sie die Gelegenheit dazu bekommt, wird sie es auch wieder tun.«

»Und warum haben Sie mir das vorgespielt?«, fragte ich leise.

»Weil Sie es verdienen, die Wahrheit zu erfahren. Sie sollten alle Informationen haben, bevor Sie entscheiden, was Sie tun wollen. Also, noch einmal« – sie beugte sich vor – »wenn Sie mir Atlas' Dokumente überlassen, garantiere ich Ihnen

Straffreiheit. Und ich werde dafür sorgen, dass Ihre Familie keine Schulden mehr hat.« Sie sah mich eindringlich mit ihren braunen Augen an. »Und ich werde Angel Huang für eine sehr, sehr lange Zeit hinter Gitter bringen.«

Ich sagte gar nichts mehr, sondern kämpfte still gegen meine Wut an. Wie konnte Angel mir das nur antun? Wie konnte sie mir in die Augen sehen und mir ins Gesicht lügen und behaupten, dass sie mir vertraute? Wie konnte sie mich küssen und ficken und mit meinen Gefühlen spielen und mich ein weiteres Mal verraten? In diesem Moment hasste ich sie aus tiefster Seele.

Um ein Haar hätte ich mich auf den Deal eingelassen, so wütend war ich. Aber dann piepte mein Comm und ich warf einen Blick auf meine Nachrichten. Andie wollte, dass ich wieder zu ihr ins Zimmer kam, und da war noch eine Nachricht: Duke fragte, wo ich wäre. Da fiel mir auf, dass ich ohne ein weiteres Wort gegangen war. Sie warteten auf mich.

Die Wut ließ nach, doch dass Angel mir das angetan hatte, schmerzte weiterhin.

Ich sah von meinem Comm auf und in Agentin McKays erwartungsvolles Gesicht. Sie wollte eine Antwort.

»Ich muss darüber nachdenken.«

Das musste ich ihr lassen: McKay ließ sich nicht aus der Ruhe bringen. »Wie Sie meinen. Meine Nummer haben Sie ja. Ich warte auf Ihre Nachricht.«

Ich öffnete die Tür des Copters und Haole #1 trat beiseite. Ich zog den Kopf ein und stieg aus. »Ich habe Ihre Akte sehr genau studiert, Mx. Morikawa«, rief Agentin McKay mir noch hinterher. »Auch was Sie vor Ihrer Verhaftung so getan haben. Ich kenne Sie vielleicht besser, als Sie glauben.« Ihre braunen Augen glänzten im fahlen Licht des Copters. »Ich weiß, dass

Sie Ihre Seele für Ihre Familie verkaufen würden. Überlegen Sie sich bloß gut, wem Sie Ihre Seele verkaufen.«

Ich schmiss die Coptertür hinter mir zu. Die Haole #1 bis #4 sahen mich mit unterschiedlichen Stadien der Missbilligung an, dann stiegen sie alle in den Copter. Ich sah ihnen nach, als sie abhoben und sich über meinem Kopf in den Verkehr einfädelten.

Angel hatte mich verraten, und das schon zum zweiten Mal. Und niemand konnte mir garantieren, dass sie es nicht wieder tun würde. Nun wusste ich, dass ich ihr niemals hätte vertrauen dürfen. Ohne Zweifel würde sie mich jederzeit wieder ans Messer liefern, wenn sie damit ihre eigene Haut retten konnte. So, wie sie es immer tat.

Und trotzdem ertrug ein Teil von mir die Vorstellung nicht, sie den Cops auszuliefern. Egal, was sie getan hatte: Im Gegensatz zu ihr würde ich ganz bestimmt niemandem in den Rücken fallen. Es schien mir nicht richtig. Und auch meine Crew konnte ich nicht im Stich lassen.

Außerdem war ich nicht bereit, den Traum vom großen Geld aufzugeben. Agentin McKay hatte mir Sicherheit und ein bequemes Leben angeboten. Angel stellte mir dagegen schier grenzenlosen Reichtum, Status und Macht in Aussicht. Konnte ich das einfach so aufgeben? Konnte ich diesen Traum begraben, nachdem ich ihn schon so lange geträumt hatte?

Mit den Händen in den Taschen schlich ich zurück zum Krankenhaus.

»Edie«, sagte Andie sanft.

Ich schreckte aus dem Schlaf hoch, atmete tief durch und blinzelte Andie müde an. Der Raum war nur schwach beleuchtet. Ich hing in dem großen, schweren Sessel gegenüber von ihrem Bett. Paige hatte sich in meinen Arm gekuschelt, Casey lag auf meiner Brust. Selbst als ich mich aufsetzte, wachten die beiden nicht auf.

Ich ächzte. Mein Nacken tat scheißweh.

»Es ist fast 2400, du solltest jetzt wirklich heimgehen«, sagte Andie und lächelte mich vom Bett aus an. »Ich komme heute Nacht schon allein klar.«

»Ja, vielleicht«, gestand ich ihr zu, und rieb mir mit der Hand über das Gesicht.

»Könntest du die Kinder mitnehmen? Und vielleicht auch morgen auf sie aufpassen?«

Ich schlug mir mit der Hand auf die Stirn. »Fuck, nein, kann ich nicht.«

»Oh?« Andie klang überrascht.

Ich sah sie an. »Ich hab Rufbereitschaft und sie könnten sich jederzeit melden.«

»Rufbereitschaft? Hast du etwa einen Job?« Tyler kam mit einem Glas Wasser ins Zimmer marschiert und gab es Andie. »Was für eine freudige Überraschung.«

»Edie arbeitet bei Atlas Industries«, sagte Andie stolz.

»*Im Ernst?*« Tylers blaue Augen weiteten sich ungläubig. »Warum sollte jemand wie Joyce Atlas dir eine Arbeit geben?«

»Da hab ich wohl Glück gehabt.«

Am liebsten hätte ich gesagt, dass es für mich wiederum eine freudige Überraschung sei, dass er sich noch an die Namen seiner Kinder erinnerte. Doch dann bewegte sich Paige im Schlaf und ich hielt den Mund.

»Ich kann mich um die Kinder kümmern«, sagte Tyler, beugte sich zu Andie hinunter und küsste ihre Stirn. »Ich nehme mir den Tag frei.«

»Danke.« Andie lächelte. »Das weiß ich sehr zu schätzen.«

»Du musst jetzt erst mal wieder fit werden«, sagte er. »Mach dir wegen der Kinder keine Sorgen.«

Er sah sehr zufrieden mit sich aus. Ich biss die Zähne zusammen und schwieg.

»Na, dann kommt mal her, ihr zwei«, sagte er und nahm mir Casey ab. Der kleine Junge kuschelte sich an den Hals seines Vaters. Paige glitt vom Sessel und rieb sich die Augen. Dann nahm sie Tylers ausgestreckte Hand und folgte ihm zur Tür.

»Gute Nacht«, rief ich ihnen hinterher.

Paige winkte mir über die Schulter zu, Casey schlief einfach weiter und dann waren sie aus der Tür.

Ich beugte mich auf dem Sessel vor, bedeckte das Gesicht mit den Händen, atmete tief ein und seufzte. »Es tut mir leid.«

»Ist schon okay«, sagte Andie. »Du kannst doch nichts dafür.«

Ich bemühte mich, kein schlechtes Gewissen zu haben. Schließlich würde das nicht mehr lange so gehen. Alles würde sich ändern, sobald Angel anrief. Danach würde ich alle Zeit der Welt haben.

»Edie?«

»Ja?«

»Was ist los mit dir?«

Andie machte eine ernste Miene. »Was meinst du?«

Sie schwieg einen Moment. »Du warst acht Jahre lang weg, aber verändert hast du dich kein bisschen.«

»Ach ja?« Das überraschte mich.

»Ja. Darüber habe ich in letzter Zeit viel nachgedacht. Wie du sprichst, wie du dich bewegst, wie du dich benimmst ... Ganz genau wie damals.«

Ich lächelte sie an. »Das ist doch gut, oder nicht?«

Sie schwieg wieder einen Moment lang. »Im Großen und Ganzen schon.«

Mein Lächeln verblasste. »Im Großen und Ganzen?«

»Hast du wirklich gedacht, dass ich nichts merke? Du schleichst dich raus und bist spätnachts unterwegs, du lügst mich an ... Mom hat dich nie durchschaut, aber ich schon.«

In meinem Magen bildete sich ein dicker Klumpen aus Schuld und Angst.

»Es ist nicht so, wie du denkst«, sagte ich leise.

»Sondern?«

Ich starrte meine Hände an. Angel und ich hatten uns noch eine andere Lüge ausgedacht, falls Andie die erste durchschauen würde. Und wie alle guten Lügen enthielt sie auch einen kleinen Funken Wahrheit.

»Ich arbeite mit Angel zusammen«, sagte ich. »Ich helfe ihr dabei, Atlas' Vermögenswerte umzuschichten – dafür braucht sie einen Referenten. Das passiert alles eher unter der Hand, und ich bin mir nicht sicher, ob ich damit gegen meine Bewährungsauflagen verstoße. Aber weil wir dringend Geld brauchen, hab ich lieber nicht so viele Fragen gestellt.« Ich sah sie wieder an. »Ich wollte nicht, dass du dir Sorgen machst.«

Andie presste die Lippen aufeinander und sah mich forschend an. »Ich glaube dir kein Wort.«

Ich starrte sie an. »Das ist die Wahrheit.«

»Ich wünschte, ich könnte dir glauben. Und ich wünschte, du würdest mir vertrauen.«

»Aber das tue ich doch«, widersprach ich ihr. »Mir war nur klar, dass du bestimmt versuchen würdest, mir das wieder auszureden.«

»Weil ich nicht will, dass du wieder im Gefängnis landest!«, rief Andie so laut, dass wir uns beide erschrocken in Richtung Wiege umsahen, doch Maddie schlief seelenruhig weiter.

»Aber ich muss doch irgendwas tun, wozu bin ich denn sonst hier?«, flüsterte ich. »Dann hätte ich doch gleich im Gefängnis bleiben können.«

»Du musst überhaupt nichts *tun*.«

»Aber wir verdienen ein besseres Leben. Viel besser als jetzt. Ich will doch nur, dass wir glücklich sind.«

»Und du würdest deine Seele verkaufen, damit wir glücklich sind?«, wollte sie wissen.

Ich zuckte zusammen.

»Du würdest deine Seele verkaufen, und wofür? Für den großen Coup? Das große Geld? So viel Geld brauchen wir nicht. Ich will doch nur, dass du hier bei uns bist. Das reicht völlig. Für uns alle.«

Ich starrte sie wieder an und wusste nicht, was ich darauf antworten sollte.

Wieder brach Andie das Schweigen. »Edie, du bist verdammt noch mal erwachsen. Was immer du da tust, denk gut darüber nach, ob es das Risiko wert ist. Und über den Preis, den du womöglich dafür bezahlst.«

Ich schwieg weiter, weil ich einfach keine Antwort darauf hatte.

Schließlich seufzte sie entnervt. »Ich bin müde. Und ich weiß nicht, was ich sonst noch sagen soll.«

»Geht mir auch so.«

Ich stand auf, nahm meinen Mantel und meine Tasche. Andie ließ mich nicht aus den Augen. In der Tür blieb ich noch mal stehen.

»Andie, es tut mir leid.«

»Ich weiß. Das tut es dir immer.«

Mein ganzer Körper ächzte unter der Last der Schuld. Ich konnte Andies Blick auf mir spüren, als ich das Zimmer verließ.

Ich hatte mir schon immer ein besseres Leben für uns gewünscht. Ich hatte so viel aufgegeben – acht Jahre meines Lebens –, um uns das zu ermöglichen. Und jetzt wusste ich, dass es das nicht wert war. Jedenfalls nicht aus Andies Sicht. Sie wollte nur, dass wir Zeit füreinander hatten, für die Familie.

Ich hatte so viel Zeit verloren, und nun konnte ich sie ihr nicht mehr wiedergeben.

Vor dem Krankenhaus blieb ich stehen und holte die Zigaretten aus der Tasche. Ich klopfte eine aus der Schachtel, zündete sie an und nahm einen tiefen Zug, bevor ich mich auf den Weg zur Monorail machte.

Ich hatte mir eingeredet, dass ich nach diesem einen letzten großen Coup alle Zeit der Welt für sie haben würde. Und dass ich die verlorene Zeit damit wiedergutmachen würde. Mit genug Geld konnte man sich doch schließlich alles kaufen, oder?

Und auch wenn es gegen jede Faser meiner Gaunerehre ging, konnte ich nicht anders, als über das nachzudenken, was Agentin McKay gesagt hatte. Was, wenn Angels Plan nicht funktionierte? Wenn alles den Bach runterging, so wie beim letzten Mal? Wenn ich wieder im Knast landete, und zwar für immer? Wenn ich noch mehr Zeit verlor – Zeit, die Andie so gerne mit mir verbringen wollte?

Und wofür das alles? Für Angel?

Ich dachte an das, was Angel am Abend vorher zu mir gesagt hatte: Wir haben keine Zukunft. Nicht mehr.

Die Vergangenheit war tot und es gab keine Hoffnung auf eine Zukunft. Sie gehörte nicht mehr zu meiner Familie und wir waren nicht einmal mehr befreundet ... Wir waren zu

Fremden geworden. Mir fiel ein, was ich heute zu ihr gesagt hatte: Ich war nicht wie sie. Ich würde nie meine Familie oder meine Freunde verraten. Und damals, vor acht Jahren, hätte ich sie auch nicht verraten.

Aber würde ich eine Fremde verraten?

Eine Feindin?

Da sie mich auf die schwarze Liste gesetzt hatte, konnte sie eigentlich nichts anderes mehr für mich sein.

Ich hatte die Wahl: Entweder ich entschied mich für Angel und setzte alles aufs Spiel – das Geld, die Kinder, meine Freiheit. Oder ich entschied mich für Andie und verriet Angel genauso, wie sie mich damals verraten hatte.

Als ich mich der Monorailstation näherte, piepte mein Comm. Ich blieb stehen und sah nach – es war Angel.

»Ja?«

»*Nakano trifft Atlas am Dienstag um 1000. Sei um 0600 bereit.*« Trotz der schlechten Stimmung zwischen uns konnte ich ihr Lächeln förmlich hören. »*Es geht los.*«

19

IN UNSERER ALTEN HEIMAT AUF DER ERDE, IRGENDWO AM ANDEREN ENDE der Galaxis, war jetzt gerade ein kalter Wintermorgen. Ich hatte nie einen Winter erlebt. Am nächsten kam dem vielleicht noch jene Jahreszeit, in der es auf dem Felsenplaneten so kalt wurde, dass die Kälte durch die Gefängnismauern drang und mich in meinem Stockbett zittern ließ. Im Gefängnishof hatte dann etwas dreckiger Schneematsch gelegen, und die Heizanlage hatte so laut gehämmert, dass man nicht schlafen konnte.

Angeblich war der Winter auf der Erde wunderschön: schneebedeckte Berge, Eiszapfen an den Bäumen und funkelnde Sterne am Nachthimmel. Auf Kepler gab es keinen schönen Winter, es gab überhaupt keine Jahreszeiten. Und abgesehen vom simulierten Auf- und Untergang der Sonne veränderte sich gar nichts.

Als ich also am großen Tag um 0500 aufwachte, unterschied sich dieser nicht von irgendeinem anderen Tag meines Lebens.

Alles war wie immer – bis auf die Nachricht, die mir Angel auf mein Comm geschickt hatte:

[Alles Gute.]

Diese Worte passten nicht dazu, wie es im Moment zwischen uns stand. Und auch nicht zu dem, was ich mittlerweile über sie wusste. Wünschte sie mir wirklich alles Gute? Oder wollte sie nur aus Eigennutz, dass alles gut lief? Schließlich hingen wir zusammen in der Sache drin, und wenn ich unterging, würde ich sie vermutlich mit mir in den Abgrund reißen. Und das war durchaus möglich, wenn man bedachte, wie viel bei dem Plan schiefgehen konnte.

Ich ließ den Kopf in die Hände sinken und fuhr mir durchs Haar. Ich wusste immer noch nicht, was ich tun sollte. Zwei Tage lang hatte ich nachgedacht – über den Sex, den Streit, die schwarze Liste – und wusste es trotzdem nicht. Ich wog den erfolgreichen Coup gegen Andies Enttäuschung ab. Gegen Agentin McKays Versprechen und Drohungen. Gegen Angels Verrat und die Möglichkeit, mich dafür zu rächen.

Überlegen Sie sich bloß gut, wem Sie Ihre Seele verkaufen.

Trotz allem, was sie mir angetan hatte, kam es mir nicht richtig vor, Angel zu verraten und mein Wort zu brechen. Das brachte Bachi – Unglück.

Im Dunkeln, ohne das Licht einzuschalten, zog ich den Anzug, den Angel mir besorgt hatte, an – klassisch und schick, aber trotzdem so unauffällig, dass niemand groß auf mich achten würde. Schwarze Hose und Mantel, dazu ein himmelblaues Hemd und eine passende Krawatte in einem etwas dunkleren Blau. Keine Ahnung, woher sie meine Maße kannte, aber der Anzug passte perfekt. Als ich in den Spiegel sah, um die Krawatte zurechtzurücken, musste ich trotz meiner Nervosität lächeln. Ich sah einfach umwerfend aus.

Ich atmete tief durch, verließ die Wohnung und schloss leise die Tür hinter mir.

Der Transporter schwebte bereits neben dem Bürgersteig und ich stieg ein. Cy saß auf dem Pilotensitz. Die anderen waren noch zu Hause und warteten darauf, abgeholt zu werden.

»Genau wie früher«, sagte Cy.

»Jep. Wie früher.«

Er sah mich einen Moment lang prüfend an. »Eh, irgendwas macht dir doch Sorgen, Cuz.«

»Nein.«

»Stimmt nicht. Du siehst aus, als würdest du gleich kotzen.«

Ich bedachte ihn mit einem bösen Blick. »Mir gehts gut, mach dir keine Sorgen.«

»Nah, glaub ich dir nicht. Du warst noch nie nervös, egal, was wir gemacht haben. Was ist?«

»Es ist nur ...« Ich verstummte. Cy war einer meiner ältesten und besten Freunde, wie konnte ich ihn da anlügen? Aber mir blieb keine andere Wahl.

Ich seufzte und fuhr mir mit der Hand durchs Haar. »Ich war noch nie nervös, weil wir auch noch nie so ein großes Ding durchgezogen haben. Das sind unglaublich viele Credits, Cuz. Lebensverändernd viele Credits.«

»Jep. Aber wir machen das schon, Cuz.« Er klopfte mir mit der Metallhand auf die Schulter. »Niemand ist so gut wie du. Wir sind die Besten. Angel hat lange an diesem Plan gearbeitet – und du weißt doch, dass sie nicht verlieren kann. Weißt du noch, wie sie immer gegen Mikey im Schach verloren hat? Und dann hat sie's so gut gelernt, dass sie jedes Mal gewonnen hat.«

Ich musste lachen. Das hatte ich ganz vergessen. Dass sie

ausgerechnet gegen Mikey verloren hatte, war für sie besonders schlimm gewesen.

»Das hier ist dasselbe. Angel wird nicht zulassen, dass wir verlieren, Cuz.«

Angel würde sich mit einer Niederlage nicht abfinden. Es sei denn, es gehörte zu ihrem Plan und es nützte ihr, wenn wir scheiterten.

Überlegen Sie sich bloß gut, wem Sie Ihre Seele verkaufen.

»Nein«, sagte ich leise. »Das würde sie nicht zulassen.«

Cy würde zuerst vor Ort sein. Malia hatte seinen Einsatzplan so verändert, dass er nun ab 0600 zur Bewachung des Tresorraums eingeteilt war. Dann war Angel an der Reihe. Sie würde in ihrem Büro auf Atlas und Nakano warten. Nakano sollte um 1000 erscheinen, um den Deal mit Atlas perfekt zu machen. Währenddessen würden Tatiana, Sara und ich mithilfe der gestohlenen Identitäten von Yusef, Vera und Craig das Gebäude betreten und uns auf den Weg in Richtung Tresorraum machen, um uns dort mit Cy zu treffen. Danach ging es einzig und allein darum, Atlas' Sicherheitssystem mit seinen Firewalls, dem druckempfindlichen Boden und so weiter auszutricksen und in den Tresorraum zu gelangen.

Kein Ding.

»*Eh, Edie*«, meldete sich Malia in meinem Ohr.

»Was ist los?« Ich befand mich gerade in Ward 5 und überquerte die Straße zum Turm von Atlas Industries.

»*Warum bist du so nervös?*«

Ich blickte finster vor mich hin. »Ich bin nicht nervös.«

»*Dein Comm denkt aber, dass du gerade drei Meilen gerannt wärst. Du bist definitiv nervös.*«

Ich hielt Sara und Tatiana die Tür auf und sie gingen an mir vorbei. Tatiana sah mich von oben bis unten an. »Du siehst aus, als ob du gleich kotzen musst.«

»*Reiß dich zusammen*«, sagte Duke. »*Denk an den Druckpunkt, den ich dir gezeigt habe.*«

»Mir geht's prima«, fuhr ich sie an. Trotzdem drückte ich auf den besagten Punkt zwischen Daumen und Zeigefinger.

Sara begrüßte die Empfangsdame herzlich und marschierte weiter zum Sicherheitscheck, wo sie ihren falschen Ausweis vorzeigte. Sie und Tatiana legten ihre Taschen auf das Band des Metalldetektors, ich tat dasselbe mit meiner Aktentasche.

Malia ließ nicht locker. »*Die ganze Zeit hast du dir absolut keine Sorgen über nichts gemacht, Brah. Also, was ist los?*«

Ich antwortete nicht.

Sara und Tatiana kamen ohne Probleme durch den Metalldetektor. Aber als ich durchgehen wollte, wurde ich von einem schrillen Piepen gestoppt. Der Wachmann runzelte die Stirn und sah mich an. Ich tat überrascht, tastete meine Taschen ab und holte mein Portemonnaie hervor, das mit einer Metallkette an meiner Hose befestigt war. »Tut mir leid, das hatte ich ganz vergessen«, sagte ich mit einem verlegenen Grinsen.

Dann warf ich das Portemonnaie zu Saras und Tatianas Taschen, die die Kontrolle bereits passiert hatten. Der Wachmann bedeutete mir, noch einmal durch den Metalldetektor zu gehen, und dieses Mal lief alles reibungslos.

Ich nahm mein Portemonnaie mit der Kette – in dem sich auch mein Dietrich befand – wieder an mich und folgte Tatiana und Sara in Richtung Büros.

Tatiana grinste mich an, als wir die Sicherheitsschranke hinter uns gelassen hatten. »Macht doch nichts, wenn du nervös bist«, sagte sie. »Das passiert doch jedem Mal. Also, *mir* natürlich nicht – aber ich habe davon gehört.«

Ich wollte schon mit einer bissigen Bemerkung antworten, aber Duke war schneller. »*Du solltest sogar nervös sein*«, sagte sie. »*Eine gesunde Dosis Nervosität ist die beste Lebensversicherung in diesem Business. Nur Anfänger halten Nervosität für ein Zeichen von Schwäche. Selbstüberschätzung kann dein Tod sein.*«

Tatiana schmollte. »Wenn du das sagst.«

»Da bin ich aber froh«, sagte Sara leise. Wir sahen beide in ihre Richtung. Sie schob sich eine Haarsträhne, die sich aus ihrem sonst so akkuraten Haarknoten gelöst hatte, hinters Ohr und versuchte zu lächeln. »Ich bin nämlich gerade ziemlich nervös und hab mir deswegen schon Gedanken gemacht.«

»*Siehst du! Jetzt fühlt sich Sara schlecht wegen dir. Schäm dich, Cuz*«, schimpfte Malia.

»Wer, ich?« Nun klang Tatiana beleidigt. Ich warf ihr einen warnenden Blick zu, woraufhin sie ihre Stimme zu einem Zischen senkte, während wir zwischen den Arbeitsplätzen des Großraumbüros hindurchgingen. »*Du* hast angefangen!«

»*Es geht nicht darum, wer angefangen hat, sondern wer es beendet.*«

»Das ergibt doch überhaupt keinen Sinn!«

»*Jetzt hör mal zu, Cuz, ...*«

Ich biss die Zähne zusammen und drückte wieder auf den Punkt zwischen meinen Fingern.

»Ruhe«, kommandierte Angel. »*Nakano ist da.*«

Zum Glück verstummten daraufhin alle.

»*Mr. Atlas*«, sagte Nakano. Sie klang vor Aufregung ein wenig atemlos. »*Ich freue mich, Sie wiederzusehen.*«

»*Dr. Abe, die Freude ist wie immer ganz meinerseits*«, erwiderte Atlas. »*Bitte folgen Sie mir, wir kümmern uns erst einmal ums Geschäftliche und können uns dann angenehmeren Dingen zuwenden.*« Er lachte leise. »*Wenn ich das mal so sagen darf.*«

Malia gab Würgelaute von sich.

»Oh mein Gott, ich muss auch gleich kotzen«, stöhnte Tatiana.

»*Duke, macht der dich nicht stinksauer?*«, fragte Malia.

»*Du machst dir ja gar keine Vorstellung ...*«, brummte Duke.

Sara, Tatiana und ich blieben vor einer Tür am anderen Ende des Großraumbüros stehen. Sara hielt ihren Betriebsausweis an den Sensor, tippte Veras Code ein und wir betraten den Forschungstrakt.

»*Ich freue mich sehr, dass Clairvoyant nun bald zu uns gehört*«, sagte Atlas. »*Sie haben den Vorstand ja schon einmal kurz bei der Gala kennengelernt, aber ich würde Sie gerne noch einmal ganz offiziell vorstellen.*«

»*Das würde mich außerordentlich freuen*«, erwiderte Nakano.

»*Edie, ihr müsst schneller machen*«, sagte Angel.

»Kein Problem.« Wir beschleunigten unsere Schritte und eilten so zielstrebig durch die Flure des Forschungstrakts, als würden wir hierhergehören. Ich bemühte mich, jenes Ich zu verkörpern, dass ich hätte sein können, wenn ich in den Upper Wards geboren worden wäre. Das Ich, das alles hatte, was es wollte und brauchte, und nie mein Leben hätte führen müssen. In letzter Zeit fiel es mir immer leichter, in die Rolle dieser Person zu schlüpfen.

Am anderen Ende des Forschungstrakts ging es zu dem Aufzug, der uns nach unten in die Sicherheitsbereiche von Atlas Industries bringen würde, wo sich die sensibleren Forschungsbereiche – und auch der Tresorraum – befanden. Ich hielt meinen Betriebsausweis an den Sensor und gab Craigs Code ein. Die Türen öffneten sich und wir betraten den Aufzug.

»Malia, wir sind im Aufzug.« Ich drückte den Knopf für das Untergeschoss.

»*Cherreh! Einen Moment.*«

Der Aufzug fuhr los und kurze Zeit später ging ein Ruck durch die Kabine. »Oha.«

»*Ich bin im System drin. Ich verlangsame den Aufzug und loope die Überwachungskameras.*«

Ich lockerte meine Krawatte und zog sie dann über den Kopf. Dann warf ich den Mantel ab, während Sara sich aus ihrem Rock schälte und Tatiana sich aus dem Kleid wand. In Windeseile hatten wir unsere Businessoutfits gegen passende Kleidung für einen Einbruch getauscht. Tatiana stopfte ihre Locken unter eine Beanie, während Sara ihren Haarknoten richtete. Aus der Aktentasche holten wir zusammengefaltete Umhängetaschen sowie unser Werkzeug hervor und stopften stattdessen unsere abgelegte Kleidung hinein.

Ich nickte Sara zu und machte mich bereit für die Räuberleiter. »Bereit?«

Sie setzte einen Fuß in meine gefalteten Hände, hob ein Paneel in der Aufzugdecke hoch, schob es beiseite und zog sich dann durch die Öffnung nach oben.

Ich starrte Tatiana finster an. »Mach bloß keinen Scheiß.«

Tatiana griff sich beleidigt an die Brust. »Ich? Scheiß?« Dann grinste sie und trat auf meine Hände. Ich hob sie hoch und Sara half ihr durch die Öffnung.

Als ich Tatiana gerade die Aktentasche zuwarf, hörte ich Atlas in meinem Ohr sprechen. »*Ah, Angel.*«

»*Guten Morgen, Sir.*«

»*Gut, dass du hier bist. Es gibt Neuigkeiten, Dr. Abe betreffend. Wir werden das im Konferenzraum besprechen.*«

»*Aber natürlich, Sir.*«

Ich sprang los, stieß mich von der Metallwand ab, griff nach der Öffnung und zog mich hoch.

»Ho.« Tatiana sah mich erstaunt an.

Ich ignorierte sie. »Der Funkkontakt zu Angel ist unterbrochen. Sie ist jetzt im Konferenzraum«, sagte ich. »Cy, Zeit ein paar Fressen zu polieren.«

»*Hehe, okay, Brah.*« Dann schien er mit jemandem in seiner Nähe zu sprechen. »*Eh! Passt dir was nicht?*« Danach brach der Kontakt zu ihm ab.

»*Ich hab euch beinahe ganz unten*«, sagte Malia und der Aufzug hielt. »*Ihr seid zwischen zwei Stockwerken. Der Versorgungstunnel ist direkt vor euch.*«

Ich bewegte mich vorsichtig auf der Kabinendecke zur Wand. Hinter einem Gitter begann ein niedriger Gang, gerade einmal hoch genug, um durchzukriechen. Ich holte mein Werkzeug und schraubte das Gitter ab. Tatiana half mir, es abzunehmen und auf dem Aufzug abzulegen, während Sara das Paneel wieder an seinen Platz in der Kabinendecke einsetzte.

»Okay. Hele on.«

Wir betraten den Gang und im selben Moment setzte der Aufzug seine Fahrt nach unten fort.

»*Ho! Cy zeigt's ihnen aber so richtig, was?*«, sagte Duke, offensichtlich beeindruckt.

»*Vielleicht hat ja die skosh-Dosis Beruhigungsmittel im Kantinen-Kaffee auch ein bisschen geholfen*«, sagte Malia.

»Oh Mann, Malia! Ist das dein Ernst?«, erwiderte Tatiana.

Malia kicherte böse.

Das Geräusch von Fäusten auf Fleisch wurde lauter, während wir auf Händen und Knien durch den Versorgungstunnel krochen. Ich hörte jemanden in sein Comm schreien, aber Malia hatte längst die Übertragung unterbunden. Als die Kampfgeräusche am lautesten waren, erreichten wir ein weiteres Gitter im Boden des Tunnels. »Oh!« Sara hielt an.

Wir spähten durch das Gitter nach unten und sahen Cy, der mit erhobenen Fäusten, eine davon aus Metall, und zugekniffenen Augen, von denen ebenfalls eines kybernetisch war, zwei Wachmänner umkreiste. Der Schweiß glänzte auf seinem kahlen Schädel. Einer der Wachleute sprang vor und schlug unbeholfen mit seinem Schlagstock nach Cys Kopf. Cy fing den Arm des Mannes ab und drehte ihn mit seinem surrenden kybernetischen Arm, bis der Wachmann aufheulte und den Schlagstock fallen ließ. Cy schmetterte ihn gegen die Wand und ging wieder in Kampfposition, als der zweite Wachmann mit fliegenden Fäusten auf ihn zustürmte. Cy konnte die meisten Schläge mit seinem Metallarm abwehren, und sobald sie nachließen, ging er zum Gegenangriff über. Ein harter Schlag ins Gesicht ließ diesen nach hinten taumeln und ein zweiter gegen seinen Kollegen prallen.

Cy wischte sich den Schweiß ab und machte sich für die nächste Runde bereit, als ein dritter Wachmann um die Ecke kam, sich mit einem Brüllen auf Cy stürzte und ihn zu Fall brachte.

Tatiana keuchte, Sara schrie auf und ich fluchte. Ich griff nach meinem Werkzeug und machte mich hastig daran, das Gitter abzuschrauben. »Los, hilf mir!«, bellte ich Tatiana an und warf ihr einen Schraubenzieher zu.

Cy schüttelte den dritten Wachmann ab und stand auf. Doch nun war er umringt und mindestens einer der Wachleute schien leider kein Kaffeetrinker zu sein. Die drei bewegten sich langsam um Cy herum und warteten auf eine günstige Gelegenheit. Der eine hatte immer noch seinen Schlagstock in der Hand, der andere zog einen Taser aus dem Gürtel und der dritte hob die Fäuste. Dann gingen alle drei auf einmal auf Cy los. Sara schrie wieder auf.

Ich entfernte die letzte Schraube und wir traten von dem Gitter zurück. Ich warf mich mit einem Grunzen dagegen, das Metall gab mit einem Ächzen nach, ich krachte durch den Boden des Gangs nach unten und landete auf dem Gitter reitend direkt auf dem Wachmann mit dem Taser.

Ich sprang auf, während sich der Mann mit dem Schlagstock ebenfalls aufrappelte. Er hob seine Waffe und ich die Fäuste.

Der Wachmann schwang den Schlagstock, ich wich aus und konterte mit einem Schlag in den Bauch. Er versuchte es noch einmal und erhielt die gleiche Antwort. Der dritte Hieb war noch unkonzentrierter ausgeführt als der erste. Dieser Typ war total fertig und schien außerdem im Halbschlaf zu sein. Ich wehrte den Schlag ab und drehte ihm den Arm um, woraufhin er den Schlagstock fallen ließ. Dann trat ich ihm die Beine weg und er ging zu Boden. Ich hob seinen Schlagstock auf und zog ihm damit eins über – und diesmal blieb er auch liegen.

Ich drehte mich auf dem Absatz um und sah, dass Cy seine Schwierigkeiten mit dem dritten Wachmann hatte, während der Mann sich gerade wieder aufrappelte. Er griff nach seinem Taser und ich ging auf ihn los.

Sara landete mit Wucht auf dem Wachmann unter dem Gitter, woraufhin dieser wieder zu Boden ging. Tatiana folgte ihr unmittelbar. Sara nahm den Taser, während Tatiana mit ihrem ganzen Gewicht auf dem liegenden Mann stand. Sara schoss durch den Raum, sprang mit der Athletik und Eleganz einer Turnerin gegen den Rücken des dritten Wachmanns und drückte ihm den Taser in den Nacken. Der Mann zuckte und zitterte und ging zu Boden.

Sara bemühte sich, den hustenden Cy zu beruhigen. Ich rannte zu den beiden. »Alles okay, Cuz?«

Ich half ihm, sich aufzusetzen. Er atmete ein paar Mal keuchend ein und grinste mich dann belustigt an. »Zum Glück ist doch noch ein richtiger Moke aus dir geworden, Cuz!«

Ich sah ihn verdutzt an und musste plötzlich furchtbar lachen.

Cy sah Sara anerkennend an. »Gut gemacht, Sis.«

Sara strahlte. »Das habe ich bei deinem Selbstverteidigungstraining gelernt.«

»Ich hab aber auch geholfen!«, rief Tatiana.

»Das stimmt«, sagte Cy. Ich half ihm beim Aufstehen, und wir gingen zu Tatiana, die immer noch auf dem Gitter mit dem Wachmann darunter stand. Cy hielt ihr die Hand hin und half ihr herunter. Ich schob das Gitter mit dem Fuß von dem Mann weg und Cy gab ihm einen schnellen Tritt.

Ich atmete erleichtert aus und fuhr mir mit den Händen durchs Haar. »Gute Arbeit von euch allen. Verschnüren wir die Buggahs und dann ab zum Tresorraum.«

Wir fesselten die Wachmänner schnell mit einem Kabel und verstauten sie zusammen mit ihren Comms in einem Putzraum. Dann rannten wir hinter Cy her in Richtung Tresorraum.

»*... deswegen sollten wir das unter vier Augen besprechen*«, hörte ich plötzlich Atlas' Stimme.

»*Oh ja, da gäbe es durchaus Klärungsbedarf*«, erwiderte Angel kühl.

»*Anscheinend haben die beiden gerade den Konferenzraum verlassen*«, sagte Malia. »*Aber keine Ahnung, warum.*«

Mich überkam ein unbehagliches Gefühl. So als ob mir eine Menge Bachi bevorsteht.

»*Das kann ich mir vorstellen*«, sagte Atlas.

»*Ja*«, erwiderte Angel. »*Warum zum Beispiel ist Hodson anwesend?*«

Mir stellten sich die Nackenhaare auf. Was hatte Hodson dort zu suchen?

»*Er ist hier, um deinen Posten zu übernehmen*«, sagte Atlas nüchtern.

»*Bitte was?!*«, kreischte Malia.

Angel blieb völlig teilnahmslos. »*Sie feuern mich?*«

»*In der Tat.*«

»*Aus welchem Grund? Ich habe die Einrichtung von Casius II betreut, für eine neue Qualität des Sicherheitspersonals gesorgt und Ihnen Rekordgewinne verschafft – trotz der kleinen Einbußen durch sogenannte ›Leistungsprämien‹.*«

»*Oh ja, du bist äußerst fähig*«, erwiderte Atlas amüsiert.

»*Warum dann?*«

»*Weil du mich nicht respektierst.*« Atlas' Stimme klang nun viel näher. »*Jedenfalls nicht so, wie du solltest. Wie ich es gerne hätte.*«

»*Respekt?*« Angel klang angewidert.

»*Ich gebe dir eine allerletzte Chance. Ich könnte Hodson wieder nach Hause schicken. Er hätte sicher nichts dagegen, weiter seinen Ruhestand zu genießen. Wenn du tust, was ich will.*«

Einen Moment lang herrschte Schweigen. Mein Herz klopfte mir bis in den Hals und mein ganzer Körper bebte vor Zorn. Ich hätte alles gegeben, um jetzt dort sein und diesem Mann zeigen zu können, was für eine Art von Respekt er verdiente. Nämlich eine Abreibung, wie sie die Galaxis noch nicht gesehen hatte.

»*Nein*«, sagte Angel voller Verachtung. »*Sie sind ein widerlicher kleiner Wurm, der sich selbst für den Größten hält. Sie* schmeißen mit Geld um sich, als wäre es ein Ersatz für Intelligenz oder Macht. Aber über mich haben Sie keine Macht. Und meinen Respekt verdienen Sie ganz sicher nicht.«

»Scheiße, wow!«, sagten wir alle im Chor.

Atlas blieb anscheinend die Spucke weg. Vermutlich hatte noch nie jemand so mit ihm geredet. »Was hast du da gesagt?« Er senkte seine Stimme zu einem gefährlichen Flüstern.

»Ich sagte, dass jedes Fitzelchen Macht, über das Sie verfügen, gekauft oder gestohlen ist. Von Hodson, von mir, von all Ihren Wissenschaftlern. Das sind die Menschen, die Atlas Industries groß gemacht haben. Sie sind nur eine Fassade. Ein Hochstapler. Jemandem wie Ihnen schulde ich nicht den geringsten Respekt.«

»Pack deine Sachen zusammen«, fauchte Atlas. »In dreißig Minuten schicke ich den Wachdienst, damit er dich rauswirft.«

Wieder herrschte Schweigen. Ich war gleichzeitig stolz und entsetzt. Angel hatte Atlas gerade brutal zurechtgestutzt. Oh Mann, das hätte ich zu gerne mit eigenen Augen gesehen. Aber was bedeutete das für unseren Plan? Hatten wir jetzt noch eine Chance, in den Tresorraum zu gelangen?

»... Angel?«, fragte ich vorsichtig.

»Nur ein kleiner Rückschlag«, antwortete Angel. »Atlas hat mir sicher schon den Zugang zum Tresorraum entzogen. Duke, Nakano, ihr müsst ein Ablenkungsmanöver starten. Ich besorge mir Hodsons biometrische Daten.«

»Du improvisierst?« Duke klang schockiert.

»Ich bekomme das schon hin«, sagte sie mit fester Stimme.

Duke seufzte. »Na gut, gib mir fünf Minuten und dann komm ich rüber.«

»Gut«, sagte Angel. »Alle anderen: Weitermachen. Wir werden ein bisschen improvisieren müssen, aber ich glaube an euch. Denkt dran: Ihr seid hier, weil ihr die Besten seid. Wir schaffen das.«

Angel klang absolut überzeugt. Ich war es nicht. Uns blieb nur noch eine halbe Stunde, um in den Tresorraum einzubrechen und dann wieder zu verschwinden. Da Angel danach nicht mehr in der Lage war, einzugreifen, konnten wir jeden Moment auffliegen. Außerdem mussten wir improvisieren. Unsere Chance auf 125 Milliarden hatte sich gerade deutlich verringert, während die Wahrscheinlichkeit, direkt wieder im Knast zu landen, um ein Vielfaches gestiegen war.

Ich hatte immer noch die Nummer von Agentin McKay. Mir blieb immer noch ein anderer Ausweg.

»*Ach, Edie?*«

Ich schreckte aus meinen Gedanken. »Ja?«

»*Jetzt wäre der richtige Zeitpunkt für dein sprichwörtliches Glück.*«

»... Klar, kein Problem.«

Ich schüttelte den Kopf. Bachi.

Cy führte uns zu einer Metalltür hinter einer Sicherheitsschleuse, die nun dank unserer tatkräftigen Bemühungen unbesetzt war – die erste von drei Türen, durch die wir hindurchmussten. Sie sah unscheinbar aus, abgesehen von doppelt vorhandenen Schlössern und Keypads sowie dem Schild, das uns »Nur für Befugte« entgegenschrie.

Ich berührte meinen Ohrstöpsel. »Angel, wir brauchen jetzt die Codes, sonst kommen wir nicht weiter.«

»*Den von Atlas habt ihr ja bereits.*«

»Was ist mit dem von Hodson?«

»*Versucht 210 357*«, sagte Angel nach kurzem Schweigen.

»Bist du dir sicher?«, fragte ich. »Wir haben nur drei Versuche.«

»*Ja, ich bin mir sicher.*«

Ich sah Tatiana mit hochgezogener Augenbraue an. Sie zuckte mit den Schultern.

Wir knieten uns rechts und links vor der Tür hin, um an die manuellen Schlösser zu kommen. Ich holte meinen Dietrich aus der Tasche, nickte Tatiana zu und wir machten uns ans Werk. Alles war zweifach gesichert und die einzelnen Schlösser mussten in einem Abstand von höchstens zehn Sekunden geöffnet werden. Die manuellen Schlösser, die in einem Abstand von höchstens zehn Sekunden geöffnet werden mussten, hatten wir schnell geknackt. Dann standen wir auf und machten uns an die Keypads. Ich tippte Hodsons Code ein.

Die Keypads piepten bestätigend und das Schloss öffnete sich mit einem Klicken.

»Es war der richtige Code«, sagte ich, öffnete die Tür und hielt sie für Cy, Sara und Tatiana auf. »Woher wusstest du das?«

»*Das ist ein Datum. Hodsons erster Arbeitstag bei Atlas Industries.*«

»*Oh Mann, wie sentimental*«, sagte Malia.

»*Was ist denn falsch daran?*«, fragt Sara.

»*Weil andere deine Codes so schnell erraten können, Sis.*«

Die nächste Tür war wesentlich beeindruckender, passend zu einem Hochsicherheitstresorraum, riesig und aus Metall. Die drei Tonnen schwere Tür war mit dem Magnetschloss mit fünf Tonnen Haftkraft gesichert – und ich hatte zwölf Meter unter uns an der Stromzufuhr der Tür eine EMP-Bombe platziert.

Dabei wäre ich fast draufgegangen.

»Ich zünde die EMP-Bombe«, sagte ich und nahm meine Tasche von der Schulter. »Angel, im nächsten Raum brauche ich dann aber die biometrischen Daten.«

»*Ich bin dran. Ich habe mein Datapad hier, damit könnte ich an einen Netzhautscan von Hodson kommen. Malia, kannst du mir irgendetwas besorgen, das seinen Fingerabdruck scannen kann?*«

Malia summte nachdenklich vor sich hin. »*Kommst du an Hodsons Comm ran? Dann könnte ich den eingebauten Infrarot-Scanner zu einem behelfsmäßigen Fingerabdrucklesegerät umfunktionieren.*«

»*Alles klar. Ich melde mich gleich wieder.*« Dann folgte ein kurzes Schweigen. »*Hodson?*«

»*... Angel*«, war nun Hodsons Stimme zu hören. »*Ich wünschte, wir würden uns unter angenehmeren Umständen treffen.*«

»*Das lässt sich nicht ändern.*« Angel klang gleichgültig.

»*Ist dir das wirklich so egal?*«, bohrte er weiter nach. »*Du hast eine Menge dafür aufgegeben, um hier arbeiten zu können, deine ganze Vergangenheit hinter dir gelassen – was vermutlich ohnehin besser ist, aber trotzdem muss das ein Verlust für dich gewesen sein.*«

»*Nein, das ist kein Verlust*«, erwiderte Angel. »*Schließlich hatte ich hier die Möglichkeit, ein ehrliches Leben anzufangen. Und meine Vergangenheit hinter mir zu lassen war es wert, auch wenn ich den Job hier verliere.*«

Ich erstarrte, und die anderen sahen mich unbehaglich an. Dann wühlte ich in meiner Tasche nach der Zündvorrichtung für die EMP-Bombe.

»*Sehr vernünftig*«, sagte Hodson warmherzig.

»*Ich habe ein Kündigungsschreiben entworfen*«, fuhr Angel fort. »*Es ist hier auf meinem Datapad. Es wäre nett, wenn du es für mich abschicken könntest. Atlas hat mir jede Zugangsberechtigung entzogen.*«

»*Wirklich?*« Hodson klang überrascht. »*So schnell?*«

»*Leider ist es keine einvernehmliche Trennung*«, sagte Angel, offensichtlich darauf bedacht, weiterhin möglichst gleichgültig zu klingen.
»*Aber warum?*«
»*Wir ...*« Angel zögert. »*Es gibt da ein paar unüberbrückbare Differenzen.*«
»*Genau wie bei meiner Scheidung*«, scherzte Hodson, worauf eine Stille folgte, die schwer in der Luft hing. »*Soll ich mal mit ihm reden?*«
»*Das hat keinen Sinn mehr.*« Angel klang seltsam mutlos.
»*Wenn du ihm einfach meine Kündigung übermitteln könntest?*«
»*In Ordnung, zeig mal her.*«
Endlich fand ich die Zündvorrichtung und stellte sie ein.
»Ich lasse das EMP hochgehen, sobald wir die biometrischen Daten haben.«
»*Der Netzhautscan ist da!*«, meldete Malia.
»*Das ist aber sehr ... kurz*«, sagte Hodson diplomatisch.
»*Ich hatte ja auch nur fünf Minuten und dieses Datapad.*«
»*Soll ich nicht doch noch mal mit ihm reden?*«
»*Nein. Aber vielen Dank. Hodson, es war mir eine Ehre.*«
Hodson lachte. »*Wie jetzt, ein warmer Händedruck und Tschüss? Du sagst das so, als würde man sich niemals wiedersehen.*«
»*Sehen wir uns denn wieder?*«
»*Angel, deine Karriere hat gerade erst angefangen. Und ich bin mir sicher: Egal, wo du landest, wir werden uns ganz bestimmt wiedersehen.*«
»*Das wollen wir mal hoffen.*«
Ich starrte die Zündvorrichtung böse an.
»*Auf Wiedersehen, Angel.*«
»*Auf Wiedersehen, Hodson.*«

»Angel, hast du sein Comm? Halte es noch näher an deins, sie sind noch nicht verbunden«, sagte Malia. Dann folgte Schweigen.
»Okay, ich hab seinen Fingerabdruck! Weitermachen!«
»Hodson! Du hast da etwas vergessen!«
»Du ...« Er lachte. *»Einmal Diebin, immer Diebin, wie mir scheint.«*
»Tja ... Die Macht der Gewohnheit ...«

Auch nach acht Jahren war Angel immer noch eine geübte Taschendiebin. Aus irgendeinem komischen Grund machte mich das ein bisschen stolz.

»Und hier kommt der Fingerabdruck!«, rief Malia.
»Atlas hat keine Ahnung, was er an dir hatte«, sagte Hodson.
»Nein«, erwiderte Angel leise. *»Die hat er wirklich nicht.«*
»Nicht schlecht, Brah!«, sagte Malia. *»Sara, ich schick dir gerade die biometrischen Daten.«*

»Ich zünde jetzt die EMP-Bombe«, sagt ich. »Die Comms werden dann für eine halbe Minute ausfallen. Zündung in: drei ... zwei ... eins ...«

Mein Comm schaltete sich ab, das Licht flackerte und das Magnetschloss öffnete sich mit einem lauten *Klonk*.

Cy und ich öffneten die Stahltür. Wir gingen hindurch, bevor der Notstromgenerator ansprang. Vor uns sah ich ein ganzes Feld aus Laserstrahlen in einem nur schwach beleuchteten Raum. Ich blieb abrupt stehen und sah mich mit einem unbehaglichen Gefühl um. Eigentlich sollten das Licht und die Kameras mit den Bewegungsmeldern aus sein. Irgendetwas stimmte nicht.

»... wie eine Luftschleuse, Brah!«

Ich berührte meinen Ohrstöpsel. »Was ist los?«

»Ohne Zugangsberechtigung können wir die bewegungsaktivierten Kameras nicht abschalten«, erklärte Angel.

Sara erblasste und betrachtete das Feld aus Laserstrahlen. »Ich bin nicht schnell genug, um einen Bewegungsmelder auszutricksen.«

»Kann Malia da was tun?«, fragte ich.

»*Wie gesagt, da komm ich nicht ran*«, erwiderte Malia ungeduldig. »*Dieses Sicherheitssystem hat ein eigenes Netzwerk – eigene Firewalls, eigene Algorithmen und eigene Passwörter. In der letzten Stunde haben sie noch schnell ein Update mit neuen Algorithmen installiert, um Angel den Zugang zu verwehren.*«

»Kannst du die neuen Algorithmen nicht knacken?«, fragte Tatiana.

»*Das versuche ich doch dauernd zu erklären: Nein! Zu wenig Zeit!*«

Ich sog die Luft durch die Zähne ein. »Dann war's das wohl.«

Daran zweifelte ich nicht. Es gab keinen Ausweg, und nun war wahrscheinlich auch Agentin McKays Angebot hinfällig. Sie würden uns verhaften und ins Gefängnis stecken. Es war vorbei.

Malia schwieg einen Moment lang. »*Dann versuche ich es eben mit Gewalt – Brute Force.*«

»*Das wirst du schön bleiben lassen*«, erwiderte Angel scharf.

»*Wenn ich mein Mod übertakte, sollte die Rechenleistung ausreichen*«, sagte Malia.

»Übertakten?«, wiederholte ich entsetzt. »Malia, verdammt, du sprichst da von deinem Gehirn!«

»Und du hast nur eins!«, sagte Tatiana, ebenso entsetzt wie ich.

»*Mit 125 Milliarden Credits kann ich mir ein neues besorgen!*« Malia lachte wie jemand, der gerade den Verstand verlor.

»*Malia, ich befehle dir, das zu lassen. Wir finden einen anderen Weg.*«

»*Nein, das ist unsere einzige Chance!*« Sie atmete schwer. »*Sorgt dafür, dass es nicht umsonst ist, okay?*«

»*Malia!*«, schrie ich.

»*Cheeeee hoo!*«

Dann ging das Licht aus.

20

DER DUNKLE RAUM WURDE NUR NOCH VON DEN IM ZICKZACK VERLAUFENden Laserstrahlen erhellt. Bis auf unseren keuchenden Atem herrschte Stille.

»Malia?« Tatianas Stimme klang belegt. »Malia?«

Keine Antwort.

Mit zitternden Fingern berührte ich meinen Ohrstöpsel und lauschte konzentriert. Sie würde sich sicher gleich melden. Alles andere war völlig undenkbar.

»*Wir haben nicht viel Zeit.*« Angels Stimme holte uns aus unserer Erstarrung. »*Sara, du musst jetzt zur anderen Seite des Raums.*«

»Aber was ist mit Malia?« Saras Stimme bebte.

»*Ich kümmere mich um Malia*«, versprach Angel. »*Aber wenn du jetzt noch länger zögerst, verspielen wir die Chance, die Malia uns gerade verschafft hat.*«

»Okay.« Sara atmete zitternd aus. Dann sammelte sie sich und wurde ganz ruhig. »Okay«, sagte sie noch einmal.

»Du kannst das, Cuz«, sagte ich.

»Wir sind alle bei dir, Cuz«, fügte Tatiana hinzu.

»Schnapp sie dir, Sis«, sagte Cy sanft.

»Danke«, antwortete Sara mit einem Lächeln. Dann streckte

sie ein Bein aus und trat zwischen die ersten beiden Laserstrahlen.

Sara duckte sich unter den nächsten zwei Strahlen und schob sich auf dem Bauch unter einem weiteren hindurch. Dann machte sie einen Handstand und überwand mit einem Überschlag den nächsten. Sie bewegte sich nicht nur flüssig und graziös, sondern auch in erster Linie schnell. Musste sie auch, um nicht die in den Boden eingebauten druckempfindlichen Sensoren auszulösen. Wir hielten kollektiv den Atem an, während sie Stück für Stück das Lasergitter durchquerte, als könnten wir sie aus dem Gleichgewicht bringen, wenn wir uns bewegten.

Sara machte gerade einen Handstand und senkte ihre Beine vorsichtig auf die andere Seite des letzten Laserpaars, als die Lichter flackerten und dann wieder angingen.

Tatiana atmete hörbar ein.

»Niemand bewegt sich!«, befahl ich.

Alle erstarrten, auch Sara, die sich immer noch auf halbem Weg zwischen den zwei Laserstrahlen befand.

»Halt durch, Cuz«, rief ich ihr zu.

Sara grunzte vor Anstrengung.

Ich weiß nicht, wie lange wir dort vor Angst wie erstarrt standen. Malia hatte die bewegungsgesteuerten Kameras zwar ausgeschaltet, aber nun wehrte sich das Sicherheitssystem anscheinend gegen ihren Angriff und hatte sie wieder aktiviert. Saras Körper zitterte vor Anstrengung, sie hielt nur mit Mühe weiter die Balance. Der druckempfindliche Sensor hatte unter der anhaltenden Belastung durch ihr Körpergewicht vermutlich schon den Countdown ausgelöst, an dessen Ende Alarm ausgelöst werden würde. Ob Malia uns noch ein bisschen mehr Zeit verschaffen konnte?

»Angel ...« Noch bevor ich sie bitten konnte, alles abzubrechen, hatte Malia anscheinend noch mal die Oberhand gewonnen und das Licht ging wieder aus. Sara ließ sich mit einem Keuchen aus ihrem Handstand über den letzten Strahl fallen und stand dann aufrecht am anderen Ende des Lasergitters. Cy stieß einen Jubelschrei aus. Sara drehte sich um, grinste uns breit an und hob die Hand zu einem Shaka.

»Gute Arbeit«, sagte Angel. »*Jetzt gib die biometrischen Daten ein, um die Laser zu deaktivieren.*«

Sara nahm vier Rechtecke aus Agargel aus der Tasche, in die Malia Atlas' und Hodsons Fingerabdrücke und Netzhautscans übertragen hatte, und klebte sie vor die Sensoren. Dann streckte sie vorsichtig einen Arm und ein Bein zur anderen Seite der Tür aus, um alle Sensoren gleichzeitig zu aktivieren.

Die Sensoren piepten, und wir hielten alle den Atem an, während sie die gefälschten biometrischen Daten einlasen.

Es dauerte eine gefühlte Ewigkeit, bis sie erneut piepten und grün aufleuchteten. Das Laserfeld schaltete sich ab und die Tür öffnete sich.

»Los!« Auf mein Kommando hin rannten wir durch den Vorraum zu Sara und betraten den eigentlichen Tresorraum.

So etwas hatte ich noch nie gesehen.

Die Wände bestanden aus Regalen und Schließfächern, in denen sich unbezahlbare Schätze stapelten: Inhaberbonds für Besitzungen in den Äußeren Welten, experimentelles Hightech, dessen Sinn und Zweck mir völlig schleierhaft war, Kunstwerke, Goldbarren. Wir sahen uns mit offenen Mündern und großen Augen um. Was man mit diesem Reichtum alles anstellen könnte! Villen, schnelle Copter, teure Klamotten – ich brauchte nur die Hand danach ausstrecken.

Aber dafür waren wir nicht hier. Was wir wollten, war in

dem riesenhaften Safe der Marke Liberty 1890 in der Mitte des Raums.

Tatiana zog den Autodialer aus der Tasche und befestigte ihn am Safe. »In etwa fünfzehn Minuten können wir ihn aufmachen«, verkündete sie.

»Alles klar«, erwiderte ich.

»*Die Sicherheitsleute sind da*«, meldete sich Angel über das Comm. »*Bleibt dran.*« Es folgte eine kurze Pause. »*Atlas*«, sagte sie dann. »*Wollen Sie mich etwa persönlich nach draußen begleiten?*«

»Was hat Atlas da zu suchen?«, dachte ich laut nach.

Tatiana zuckte mit den Schultern und beschäftigte sich weiter mit ihrem Autodialer.

»*Ich wollte nur sichergehen, dass du auch wirklich verschwindest*«, erwiderte er. »*Und zwar ohne vorher noch irgendeinen Blödsinn anzustellen.*«

»*Blödsinn?*«

»*Niemand kennt dieses Sicherheitssystem so gut wie du. Ich will nicht, dass du das irgendwie ausnutzt.*«

»*Haben Sie mir deswegen den Zugang entzogen? Ich kann Ihnen nicht einmal mehr eine Mail schicken.*«

»*Ja, und so wird es auch bleiben.*«

»*Ma'am, wenn Sie mir bitte folgen wollen*«, sagte eine männliche Stimme.

»*Eine bewaffnete Eskorte? War das wirklich nötig?*«

»*Bei dir? Unbedingt!*«, knurrte Atlas.

»*Scheiße!*«, rief Tatiana.

Wir zuckten alle zusammen. »Was ist los?«, fragte ich sie.

»Mein Autodialer ist im Arsch. Ich glaube, das EMP hat ihn gegrillt.« Sie hielt den Apparat in die Höhe.

»Und was jetzt?«, fragte Sara schockiert.

Tatiana starrte den Autodialer in ihren Händen an und dachte nach. Atlas würde nur noch wenige kostbare Minuten mit Angel beschäftigt sein – den Autodialer wieder zum Laufen zu bringen, würde länger dauern. Tatiana sah uns mit entschlossen nach vorne geschobenem Kinn an. »Dann werde ich es eben von Hand machen.«

»Kannst du das denn?«, fragte ich.

»Ja.« Sie nickte.

Da Angel beschäftigt war, musste ich entscheiden. Noch nie in meinem Leben hatte so viel auf dem Spiel gestanden – und zwar nicht nur für mich, sondern auch für meine Crew und nicht zuletzt für Tatiana, diesen rotzigen Teenager. Fast hätte ich nein gesagt. Safeknacken konnte ich, schließlich hatte ich mein Leben lang nichts anderes gemacht. Andererseits hatte ich seit acht Jahren keinen Safe mehr angefasst, und schon gar keinen Liberty 1890. Angel vertraute Tatiana. Und ich vertraute Angel.

Ich seufzte und trat beiseite.

Tatiana zog die Kopfhörer aus ihrer Tasche, befestigte den Ohrstöpsel an dem Mod in ihrem Ohr und das andere Ende des Kabels an der Safetür. Dann legte sie ihre Finger auf das Zahlenkombinationsschloss und drehte vorsichtig daran. Ich tippte auf meinen Ohrstöpsel. »*Duke? Nakano? Ihr müsst uns unbedingt mehr Zeit verschaffen.*«

»*Bin schon da. Da vorne sind sie*«, erwiderte Duke. Dann folgte eine kurze Pause. »*Hey! Moment mal!*«, schrie sie dann.

»*Kalei ...*«, keuchte Nakanao.

»*Sie haben ja Nerven, Atlas!*«, fuhr Duke fort. »*Wie können Sie es wagen, so etwas hinter meinem Rücken abzuziehen!*«

»*Ich habe nur getan, was getan werden musste.*« Atlas klang völlig unbeeindruckt. »*Ich habe Dr. Abe das angeboten, was Sie* ihr nicht bieten konnten: *die für ihre Arbeit notwendigen Ressourcen, den Respekt, den sie verdient, und ...*« – er lachte – »*... sehr viel mehr Geld. Das war sicher auch ein gutes Argument.*«

Tatiana kritzelte mit einem Stift eine »14« auf die Tür des Safes.

»*Kalei, es tut mir leid*«, sagte Nakano leise.

»*Du Schlange!*«, fauchte Duke. »*Ich habe alles für dich getan, Ella. Und so dankst du es mir? Das war doch unser gemeinsames Projekt! Wir hätten endlich etwas ganz Großes schaffen und uns einen Namen machen können! Mit etwas mehr Zeit ...*«

»*Ihre Zeit war längst abgelaufen*«, sagte Atlas kühl. »*Und nun hat sich Dr. Abe eben anderweitig orientiert.*« Ich konnte sein selbstgefälliges Grinsen förmlich vor mir sehen.

Tatiana notierte eine weitere Zahl: »79«.

»*Kalei, es tut mir so leid*«, sagte Nakano und klang dabei, als würde sie gleich in Tränen ausbrechen. »*Mir waren unsere Forschungen doch so wichtig. Und du warst mir auch wichtig. Unser gemeinsames Projekt.*«

»*Dass ich nicht lache!*«, fuhr Duke sie an. »*Du hast mich verraten und alles ruiniert! Was soll denn jetzt aus mir werden? Du hast mir alles genommen, und wofür? Um selbst alle Lorbeeren einzuheimsen? Oh, wie ich es bereue, dass ich dir jemals eine Chance gegeben habe!*«

»*Kalei ...*«

»*Nein, Ella, es ist vorbei. Das war's.*«

Tatiana schrieb eine dritte Zahl auf: »56«.

»*Vielleicht ist es ja noch nicht zu spät*«, mischte sich nun Angel ein.

Wir zuckten alle zusammen. Was tat Angel da? Wollte sie sich etwa an Dukes und Nakanos improvisierter Zeitschinderei beteiligen?

»*Was sagen Sie da?*«, fragte Nakano.

»*Es ist noch nicht zu spät*«, wiederholte Angel. »*Sie können immer noch aussteigen. Nein sagen. Alles wiedergutmachen. Es ist nie zu spät.*« Sie schwieg kurz. »*Zumindest möchte ich das gerne glauben.*«

Inmitten des schockierten Schweigens schrieb Tatiana die letzte Zahl auf: »28«.

»*Dr. Abe*«, sagte Angel zu Nakano. »*Sie machen einen Fehler. Und Sie können sich gar nicht vorstellen, was Sie dieser Fehler kosten wird. Aber das wird Ihnen erst klar werden, wenn es zu spät ist. Bitte glauben Sie mir, wenn ich Ihnen sage, dass es das alles nicht wert ist. Schmeißen Sie nicht alles weg für diesen Mann.*«

»*Angel, was soll das ...*«, mischte sich nun Atlas ein.

»*Bitte.*« Angel ignorierte ihn und sprach weiter direkt mit Nakanao. »*Bitte! Tun Sie das Richtige.*«

Wieder folgte Schweigen.

»*Mr. Atlas, ich glaube, ich brauche doch noch ein wenig Bedenkzeit*«, sagte Nakano schließlich.

»*Bitte was?*«, erwiderte Atlas scharf. »*Sie haben den Vertrag doch bereits unterschrieben. Und der ist bindend!*«

»*Es tut mir leid, aber ich brauche trotzdem ein bisschen mehr Zeit. Kann ich Sie morgen früh anrufen?*«

»*Na schön!*«, fuhr er sie an. »*Dann nehmen Sie sich die Zeit, wenn Sie unbedingt wollen. Ich weiß, dass Sie am Ende die richtige Entscheidung treffen werden. Ich erwarte Ihren Anruf.*«

Im selben Moment öffnete sich das Schloss des Safes und Tatiana stieß einen Jubelschrei aus.

»*Auf Wiedersehen, Mr. Atlas*«, sagte Nakano.

»*Wir sehen uns sicher bald wieder, Dr. Abe*«, sagte Atlas.

Tatiana öffnete den Safe. Sara, Cy und ich rannten zu ihr. Im Inneren des Safes befanden sich ein Dutzend Datenkarten mit sensiblen Informationen sowie ein halbes Dutzend kleine schwarze Kästchen in verschiedenen Größen. Ich öffnete das kleinste, das in etwa so groß wie meine Hand war. Auf weichen Schaumstoff gebettet lag ein y-förmiges Mod, von dem nach allen Seiten Kabelbündel abstanden. Ein AXON.

Es war kleiner und zerbrechlicher, als ich gedacht hatte. Wie viel Forschung und Geld wohl in diesem kleinen Gerät steckten? Wie viele Menschen hatten ihr Leben der Forschung daran gewidmet? Und wie viele Menschen hatten ihres bei den zugehörigen Tests verloren? Ich dachte an Daniel Huang und an Angel. Daran, wie das Mod seinen Geist zerstört hatte. Am liebsten hätte ich es einfach in meiner Hand zerquetscht. Für Daniel. Für uns alle.

»*Wir haben den Turm verlassen und sind jetzt auf dem Weg zum Hauptquartier*«, sagte Angel.

»*Was ist mit Malia?*«, fragte ich.

»*Wir kümmern uns um sie. Wie sieht es bei euch aus?*«, sagte Angel.

»Wir haben den Prototyp.« Ich schloss das Kästchen und gab es Cy. Dann holte ich eine Thermitdrahtspule aus meiner Tasche, begann, sie abzuwickeln, und machte den anderen ein Zeichen. »Packt so viel ein, wie ihr nur tragen könnt. Dann sprenge ich ein Loch in den Boden.«

Während die anderen sich ihre Taschen mit Atlas' Schätzen füllten – Geld, Wertsachen, Hightech und anderes Zeug –, spulte ich weiter den Draht ab. Als wir fertig waren, verzogen wir uns in eine Ecke des Raums, und ich holte den Zünder aus der Tasche. »Es geht los«, sagte ich. »Schaut nicht ins Licht.«

Dann bediente ich den Zünder, am Ende des Drahts flackerte ein Funke auf und fraß sich den Draht entlang, bis der Safe von Licht und Rauch umgeben war. Es war so hell, dass ich mir die Hand vor die Augen halten musste, und die Temperatur im Raum stieg. Der brennende Draht fraß sich immer tiefer in den Boden und schließlich war der Raum mit dem Geräusch von ächzendem und krachenden Metall erfüllt. Dann gab der Boden unter dem Safe nach und alles stürzte in die Katakomben unterhalb des Tresorraums. Da die Atmosphäre dort dünner war, wurde auch die Luft aus dem Tresorraum nach unten gesogen.

Der Alarm schrillte und alle Lichter leuchteten nun rot.

Ich drehte mich zu den anderen dreien um. »Raus hier!«

Dann sprang ich in den Tunnel unter uns und landete auf den Füßen. Cy folgte mir sofort, dann fingen wir Tatiana und Sara auf und rannten los.

Ich führte uns durch sich windende Gänge, vorbei an rissigen Abdeckungen, zerfaserten Kabeln, kaputten Lampen und leeren Rohren. Eine Weile hörten wir noch den Alarm aus dem Tresorraum, doch schließlich übertönten ihn unsere trommelnden Schritte und unser keuchender Atem.

Je näher wir der kaputten Luftschleuse kamen, desto dünner wurde die Luft. In den Tunneln der Leeway-Katakombe befand sich zwar noch etwas Restatmosphäre, aber die Luft strömte beständig durch das Leck hinaus ins All. Malia hatte berechnet, wie lange wir uns dort aufhalten konnten: Wenn wir rannten, blieb uns eine Viertelstunde.

Nicht gerade eine beruhigende Vorstellung.

Ich lief schneller.

Gaunerzinken wiesen uns den Weg, und wir rannten durch drei weitere Gänge. Als wir um die letzte Ecke vor der Luftschleuse bogen, heulte eine Sirene los. Ich sah mich kurz um: Die Schotten hinter uns knallten eines nach dem anderen zu.

»Schneller!« Ich sprintete los.

Mit donnernden, von den Wänden widerhallenden Schritten hetzten wir den Gang entlang. Ich schwitzte trotz der Kälte und rang in der dünnen Atmosphäre nach Atem. Dann sah ich die Luftschleuse, auf der ein Kreuz aus Warnband klebte. Ich rannte so schnell, dass ich kaum bremsen konnte und fast dagegen gekracht wäre. Mit zitternden Händen öffnete ich das Paneel neben der Schleuse und überbrückte die Verriegelung. Die Tür öffnete sich mit einem hydraulischen Zischen und ich scheuchte die anderen hindurch. Cy rannte mit Sara an der Hand an mir vorbei. Tatiana war zurückgefallen und taumelte schwer atmend weiter hinten durch den Tunnel.

Ich fluchte und rannte zurück.

»Nein.« Sie konnte kaum noch sprechen. »Nein, nicht ...«

»Spar dir den Atem und lauf!«, fuhr ich sie an und legte mir ihren Arm über die Schulter. Zusammen stolperten wir den Gang entlang, während das Knallen der zufallenden Schotten immer näherkam.

In meinem Kopf drehte sich alles, und mein Sichtfeld verengte sich zusehends, während wir uns langsam der Luftschleuse näherten, in deren Tür Cy und Sara standen und nach uns riefen. Das letzte Schott direkt hinter mir schloss sich.

Wir würden es nicht schaffen.

Ich warf mich mit letzter Kraft nach vorn, riss Tatiana mit und schleuderte sie in die Luftschleuse, wo sie auf dem Bauch schlitternd landete. Sie drehte sich um und sah mich mit großen Augen an. »Edie ...«

Der Rest des Satzes wurde von dem direkt vor mir zuknallenden Schott übertönt.

Ich hatte so viel Schwung, dass ich mit voller Wucht dagegenknallte. Schmerz zuckte durch meinen Körper. Zitternd und keuchend glitt ich wie ein nasser Sack daran herunter zu Boden.

»*Edie!*«, schrie mir Cy über das Comm ins Ohr. »*Edie, wir holen dich da raus!*«

»Nein«, krächzte ich. »Atlas hat den Katastrophenalarm ausgelöst – der lässt sich ohne Zugang zu Keplers zentralem System nicht abschalten. Das lässt sich manuell nicht überbrücken.«

»*Wir lassen dich ganz bestimmt nicht ...*«

»Aber das müsst ihr. Ihr habt die Beute, und Atlas ist bereits hinter uns her. Wenn ihr nicht sofort verschwindet, schnappen sie uns alle.«

»*Edie ...*« Tatianas Stimme war kaum mehr als ein Flüstern.

»Los. Bringt es zu Ende.«

Niemand sagte mehr etwas.

Ich drehte mich um, lehnte mich mit dem Rücken gegen das Schott und atmete zitternd so tief wie möglich ein. Meine Lunge brannte. »Cy?«

»*... Ja?*«

»Kümmer dich um Andie, okay? Mehr verlange ich nicht.«

»*Edie ...*«

»Lass es nicht alles umsonst gewesen sein«, sagte ich leise. »Und jetzt geht.«

Fünfzehn Minuten Luft. Ich war mir nicht sicher, wie lange mir noch blieb, und ich wollte es auch gar nicht so genau wissen.

Ich hätte es ahnen können. Ich hatte Kepler nicht mit dem gebührenden Respekt behandelt. War unerlaubt in seine verletzten Tunnel eingedrungen und hatte seine sowieso schon beschädigten Systeme in die Luft gejagt. Vor langer Zeit hatte ich dieser Station mein ganzes Leben widmen, ihre Wunden heilen und mich um sie kümmern wollen. Dann hatte ich mich von ihr abgewandt, und sie hatte mich verschont. Aber nun holte sie mich doch noch. So, wie sie meinen Vater geholt hatte.

Vielleicht hatte ich mich von Kepler entfremdet. Wenn mich die Station jetzt holte, dann völlig zu Recht. Als Strafe für meine Dummheit. Und für meine Selbstüberschätzung.

Aber war es nicht schon immer so gewesen? Hatte ich nicht schon immer zu viel gewollt und zu viel gewagt, nur um dann auf die Schnauze zu fallen? Ich war so damit beschäftigt gewesen, nach einem anderen, besseren Leben zu streben, dass ich den Sinn für das wirklich Wichtige verloren hatte. Meine Familie, meine Freunde, mein Ward ... All das hatte ich vernachlässigt, um jemand zu sein, der ich nicht war und nie werden würde.

Jetzt bestrafte mich Kepler dafür.

Und wenn Kepler mir nicht den Garaus machen würde, dann Atlas. Als ich das letzte Mal seinen Zorn auf mich gezogen hatte, hatte er mich für fast ein Drittel meines Lebens wegsperren lassen. Und das damals war nichts gewesen im Vergleich mit diesem Job hier. Keine Ahnung, wie seine Strafe dieses Mal aussehen würde.

Mein Leben würde hier in diesem Tunnel enden – auf die eine oder auf die andere Weise. Das Spiel war aus.

Doch ich hatte immer noch ein letztes Ass im Ärmel.

Ich öffnete mein Comm und scrollte bis zur Mitte meiner Kontaktliste, wo Agentin McKays Nummer war. Mein Finger verharrte über dem Button, der die Verbindung herstellen würde. Wenn ich ihr meinen Standort sendete, konnte die SSA trotz des Alarms die Türen öffnen und mich hier herausholen. Und wenn ich aussagte, erhielt ich Straffreiheit, also war es egal, ob sie mich nun auf frischer Tat ertappten. So konnte ich Andie und die Kinder schützen. Und wir hätten keine Schulden mehr.

Und alles, was ich dafür tun musste, war ein einziger Anruf.

Überlegen Sie sich bloß gut, wem Sie Ihre Seele verkaufen.

Mein Comm zeigte einen eingehenden Anruf an.

Angel.

Fast wäre ich nicht drangegangen. Ich war verletzt und wütend und wollte nie wieder ein Wort mit ihr sprechen. Ich wollte, dass sie hinter Gitter wanderte. Sollte sie doch am eigenen Leib erleben, wie das war.

Außerdem war mir bewusst, dass meine Entschlossenheit wanken würde, wenn ich mit ihr sprach. Dass ich mich wieder von ihr manipulieren lassen würde.

Aber wichtiger als all das war mir, noch einmal ihre Stimme zu hören und mich von ihr zu verabschieden.

Ich nahm den Anruf entgegen.

»*Edie?*« Angels Stimme bebte. »*Edie, bist du noch da?*«

»Ja, ich bin hier.«

»*Gott sei Dank*«, flüsterte sie.

»Hast du etwa Angst um mich?« Ich stieß ein kurzes, bellendes Lachen hervor und sah meine Atemwolke in der Kälte. »Das sieht dir ja gar nicht ähnlich.«

Es dauerte einen Moment, bis sie antwortete. »*Ich habe immer Angst um dich. Jedes Mal, wenn du in die Katakomben gehst.*«

»Warum?«

»*Hast du etwa keine? Auch nicht nach dem Tod deines Vaters?*«

Ich lächelte. »Damals schon. Aber dann hatte ich nichts mehr zu verlieren.«

»*Du hast eine Menge zu verlieren.*«
»Ach ja?«
»*Du hast immer gesagt, dass du das alles für uns tun würdest – aber alles, was wir wollten, war, dass du hier bei uns bist.*«
Ich zog meine Jacke enger um mich. »Wer ist denn ›wir‹?«
»*Deine Eltern. Andie. Ich. Wir wollten immer nur, dass du bei uns bist. Geld und Status war uns doch überhaupt nicht wichtig. Wir brauchten nur dich.*«
Ich lachte verbittert. »Da hast du aber eine echt merkwürdige Art, das zu zeigen.«
»*Was glaubst du denn, warum ich dich unbedingt dabeihaben wollte?*«
»Weil ich ein einfaches Opfer war? Weil du mich einfach kontrollieren und manipulieren konntest? Ich weiß, dass du mich auf Atlas' schwarze Liste gesetzt hast. Ich weiß jetzt alles.«
»*Du weißt nicht alles*«, sagte Angel leise.
»Was denn nicht?«
»*Ich hätte jeden anderen Kundschafter haben können, aber ich wollte unbedingt dich. Ich habe mir eingeredet, dass es dafür vernünftige Gründe gibt – weil niemand so gut ist wie du, weil wir gut zusammenarbeiten, weil ich dir vertrauen kann ... weil ich dich kontrollieren kann.*« Sie dachte kurz nach. »*Aber in Wirklichkeit wollte ich einfach nur, dass du wieder Teil meines Lebens bist.*«
Ich schnaubte verächtlich. »Du hast mich aber ziemlich gründlich aus deinem Leben entfernt.«
»*Aber ich versuche doch, es wiedergutzumachen.*«
»Wirklich? Indem du Andie im Stich lässt? Ebenso wie deine Nichte und deinen Neffen? So machst du wieder etwas gut?«

Wieder schwieg sie. »*Erinnerst du dich an den Caduceus-Krebshilfefonds?*«, sagte sie schließlich.

»Was? Ja, warum?«

»*Der ist nur eine Briefkastenfirma. Das Geld stammt von mir.*«

Ich starrte vor mich hin. »Du? Warum? Und warum der Aufwand? Warum hast du Andie nicht einfach so geholfen?«

»*Ich brauchte ... etwas Abstand.*«

»Von mir?«

»*Ja.*«

»Aber warum?«, fragte ich. Immer wieder landete ich bei dieser Frage. »Warum hast du dich von mir abgewandt?«

Diesmal schwieg sie so lange, dass ich schon dachte, sie würde gar nicht mehr antworten. »*Als wir damals geschnappt wurden, hat Hodson mich glauben lassen, dass du mich schon längst verraten hättest. Dass dir Andie und deine Familie wichtiger wären als ich. Technisch gesehen hatte ich nichts verbrochen, oder zumindest noch nicht. Er sagte, dass er sich um mich kümmern würde, wenn ich dich dafür ans Messer liefere. Er hat mir einen Job versprochen, medizinische Versorgung und ein ehrliches Leben.*«

»Und du hast ihm geglaubt?«

»*Ja.*« Sie klang beschämt.

Das Gefangenendilemma. Angel handelte immer logisch und hatte es auch hier getan. Es war ein Fehler gewesen, anzunehmen, dass ihre Loyalität mir gegenüber ihre Logik ausstechen würde – wie es bei mir der Fall gewesen wäre.

Allerdings war ich auch nicht gerade für logisches Handeln berühmt.

Ich seufzte und atmete ein. Die Luft wurde immer dünner.

Dann sackte ich vor dem Schott in mich zusammen. »Da hätte ich dich für schlauer gehalten.«

»*Ich ... Ich war verzweifelt*«, erklärte sie. »*Ich hätte meinen*

Vater verloren. Wenn ich ins Gefängnis gegangen wäre, wäre er ganz allein gewesen. Und ich sah plötzlich eine Möglichkeit, mich an Atlas zu rächen. Die konnte ich mir nicht entgehen lassen. Auch nicht für dich. Hodson *hat mir eingeredet – und ich mir auch selbst –, dass du es ganz genauso machen würdest. Dass es in meinem Leben niemanden gab, dem ich vertrauen konnte, und dass ich ganz auf mich allein gestellt war. Ich war der festen Überzeugung, dass du mich ebenfalls verraten hättest. Dass ich dir nie so wichtig gewesen war wie du mir.«*

Ich rang nach Atem. »Was meinst du ... Was ...« Ich kniff die Augen zu und versuchte, mich zu konzentrieren. »Was meinst du mit ›dass ich dir wichtig war‹?«

»*Muss ich es denn unbedingt aussprechen?«*

»Nein«, sagte ich mit festerer Stimme. »Sag einfach, was immer du mir sagen willst.«

Wieder folgte ein langes Schweigen. Der einzige Laut war mein keuchender Atem.

»*Ich habe dich geliebt«,* sagte sie dann sehr leise.

Mir wurde schwindlig, dann fühlte ich mich benommen und das Herz flatterte mir in der Brust. Ich war mir nicht sicher, ob mir der Sauerstoffmangel gerade einen Streich spielte. »Was hast du gerade gesagt?«, fragte ich noch einmal.

»*Das ist nicht nett von dir.«*

»Nein, ganz im Ernst, ich ersticke hier gerade. Also: Was willst du mir sagen?«

»*Ich will damit sagen, dass wir nie einfach nur Freunde waren. Dass du viel mehr für mich warst. Dass es nie wieder jemanden wie dich in meinem Leben gab. In den ganzen acht Jahren nicht. Und auch in den zwanzig Jahren davor nicht.«*

Was zum Teufel?

»Was ... Wie lang?«

»*Das versuche ich dir doch gerade zu sagen: Es gab nie jemand anderen.*«

Ich wusste nicht, wie ich darauf reagieren sollte. So war es die ganze Zeit gewesen? All die ganzen Jahre?

Verdammt!

»*Ich habe alles falsch gemacht*«, sagte Angel. »*Alles. Ich war so damit beschäftigt, einen Toten zu rächen, dass ich die Lebenden vergessen habe. Und darüber habe ich alles verloren. Dabei wart ihr mir so wichtig.*« Sie atmete zitternd ein. »*Ich habe nichts mehr. Keine Familie, keine Freunde ... Und jetzt auch keine Ziele mehr im Leben. Du warst das Einzige, was mir noch geblieben war.*« Ihre Stimme bebte, dann versagte sie ganz. »*Ohne dich bin ich nichts.*«

»Angel ...«

»*Es tut mir leid*«, schluchzte sie. »*Es tut mir alles so leid.*«

Ich hatte keine Ahnung, was ich von alldem halten sollte. Ich brauchte Zeit, und zwar mehr, als mir noch blieb. Mehr Zeit mit ihr und mit Andie und den Kindern, mehr Zeit mit meiner Crew.

Ich musste weiterleben. Ich musste einfach.

Obwohl ich keine Ahnung hatte, wie ich das anstellen wollte, biss ich die Zähne zusammen und rappelte mich auf.

»Edie?«

»Ich bin noch da.« Ich schwankte, fiel aber nicht um. »Ich höre dich und wir werden über alles reden. Aber erst muss ich hier raus. Irgendwie. Und dann können wir uns in aller Ruhe unterhalten ...«

Angel schniefte und ich hörte förmlich ihr Lächeln. »*... Ich glaube dir.*«

»Okay.« Ich musste husten. »Jetzt wäre genau der richtige Zeitpunkt, deinen geheimen Masterplan zu enthüllen ...«

»*Eh ... Edie?*«, sagte eine leise, hohe Stimme.

Angel und ich verstummten.

»*... Malia?*«, fragte ich. »Ach du Scheiße. Malia! Wie geht es dir?«

»*Ging schon mal besser.*« Sie lachte zittrig. »*Hab mir wohl ein paar Synapsen gegrillt. Und dabei bestimmt ein paar Punkte von meinem lächerlich hohen IQ verloren. Aber das war cool, oder nicht?*«

»Darüber ...« Ich bekam einen Hustenanfall. »... reden wir noch.«

»*Jaja*«, erwiderte sie. »*Das machen wir dann am besten im Hauptquartier.*«

Die Schotten öffneten sich.

Cy, Sara und Tatiana standen immer noch da.

Ich stieß einen Freudenschrei aus, der in einem weiteren Hustenanfall endete.

»*Du solltest besser mit deinem Sauerstoff haushalten, Brah!*«, schimpfte Malia. »*Und jetzt los!*«

Cy legte meinen Arm über seine Schulter und grinste mich an. »Sag mir, wo lang, Cuz.«

Ich deutete auf einen Durchgang zu unserer Linken. »Das ist der schnellste Weg. Und jetzt raus hier.«

Zu viert stolperten wir aus Leeway heraus in die übrigen Katakomben. Eine reibungslose Flucht konnte man das sicher nicht nennen. Aber Hauptsache wir kamen davon.

21

SARA, CY, TATIANA UND ICH TRAFEN ALS LETZTE IM HAUPTQUARTIER EIN. Wir kletterten in einer nicht weit davon entfernten Gasse aus einem Gully und stapften müde zu der Baustelle, in der sich unser Hauptquartier verbarg. Duke und Nakano applaudierten, als wir den Gemeinschaftsraum betraten. Malia saß in einem Sessel in der Nähe des Bildschirms. Sie zuckte zwar bei dem Lärm zusammen, machte aber trotzdem mit.

Als wir den Raum betraten, musste ich grinsen.

»Wir haben es geschafft«, jubelte Malia. »Scheiße, wir haben es wirklich geschafft.«

»Das haben wir.« Ich ging vor ihr in die Hocke. »Geht es dir gut?«

»Alles gut, Brah.« Sie lallte leicht. »Das war der Coup meines Lebens. Mir geht es mehr als gut.«

»Deines Lebens? Du bist gerade mal siebzehn«, erwiderte ich amüsiert.

»Glaubst du etwa, dass ich das noch toppen kann?« Malia lachte. »Ich setze mich zur Ruhe, Brah.«

Das konnte ich mir nur schwer vorstellen.

»Edie.« Ich stand auf und sah zu Duke hinüber, die mir

die Hand entgegenstreckte. Als ich sie nahm, zog sie mich an sich und klopfte mir auf die Schulter. »Gut gemacht, Edie.«

»Ebenfalls.« Ich trat einen Schritt zurück. »Der Streit mit Atlas war einfach genial.«

»Ich habe mich da von dir inspirieren lassen«, sagte Duke bescheiden.

Noch bevor ich nachfragen konnte, was sie damit meinte, schloss mich Nakano fest in die Arme. »Ich bin so froh, dass dir nichts passiert ist.«

»Keine Sorge, alles in Ordnung.« Ich löste mich von ihr und lächelte sie an. »Ohne euch beide hätten wir das nie geschafft.«

»Vielleicht nicht.« Nakano lächelte ebenso breit wie ich. »Aber du hast uns alle zusammengeschweißt. Das ist allein dein Verdienst.«

Duke und Nakano gingen weiter zu den anderen, um ihnen ebenfalls zu gratulieren. Sara schlang mir mit einem breiten Grinsen im Gesicht die Arme um die Schultern und ich zog sie an mich. »Wir haben es geschafft! Wir sind sowas von kriminell!«, sagte sie.

Ich musste lachen. »Und du machst dich ziemlich gut darin, Cuz!«

»Das hätte ich nie gedacht!«

»Du bist ein Naturtalent.«

Als sie wieder von mir zurücktrat, legte Cy ihr seine Metallhand auf die Schulter. »Gute Arbeit, Sis.«

»Die haben wir alle abgeliefert, finde ich«, erwiderte sie und legte ihre Hand auf seine.

Cy wandte sich mir zu. »Dann kannst du dich ja jetzt doch selbst um Andie kümmern. Und zwar dein ganzes Leben lang.«

»Jep.« Ich lächelte ihn an. »Aber danke, dass du dich um sie gekümmert hättest.«

»Aber sicher doch, Cuz, jederzeit.«

Dann gingen die beiden zu Duke und Nakano. Tatiana saß neben Malia und unterhielt sich leise mit ihr. Als sie mich entdeckte, entschuldigte sie sich und kam zu mir.

»Also ...«

»Also ...«, erwiderte ich.

»Du wärst fast gestorben.«

Ich zuckte mit den Schultern. »War nicht das erste Mal.«

»Ja, aber ...« Sie schob eine Locke aus ihrem Gesicht. »Aber du wärst fast meinetwegen gestorben.«

»Das hätte ich auch für alle anderen getan«, wehrte ich ab.

»Aber die anderen waren vorher nicht so unglaublich scheiße zu dir«, sagte sie. »Haben dir nicht dauernd erzählt, dass sie jünger und schlauer sind. Und besser aussehen ...«

»Wenn das eine Entschuldigung werden soll, dann ist die nicht besonders gelungen.«

»Tut mir leid«, erwiderte Tatiana. »Es tut mir leid, dass ich so scheiße zu dir war. Und danke. Danke, dass du mir das Leben gerettet hast.«

Ich lächelte. Dann hielt ich ihr die Hand hin. Tatiana ergriff sie und erwiderte mein Lächeln.

»Gern geschehen«, sagte ich. »Jederzeit wieder.«

»Eh, Tati«, rief Malia und winkte sie zu sich. »Schau dir das mal an.«

Tatiana setzte sich wieder zu Malia. Ich seilte mich vom Rest der Gruppe ab und ließ mich mit einem Seufzen in einen Sessel fallen und beobachtete, wie sich die anderen unterhielten, lachten und sich gegenseitig gratulierten.

Die meisten Leute, mit denen ich bisher zusammen ein Ding gedreht hatte, schafften es kaum, sich bis zum Ende eines Jobs zusammenzuraufen. Sicher gab es Crews, die zusammenhielten – aber nicht so. Obwohl wir uns alle erst seit etwa einem Monat kannten, konnte ich mir ein Leben ohne die anderen nicht mehr vorstellen. Ich fragte mich, was aus uns allen werden würde.

Plötzlich drehten sich alle zum Eingang um und applaudierten. Ich wandte ebenfalls den Kopf und erblickte Angel.

Sie strahlte uns an – und zwar mit einem wunderschönen echten Lächeln. Mein Herz schlug schneller.

»Ihr habt exzellente Arbeit geleistet. Wir haben etwas geschafft, was wohl kaum jemand für möglich gehalten hätte. Ihr könnte stolz auf euch sein.« Sie sah uns alle nacheinander an. »Jetzt müssen wir nur noch eine letzte Hürde überwinden. Kommt bitte mit.«

Wir folgten Angel in ihr Zimmer. Sie hatte das komplette Mobiliar entfernt und überall schwarze, lichtdichte Vorhänge angebracht. An der gegenüberliegenden Wand hing ein einzelner, flimmernder Bildschirm. Wir stellten uns so auf, dass wir nicht im Bild zu sehen sein würden. Dann trat Angel in unsere Mitte.

Sie zog sich zu der dunklen Hose einen schwarzen Hoodie über, Malias verspiegelte Maske klemmte unter ihrem Arm – Malias Obake-Outfit.

Angel würde also als Obake auftreten, wie passend.

»Ich habe das ausgehende Signal verschleiert«, sagte Malia. »Du kannst anfangen.«

Angel setzte die Maske auf und zog sich die Kapuze des Hoodies über den Kopf.

Wir schwiegen und starrten auf den flimmernden Monitor,

während die Verbindung hergestellt wurde. Schließlich erschien Atlas' Gesicht.

Er sah verdammt wütend aus.

»Joyce Atlas«, sagte Angel mit Obakes tiefer Stimme. »Ich nehme an, Sie wissen, wer ich bin.«

»Obake«, sagte Atlas. »Ich hätte nicht gedacht, dass Schadenfreude Ihr Ding ist.«

»Darum geht es mir auch nicht. Ich möchte Ihnen einen Deal anbieten.«

»Was für einen Deal?«, erwiderte Atlas barsch. »Sie haben sich doch schon alles geholt.«

»Und ich bin gewillt, alles zurückzugeben. Für einen entsprechenden Gegenwert.«

»Sie wollen Lösegeld«, sagte Atlas durch zusammengebissene Zähne.

»Genau.«

»Wie viel?«

»Eine Billion Credits.«

»Eine ...« Atlas Augen weiteten sich. »Sie müssen verrückt sein, wenn Sie glauben, dass ich das bezahle.«

»Doch, werden Sie«, sagte Angel mit kühler Überlegenheit, holte ein kleines schwarzes Kästchen aus der Tasche, öffnete es und hielt das AXON in die Kamera. »Dieser Prototyp hat Sie viele Milliarden Credits gekostet – und er wird Sie viele weitere Milliarden kosten, wenn Sie ihn verlieren. Ich gehe außerdem davon aus, dass Sie den aktuellen Zustand Ihres Tresorraums kennen und wissen, dass das nicht die einzige technologische Errungenschaft ist, die dort fehlt.« Sie ließ das Kästchen wieder zuschnappen. »Ihre Konkurrenten sind äußerst interessiert.«

»Sie bluffen«, knurrte Atlas.

»Warum sollte ich. Ich denke, die Karten liegen alle auf dem

Tisch.« Ich konnte Angels Lächeln förmlich hören. »Atlas, es ist alles weg und Sie müssen nun Schadensbegrenzung betreiben.«

»Zuerst will ich meinen Prototypen zurück.«

Angel lachte leise. »Lustig, dass Sie annehmen, das hier wäre so etwas wie eine Verhandlung.«

»Was ist es dann?«

Angel berührte ihr Comm. »Bis auf AXON habe ich Ihnen gerade digitale Kopien Ihrer Prototypen zukommen lassen. Alles befindet sich an einem sicheren Ort, den ich Ihnen verraten werde, sobald ich das Geld habe.«

Atlas dachte lange nach. Er saß in der Falle. Und das hatte er mehr als verdient.

»Wohin soll ich das Geld transferieren?«, fragte er schließlich leise.

»Es freut mich, dass Sie Vernunft angenommen haben«, sagte Angel freundlich und berührte wieder ihr Comm. »Ich sende Ihnen nun die nötigen Informationen.«

Atlas tippte auf den virtuellen Bildschirm seines Comms und sah dann erwartungsvoll in die Kamera. Kurze Zeit später piepte Angels Comm.

»Also haben wir einen Deal?«

Angel antwortete nicht sofort. Ihr Gesicht war hinter der verspiegelten Maske verborgen, aber ich merkte trotzdem, dass etwas nicht stimmte. Angel dachte nach, wog verschiedene Möglichkeiten gegeneinander ab. Das Schweigen zog sich in die Länge, während der wir alle den Atem anhielten. Eine ungute Vorahnung überkam mich und ließ meine Eingeweide verkrampfen. Etwas stimmte nicht.

Ohne ein weiteres Wort ließ Angel das Kästchen auf den Boden fallen und trat mit dem Stiefel darauf.

»Nein!«, schrie Atlas. »Nicht!«

Die im Licht glänzende Obake-Maske sah ihn wieder ungerührt an. »Das ist für alle, denen Sie Schaden zugefügt haben, Atlas.«

Atlas starrte sie lange mit großen Augen und offenem Mund an. Dann verzerrte sich sein Gesicht zu einem bösartigen Fauchen. Ich dachte an das, was er gesagt hatte, als er Angel rausgeschmissen hatte: Eine Person kannte sein Sicherheitssystem besser als jeder andere, und niemand anderes als diese Person konnte hinter dem Diebstahl stecken. »*Du Miststück*«, schrie er. »Du hast mich ruiniert!«

Angel sagte nichts.

»Ich werde dich vernichten!«, schrie er. »Ich werde alles und jeden vernichten, der dir etwas bedeutet! Und du kannst nichts dagegen tun, Angel Huang!«

»Auf Wiedersehen, Atlas«, sagte Angel.

Dann unterbrach sie die Verbindung.

Alle schwiegen, das einzige Geräusch war das statische Rauschen des Bildschirms.

Was war da gerade passiert? Ich kannte Angel gut genug, um zu wissen, dass sie gerade eine unüberlegte Entscheidung getroffen hatte – das kam bei ihr schließlich selten genug vor. Aber was bedeutete das für uns? Ich war nicht einmal wütend, sondern stand einfach nur wie gelähmt und sprachlos da.

»Und was jetzt?« Tatiana sprach aus, was wir alle dachten.

»Ihr könnt tun, was ihr wollt«, sagte Angel, ohne sich zu uns umzudrehen. »Atlas weiß nicht, wer noch beteiligt war. Und er wird es auch niemals herausfinden. Malia und ich werden das Geld über ein halbes Dutzend Transaktionen waschen und wir haben im Tresorraum kein Spuren hinterlassen. Er weiß nur, dass ich dabei war. Und selbst das kann er nicht beweisen. Er hat meinen Köder geschluckt und mir den Zugang entzogen – damit habe ich ein Alibi. Er kann mir nichts nachweisen und euch auch nicht.«

Wieder schwiegen wir.

»Ihr seid alle in Sicherheit«, sagte Angel. Sie nahm die Maske ab, schob die Kapuze zurück und schüttelte ihr Haar aus. »Das war's.«

»Angel ...«, sagte ich.

»Das war's«, wiederholte sie und atmete zitternd ein. Dann ließ sie ihr Gesicht in die Hände sinken und ihre Schultern sackten nach vorn. »Es ist vorbei.«

»Angel«, sagte ich leise. Ich ging zu ihr, legte die Hand auf ihre Schulter und zog sie an mich. Sie vergrub ihr tränenüberströmtes Gesicht an meinem Hals. Ein Schluchzer erschütterte ihren Körper, und sie griff nach meinem Hemd, als sie die Gefühle übermannten.

»Es ist okay«, versuchte ich sie zu beruhigen. »Alles ist gut.«

Ich konnte mir nicht vorstellen, wie sie sich gerade fühlte. Acht Jahre lang hatte sie auf diesen Moment hingearbeitet. Und jetzt war er vorbei. Ich dachte an das, was sie in den Katakomben zu mir gesagt hatte: dass sie keine Freunde und keine Familie hatte – und jetzt auch kein Ziel mehr. Ich fragte mich, ob es das wert gewesen war, jetzt, nach all dieser Zeit. Ob sie jetzt, nachdem sie sich gerächt hatte, auch Frieden finden würde.

Ich hielt sie noch fester und hoffte, dass es so war.

Dann schlang noch jemand seine Arme um uns – Cy zog uns an sich. Sara tat dasselbe, und schließlich auch Duke und Nakano, bis sie uns fast erdrückten. Malia zwängte sich dazwischen, Tatiana drängte sich von außen an uns, und schließlich hielten wir acht uns alle fest in den Armen. In diesem Moment wusste ich, dass wir für immer verbunden waren. Ich würde keinen von ihnen jemals im Stich lassen. Weder Cy noch Sara, oder Duke und Nakano, auch nicht Malia – oder Tatiana.

Und am allerwenigsten Angel.

»Bleib bei mir«, flüsterte ich in ihr Haar. »Geh nicht allein nach Hause.«

»Okay.«

Ich hatte auch schon vor ihr Mädchen mit nach Hause gebracht und sie in mein Zimmer hinein- und wieder herausgeschmuggelt, bevor meine Mom von der Nachtschicht heimkam. Und natürlich kannte Angel mein Zimmer und hatte auch schon in meinem Bett geschlafen. Aber in dieser Nacht war alles anders. Acht Jahre waren wir getrennt gewesen, in denen unsere Freundschaft zerbrochen und dann wieder gekittet worden war. Und als ich ihr die Bluse und die Jeans auszog, wusste ich, dass nichts je wieder so sein würde wie früher.

Es war Sex, und es war Angel. Aber trotzdem war dieses Mal alles anders. *Wir* waren anders.

Ich küsste sie zärtlich und sie strich mir mit der Hand durchs Haar. Sie reagierte sanft und träge auf jede Berührung. Als ich ihr den Dildo zeigte, den Atlas Industries mir so gnädig beschert hatte, musste sie lachen. Ich brachte sie zum Stöhnen, als ich in sie eindrang. Wir bewegten uns gemeinsam, sie nahm meine Hand und rief meinen Namen, als sie kam. Ich wischte ihr die Tränen weg, als wir beide völlig erschöpft waren.

Ich legte den Arm um sie und sah ihr beim Schlafen zu.

Wir mussten unbedingt miteinander sprechen und herausfinden, was wir wollten. Wir waren uns so lange so nahe gewesen. Bis alles in die Brüche gegangen war und ich sie so viele Jahre lang gehasst hatte. Der Schmerz war unerträglich gewesen. Jetzt hatte Angel uns eine zweite Chance gegeben. Eine Chance, unsere Beziehung wieder zu kitten. Ich war mir nicht sicher, ob uns das auch gelingen würde. Ob ich das überhaupt wollte. Aber in diesem Moment war ich einfach glücklich, sie im Arm zu halten. Wir hatten jetzt alle Zeit der Welt, und ich würde keine Sekunde davon verschwenden.

Als ich am nächsten Morgen aufwachte, war die Sonne schon aufgegangen. Ich blinzelte in das Licht, stützte mich auf meine Ellbogen und sah mich verschlafen um. Einen Moment lang war ich verwirrt, nicht sicher, wo ich mich befand – oder in welcher Zeit. In meinem Zimmer herrschte das immer gleiche Chaos. Kleidung stapelte sich auf dem Stuhl und lag überall auf dem Boden verteilt herum. Auf den Regalen standen meine Lehr- und Technikhandbücher, halbfertige Modelle und aller möglicher Technikkram.

Nur dass am anderen Ende meines Betts jemand saß, war anders als sonst: Angel Huang.

Die Erkenntnis traf mich wie ein Schlag. Das alles war wirklich passiert: der Plan, der gelungene Coup, ihre Beichte. Und auch Angel saß wirklich mit dem Rücken zu mir und auf ihrem Comm tippend am anderen Ende meines Betts und trug nichts außer ihrem Slip und eins von meinen Hemden.

»Hey«, sagte ich mit rauer Stimme.

Sie warf mir über die Schulter einen Blick zu, schloss das Comm mit einem Augenzwinkern und drehte sich dann zu mir um. Ihr Lächeln strahlte im Licht der Morgensonne. »Hey.«

»Also«, sagte ich und setzte mich auf. »Das war etwas Neues.«

Sie grinste mich verschlagen an. »Nicht ganz.«

»Das eine Mal zählt nicht. Da waren wir noch nicht zusammen.«

Aus ihrem Grinsen wurde ein liebevolles Lächeln. »Sind wir denn zusammen?«

»Hmm.« Ich rieb mir den Nacken. »Sind wir?«

»Das kommt auf dich an. Meine Gefühle für dich kennst du ja mittlerweile.«

»Ich weiß, was für Gefühle du einmal für mich *hattest*. Aber wie ist es jetzt?«

Angel senkte den Blick und zupfte an den Manschetten meines Hemds herum. »Es ist so, wie ich gesagt habe. Zwanzig Jahre lang habe ich dich geliebt. Acht Jahre lang habe ich dann so getan, als wäre es nicht so, und meine Gefühle unterdrückt. Anders hätte ich es nicht geschafft, mich völlig auf meine Rache zu fixieren, von der ich dachte, dass ich sie unbedingt will. Aber als wir uns dann wiedergesehen haben ... Da waren alle Gefühle wieder da.« Sie sah mich an. »Vielleicht bin ich ja eine Lügnerin, aber mich selbst kann ich nicht belügen.«

Ich dachte nach. »Du warst mir auch wichtig«, sagte ich dann nach einer Weile. »Vielleicht war mir das damals nicht so bewusst, aber ... Das Seltsame ist, dass du mir nie egal warst. Egal, wie verletzt oder wütend ich war. Ich wollte nie, dass du aus meinem Leben verschwindest. Auch wenn du es mir zur Hölle gemacht hast.«

»Es tut mir leid, dass ich dich ins Unglück gestürzt habe.«

Ich lächelte. »Es ist immer noch seltsam, diese Worte aus deinem Mund zu hören.«

»Was von mir zu hören?«

»Dass es dir leidtut.«

Ein Lächeln huschte über ihr Gesicht. Sie schob sich eine blonde Strähne hinters Ohr. »Du hast gesagt, dass ich dir einmal wichtig war. Und wie ist es jetzt?«

Ich seufzte. »Um ehrlich zu sein, ich weiß es nicht. Wir haben viel durchgemacht. Du bist mir wichtig, und ich will dich bei mir haben. Aber ich weiß nicht, was aus uns werden soll.«

Sie blickte an mir vorbei und dachte nach. »Dann gibt es zwei Möglichkeiten«, sagte sie schließlich, und ich musste grinsen. Das war so typisch für sie: immer logisch und systematisch. »Die erste lautet wie folgt: Wir akzeptieren, dass sich nicht mehr ändern lässt, was ich getan habe. Ich habe dich verletzt, und ich glaube nicht, dass diese Wunde jemals wirklich heilen wird. Wir gestehen uns ein, dass das, was ich getan habe, unverzeihlich ist – und wir vermeiden weiteren Schmerz und gehen getrennte Wege.«

»Diese Option gefällt mir nicht. Wie lautet die andere?«

»Die andere ist, dass wir es miteinander versuchen. Wir können die Vergangenheit nicht ändern. Und deswegen kann es auch nicht mehr werden, wie es einmal war. Aber wir können versuchen, uns etwas Neues aufzubauen.« Sie sah mich mit ihren dunklen Augen an. »Das sind meiner Ansicht nach die beiden Möglichkeiten.«

Ich dachte nach. Angel hatte recht: Was sie getan hatte, ließ sich nicht mehr ändern. Und deswegen würde unsere Beziehung auch nie wieder dieselbe sein. Ich war mir nicht sicher, ob das, was sie getan hatte, wirklich unverzeihlich war. Wenn ich sie weiter in meinem Leben haben wollte, würde ich ihr es irgendwie verzeihen müssen. Und ich wollte sie in meinem Leben haben. Das wollte ich wirklich.

»Ich möchte es versuchen«, sagte ich. »Wie auch immer es ausgeht, ich möchte, dass wir es wenigstens versucht haben.«

Ein Strahlen breitete sich auf Angels Gesicht aus. Wie sie da so im fahlen Morgenlicht dasaß, hier in meinem Hammajang-Zimmer, in meinem verknitterten Hemd, war sie so schön wie nie.

Sie kroch auf allen vieren zu mir herüber und küsste mich sanft. An solche Zärtlichkeiten musste ich mich erst einmal gewöhnen – so lange war Angel kalt und hart und unnachgiebig gewesen. Aber als sie mich hier im Sonnenschein in meinem alten Kinderzimmer küsste, war es, als wäre das alles nie passiert. Als hätte ich die alte Angel wieder.

Und das alles hätte ich mir um ein Haar mit einem Anruf bei Agentin McKay versaut.

»Ich muss dir noch etwas sagen.«

Angel setzte sich auf und sah mich neugierig an. »Was denn?«

»Die SSA war bei mir. Sie sind hinter dir und Atlas her und wollten mich als Informantin gewinnen.«

»Und was hast du gesagt?«

»Ich wäre fast darauf eingegangen«, gab ich zu. »Als ich in dem Tunnel gefangen war und dachte, dass ich jetzt draufgehe. Da hätte ich sie beinahe kontaktiert. Aber du hast mich davon abgehalten.« Ich senkte den Blick. »Das wollte ich dir noch unbedingt sagen.«

»Ich weiß.«

Ich sah sie erstaunt an. »Du wusstest es?«

»Ich hatte mir schon gedacht, dass sie dich wahrscheinlich kontaktieren würden. Aber ich hätte sowieso nichts dagegen tun können, wenn du dich gegen mich entschieden hättest. Ich konnte nur darauf vertrauen, dass du mich nicht genauso verraten würdest wie ich dich.«

»Und du warst dir sicher, dass ich das nicht tue?«

Sie lächelte. »Du bist leicht zu durchschauen.«

»Na besten Dank ... Aber das bedeutet doch, dass sie auch weiterhin hinter dir her sein werden, oder?«

»Ja. Sie und Atlas werden mich niemals in Ruhe lassen. Aber ich bin vorbereitet.« Sie legte ihre schlanke Hand auf meine. »Ich weiß, was ich zu tun habe.«

»Aber was können wir denn tun?«, fragte ich leise.

»Wir genießen den Moment«, erwiderte Angel. »Die Zeit, die uns noch bleibt.«

Ich lächelte, legte die Hand an ihren Hinterkopf, zog sie an mich und küsste sie. »Wir haben eine Menge Zeit.«

Ich legte meine Emotionen in den nächsten Kuss: Erleichterung, Leidenschaft, Freude. Angel summte leise, als der Kuss intensiver wurde. Sie schlang ihre Arme um meine Schultern und strich mit den Fingern durch mein Haar. Ich rollte uns beide herum, sodass sie auf dem Rücken unter mir lag. Während wir uns küssten, spürte ich, wie Angel sich unter mir bewegte.

Dann hörte ich, wie sich die Wohnungstür öffnete und wieder schloss. Mir wurde himmelangst.

»Edie?« Es war Andie. »Edie? Bist du da?«

»Fuck. Andie ist zurück.«

»Ist das schlimm?«, fragte Angel leise.

»Sie weiß doch nichts von uns.«

»Na und?«

»Mir wäre es nun mal lieber, dass meine Schwester es nicht herausfindet, indem sie uns zusammen im Bett erwischt.«

Angel sah mich amüsiert an. »Hat sie dich noch nie mit jemandem erwischt?«

»Doch, und das war entsetzlich peinlich!«

Sie unterdrückte ein Lachen.

»Das ist nicht lustig!«, zischte ich.

»Okay, schon gut. Also, was machen wir jetzt?«

»Zieh dich an.« Ich rollte mich von ihr herunter und stand auf. »Wir schmuggeln dich aus der Wohnung und dann tust du so, als ob du zum Frühstück vorbeikommst.«

Sie grinste. »Wenn du meinst.«

Wir zogen uns schnell an. Angel kämmte sich das Haar mit den Händen und brachte ihr Make-up so gut es ging in Ordnung. Dann öffnete ich die Tür einen Spalt breit und streckte den Kopf auf der Suche nach Andie heraus. Als ich sie nirgends entdeckte, bedeutete ich Angel stumm, mir zu folgen. Sie nahm ihre High Heels und schlich hinter mir her durch das Wohnzimmer in Richtung Tür.

Aber anscheinend hatte die Geburt ihres dritten Kindes ihren Mutterinstinkt verfeinert. Andie entging nichts. »Edie? Bist du das?« Sie trat aus der Küche. »Oh! Angel, was machst du denn hier?«

Ich spürte, wie ich unter dem Hemdkragen rot anlief, aber Angel reagierte so cool und selbstbewusst wie immer. »Andie, wie schön, dich zu sehen. Edie hat mich zum Frühstück eingeladen. Ich hoffe, das ist okay?«

»Aber natürlich, sicher.« Andie war immer noch leicht verblüfft.

»Kann ich was tun?«, fragte Angel.

»Du könntest ... Kaffee machen?«

Angel lächelte sie an. »Aber gerne.« Sie ging in die Küche. Andie sah ihr nach und dann wieder mich an. Sie runzelte die

Stirn, und ich zuckte verlegen mit den Schultern. Dann gab sie mir mit einem Kopfschütteln zu verstehen, dass wir später noch einmal darüber sprechen würden, drehte sich um und verschwand in der Küche. Ich seufzte und folgte ihr mit eingezogenem Schwanz.

Als Kaffee und Tee fertig waren, setzten wir uns an den Küchentisch. »Ich habe das Gefühl, dass ihr beide mir etwas verschweigt«, sagte Andie ohne Umschweife.

»Edie hilft mir bei einem Projekt«, antwortete Angel.

Andie zog eine Augenbraue hoch. »So nennt ihr das also?«

Ich war mir nicht sicher, worauf sie anspielte.

»Ich werde dir alles erzählen, versprochen«, sagte ich. »Hab nur noch etwas Geduld.«

Andie wollte gerade etwas erwidern, als es an der Tür klopfte.

Sie stand auf. »Ich geh schon, das ist sicher Tyler mit den Kindern.«

Als sie die Küche verlassen hatte, griff Angel über den Tisch hinweg nach meiner Hand. »Keine Sorge, Edie. Alles wird gut.«

Ich sah sie erstaunt an. »Ja, sicher doch.«

Andie öffnete die Tür und keuchte vor Schreck auf. »Officers ...«

»Mx. Morikawa?«, sagte eine Frauenstimme. »Ich bin Agentin Leah McKay und ich habe hier einen Haftbefehl für Angel Huang.«

Ich sprang so schnell auf, dass mein Stuhl umfiel, und drehte mich mit schreckensgeweiteten Augen und klopfendem Herzen zur Tür um. Dort stand Agentin McKay mit einem halben Dutzend Beamten der Stationspolizei. Sie deutete auf Angel, die nach wie vor seelenruhig mit ihrem Tee am

Tisch saß, während die Beamten sich ihr näherten. »Angel Huang, ich verhafte Sie wegen Betrug, Bestechung und Behinderung der Justiz.« Eine Beamtin zog sie aus dem Stuhl und legte ihr Handschellen an. »Kommen Sie bitte mit.«

»Aber ich habe doch gar nicht ... Auf keinen Fall ...«, stammelte ich. »Wie konnte das ...?«

»Ich habe sie benachrichtigt«, antwortete Angel völlig ruhig. »Ich habe ihnen die Dokumente gegeben, im Austausch gegen Straffreiheit für dich und die anderen.«

Ich starrte sie an. »Fuck, Angel! Warum? Wir hätten doch ...«

»Aber verstehst du das denn nicht? Nur so kann ich dir Atlas vom Hals halten. Und zwar für immer.« Sie lächelte. »Ich konnte auf gar keinen Fall zulassen, dass du hier der Sündenbock wirst. Nicht noch einmal.«

Die Beamtin zerrte Angel quer durch die Wohnung und aus der Tür. Ich rannte ihnen hinterher, die Treppe hinunter und aus der Tür zu dem Regierungscopter, der dort am Straßenrand parkte. »Mx. Morikawa«, sagte Agentin McKay warnend.

»Nur eine Minute!«, rief ich. »Bitte!«

»Aber ich muss doch ins Gefängnis.« Angel lachte. »Und jetzt komme ich wegen dir zu spät.«

»Aber ich kann dich nicht gehen lassen«, flehte ich. »Nicht nach letzter Nacht. Nicht nach heute Morgen.«

»Aber wir haben doch alle Zeit der Welt, das hast du selbst gesagt. Ich bin bald wieder bei dir.«

»Wie bald?«, fragte ich mit belegter Stimme.

»In sechsunddreißig Monaten.«

Ich schluckte schwer. Das war eine unfassbar lange Wartezeit.

Sie lächelte. »Nichts im Vergleich zu acht Jahren.«

»Angel ...«

»Ich muss jetzt weg«, sagte sie sanft.

Ich drängte mich an den Beamten vorbei, nahm Angels Gesicht in beide Hände und küsste sie innig, bis eine Beamtin mir die Hand auf die Schulter legte und mich von ihr wegzog. Ich stolperte rückwärts, wollte sie nicht loslassen.

»Bis bald«, sagte Angel.

»Bis bald«, sagte ich mit belegter Stimme.

Angel duckte sich und stieg in den Copter. Eine Beamtin schloss die Tür hinter ihr.

Agentin McKay sah mich kühl an. »Was immer Sie getan haben, ich hoffe für Sie, dass es das wert war.« Dann stieg sie ein und sie flogen davon.

Ich blieb zitternd auf dem Bürgersteig zurück. Sie war weg. Sie war wirklich weg. Nach zwölf Stunden, in denen wir zusammen gewesen waren, *wirklich* zusammen, war sie einfach weg. Ich wischte mir über die Augen, in denen Tränen brannten. Es war alles so ungerecht. Wie konnte ich in der einen Sekunde so glücklich sein und in der nächsten schon wieder alles verlieren?

»Edie.« Andie legte mir die Hand auf die Schulter. »Sag mir bitte, was hier los ist.«

Ich wusste nicht, wie ich ihr das alles erklären sollte. Wo hätte ich überhaupt anfangen sollen?

Im selben Augenblick piepte mein Comm. Ich sah hin, bemerkte eine neue Nachricht und traute meinen Augen kaum.

Da stand, dass gerade eine Milliarde Credits auf meinem Konto eingegangen war. Und das war nur ein Bruchteil, der Rest lag versteckt auf irgendwelchen Konten irgendwo in den Äußeren Welten, in Vermögensanlagen und Geschäften. Es war mehr, als ich jemals zu hoffen gewagt hatte oder ausgeben konnte.

Ich sah von meinem Comm zu Andie, die mich erwartungsvoll anblickte.

Ich holte tief Luft. »Also, dieses Projekt ...«

22

Sechsunddreißig Monate später

WIEDER HIER IM GEFÄNGNIS ZU SEIN WAR SELTSAM. GUT, ICH WAR DIESmal nicht hinter Gittern, aber trotzdem war es ein komisches Gefühl. Die Schwerkraft war hier stärker als die künstlich erzeugte auf der Kepler-Raumstation. Es war kalt und trotz des Gestanks des nahe gelegenen Tagebaus, war die Luft hier viel frischer als auf Kepler. Erinnerungen an acht Jahre Gefängnis stiegen in mir auf. Wie ich im Hof beim Kartenspielen betrogen oder meine rehydrierte Ration allein in der Cafeteria gegessen hatte. Wie ich stillhielt, während ein anderer Häftling mir ein Tattoo als Beweis meines Aufenthalts hinter Gittern stach. Wie ich mir im Büro des Gefängnisdirektors hatte anhören müssen, dass ich niemals wieder hier rauskommen würde.

Und doch war ich hier.

Eine Stimme holte mich aus meinen Gedanken. »Bist du etwa nervös?«

Ich drehte mich zu Andie um, die mich mit einem mitleidigen Lächeln ansah.

»Nein. Bin ich nicht.«

Andie stieß mich an. »Ich weiß, wenn du mich anlügst. Das wusste ich schon immer.«

Ich lachte. »Ihr beide wart schon immer die einzigen Menschen, die mich durchschauen konnten.«

»Aber warum bist du denn nervös?«, fragte Casey neben mir. Er warf mir ebenfalls einen mitleidigen Blick zu. »Du hast sie doch schon oft genug gesehen.«

»Aber nicht in echt«, sagt Paige, die neben Andie stand. »In echt ist es anders.«

Das war es wirklich. In den vergangenen sechsunddreißig Monaten hatten wir viel miteinander geredet – über das, was wir in der Vergangenheit getan hatten, was wir jetzt taten ... Und was wir in Zukunft tun wollten. Aber diese ganzen Unterhaltungen hatten auf dem Videokanal des Gefängnisses stattgefunden, und das war nicht dasselbe. Für ein echtes Gespräch, einen echten Austausch musste man sich persönlich sehen. Sechsunddreißig Monate waren ohne ihre Nähe, ohne ihre Berührung vergangen. Ich wusste, dass es anders sein würde, wenn wir uns wieder gegenüberstanden. Aber würden *wir* auch anders sein? Würde *ich* anders sein?

Ich sah an mir herunter. Ich trug einen dunklen Anzug und einen Wollmantel – das war viel eleganter als meine früheren Klamotten. Ich konnte es mir nun leisten. Trotzdem hatte ich nie vergessen, dass Kepler mich wegen meines Hochmuts fast umgebracht hätte. Weil ich geglaubt hatte, etwas Besseres zu sein. Weil ich mich selbst verloren hatte. Und das, was mir wirklich wichtig war. Und dennoch machte ich mir Sorgen, dass ich mich langsam, ganz langsam in eine andere Person verwandelt haben könnte. Mich langsam, ganz langsam in eine andere Person verwandelt haben könnte und sie mich nicht mehr erkannte.

»Mommy, mir ist kalt«, quengelte Maddie.

»Ich weiß, Kleines«, sagte Andie sanft. Sie hob das Mädchen hoch und drückte es an sich. »Jetzt dauert es nicht mehr lang.«

»Danke, dass du mitgekommen bist, Maddie«, sagte ich. »Das bedeutet mir viel.«

Andie ließ Maddie auf ihrem Arm auf und ab hüpfen. »Sag ›gern geschehen‹.«

»Gern geschehen, Tante Edie«, sagte Maddie brav.

Sechsunddreißig Monate waren eine lange Zeit. Maddie, Casey und Paige waren der beste Beweis. Maddie würde nächstes Jahr in die Vorschule kommen, Casey war schon fast zehn und Paige mittlerweile größer als ihre Mom – sie war so groß wie ich und Dad. Ich glaubte ja, dass die Gentherapie da etwas ausgelöst hätte, aber jeder Arzt erklärte mir rundheraus, dass das Quatsch wäre.

Sechsunddreißig Monate waren eine lange Zeit. Ich hatte mich sicher verändert. Aber hatte sie das auch?

»Da ist sie ja!«, rief Andie.

Ich hob den Kopf.

Sie trug dieselben Sachen, in denen ich sie auch zuletzt gesehen hatte: die dunkle Jeans und die weiße Bluse, High Heels und Silberschmuck. Und sie hatte sich die Haare wachsen lassen. Statt schulterlang und blond waren sie nun wieder lang und dunkel. So, wie ich sie in Erinnerung hatte. Wie sie vor elf Jahren ausgesehen hatte.

Sie lächelte mich über den Landeplatz hinweg an – mit diesem Lächeln, in das sich einfach jeder verlieben musste. Das jeden dazu bringen konnte, für sie zu sterben. Oder für sie zu leben. Einfach alles für sie zu tun.

»Edie. Endlich.«

»Das war viel zu lang«, erwiderte ich. »Viel zu scheißlang.« Ich ging über den Landeplatz auf sie zu, dann lief ich los und schließlich rannte ich. Ich öffnete die Arme und sie schmiegte sich an mich. Ich drückte sie so fest, als könnte ich sie nie wieder loslassen. Ich durfte sie einfach nie wieder verlieren.

»Angel. Ich habe dich vermisst«, sagte ich mit belegter Stimme und vergrub mein Gesicht in ihrem Haar. »Ich habe dich so sehr vermisst.«

»Ich dich auch«, flüsterte sie.

Ich drückte sie und hob sie hoch. Sie schrie auf und fing an zu lachen, während ich sie herumwirbelte. Es war ein herrliches Geräusch. Eines meiner Lieblingsgeräusche, wie ich an Ort und Stelle beschloss.

Ich setzte sie ab, sie trat einen Schritt zurück, um mich anzusehen. Sie streckte die Hand aus strich meine Krawatte glatt. »Gut siehst du aus«, sagte sie.

»Ich bin ja jetzt ein ehrbarer Bürger. Neureich und so.« Ich grinste.

Angel lachte. »Gut so. Denn ich bin es ganz bestimmt nicht mehr.«

»Einmal Dieb, immer Dieb.«

Sie lächelte mich an. »Ist doch egal. Ich will jetzt nur nach Hause.«

»Dein Zuhause wartet auf dich. Ohne dich ist es nämlich nicht vollständig.«

»Mehr will ich nicht«, sagte sie und nahm meine Hand. »Ich will nach Hause und bei meiner Familie sein. Und bei dir.«

»Das lässt sich einrichten«, sagte ich und legte ihr den Arm um die Taille.

Ich zog sie an mich und küsste sie, als wäre es das erste Mal. Und es war unser erster *echter* Kuss. Ich küsste sie, als hätten wir bereits dreißig gemeinsame Jahre hinter uns – dreißig Jahre voller Glück, Schmerz und Leidenschaft. Ich küsste sie, als wäre sie meine erste und einzige Liebe. Und das war sie auch. Es hatte nie eine andere gegeben.

Andie und die Kinder machten mit ihrem Gejubel und Gejohle den ganzen Moment zunichte, aber ich konnte nicht anders, als mit dem Mund an Angels Lippen zu lächeln.

»Lass uns nach Hause gehen«, sagte ich leise.

Auf dem Rückflug nach Kepler drängten wir uns alle auf der Hinterbank und redeten durcheinander. Maddie, Casey und Paige nutzten den Flug, um Angel besser kennenzulernen, wobei Andie darauf achtete, dass unser Coup oder das Gefängnis so wenig wie möglich zur Sprache kamen. Paige war kein Kind mehr, und eines Tages würden wir ihr vielleicht die ganze Geschichte erzählen. Aber fürs Erste blieb das zwischen Angel, Andie und mir.

Andie hatte sich mittlerweile daran gewöhnt, nicht mehr arm zu sein. Zuerst war sie wie erwartet sauer auf mich gewesen. Ich hatte fast damit gerechnet, dass sie mich zwingen würde, das Geld wieder loszuwerden, oder keine Hilfe von mir annehmen würde. Aber über die Tage, Wochen und Monate verflog ihr Ärger. Und die SSA klopfte nie wieder an unserer Tür.

Wir zahlten unsere Schulden langsam und unauffällig ab. Und trotz meiner wilden Fantasien verließen wir unser Ward nicht und zogen auch nicht in eine schickere Wohnung. Allerdings konnte ich Andie dazu bringen, zumindest neue Möbel zu kaufen.

»Leilanis Blumenladen gibt es ja immer noch«, bemerkte Angel und zeigte aus dem Fenster, als wir durch das Ward nach Hause flogen.

Ich lehnte mich neben ihr nach vorn und sah hinaus auf die Straße. »Jep. Sie hat außerdem neue Hydrokulturen und jede Menge echte Blumen.«

»Ich dachte, sie hat Konkurs angemeldet.«

Ich hustete. »Naja, anscheinend hat ihr da jemand geholfen.« Angel drehte sich zu mir um und sah mich von oben bis unten an. Ich grinste schuldbewusst. »Was hätte ich denn sonst mit all dem Geld machen sollen? Ich wollte etwas davon zurückgeben.« Sie sah mich missbilligend an. »Was ist? Ich habe versucht, es nicht überall zu verteilen. Aber du weißt ja, dass die ganzen Tanten und Onkel immer viel zu viel reden.«

Das taten sie wirklich. Und ich wusste schon gar nicht mehr, in wie viele Läden ich investiert oder welche Gebäude ich in den letzten sechsunddreißig Monaten gekauft hatte. Und selbst jetzt, wo Atlas Industries tief in der Krise steckte – die SSA ermittelte, die Shareholder hatten das Unternehmen verklagt und Atlas selbst, Gründer und Gesicht der Firma, saß im Gefängnis – konnte man nie genug tun.

Wir erreichten unseren Wohnturm und stiegen aus dem Copter. Ich hielt Andie und Angel die Hand hin, um ihnen herauszuhelfen. Andie und die Kinder gingen voraus in Richtung Wohnung, Angel blieb vor unserem Laden stehen.

»Hat dein Dad dir eigentlich jemals erzählt, wie er meinen kennengelernt hat?« Angel betrachtete das Ladenschild.

»Oh ja.« Ich stellte mich neben sie. »Dein Dad hat hier an der Straßenecke Zigaretten verkauft. Meine Mom hat meinen Dad losgeschickt, um ihm zu sagen, dass er sich verpissen soll.«

»Aber stattdessen sind sie ins Gespräch gekommen«, fuhr Angel fort. »Onkel Rich hat meinem Dad seine Nummer gegeben und ihm gesagt, dass er ihn jederzeit anrufen könnte, wenn er etwas braucht ... Dad hat mir die Geschichte jedes Mal erzählt, wenn ich von euch nach Hause gekommen bin ... Ich frage mich, was er jetzt von uns halten würde.«

»Ich glaube, er wäre glücklich.« Ich grinste. »Ich bin schließlich ein ziemlich guter Fang.«

Angel warf mir einen skeptischen Blick zu, aber ihre Augen verrieten, dass sie amüsiert war. »Wusstest du, dass er immer gefragt hat, wann wir heiraten? Zum Ende hin hat er viele Fragen gestellt.«

»Wirklich?« Ich machte große Augen. »Ich dachte immer, der Alte hätte mich nicht leiden können.«

»Ganz und gar nicht. Er dachte, dass du einen guten Einfluss auf mich hättest.«

»Oh je. Dein Dad hatte wirklich keine gute Menschenkenntnis.«

»Deswegen hatte er auch immer so viel Ärger.« Angel klang nun wehmütig. »Egal wie oft er reingefallen ist – er hat immer geglaubt, dass es schon werden würde. Ich denke nicht, dass er naiv war, vielmehr konnte er die Hoffnung auf ein besseres Leben einfach nicht aufgeben.«

Ich berührte ihre Hand. »Aber es ist doch auch alles gut geworden.«

»Das stimmt.« Sie lächelte.

Ich nahm ihre Hand und zog sie in Richtung Wohnung. »Na los, lass uns zu den anderen gehen.«

Zusammen gingen wir die Treppe hoch. Ich hielt die Schlüsselkarte an das Lesegerät und die Tür öffnete sich mit einem dumpfen metallischen Laut. Angel drückte sie ganz auf, und dann musste ich sie festhalten, damit sie nicht vor Schreck rückwärts die Treppe hinunterfiel, als alle »*Überraschung!*« riefen.

»Wie ... Was ...«, stammelte sie und sah sich um.

Alle waren da: Andie, Maddie, Casey, Paige und hinter ihnen Malia, Tatiana, Sara, Cy, Duke und Nakano. Ich hielt die Tür auf und grinste breit. »Willkommen zu Hause, Angel.«

Angel machte einen vorsichtigen Schritt in die Wohnung hinein und sah sich um. Ihre Lippen begannen zu zittern und ihre Augen füllten sich mit Tränen. Dann schlug sie die Hände vors Gesicht. Wir rannten alle zu ihr und umarmten sie.

»Ich habe euch vermisst«, flüsterte sie. »Ich habe euch alle so sehr vermisst.«

Als Angel sich wieder gefasst hatte, umarmte und küsste sie die ganze Familie. *Unsere* Familie. Wir machten es uns gemütlich, lachten und redeten den ganzen Abend lang über vergangene Zeiten. Ich ging von einem Gespräch zum anderen, hörte mir alles an.

Cy hatte einen Termin für sein letztes Upgrade – zumindest behauptete er, dass es das letzte sein sollte: ein Biofeedback-LED über dem Herzen. Einfach so zum Spaß. Er ließ Maddie mit ihren winzigen Füßchen auf seinen Handflächen balancieren und sie quietschte vor Freude. Tatiana spielte mit Casey am Küchentisch Karten, und ich konnte mich nicht dazu durchringen, ihm zu sagen, dass sie schummelte. Sara stand mit Duke und Nakano in der Küche und erzählte, wie viel sie mit ihrem Sportstudio und dem Training ihrer Athleten und Athletinnen zu tun hatte. Duke und Nakano finanzierten nach wie vor Freiheitskämpfer in den Kolonien. Malia saß zusammen mit Paige auf dem Sofa. Die beiden unterhielten sich leise über die neueste Staffel irgendeiner Fantasy-Serie. Malia bezahlte die Produktion und war auf der Suche nach Ideen.

Während des ganzen Abends wanderte mein Blick immer wieder zu Angel. Sie sah so glücklich aus, lachte die ganze Zeit. Es war noch immer ungewohnt, sie so zu sehen. Aber es machte mich ebenfalls glücklich. So glücklich war ich schon sehr, sehr lange nicht mehr gewesen.

Ich hatte mehr Geld, als ich jemals brauchen würde, und konnte mir alles leisten, was ich nur wollte. Trotzdem hatte mir in den letzten sechsunddreißig Monaten immer etwas gefehlt.

Zuerst hatte ich das auf meinen immerwährenden Drang geschoben, die Leere in meinem Leben mit irgendetwas zu füllen. Aber bald war mir klargeworden, dass sich diese Leere weder mit einer teuren Wohnung noch mit einem schneidigen Copter füllen ließ. Und auch nicht mit topmodischen Klamotten.

Dafür brauchte ich Angel.

Und hier, im Kreise meiner Familie – egal, ob blutsverwandt oder nicht – wurde mir klar, dass ich genau darauf mein ganzes Leben lang hingearbeitet hatte. Es war mir nie darum gegangen, reich und berühmt zu werden.

Ich wollte immer nur, dass wir zusammen waren. Dass wir glücklich waren.

Ich brauchte nichts außer meiner Familie und meinem Zuhause.

Und Angel.

Das reichte mir völlig.

Danksagung

ES HEISST, DASS SCHREIBEN EINE EINSAME ANGELEGENHEIT IST. ABER OHNE die Menschen um mich herum wäre ich sicher nicht weit gekommen. Dieses Buch ist ein Gemeinschaftswerk, und ich möchte mich bei allen bedanken, die auf die ein oder andere Weise dazu beigetragen haben.

Der größte Dank geht an meine fantastische Frau. Ohne dich gäbe es dieses Buch nicht. Danke für alle deine hilfreichen Kommentare, die Brainstorming-Sessions im Auto und dass du mit mir durch alle Höhen und Tiefen gegangen bist. Du warst mein Licht in den dunkelsten Zeiten, und mein Halt, wenn alles um mich herum zusammenzubrechen schien. Es gibt gar nicht genug Worte, um zu beschreiben, was du mir bedeutest. *Aloha aku no, aloha mai no.*

Danke an meine 'Ohana, die während der langen Entstehungszeit dieses Buches immer an meiner Seite war. Danke für all die wunderbaren Skype- und Zoom-Sitzungen, die tröstlichen Telefongespräche und für das Gegenlesen der Pidgin-Passagen. Danke, dass ihr mich immer und überall gelobt habt – vor allem vor mir selbst. Danke für eure bedingungslose Liebe, eure immerwährende Begeisterung und dafür, dass ihr mir immer den Rücken gestärkt habt. Die letzten Jahre waren gleichzeitig die schwierigsten und die besten meines Lebens. Ohne euch hätte ich das alles nicht geschafft. *Aloha wau ia 'oe.*

Ich danke meiner Agentin, Keir Alekseii. Dass ich so weit gekommen bin, verdanke ich ihrer nie endenden Unterstützung und ihrem unermüdlichen Einsatz. Danke für die aufmunternden GIFs und spätabendlichen Gespräche sowie die motivierenden Sprachnachrichten. Danke, dass du immer an meiner Seite warst und mich darin bestärkt hast, mich niemals mit weniger zufriedenzugeben, als ich verdiene.

Dank geht auch an meine fabelhaften Lektorinnen, Bethan Morgan und Claire Ormsby-Potter, deren Enthusiasmus für dieses Buch mich stets angespornt hat. Danke für eure Glückwunsch-Memes, das unermüdliche Schreiben von Rundmails und eure schändlichen Weltherrschaftspläne. Danke, dass ihr mir die Gelegenheit gegeben habt, meine Geschichte zu erzählen.

Ich danke meiner Sensitivity-Readerin und Redakteurin, Raven Kameʻenui-Becker. Dein Wissen und dein genauer Blick haben das Beste aus der Geschichte herausgeholt. Danke für das Korrigieren meiner merkwürdigen Kommasetzung und Tippfehler. Danke, dass du mich immer dazu ermuntert hast, meiner Lāhui alle Ehre zu machen.

Danke an meine Alpha-Leser*innen von der Islander Crew, für eure Unterstützung und die Tipps, als ich mit der ersten Fassung dieses Buchs, damals noch unter dem Arbeitstitel *Heist Lesbians*, gekämpft habe. Danke für den Tipp mit dem Vent Channel auf Discord, und dass ihr mich immer dazu ermuntert habt, das Innenleben meiner Figuren auszuarbeiten – und darüber nachzudenken, was für eine Geschichte ich eigentlich erzählen will.

Danke an meine Beta-Leser*innen von der Consolidated Critique Group, die mir dabei geholfen haben, aus meinem ersten Entwurf eine Geschichte zu machen, auf die ich nun sehr stolz bin. Danke für eure anspornenden Kommentare, die stundenlangen Telefonate und die Guten-Morgen-GIFs. Danke, dass ihr an dieses Buch geglaubt habt, als ich es nicht konnte.

Danke an mein talentiertes internationales Team, das dabei geholfen hat, dieses Buch Wirklichkeit werden zu lassen. Danke an APIpit für den Kontakt zu Keir. Danke an all die gleichgesinnten Autor*innen auf Twitter, die zu Freund*innen wurden. Danke an alle, die mir jemals einen netten Kommentar oder ein paar freundliche Worte geschickt haben. Und wenn du dir nicht sicher bist, ob du auch gemeint bist: Ja, auf jeden Fall!

Danke an jeden, der dazu beigetragen hat, dieses Buch zu ermöglichen. Und zu guter Letzt: Ich danke dir, weil du dieses Buch gelesen und ihm dein Herz geöffnet hast.

Mahalo nui loa,

Makana

Emily Tesh

Die letzte Heldin

Solange die Kinder der Erde leben, soll der Feind uns fürchten!

Queerness, Found Family, Emanzipation und Selbstbestimmung:
Emily Teshs Debütroman schreckt nicht vor den großen Themen zurück

»DIE LETZTE HELDIN hat alles, was man sich von einer queeren
Space Opera wünscht – und ist dabei so aufrichtig, dass es weh tut.«
Olivie Blake, Autorin von THE ATLAS SIX

978-3-453-32319-3

Leseprobe unter **www.heyne.de**